Bernhard Giersche

Das letzte Sandkorn

Das letzte Sandkorn

ISBN: 978-3-943795-52-3

Umschlagbild: Shutterstock

Cover-Layout: Begedia Verlag

Lektorat und Satz: Begedia Verlag

2. Auflage Dezember 2013

Besuchen Sie unsere Webseite
http://verlag.begedia.de

Bernhard Giersche

Das letzte Sandkorn

Bernhard Giersche, Jahrgang 1967 ist Vater von vier Kindern und hat ein bewegtes berufliches wie privates Leben hinter sich.

Daraus schöpft er sein breites Spektrum an Wissen über menschliche Charaktere und menschliche Untiefen.

Er arbeitet und lebt in Lippstadt/NRW.Bernhard Giersche, Jahrgang 1967 ist Vater von vier Kindern und hat ein bewegtes berufliches wie privates Leben hinter sich.

Daraus schöpft er sein breites Spektrum an Wissen über menschliche Charaktere und menschliche Untiefen.

Er arbeitet und lebt in Lippstadt/NRW.

Für Gisela und meinen Bruder Harald, die beide einfach nicht aufhören wollten, an mich zu glauben.

Anfang

Er hatte sich an das Ufer der Themse gerettet. Hinter ihm splitterte und krachte es, als sich die Feuer weiter im Parlamentsgebäude ausbreiteten. Der Verkehr auf der Westminster-Bridge über ihm war völlig zum Erliegen gekommen und Menschen hasteten hin und her, in völliger Auflösung begriffen. Schüsse fielen und er konnte sehen, wie jemand getroffen zu Boden sank. Ein Touristenschiff glitt quer zum Flussbett an ihm vorbei und er nahm die schwarze Rauchwolke wahr, die aus dessen Inneren quoll.

Die Hölle war vor dreißig Minuten losgebrochen. Der brennende Big Ben schlug, aber nach dem dritten »Gong« verstummte die Turmuhr auf einmal.

Das Riesenrad, das berühmte »London Eye«, war in die Themse gekippt, nachdem jemand die Konstruktion mit einem Abrissbagger angegriffen hatte. Über ihm war ohrenbetäubender Lärm zu hören und eine dichte Rauchwolke zog vom Buckingham Palast in seine Richtung. Das herannahende Flugzeug war das Letzte, was er hörte. Der Airbus A 320 schlug mit voller Wucht in das Parlamentsgebäude ein und der Feuerball tötete ihn, bevor der Trümmerregen seine brennende Leiche bedeckte.

Ein Sergeant der Armee hatte zwei Holzkisten mit C4-Sprengstoff, die er aus dem Munitionsbunker der Armee in der Kensington Street geholt hatte, in seinen Land Rover gepackt und war direkt zur St. Pauls-Kathedrale gefahren. Kurz danach war das Chaos ausgebrochen, aber es gelang ihm, die Kisten in das monumentale Gebäude zu schaffen und dort den Inhalt zu verteilen und zu verdrahten, bevor die ersten hundert Märtyrer in die große Halle strömten. Die Detonation zerriss jeden Menschen im Umkreis von zweihundert Yards und ließ die Kuppel der Kathedrale zehn Meter aufsteigen, bevor das Gebäude in einem Feuerball verging und tonnenschwere Trümmer auf die Stadt herabregneten.

Die Königin und ihre Familie waren da bereits zwanzig Minuten tot. Förmlich zerrissen von den Märtyrern.

London ist als Regierungssitz und Heimat der königlichen Familie grundsätzlich eine militärische Bastion. Nirgendwo im Empire gab es mehr Militär, Polizei und andere Sicherheitsorgane als hier.

So gab es mehr Waffen und Munition als Londoner Bürger, und da jeder einen Auftrag hatte und niemand mehr zuständig war, bewaffneten sich die Menschen, die die ersten zwei Stunden überlebt hatten, und tilgten jeden vom Boden der Erde, der ihrer Mission im Wege stand oder der Teil der Mission war.

Jeder in der großen Stadt besaß Zündhölzer oder Feuerzeuge. Und so brannte nach zwei Stunden die Stadt in voller Ausdehnung, Feuerstürme saugten alles Leben auf und äscherten Hunderttausende ein.

Was in London geschah, geschah in allen Städten. Nicht nur auf den britischen Inseln, sondern in allen Städten der Welt.

Selbst im All wurde gestorben, als der russische Kosmonaut, der im Team der internationalen Raumstation ISS diensthabender Offizier war, sämtliche Steuerdüsen aktivierte, um die Station auf einen neuen Kurs zu bringen. Er lebte jedoch nicht lange genug, um den Erfolg seiner Bemühungen zu sehen, denn der Rest der Besatzung hatte ebenfalls Pläne mit der Raumstation, und so driftete die ISS auf ihrer unheilvollen Umlaufbahn um die Erde, bis sie nach weniger als zwei Stunden als spektakuläre Sternschnuppe am Himmel über Wyoming verging. Dort tötete allerdings jeder jeden in jenen Minuten, und so blieb kein Raum für romantische Gedanken.

Oh ihr Menschen, fürchtet Euren Herrn, denn das Beben der Stunde ist wahrlich etwas Gewaltiges. An dem Tage, an dem ihr es seht, wird jede Stillende ihren Säugling vergessen und jede Schwangere ihre Bürde abwerfen. Und du wirst die Menschen trunken sehen, obwohl sie nicht trunken sind. Aber die Strafe Allahs ist gewaltig.

Koran

Hallo, ich bin es, Gott (Allah, Jahwe, Mami Wata, Manitou).

Keine Sorge, ich spreche jetzt so wie du sprichst, damit du mich verstehen kannst. Das ist wie im wahren Leben. Auf den Inhalt kommt es an, nicht auf die Sprache. Du solltest wissen, dass genau jetzt in dieser Sekunde in jedem menschlichen Hirn auf diesem Planeten dasselbe passiert. In Australien, in Afrika, auf den Bahamas und im tiefsten Dschungel des Kongo. Es gibt keinen Menschen auf diesem Planeten, in dessen Hirn jetzt etwas anderes dominiert als meine Worte. Nimm es hin und akzeptiere es.

Die Sätze trafen mich wie ein Hammerschlag direkt auf den Hinterkopf. Ich dachte, mein Hirn würde zerspringen und ich war geschockt und wie gelähmt.

Diese Stimme war absolut präsent, laut wie eine donnernde Rede in einer Kathedrale, glasklar und irgendwie ohne Stimme ... ich konnte nicht sagen, ob sie männlich oder weiblich war ... welche Stimme haben die Gedanken, die wir denken?

Ich stand in der Küche und war gerade dabei, mir einen Tee zu kochen, als diese Worte in meinem Hirn explodierten. Sofort, als die Stimme verstummte, war ich davon überzeugt, dass ich völlig den Verstand verloren hatte.

Ich hatte schon oft von Leuten gehört, die Stimmen hörten, die ihnen irgendwelche Teufeleien einflüsterten, und die dann wegen geistiger Unzurechnungsfähigkeit nach einem dann angerichteten Blutbad freigesprochen und in die Nervenheilanstalt gebracht wurden. Aber das, was ich erlebte in dieser schrecklichen Minute ... Sekunde ... Millisekunde, war mit dem, was ich über »Stimmen hören« zu wissen glaubte, nicht vereinbar. DIESE Stimme war für mich ein Zeichen meines völligen geistigen Zusammenbruchs.

Dabei gab es für mich keinerlei Symptome vorher, ich war ein ganz normaler Mittvierziger aus dem Mittelstand, geschieden und solo, beruflich erfolgreich und auf keinen Fall geisteskrank, und doch ... hallten die Worte noch nach, als es wieder losging.

Wie ich erkenne, kannst du nicht glauben, dass dies hier wirklich geschieht. Das erstaunt mich nicht, denn es gibt nichts, was nicht sein darf in deinem Denken. Dabei birgt diese Sekunde für dich eine große Offenbarung, denn nun ist bewiesen, dass es jedem Menschen auf dieser Welt, ganz gleich wo, wann und wie er lebt, genauso geht.

Ihr könnt einfach nicht akzeptieren, dass etwas geschieht, das mit eurer sogenannten Vernunft und Logik nichts zu tun hat. Selbst meine größten Geschenke und Gaben habt ihr erst dann akzeptiert, als ihr sie mit euren Geräten messen und beweisen konntet. Erst hat mich das amüsiert, aber jetzt nicht mehr.

Ihr erfahrt jetzt ... du erfährst jetzt, warum ich zu dir spreche.

Das menschliche Hirn ist doch ein wirklich sonderbares Organ. Nach diesem zweiten Angriff auf meinen Verstand hatte ich es einfach begriffen.

Na klar, da spricht Gott zu mir, und er hat das jetzt nicht wie sonst zu früheren Gelegenheiten bei irgendwelchen Hirten oder jungfräulichen Bauerstöchtern als Exklusivauftritt gebracht, sondern er hat, schwuppdiwupp, alle Menschen auf Empfang geschaltet.

Er wollte das ganz große Publikum, und ich schätze, kraft seines Amtes hat er es auch bekommen.

Was wohl in Putins oder Obamas Kopf gerade passierte? Oder im Verstand eines Atheisten? Wie gingen der Papst und die Ayatollahs damit um und wie der Eingeborene im Dschungel von Borneo? Und was war mit den ganzen Piloten und Autofahrern, Ärzten und Polizisten, den ganzen Soldaten, die überall auf der Welt gerade aufeinander schossen?

So einem Banker und Aktienjongleur musste doch der Zeitpunkt für so eine göttliche Durchsage unter Umständen eher unpassend erscheinen, während er gerade in Tokio, Frankfurt oder New York seine Milliarden umschichtete.

Und wie bringt Gott es fertig, dass all jene ihm zuhören, die gerade schlafen oder im Koma liegen, vielleicht gerade eine Narkose haben, weil sie gerade auf dem Operationstisch liegen, Schläuche in den Armen und eine Sauerstoffmaske vor dem Gesicht?

Die Frage kann man sich selbst beantworten. Er ist Gott ... oder eben Allah, Manitou und Jahwe. Wenn der das nicht kann, wer dann? Warum leckt sich der Hund an den Eiern? Weil er es kann.

Klare Sache.

Was mich bei diesen Gedankengängen am meisten wurmte, war die Tatsache, dass ich machtlos war, gezwungen war, zuzuhören. Man kann sich seine Ohren zuhalten oder die Stereoanlage voll aufdrehen, gegen Stimmen im Kopf ist allerdings kein Kraut gewachsen. Gott setzte seine Durchsage fort:

Stell dir das kleinste Tier auf der Welt vor und stell dir vor, es würde auf die Idee kommen, innerhalb einer Sekunde einen Elefanten aufzufressen. Stell dir eine Ameise vor, die meint, sie könne alleine eine Brücke zum Mond bauen. Denk an eine Amöbe, die die Ozeane der Welt leertrinken möchte. So seid ihr Menschen. So bist du. Ihr habt die Welt, die ich euch zur Verfügung gestellt habe ...(ich schwöre, das hat er wirklich so gesagt) ... völlig aus den Fugen gebracht. Ihr habt meine Geschenke zerstört, meine wahren Tempel entweiht, ihr habt es gewagt, meine Gedanken und Hoffnungen, meine Wünsche und meinen Willen zu interpretieren und für euren Vorteil umzuformulieren. Ihr tretet alles, was mich als Wesenheit ausmacht, mit euren Füßen und ihr werdet nicht müde, Neues zu ersinnen, um noch mehr Unheil zu stiften.

Ich schäme mich dafür, jenen Handlungsstrang begonnen zu haben, der euch entstehen ließ. Ihr betet mich an? Ihr seid bigott und falsch. Ihr maßt euch an zu wissen, was ich will? Ihr seid Amöben, Ameisen und das kleinste Tier der Welt. Ich habe mich nun lange genug über euch gegrämt. Ich ma-

che dem jetzt ein Ende. Du hast zehn Tage Zeit, die Welt zu retten, bevor ich sie zertrete mit allem Gewürm darauf. Zehn Tage und Nächte gebe ich dir, dir alleine, um die Welt zu retten. Nutze sie oder vergehe zusammen mit allen anderen deiner Art.

Das war mal eine Ansage. Als ich die Augen wieder öffnete, fand ich mich am Boden meiner Küche wieder. In der Hand hielt ich, völlig albern, drei Teebeutel Rooibos-Vanille, und die Beutel schienen mich anzugrinsen, als wollten sie sagen, dass mehr Verstand in ihnen steckte als in meinem Schädel. Nicht nur, dass ich völlig benommen vor der Spülmaschine kauerte, irgendetwas wirklich ELEMENTARES war anders als noch vor einer Minute.

Kennen Sie das? Sie wachen nachts schweißgebadet auf, und der Traum, den Sie gerade hatten, ist so unheimlich präsent, dass er noch realer wirkt als die Realität selbst. Es dauert einige Minuten, bis Sie begriffen haben, dass Sie nicht soeben mit brennendem Arsch aus dem 376. Stock eines futuristischen Wolkenkratzers gestürzt sind, ein flamingorosafarbenes Kleidchen an, während Darth Vader Ihnen hinterherbrüllt, Sie seien ja gar nicht sein Vater und er würde das alles seiner Mama erzählen ...

So ungefähr ging es mir, als ich da auf dem Küchenboden saß.

Zwar hallten die Worte noch nach, aber wie bei einem Traum schien sich das Erlebte wie feiner Nebel zu verflüchtigen und machte der Vernunft Platz.

Ich rappelte mich auf und es gelang mir, die Teebeutel in die Kanne zu hängen und den Wasserkocher anzustellen. Was zum Geier war das eben? Wäre ich jetzt irgendein drogenabhängiger Freak, dann wäre das Geschehene erklärbar. Und wenn ich mir regelmäßig schöne Gefühle mittels Jack Daniels oder anderer Kumpels verschaffen würde, dann könnte es durchaus auch passieren, dass mein Hirn plötzlich selbstständig so einen Dünnpfiff produzieren würde. Das alles traf allerdings nicht auf mich zu. Klar, bei manchen Gelegenheiten schlug ich auch schon mal über die Stränge, aber ganz gewiss nicht so krass, dass mein Hirn davon erweichen würde.

Also ein Gehirntumor. Kein Zweifel. Irgendwo in meinem Kopf wuchs so ein blumenkohlartiges Gebilde heran, verseuchte meine Gedanken und drückte wichtige Regionen zusammen, und ich würde demnächst als sabbernder Pflegefall von göttlicher Verdammnis faseln, während mich ein Weißkittel in die Zwangsjacke wickelte.

Immer noch besser, als würde Gott wirklich in Erscheinung treten und das Ende der Welt verkünden. Das steht erst mal fest.

Ich goss kochendes Wasser über die Teebeutel und ging ins Bad. Der Blick in den Spiegel zeigte keine Besonderheiten. Blaue Augen, gepflegter Vollbart und nackenlanges, braun gewelltes Haar.

Keine auffälligen Flecken im Gesicht und bis auf die Lachfalten und leichten Krähenfüße um die Augen herum auch keine neuen Verfallserscheinungen. Durch das Badezimmerfenster hörte ich die Autos vorbeirauschen. Bremsen, Anfahren, zwischendurch ein Scooter, impertinent schrill – dass man die Dinger nicht verbietet – in der Ferne ein Martinshorn und ganz weit weg das Signalhorn eines Frachters im Hafen. Leute unterhielten sich lautstark da draußen. Zwar konnte ich nichts verstehen, aber die Stimmen einer Frau (keifend) und mehrerer Männer (auch keifend) drangen an mein Ohr. Eine gute Portion kaltes Wasser ins Gesicht und es ging mir besser. Was für ein Wahnsinn. Ich rang mir ein Lächeln ab. Ich war ganz bestimmt nur in einen Sekundenschlaf gefallen. Passiert jedem mal.

Einfach da gestanden und die Gedanken driften lassen. Sekundenschlaf vor der Teekanne und siehe da: Gott spricht.

Lachend und kopfschüttelnd ging ich zurück, goss mir eine Tasse des ja so überaus intelligenten Tees ein, begab mich ins Wohnzimmer und hielt Ausschau nach der Fernbedienung für den Fernseher.

Autos rauschen vorbei? Scooterlärm? Martinshorn? Leute, die laut sprechen?

Man muss wissen, ich wohne in einem Vorort von Kiel. Das Kaff zeichnet sich insbesondere dadurch aus, dass es den Charakter eines Sanatoriums hat. Hier ist nichts los. Im Sommer riecht es nach Gülle und Raps und im Winter kommt nicht einmal der Streudienst vorbei, weil es hier so langweilig ist.

Ein Arbeitskollege in der Versicherung, bei der ich angestellt bin, hatte mir die Wohnung vermittelt. Sie war günstig, nicht zu weit weg von der Stadt und wie für mich gebaut. Die Straße, in der sie lag, war verkehrsberuhigt und die Leute im Dorf von klischeehafter nordischer Kühle. Das war mir recht, denn ich hatte im Job täglich mit aufgeregten Menschen zu tun, die irgendwelche großen oder kleinen, wahren oder erdachten Katastrophen erlebt hatten und mir wortgewaltig Schecks aus der Tasche locken wollten. Hier fand ich die Ruhe, die ich benötigte, um abschalten zu können. Und meistens gelang mir das auch, wenn nicht gerade Gott ein Statement abzugeben gedachte.

Autos ... Stimmengewirr ... Martinshorn ... verdammter Scooter.

Meine Kopfhaut begann zu kribbeln und die Härchen auf meinen Armen richteten sich auf.

Irgendetwas ging da draußen vor.

Das Bild, das sich mir beim Blick aus dem Fenster bot, war besorgniserregend. Die meisten Haustüren der Einfamilienhäuser waren geöffnet, und scheinbar alle Bewohner meiner Straße standen auf dem Gehweg. Eine Gruppe von Menschen stand direkt gegenüber, und ein Mann, den ich nur vom Sehen kannte, redete laut auf eine Frau ein. Er schlug dabei wie ein Huhn mit den Händen gegen seine Hüften, und die Frau hielt ihre Hände vor ihr Gesicht, dabei schien sie ständig mit dem Kopf zu nicken. Autos fuhren vorbei. Viel zu schnell in Anbetracht der Geschwindigkeitsbegrenzung in meiner Straße.

Das laute Zuschlagen von Autotüren und Starten von Motoren vermischte sich mit den anderen Geräuschen zu einem akustischen Cocktail, der so ganz und gar nicht in diese Gegend passen wollte. Die sonst so distanzierten, geradezu abweisenden Menschen aus dem Dorf waren aufgeregt und irgendwie außer sich, ich weiß nicht, wie ich das besser beschreiben könnte. Flattern. Sie flatterten herum wie aufgeschreckte Hühner.

Überall auf der Straße standen meine Nachbarn und deren Nachbarn vor ihren Autos und alle schienen auf der Flucht zu sein. Türen klappern, Motor an und weg. Alle in dieselbe Richtung. Ich schaute so weit wie möglich nach links aus dem Fenster, da sich alle in die andere Richtung aufmachten.

Ich erwartete, dort mindestens ein gewaltiges UFO zu sehen, wie in *Independence Day,* zumindest aber eine Tsunamiwelle. Aber außer der untergehenden Junisonne sah ich nichts.

Gar nichts. Alles gut. Wo wollten die alle hin? Und warum?

»Du hast nur dein nacktes Leben, jetzt merkst du, das ist nicht viel. Und am Ende bringst du wieder Gott ins Spiel. Wie in Sodom und Gomorrha, wie in Babel und bei Noah. Am Ende bringst du Gott ins Spiel.«

Acapulco Gold

Die Stimme der endgültigen und letzten Instanz, die Stimme, die Gott, Jahwe, Buddha, Allah und Manitou und unzähligen anderen menschengemachten Gottheiten entsprach, war kaum verstummt, als in jeder Gesellschaft auf dem Planeten, in jeder Gemeinschaft und in jedem Land auf jedem Kontinent dasselbe geschah. So, wie die Menschen stets handelten, immer gehandelt hatten und, würde es eine Zukunft geben, auch in dieser so handeln würden, so handelten sie jetzt auch.

Sie veränderten, indem sie vernichteten.

Jede Form von Autorität ging in jener Sekunde verloren, jede Hierarchie und jede Kontrolle war ausgelöscht.

Und niemand sah sich mehr als Teil des Ganzen, als Zahnrad im gewaltigen Weltengetriebe, sondern als alleinigen Retter der Menschheit, versehen mit göttlicher Prokura.

Nun gab es keine Regeln und keine Obrigkeiten mehr, denn sie alle, ob Herrscher oder Beherrschte, waren gleich geworden. Und die Position im Schwarm, die sie bislang innehatten, wurde bedeutungslos.

Zehn Tage, um die Welt zu retten.

Ein Befehl Gottes. Nichts konnte die Retter aufhalten, denn in göttlicher Mission zu handeln, von Gott selbst den Auftrag bekommen zu haben, diese Bürde zu tragen, konnte durch nichts relativiert oder interpretiert werden.

Erst recht nicht durch Menschen oder deren Handeln.

Und so verließen alle ihre Plätze, die sie in den Gesellschaften eingenommen hatten. Der Mechaniker, der Ingenieur und der Arzt. Der Medizinmann und der Geistliche. Der Politiker und der Obdachlose, um die Welt zu retten.

Und was taten die Menschen, um Gottes Chance zu nutzen? Eben das, was Menschen immer taten. Die Verantwortlichen für Gottes Zorn mussten vernichtet werden. Die, die nach Gottes Worten Schuld hatten. Das waren zuerst die Geistlichen aller Religionen. Und auch, wenn diese, wie alle anderen Menschen auch, von Gott berufen worden waren, das Ende der Menschheit abzuwenden, wurden sie doch Minuten nach Gottes Offenbarung hinweggefegt, von Hunderten, von Tausenden, die der Überzeugung waren, erst das Falsche vernichten zu müssen, bevor sie das Richtige erschaffen konnten.

Allein zwölf Passagierflugzeuge schlugen auf dem Gebiet des Vatikans in Rom ein, gelenkt von Piloten, die durch diese Tat die Welt zu retten gedachten. Als das erste Flugzeug in den Petersdom raste, lebte der Papst schon über zwölf Minuten nicht mehr, da sich alle Anwesenden im Vatikanstaat gegen ihn gewandt hatten. Dem heiligen Vater folgten die Kardinäle, die Bischöfe, die gesamte Hierarchie wurde von unten nach oben ausgelöscht durch Schwerter, Schusswaffen oder die bloße Hand.

Die, die überlebten, weil sie keine Position innehatten, starben Minuten später bei den Flugzeugabstürzen.

So erging es den Menschen in allen Religionen überall auf dem Erdball, in Mekka genauso wie in Varanasi, der Hauptstadt der Hindus, oder Bodnath, der Wiege des Buddhismus.

Und nicht nur die geistliche Obrigkeit wurde Ziel der Weltenretter. Die Verantwortlichen in Politik und Wirtschaft folgten den Millionen von Würdenträgern der Religionen der Menschheit. Verantwortlich für Gottes Zorn waren sie. Das war der Impuls der sieben Milliarden Berufenen.

Der Präsident der Vereinigten Staaten hatte nach der göttlichen Eingebung keine Minute mehr zu leben, Mitarbeiter des FBI und der CIA, die das Weiße Haus auch in der tiefsten Nacht bewachten und den Präsidenten und seine Familie schützten, erkannten in ihm einen der großen Teufel, dessen Handeln Gott bewogen hatte, die Menschheit auszulöschen.

So starben alle Staatschefs und Präsidenten, alle Minister und politischen Verantwortlichen durch die Hand ihrer jeweiligen Völker.

Gott hatte es ihnen gesagt.

Alles, was bisher war, war falsch und nicht nach Gottes Regeln. Und was falsch war, musste vernichtet werden.

Der für Menschen einzig logische Schluss.

Bis in die kleinsten Hierarchien setzte sich das Töten fort.

Jeder Mann und jede Frau in einer Position mit Macht und Befugnissen wurde von den einstigen Untergebenen noch in dem Moment angegriffen, in dem sie selbst ihre Vorgesetzten als Quelle des Unheils zu töten gedachten.

Nur ihre Vernichtung konnte die Menschheit noch retten. Dies war der Impuls in nahezu jedem denkenden Wesen in jenen Minuten der Apokalypse. Und kein Geschichtsschreiber würde je darüber berichten, denn auch diese gehörten zu den üblen Wurzeln des Bösen, die herauszureißen das Ziel jeden Weltenretters war.

Abertausende Arbeiter in den Kraftwerken, den Atommeilern und Staudämmen, die durch ihr Tun die Menschheit mit Energie versorgten, verließen ihre Arbeitsplätze. Sie alle hatten Gottes Auftrag erhalten, dessen Ausführung keinerlei Verzögerung erlaubte. Die Kraftwerke und alle Geräte, die an deren Nabelschnur hingen, schalteten sich ab.

Als nach weniger als einer Stunde kaum noch einer dieser Verantwortlichen lebte, begann das Brennen.

Die Paläste und Kirchen, die Gebetshäuser und Banken, die Ministerien und Ämter waren Tempel des Bösen, Zeichen des falschen Weges, den die Menschheit eingeschlagen hatte. Genauso wie die Konsumhallen, Supermärkte und Shopping-Meilen, in denen die falsche Welt verkauft wurde. Zeichen des Verderbens.

Jedermann besaß Feuerzeuge und Streichhölzer, und wo es keinen Strom mehr gab und keine Kommunikation mehr möglich war, wo Pumpen nicht liefen und keine Sprinkleranlage funktionierte, da brannte es gut und lange.

Keine Feuerwehr und keine Polizei. Kein Tropfen Wasser aus den Leitungen.

Brennen mussten die Orte, die Gottes Zorn geweckt haben, brennen mussten sie, nur so konnte Gott milde gestimmt werden.

Er hatte es gesagt. Jedem ganz deutlich und unmissverständlich.

Was war, ist schlecht.

Was schlecht ist, muss vernichtet werden, muss inexistent werden, muss ungeschehen gemacht werden. Nur so kann die Welt gerettet werden.

So erhoben sich große Feuer in den Städten und Dörfern, und die Flammen fanden keinen Widerstand. Sie fanden Nahrung und immer noch mehr Nahrung, als Tankstellen und Öltanks, Pipelines und Raffinerien ihre hoch entzündlichen Flüssigkeiten dem Inferno hinzufügten.

Stadtviertel brannten in geschlossener Flamme und der Sog riss in Orkanstärke noch mehr Brennstoff in die Höllenglut innerhalb der Städte der Welt. Nach weniger als zwei Stunden brannten alle Städte auf dem Erdball und sie brannten noch am zehnten Tag.

Auf jeden Menschen, der als Mitverursacher des göttlichen Zorns erkannt und getötet wurde, kamen Hunderte und Aberhunderte, die das entfachte Inferno nicht überlebten.

Sie verbrannten in ihren Häusern, starben bei Flugzeugabstürzen oder bei den unendlich vielen Unfällen, die sich im Anschluss an die Offenbarung ereigneten. Kollateralschäden im Namen der Nemesis.

Zwischenspiele

Allah hatte ihm den Weg gewiesen. Und hatte er je Zweifel daran gehabt, dass sein Tun und Denken nicht dem entsprach, was Allah wollte, so waren sie nun fortgeblasen. Allah ist groß, Allah ist mächtig. Allah hat ihm die Augen geöffnet und ihn auserwählt zu tun, was zu tun ist. All die Ungläubigen dieser Erde müssen vernichtet werden, denn es ist Allahs Wille. Nur so kann er die Welt retten, nur so das Paradies erfahren. Die Zauderer und Schwätzer sollen auch weichen dem, der das Heil bringt. Er war auserkoren, die Welt zu retten in Allahs Namen und auf Allahs Geheiß hin. Er alleine.

Er würde alle um sich scharen, die an seiner Seite Allahs Willen erfüllen würden. Die Mutter aller Schlachten stand bevor, und jene, die nicht rechten Glaubens sind, sollen die ersten sein, die durch Allahs Schwert, das durch ihn geführt werden würde, niederbrechen.

Allah w`akbar. Und schon der erste, den er in seine Armee berufen wollte, erschlug ihn mit einem Schlagstock. Es war sein Leibwächter, der begriffen hatte, dass es nur eine neue, bessere und Allah-gefälligere Gesellschaft geben kann, wenn man die alte hinwegfegt.

Der Kardinal saß an seinem riesigen Schreibtisch. Er hatte Gottes Botschaft erhalten, den Auftrag, nun Gottes Werk zu vollenden. Hinweg all die Ungewissheiten, ob Gottes Wort richtig verstanden wurde. Nur Gott selber darf seinen Willen formulieren, nur Gott selber bestimmt den Lauf der Zeit, der Welt, des Kosmos.

Oh wie unendlich vermessen und anmaßend waren doch die Menschen, die glaubten, sie würden Gott gefallen. Der Glaube des Kardinals war der richtige Weg, das hatte ihm Gott gesagt. Er hatte verstanden.

Zehn Tage noch und Gott würde richten. Wenn der Kardinal richtig lag, dann aber nur jene, die nicht Gottes Wort und Gottes Regeln anerkannten. So hatte ihn der Kardinal verstanden. Ein Kreuzzug, die Welt zu retten. Der Kardinal stand auf und suchte seinen Schreiber. »Beantragt sofort eine Audienz beim Heiligen Vater«, befahl er ihm barsch. Der irre Blick des Schreibers war ihm gar nicht aufgefallen. Und auch nicht das Heulen der Triebwerke eines Passagierflugzeuges, das sich im Anflug auf den Vatikan befand.

Im Kontrollraum des Kraftwerks war es fast drei Minuten ganz still, wenn man das Summen der Computer und das Sprotzen der Kaffeemaschine ausblendete. Keiner der 14 Techniker und

Wissenschaftler sprach. Ansonsten herrschte hier immer Stimmengewirr. Zahlen und abgelesene Werte, Fragen zum Schichtplan, Erzählungen aus dem Privatleben erfüllten hier 24 Stunden am Tag den Raum.

Vielleicht gab es hier bisweilen sekundenlange Schnittmengen des Schweigens ... aber fast drei Minuten? Völlig ausgeschlossen und umso beklemmender für die Anwesenden.

Die meisten saßen vor ihren Geräten und starrten mit leerem Blick auf die Apparaturen ... das ständige Blinken und die bewegungslosen Bilder, die durch die Kameras auf die Bildschirme im Kontrollzentrum übertragen wurden, nicht wahrnehmend.

Erst als ein elektronisches Warnsignal auf den Anstieg eines bestimmten Wertes hinwies, kehrte Leben in die Frauen und Männer im Kernkraftwerk Kaiga in Indien zurück.

Shiva hatte zu ihnen gesprochen. Die Alten hatten recht. Sie hatten alle das Dharma mit Füßen getreten.

Sie waren ihrer Rolle als Teil des Ganzen nicht nachgekommen, sie hatten alle versagt und nun entzog ihnen Shiva jedes Kharma. Wer waren sie, dass sie die Natur, deren Teil sie waren, so knechteten? Und hier, in diesem Höllenwerk, verrichteten sie ihr frevelhaftes Tun.

Sie versklavten die Natur, die ihnen die Götter gegeben hatten, um sie als Teil des Ganzen in ihr Dasein einzuflechten. Shiva hatte recht getan, sie nun zu strafen. Was nutzt das ganze Wissen, was nutzen die harten Jahre des Studiums, des leichten Lebens? Die Alten haben es vorhergesehen, sie hatten ihnen stets vorgeworfen, den rechten Weg verlassen zu haben, um den Verlockungen der neuen Zeit zu erliegen. Moderne Menschen wollten sie sein und am Wohlstand teilhaben.

Sie wollten sein wie die anderen und zerstörten dabei das Gleichgewicht, das ihnen doch die Rishis und Gurus als so wichtig geschildert hatten.

Hatten nicht die Vorfahren nach den Regeln des Kosmos gelebt, sich als Teil des Ganzen gesehen und verantwortlich für das Gleichgewicht der Welt gefühlt? Doch es war noch nicht zu spät. Shiva selbst hatte ihnen, jedem von ihnen, den Weg gewiesen.

Würden sie die alte Ordnung wiederherstellen, dann wäre die Balance zwischen den Dingen wiederhergestellt und die Welt gerettet.

Wer so gut ausgebildet ist, ein Kernkraftwerk zu steuern, und wer weiß, wie man verhindert, dass es außer Kontrolle gerät, wer jede Funktion des Werkes steuern kann und die technischen Zusammenhänge kennt, wer weiß, wie man verhindert, dass es zur absoluten Katastrophe kommt, der weiß auch, wie man sie herbeiführt. Das Gleichgewicht musste wiederhergestellt werden, Shiva hat es gesagt. Ohne miteinander zu sprechen, machten sich die Techniker und Wissenschaftler an die Arbeit ... einvernehmlich und im Einklang mit der Welt.

Zumindest so lange, bis die Wachleute kamen und dem Leben der Menschen im Kontrollraum ein Ende setzten, denn sie waren die Teufel, die Shivas Gesetze brachen. Das Kraftwerk schaltete sich, kaum, dass der Letzte innerhalb dessen Mauern tot war, selbsttätig ab.

Der Schamane hatte die Botschaft der Göttin erhalten. Die Kleinsten unter den Kleinen hatte sie auserkoren, um den letzten Rest des alten, wahren Geistes der Papua, der hier im Baliem-Tal noch bestand, zu wahren und zu verbreiten, und ihn hatte sie zum Anführer erkoren.

Er würde seinen Stamm führen, bis nach Jakarta, wenn es sein musste, um nach zehn Nächten den Willen der Göttin zu erfüllen.

Er richtete sich auf und stieß den gellenden Schrei der Weissagung aus. Dann warf er sich auf seine Knie, hob die Arme zum Dach seiner Hütte und ließ die geballten Fäuste kreisen, so wie es ihn sein Vorgänger gelehrt hatte.

Der Tanz der Offenbarung, immer schneller bewegte er seinen Körper kreisend und es schien, als hätten seine Arme keine Gelenke, sondern bestünden aus Gummi.

Immer heißer wurde es in der Strohhütte, der Schweiß lief ihm in Bächen über das Gesicht und verwischte die weiß-gelbe Farbe seiner Standesbemalung. Sein gewaltiger Kopfschmuck erzeugte groteske Schatten auf der Wand hinter ihm.

In seiner beginnenden Ekstase nahm er den weißen Rauch, der durch die Wände der Hütte quoll, nicht wahr.

Yusak Yuthage, der Schamane vom Stamm der Korowai, bemerkte die Flammen erst, als es zu spät war.

Banjak Hsumi betrachtete die Flammen, die aus der brennenden Strohhütte schlugen und prasselnd Funken aus glühenden Strohresten in den Himmel stießen. Er wusste, dass er den ersten Schritt getan hatte, Mgami, der Göttin, ihren Zorn zu nehmen. Er drehte sich um und legte seinen Meskapa, den langen Speer des Jägers, über die Schulter. Die sieben toten Körper und die letzten Schreie des Schamanen nahm er nicht mehr war, als er das Dorf verließ. Noch lange hatte er seine Aufgabe nicht erfüllt. Zehn Tage und Nächte blieben ihm.

Drei davon überlebte er, bevor er von jemandem getötet wurde, der in ihm einen der Dämonen erkannte, der Mgamis Wut entfacht hatte.

It's the End of the World as we know it, and I feel fine

R.E.M.

Auf der Suche nach einer Antwort auf die Frage, warum alle meine Nachbarn plötzlich Hummeln im Hintern hatten, schaltete ich den Fernseher ein. Der Gedanke, dass die Leute da draußen auch die Sondersendung des Allmächtigen gehört hatten, war nicht weit genug weg, als dass ich ihn hätte ignorieren können.

Das wunderbare Zeitalter der digitalen Welt hatte mir ein technisches Monstrum mit 563.829.346 Fernsehkanälen beschert und ich war stolz, mit jedem auch noch so kleinen Fernsehsender am Ende der Welt angeben zu können, wenn ich mal Besuch bekam, was selten vorkam.

Was ich nun allerdings gewahr wurde, war so unspektakulär erschreckend, dass ich spätestens da begriffen hatte, dass meine Welt, wie sie vorher war, völlig aus den Fugen geriet. Hatte nicht der Mega-Zampano, der noch vor zwanzig Minuten sein Debüt in meinem Kopf gegeben hatte, eine ähnliche Formulierung gewählt ... die Welt aus den Fugen ...?

Ich weiß ja nicht, wie Sie Ihre Fernbedienung programmiert haben. Bei mir ist es so, dass erst die drei öffentlich-rechtlichen Programme kommen, dann RTL, Pro7 und Sat1.

In der Reihenfolge, in der sie in Deutschland auf Sendung gegangen sind. Danach kamen die Sender, die später folgten. Manche waren ganz gut, aber in der Regel brachten sie Dauerwerbesendungen mit Spielfilmunterbrechungen, völlig idiotische Serien aus den USA oder Quizsendungen für Intelligenzgeminderte.

Wenn dann die sogenannten »News« kamen, wurden die regelmäßig von Ansagerinnen moderiert, die offenbar vor jeder Sendung ihr Gesicht exzessiv in ein Fass Botox tauchten. Bei der Wahl dieser Sender hielt ich mich daher eher zurück, da ich natürliche Schönheit dieser Form der Veredlung deutlich vorzog.

Aber egal, welchen Sender ich auch anwählte, ich bekam nur Schneegestöber zu sehen. Ich zappte hin und her, und nach kaum fünf Minuten ging der Fernseher einfach aus.

Ebenso das Licht im Aquarium und das Licht der Dunstabzugshaube in der Küche und die Anzeige des Radioweckers, den ich aus nostalgischen Gründen als Dekoration auf einem Beistelltischchen betrieb.

Resignierend mutmaßte ich, dass nun auch kein Licht mehr im Kühlschrank sei, würde ich ihn öffnen.

Dass etwas wirklich Unglaubliches im Gange war, war nun offensichtlich. Aber dass ich nie wieder in meinem Leben meinen Kühlschrank öffnen würde, war mir zu diesem Zeitpunkt nicht bewusst.

Draußen stand mein Renault, und scheinbar war der einzige Weg, etwas über das zu erfahren, was vorging, es den anderen nachzumachen und nach rechts zu fahren. Ich kehrte nie wieder nach Hause zurück, was eigentlich mein Glück war, denn mein Kaff existierte nur noch zwei Stunden. Soviel ich weiß, verglühte es inklusive meines Aquariums und des hochbegabten Rooibos-Tees in einem flammenden Inferno. Wie so Vieles in den folgenden Stunden und Tagen.

Außerhalb des Hauses empfing mich die warme Milde des mitteleuropäischen Sommers; es könnte ein so schöner Tag sein, war es aber nicht. Die Eingangstüren der Häuser in der Straße standen fast ausnahmslos offen und einige Hunde und Katzen statteten sich offensichtlich gegenseitige Besuche ab. Jedenfalls waren die einzigen Bewegungen, die ich wahrnahm, das Huschen besagter Vierbeiner in den Vorgärten der schlichten Einfamilienhäuser.

Ich selbst bewohnte eine Apartmentwohnung im einzigen Mehrfamilienhaus der Straße, was mich in den Augen der Anrainer zum Sozialfall abgestempelt hatte.

Gewissenhaft verschloss ich die Haustür und ging die wenigen Schritte zu meinem Auto, das auf der nunmehr leeren Straße irgendwie verlassen wirkte.

Während ich den Wagen startete, fasste ich zusammen: Wir hatten Stromausfall, und das hatte wohl Auswirkungen auf das Fernsehen, jedenfalls wurde nichts mehr gesendet.

Moment ... erst war das Fernsehbild futsch gewesen und dann der Strom. Egal, hängt wohl zusammen. Kaum, dass ich den Zündschlüssel gedreht hatte, knallte mir Deep Purple um die Ohren.

»Smoke on the water, a fire in the sky«.

So viel also zum Sender-Blackout. Alles nur wegen des Stromausfalls, schloss ich und legte den ersten Gang ein.

Etwas erleichtert fuhr ich los, mehr neugierig als besorgt, um herauszufinden, wohin alle meine lieben Nachbarn gefahren waren. Ich nahm also denselben Weg Richtung Kiel, hatte nach wenigen Minuten das Dorf verlassen und war nun unterwegs in Kronshagen, einem Vorort der Stadt. Ich passierte die Feuerwache mit ihren geschlossenen Toren, hinter deren Milchglasscheiben ich die roten Rettungsfahrzeuge schemenhaft erkennen konnte. Nur wenige Autos waren unterwegs, und alle fuhren in meine Richtung.

Smoooooooooooooooo ... das O aus der Kehle des Sängers zog sich zu einem endlosen Ton und penetrierte meine Ohren. Dabei lag ein seltsames Timbre auf dem O, als wären Deep Purple während der Aufnahme mit einem Van in hoher Geschwindigkeit über Bahnschwellen gefahren und hätten so diese spezielle Vibration erzeugt.

Ich schlug entnervt gegen das Radio, woraufhin es wie zum Hohn eine CD auswarf.

Was folgte, war atmosphärisches Rauschen. So viel zum Thema Radio und Fernsehen und Stromausfall.

Der automatische Sendersuchlauf ratterte alle Frequenzen rauf und runter und ich starrte entsetzt auf die gewaltige Rauchsäule, die ihren Ursprung im Zentrum Kiels zu haben schien.

Man muss wissen, dass das Herz der Stadt unmittelbar an der Kieler Förde liegt. Der spitze Meerbusen endet am Rande des Stadtkerns. Ich liebte diese Symbiose aus Innenstadt und maritimer Note. Die riesigen Ostseefähren, die von hier aus Richtung Skandinavien abdampften, erhoben sich majestätisch über die Gebäude der Stadt und den Hauptbahnhof.

Aber angesichts dieser Wand aus schwarzem, waberndem Rauch, war von diesem Charme nichts mehr wahrzunehmen.

Ich dachte gerade darüber nach, warum die Feuerwehrautos noch in Reih und Glied in ihrer Garage standen, als ein sehr lauter und scharfer Knall diesen Gedankengang unterbrach.

Ein etwa ein Zentimeter großes Loch war wie von Zauberhand in meiner Windschutzscheibe entstanden, und noch bevor ich begriff, was da geschehen war, folgten weitere Löcher, die unter lautem, peitschendem Getöse meine Scheiben zierten. Verdammt, da schoss doch jemand auf mein Auto! Auf mich, auf meine Realität, auf mein Wertesystem, auf meine Seele, auf mich, mich, mich! Amoklauf oder so was, und ich mittendrin.

Ich bin Versicherungsagent und eine elende Couchpotatoe. Ich wohne in einem Kuhdorf in der Nähe von Kiel. Hier schießt man nicht. Im verdammten Fernsehen schießt man.

Nicht hier in meiner Welt. In Afghanistan oder Tschetschenien schießt man. Nicht in Dörfern in der Nähe von Kiel.

Und auch, wenn der Hauptbahnhof da zu brennen schien und vielleicht auch mehr, war das kein Grund, ich wiederhole: kein Grund, auf mich zu schießen.

Und auch nicht auf mein Auto und überhaupt auf niemanden, außer vielleicht auf denjenigen Idioten, der da versucht hat, Kiels Stadtzentrum abzufackeln.

Ich trat die Bremse bis zum Bodenblech durch und trotz ABS quietschten die Reifen. So eine Scheiße, war ich hier in Hollywood oder was? Ich hatte keine Lust auf so etwas.

Rechts vor mir lag die Einmündung einer Straße und ich riss noch während der Vollbremsung das Lenkrad herum und trat anschließend das Gaspedal wieder voll durch ... theoretisch eine gute Idee ... praktisch jedoch hüpfte mein malträtierter Renault im Schneckentempo auf die Straßenmündung zu. Im fünften Gang anzufahren hatte sich nicht bewährt und ans Herunterschalten dachte ich in dieser unheilvollen Sekunde nicht, was mir noch mehr Löcher, diesmal in den Seitenscheiben, einbrachte. Carglass repariert, Carglass tauscht aus. Als hätte sich ein irrsinnig komisches Männchen in meinem Hirn eingenistet und würde nun den höchst geistreichen Werbeslogan der Autoscheibenmafia singen. Ob so etwas auch bei Chuck Norris im Kopf vorging, wenn er eines seiner großen Abenteuer erlebte? Endlich war ich mit meinem Wagen aus der Schusslinie gehüpft und knurrend und hustend beschleunigte das Auto.

Mein Puls raste und ich spürte die Mutter des Tinnitus in meinen Ohren.

Der Fahrtwind blies mir ins Gesicht und erzeugte in den Löchern der Scheiben schrille Pfeifgeräusche. Wo war die Polizei, wo die Feuerwehr, wo die verdammte Presse? Die Straße lag ruhig vor mir und dennoch hatte ich so eine Art Déjà-vu.

Bei vielen Häusern, die die Straße säumten, standen die Haustüren offen. Nur wenige Autos parkten am Straßenrand, und kein Mensch war zu sehen.

Ich raste nun, mein Flensburger Punktekonto verdrängend, durch die Stadt und atmete erst auf, als ich ein Ortsausgangsschild passierte und die Gefahr, in meinem Wagen wie ein Patrone der Mafia erschossen zu werden, abnahm.

Als Weltuntergang wird ein natürlich auftretendes, übernatürliches oder künstlich herbeigeführtes Ereignis bezeichnet, das die Menschheit, den Planeten Erde oder das Universum insgesamt vernichtet oder zumindest die herrschenden Lebens- und Begleitumstände massiv und desaströs zum Negativen verändert.

Wikipedia

Als sie die Botschaft des Herrn erhielt, war Evelyn Passmann gerade mit dem Auto unterwegs, um letzte Besorgungen zu machen. Schon heute Nachmittag sollte es mit der Fähre Richtung Kopenhagen gehen.

Das letzte Nest vor dem Fährterminal nannte sich Puttgarden und war völlig überfüllt mit dänischen und deutschen Touristen, die hier ihre Besorgungen machten. Die Dänen kauften Bier und Schnaps, um so der hohen Alkoholsteuer in Skandinavien zu entgehen. Kontrollen waren eher selten und so bog sich manche Sack-Karre unter der Last der transportierten Alkoholika.

Die Deutschen kauften ebenfalls Bier und Schnaps und brachten diese Vorräte zu einem der vielen Campingplätze hier in der Gegend, wo diese während nicht enden wollender Grillmarathons den ihnen zugedachten Zweck erfüllten.

Evelyn bog gerade auf den Parkplatz zum Supermarkt ein, als sie, wie die anderen sieben Milliarden Menschen auch, den Auftrag erhielt, besser gesagt, die Chance erhielt, die Welt zu retten, bevor sie der Allmächtige zerstören würde.

Als hätte jemand einen gigantischen Gong bedient, waren alle Menschen, Dänen und Deutsche, kleine und große, mitten in ihren Bewegungen erstarrt. Es waren Dutzende Menschen unterwegs um diese Uhrzeit, denn es war ein herrlicher Sommertag. Bis vor wenigen Sekunden herrschte das normale geschäftige Treiben auf einem Supermarktparkplatz, Autos parkten ein oder aus, Einkaufswagen ratterten über den Asphalt, Kinder riefen, Mütter schimpften, alles kunterbunt und sommerlich.

Und auf einmal hielten alle im exakt selben Moment inne und lauschten gezwungenermaßen der Stimme in ihrem Kopf.

Als die Botschaft verklungen war, nahmen sie nicht etwa ihre Tätigkeiten wieder auf. Sie wandten sich voneinander ab, Väter blickten ihre Kinder und Frauen an, als hätten sie sie noch nie gesehen und keiner wollte mehr Bier und Schnaps oder Grillwürstchen kaufen.

Die Kassierer im Supermarkt wollten auch nicht mehr kassieren und der Marktleiter wollte den Markt nicht mehr leiten.

Niemand wollte noch irgendetwas tun, außer, die Welt zu retten.

Kurz bevor Evelyn mit ihrem Wagen gegen eine große Werbetafel prallen würde, erwachte auch sie aus ihrer Starre und trat auf die Bremse. Außerhalb des Autos war mittlerweile das Chaos ausgebrochen. Menschen liefen durcheinander und die meisten eilten zu ihren Autos. Sie sah wie in Trance, wie ein Mann eine Frau grob an den Armen fasste und ihr den Wagenschlüssel entriss, sie dann so heftig schubste, dass sie hinfiel und auf ihrem buntberockten Hintern landete. Doch statt in Tränen auszubrechen, rappelte die Frau sich erstaunlich schnell auf, sprang den Mann von hinten an und schlug mit den Fäusten auf seinen Kopf ein. »Gib mir den Schlüssel, du Wichser«, konnte sie deutlich hören, schließlich waren die Fenster heruntergekurbelt. Überall spielten sich ähnliche Szenen ab, und trotz ihrer Benommenheit brachte sie die Konzentration auf, ihr Auto vom Parkplatz, der so plötzlich zu einem Tollhaus geworden war, zu steuern und aus dem Chaos herauszulenken. Auf den Gehwegen Puttgardens liefen, nein, rannten Menschen hin und her, jeder hatte scheinbar ein sehr konkretes Ziel und eilte dorthin. Und auch sie musste nun handeln.

Wer war schuld an all dem? Gott hatte ihr eine Chance gegeben, das Ende der Menschheit zu verhindern. Waren es nicht all jene, die ohne jede Moral und ohne jedes Mitgefühl Menschen wie sie ausnutzten, nur um Geld zu horten wie Stroh?

Die, die immer davon redeten, dass nur schöne Menschen ihre Daseinsberechtigung hatten, und die andere ablehnten, nur weil sie nicht den Schönheitsidealen entsprachen? Diese selbstgerechten Modezaren, diese Manager, die andere zu einer bestimmten Art von Prostitution zwangen? Sie schämte sich, selbst bei diesem Spiel mitgemacht zu haben. Die waren schuld, die, die jede Moral und jede Ethik über Bord geworfen hatten, um Gottes Gaben für sich alleine zusammenzuraffen. Sie wusste, wohin sie musste, um diejenigen dafür bezahlen zu lassen, die verantwortlich waren für Gottes Entschluss. Mit verengten Augen trat sie das Gaspedal durch, innerlich bebend vor Zorn auf die Schuldigen.

Plötzlich sprang ein beleibter Mann mit glänzender Halbglatze und hochrotem Kopf direkt vor ihr auf die Straße und sie konnte wieder nur in letzter Sekunde das Auto zum Halten bringen.

Der Mann schlug mit beiden Händen auf die Motorhaube und trat dann erstaunlich behände an ihre Tür, riss sie auf und fasste sie sehr grob am Arm, um sie aus dem Wagen zu ziehen.

»Raus da, ich muss das Auto haben«, brüllte der Mann ihr ins Ohr, und nur der Gurt verhinderte, dass er sie aus dem Wagen zerren und auf die Straße werfen konnte.

Sie trat instinktiv das Gaspedal durch und mit quietschenden Reifen schoss das Auto vorwärts, den schwitzenden Mann mit sich reißend. Der brüllte wie am Spieß und ließ dennoch nicht ihren Arm los.

Der Schmerz in ihrem Arm war unerträglich, so sehr krallte der Mann sich fest. Die offene Fahrertür schlug gegen den Kopf des Mannes und endlich ließ er los.

Im Rückspiegel sah sie ihn über die Straße rollen. Die Verletzungen an seinen nackten Beinen und den halb abgerissenen Fuß sah sie nicht.

Das Blut schien in ihren Adern zu kochen, sie atmete schnell, und ihr ganzer Körper war mit einem Schweißfilm überzogen. Evelyn hatte das Gefühl, ihre Knochen seien aus Gummi, und sie zitterte am ganzen Körper. Das Rauschen des Blutes in ihrem Kopf übertönte jedes Geräusch, und sie raste heraus aus Puttgarden und bog nach rechts in Richtung Lübeck ab. Völlig außer sich nahm sie nicht wahr, dass von hinten ein schwarzer Mercedes heranraste und sie überholte. Der Fahrer des schweren Wagens lenkte diesen viel zu früh wieder auf ihre Spur und so knallte er mit seinem Kofferraum seitlich gegen ihren Kotflügel. Sie fuhr nur einen kleinen VW Polo und die Wucht des Aufpralls reichte aus, um ihren Wagen von der Straße zu drücken.

Die Reifen verließen den Asphalt, der Wagen schoss mit hoher Geschwindigkeit über den Straßengraben und landete auf dem Acker rechts der Landstraße. Der Polo überschlug sich in Längsrichtung, rutschte noch wenige Meter auf dem Dach weiter und kam zum Stehen.

Sie hatte die ganze Zeit geschrien, unfähig, an dem Unfallverlauf irgendetwas zu ändern. In dem Moment, in dem der Wagen auf dem Acker landete, löste der Airbag aus und verhinderte so schwerere Verletzungen. Die Sekunden, bis das Auto zum Stillstand kam, waren unerträglich lang für sie, und mit einem Mal war Stille, von dem Ticken des Motors abgesehen. Kopfüber hing sie in ihrem Gurt und eine gnädige Ohnmacht hatte Evelyn Passmann, Fotomodell und Mannequin, für den Moment erlöst.

»Ich muss die Fähre kriegen«, war das Erste, was sie dachte, als sie langsam ihr Bewusstsein wiedererlangte. Danach strömten ihr die Bilder des dicken Mannes, der sie aus dem Auto zerren wollte, und sein anschließender Purzelbaum auf der Straße, in den Kopf. Sie öffnete die Augen und bemerkte erstaunt, dass der Himmel erdfarben war und nach Gülle roch. Nach und nach kam die Erinnerung an den Unfall, an den schwarzen Wagen, der sie von der Straße gedrängt hatte, an den kurzen Flug über den Straßengraben und die harte Landung zurück. Endlich wurde Evelyn klar, dass sie kopfüber in ihrem Gurt hing und machte sich am Gurtverschluss zu schaffen. Mit einem »Klick« gab der Verschluss den Gurt frei und sie fiel unsanft auf den Kopf.

Das Dach des Polo war auf der Beifahrerseite stark eingedrückt und dadurch war es sehr eng in dem Fahrzeug. Sie lag nun auf ihrem Nacken, die Knie am Lenkrad. Sie versuchte gar nicht erst, ihre Tür zu öffnen, sondern kroch nach einigen Verrenkungen durch das Fenster der Fahrertür.

Ihre Jeans war am rechten Knie zerrissen und etwas Blut hatte das Loch rot umrahmt.

Sie spürte Schmerzen an der Stirn, dort wo der Airbag sie getroffen hatte.

Evelyn hielt sich am Radkasten des Hinterrades fest, als ihr schlecht wurde und sie in hohem Bogen ihren Mageninhalt auf den Acker spie. Sterne tanzten vor ihren Augen, und bevor sie auch nur die Chance erhielt, ihre Gedanken zu ordnen, verlor sie erneut das Bewusstsein.

Nach weniger als fünf Minuten öffnete Evelyn wieder die Augen.

Sie lag neben ihrem Auto, das wie ein Käfer auf dem Rücken lag und seine Beine in den Himmel reckte, und blinzelte in die Sonne.

»Ich heiße Evelyn Passmann, bin 24 Jahre alt und Fotomodell«, murmelte sie. »Mama und Papa leben in Köln, und ich wohne in Düsseldorf.« Der Geruch von Gülle durchdrang die Realität wie eine olfaktorische Bombe.

»Es stinkt«, dachte sie.

»Ich muss doch die Fähre kriegen«, dachte sie und wandte den Kopf nach rechts, wo ihr zerstörter Wagen lag.

»Ich hatte einen Unfall«, konstatierte sie in geradezu karikaturhafter Naivität, die ihre Wurzeln in dem Schockzustand hatte, in dem sie sich befand.

Sie lag immer noch auf dem von Gülle durchtränkten Ackerboden, als sie begann, ihren Körper auf Verletzungen zu untersuchen. »Rechter Arm? Ok. Linker Arm ... naja, fast ok. Beine: Null Defekte, außer der Wunde am rechten Knie. Im Nacken tut es weh und das Gesicht fühlt sich an, als wäre da einiges verändert worden. Die Nase ist zugeschwollen ...«

Langsam versuchte sie, sich aufzurichten. Der Motor des zertrümmerten Polo tickte noch immer, und auf einmal bekam sie Angst, dass das Auto wie in diesen Hollywood-Filmen explodieren könnte. Hastig robbte sie einige Meter weg von ihrem Wagen.

Warum kam denn keiner, um ihr zu helfen?

Der dicke Mann. Was hatte der von ihr gewollt?

Sie bekam das nicht wirklich in den Kopf. Sie wollte einkaufen. Ja. Das wollte sie. Da war ein Supermarkt. Und der dicke Mann. Und ein dunkles Auto und dann Krach, Bumm, Peng.

»Ich muss die Polizei rufen!« Der erste vernünftige Gedanke.

Ihr Handy lag allerdings im Wagen, und so fasste sie sich ein Herz und kroch zu dem Trümmerhaufen zurück. Sie blickte in das Innere

des Autos und sah ihr Mobiltelefon auf dem stoffbespannten Himmel des Polo liegen, der jetzt den Boden bildete. Es gelang ihr, ihren Arm so weit in das Auto zu schieben, dass sie ihr Handy greifen und an sich nehmen konnte. »Kein Netz«, lautete die Botschaft auf dem Display.

Evelyn Passmann nahm einen tiefen Atemzug und zog sich am Radkasten des Polo auf die Beine. Dann wandte sie sich Richtung Straße, und zwar genau in dem Augenblick, in dem ein Lastzug, von rechts aus Richtung des Fährterminals kommend, mit mindestens neunzig Stundenkilometern einen entgegenkommenden Bus rammte. Ein infernalisches Krachen rollte heran. Das Führerhaus des Lastwagens faltete sich wie ein Akkordeon, der Bus wurde aus ihrem Blickfeld geworfen, während der Lastzug mit der zerstörten Zugmaschine von der Straße gerissen wurde und geradewegs auf sie zuschoss.

Fast die Hälfte der dreißig Meter von der Landstraße bis zu ihr legte das vierzig Tonnen schwere Geschoss im freien Flug zurück. Wie erstarrt stand Evelyn da, und bevor sie auch nur einen einzigen Muskel aktivieren konnte, schob sich der Koloss dicht an ihr vorbei und kam unweit des winzig wirkenden Polos völlig zertrümmert zur Ruhe. Der Gestank von Diesel und verbranntem Gummi mischte sich mit dem der Gülle. Ein Dreckregen ging auf sie nieder, und wenn es bislang noch eine saubere Stelle an ihr gegeben hatte, war diese nun auch beseitigt.

Der ohnehin schwere Schock, ausgelöst durch ihren eigenen Unfall, verstärkte sich noch, und das Bild dieses roten, fleischfarbenen, zappelnden Flecks an der total zerstörten Stelle, an der man das Fahrerhaus des Sattelschleppers vermuten konnte, brannte sich in ihr Gedächtnis.

Sie sackte auf die Knie, und der Schmerz, den sie verspürte, holte sie in die Realität zurück, bevor sie erneut die Besinnung verlor.

Die Räder des Sattelzuges hatten sich trotz der Trockenheit bis zu den Achsen in den Acker gegraben. Sie sah nur noch die Rückseite des Aufliegers, und das einzige Geräusch, das sie vernahm, war das Zischen der sich entleerenden Luftdruckbehälter des Bremssystems.

Sie stand wieder auf und taumelte barfuß auf die Straße zu – ihre Schuhe hatte sie schon im Polo verloren – noch größerem Schrecken entgegen.

Sie hatte die Straße erreicht und schaffte es, die kurze Böschung hinaufzuklettern. Der Asphalt war übersät von verbogenen Fahrzeugteilen. An der Stelle, an der Bus und LKW zusammengeprallt waren, fehlte ein großes Stück des Fahrbahnbelages und gab den Blick auf hellen Schotter frei. Öllachen und tiefe Riefen auf dem Asphalt bildeten mit dem Trümmerfeld eine surreale optische Komposition, die Evelyn wie ein Bild in einer Vernissage betrachtete.

In ihrem Schockzustand nahm sie das Grauen dieses Ortes nicht mehr bewusst wahr.

Das völlig zerrissene Wrack des Busses lag fünfzig Meter weiter auf der gegenüberliegenden Seite der Straße.

Die Reifen zeigten in ihre Richtung und von dort kam kein Lebenszeichen. Sie wäre eher gestorben, als zu dem zerstörten Linienbus zu laufen.

Wo blieben nur die Polizei und die Feuerwehr, die Krankenwagen, die Hubschrauber und die Schaulustigen? Sie hatte noch in ihrem Kopf, dass hier reger Verkehr geherrscht hatte und es immer wieder zu Staus kam, weil die Fähren, die kaum zwei Kilometer von hier Richtung Dänemark ausliefen, die vielen Fahrzeuge kaum zu transportieren vermochten. Jetzt herrschte hier gespenstische Ruhe. Das hatte sie sich kaum bewusst gemacht, als sie eine heftige Detonation aus Richtung des Fährhafens hörte. Erst gab es eine Art Grummeln, das lauter wurde, und dann einen heftigen Schlag, wie bei einem mächtigen Gong. Ihr Kopf ruckte in die Richtung, aus der dieser Krach kam und sie sah einen Glutball in den Himmel steigen, der wie eine kleine Nuklearexplosion aussah.

Gewaltige, tiefschwarze Qualmwolken folgten dem dunkler werdenden Feuerball und verschlangen ihn schließlich.

Das Weinen kam urplötzlich aus ihr heraus. Sie legte sich auf den warmen, stinkenden und von Trümmern übersäten Asphalt und zog die Knie an. Evelyn lag dort minutenlang schluchzend und wiegte sich selbst hin und her. Und sie betete, betete zu Gott, er möge sie aus diesem Albtraum befreien.

In dem Buswrack begann jemand laut zu schreien, das einzige Geräusch in dieser grauenvollen Kulisse.

Kleine, schwarze Ascheflocken tanzten durch die Luft.

Ein fernes metallisches Knirschen und Quietschen zeugte vom Untergang einer Fähre am Terminal, aber sie hörte es nicht. Und sie sah auch nicht die Menschen, die wie Ameisen aus dem Dorf strömten, zu Fuß, mit dem Auto oder auf Fahrrädern.

Dasselbe Dorf, in dem sie noch vor einer halben Stunde Seidenstrümpfe, eine Zahnbürste und eine Kleinigkeit zum Essen kaufen wollte. Sie ahnte nichts von ihrem Glück, nicht überfahren worden zu sein, denn hunderte Autos waren an ihr vorbeigefahren.

Gnädige Ohnmacht hatte sie erneut umfangen.

Denn von nun an über sieben Tage will ich regnen lassen auf Erden vierzig Tage und vierzig Nächte und vertilgen von dem Erdboden alles, was Wesen hat, was ich gemacht habe.

1. Mose 7,4

Offensichtlich waren alle wahnsinnig geworden. Er selbst war noch ganz erschüttert von dem, was sich vor wenigen Minuten in seinem Kopf zugetragen hatte, und dennoch konnte er sich damit zurzeit nicht befassen, denn er war damit beschäftigt, zu überleben.

Er hatte in seinem Büro gesessen und gerade Darlehnsanträge bearbeitet, als die Hölle losbrach. Im Filialraum der Bank entstand zum selben Zeitpunkt ein lauter Tumult, als die Nachricht des Allmächtigen endete.

Laute Rufe, das Scheppern umstürzender Blumentöpfe und Aufsteller für Werbeplakate. Gerade wollte er aufstehen, um zu schauen, was draußen los war, da kam ihm in den Sinn, dass seine Bank wohl gerade überfallen wurde, und er drückte mit zitternden Händen den Alarmknopf an seinem Telefon. Der stille Alarm würde die nächste Polizeistation alarmieren und hoffentlich würden dann sehr schnell die Beamten hier sein, um die Situation zu bereinigen.

Plötzlich wurde die Tür zu seinem Büro aufgerissen und einer seiner Mitarbeiter stürzte herein. »Was...« konnte Laurenz Beck noch rufen, bevor der Bankbedienstete über seinen Schreibtisch hechtete und ihm die Hände um den Hals legte.

Durch den Aufprall rollte der Bürostuhl weit nach hinten und prallte gegen den Heizkörper an der Wand. Der Griff um seinen Hals lockerte sich und Laurenz Beck schlug hysterisch nach dem Angreifer, dessen wutverzerrtes Gesicht er dicht vor sich hatte.

Der Regionalleiter und Bankmanager Laurenz Beck rutschte nun von seinem Drehstuhl und fiel gemeinsam mit dem Bankmitarbeiter, der ihm aus unerfindlichen Gründen vehement nach dem Leben trachtete, zu Boden. Wieder legten sich die Hände des Mannes um seinen Hals, aber diesmal gelang es Laurenz Beck, den Angreifer durch einen festen Schlag gegen das linke Ohr für einen Moment zu lähmen. Er trat und schlug wie besessen auf den Mann ein, dessen Name Frank Wilhelmsen war, und der eigentlich Berater für Kleinkredite und Devisengeschäfte und sonst ganz nett war.

Es gelang ihm, sich aufzurichten und Wilhelmsen auf den Boden zu drücken. »Was zum Teufel soll das?«, schrie er ihn an und schlug weiter auf das hochrote Gesicht von Wilhelmsen ein.

Dieser rammte ihm das Knie zwischen die Beine und für einen Moment versank Laurenz Beck in einem blinkenden Nebel, während er auf den Rücken fiel und sich dabei schmerzhaft am umgestürzten Bürostuhl stieß.

Wilhelmsen stand keuchend auf, packte den Bürostuhl an den Rollen und hob ihn weit über seinen Kopf, um ihn mit voller Wucht auf Laurenz Becks Kopf zu schmettern.

In der Sekunde betrat ein weiterer Mitarbeiter das Büro und lenkte Wilhelmsen einen Moment ab.

In seiner Hand hielt der Mann einen Elektroschocker, und er bewegte sich mit schnellen Schritten auf den Schreibtisch zu, hinter dem Beck auf dem Boden lag und immer noch Sterne sah.

Laurenz Beck sah nur die Hand mit dem Elektroschocker, der seine fünf Millionen Volt mit einem hochfrequenten Knistern in das rechte Auge von Wilhelmsen entlud und ihn auf der Stelle lähmte. Ein Gurgeln entrann seiner Kehle und der Fachmann für Kleinkredite und Devisen sackte in sich zusammen, ließ den Drehstuhl fallen und stürzte rückwärts auf den Boden.

»Du bist schuld! Wegen dir passiert das alles!«, hörte Laurenz Beck seinen vermeintlichen Retter schreien. Er versuchte aufzustehen und sah über die Kante des Schreibtisches hinweg in das Gesicht seines Prokuristen, der ihn mit derselben hasserfüllten Mimik anstarrte, wie vorher Wilhelmsen.

Draußen konnte man immer noch laute Schreie, Klirren und Poltern hören, als wütete eine Rinderherde in dem großzügigen

Schalterraum der Bank. Es gab einen sehr lauten Knall, und der Prokurist wurde wie von Geisterhand quer über den Schreibtisch geworfen.

In der Bürotür stand der Wachmann der »Kaleido-Security«, der bankeigenen Sicherheitsfirma, und hielt seine rauchende Dienstwaffe in der rechten Hand. Laurenz Beck war halb unter dem nunmehr sehr friedlichen Prokuristen und dem Bürostuhl begraben und rührte sich nicht mehr. Der Wachmann trat näher und ging um den Schreibtisch herum.

Der Mann in der schwarzen Uniform blickte auf die drei Männer herab, die blutbesudelt in einem grotesken Knäuel auf dem Boden lagen, und gab drei Schüsse auf die Körper ab.

Dann wandte er sich ab und verließ das Büro. Er öffnete die Tür zum Treppenhaus.

In den oberen Etagen des Bankgebäudes gab es noch jede Menge Banker, die er töten musste, denn sie waren an allem schuld.

Die drei Schüsse waren so laut gewesen, dass der schrille Schmerz in seinen Ohren die primäre Empfindung war, die Laurenz Beck verspürte.

Unendliche Angst, totale Panik und der Schock ließen ihn viel zu schnell und viel zu flach atmen. Der Körper des Prokuristen lastete schwer auf ihm und Wilhelmsen war nicht wieder zu Bewusstsein gekommen. Würde er auch nicht mehr, denn eine der drei Kugeln hatte ihn in die Brust getroffen. Die zweite steckte im rechten Oberschenkel des Prokuristen und die dritte hatte die mit Leder bezogene Lehne des Bürostuhls durchschlagen und sich zwischen den Beinen des Bankmanagers in den Fußboden gebohrt.

Erfüllt von schierer Todesangst hatte Beck sich eingenässt und begann nun, am ganzen Körper zitternd, sich aus dem grauenvollen Haufen aus menschlichen Körpern, blutbefleckten Papieren und dem Drehstuhl herauszuwinden. Aus der Etage über ihm waren erneut Schüsse zu hören, die ihn zusammenzucken ließen. Sein weißes Hemd war voller Blut, sein Gesicht war zerschlagen und sein rechtes Auge schwoll allmählich zu. Seinen nassen Schritt nahm er in diesem Moment nicht wahr.

Er wagte es, hinter dem Schreibtisch hervorzukriechen und schaute zur Tür. In der Schalterhalle war es mittlerweile ruhig geworden. Vor ihm lag sein Telefon, das im Laufe der Geschehnisse vom Schreibtisch gefallen war. Kein Ton drang aus dem Hörer. Tot wie der Prokurist.

Der Gestank nach Pulver und Blut vermischte sich mit dem seiner Hose zu einem wenig Mut machenden Geruchs-Ensemble. Laurenz Beck kroch auf allen Vieren langsam Richtung Tür. Seine Gedanken und Gefühle wirbelten völlig durcheinander. Tränen liefen ihm über das Gesicht und wuschen feine Linien in das Blut, das nicht das seine war.

Erst an der Tür traute sich Laurenz Beck aufzustehen.

Noch immer raste sein Puls, und auch sein Atem hatte sich nicht beruhigt. Durch die Fenster drangen Geräusche zu ihm. Hupen und laute Schreie, Schüsse und das Klirren von Glas. Überlaut dominierte auf einmal das infernalische Tosen von Flugzeugtriebwerken direkt über ihm. Das ganze Gebäude schien zu zittern, als der Airbus der Ryan-Air in nur dreißig Metern Höhe über das Bankhaus hinwegflog, um sich, in Seitenneigung befindlich, in die Fassade des Hamburger Rathauses zu bohren. Der Aufschlag und die synchron erfolgende Detonation fand zwar über einen halben Kilometer von Laurenz Beck entfernt statt, dennoch barsten die Fenster und ein Scherbenregen ging auf den Bankmanager nieder. Kerosingestank und Brandgeruch gesellten sich zu den ohnehin dominierenden Gerüchen im verwüsteten Büro von Laurenz Beck.

Er taumelte durch die Tür, nahm wahr, dass der Schalterraum leer war und keine der über dreißig Neonlampen mehr funktionierte. Der Schalterraum lag in diffusem Halbdunkel und war übersät von Teilen der Deckenverkleidung, die durch die Erschütterung des nahen Flugzeugabsturzes herabgefallen waren, umgestürzten Blumenkübeln und zerschlagenen Glasabtrennungen.

Körper lagen vereinzelt auf dem Boden und durch die großen, erstaunlicherweise intakten Fensterscheiben erkannte Laurenz Beck, dass vor dem Bankhaus mindestens zwei Autos auf der Seite lagen und brannten. Was in diesem ganzen Bild fehlte, waren heulende Alarmanlagen, die Sirenen der Feuerwehr und der Polizei und die Menschen, die retten, bergen und helfen. Stattdessen hörte man ein Knistern und Krachen, ein immer lauter werdendes Rauschen, unterbrochen von Splittern und lauten Schreien. Er tastete sich instinktiv nach Halt suchend an der Wand entlang, bis er die Tür zum Treppenhaus erreicht hatte. Im Keller des Gebäudes gab es einen Tresorraum, der gleichzeitig als Panikraum konstruiert war. Man hatte diesen Raum für den Fall konzipiert, dass Bedienstete sich während eines Überfalls dorthin begeben und einschließen konnten, bis die Polizei eingetroffen war und sie befreite. Dorthin wollte Laurenz Beck. Dieser Ort schien ihm angesichts des totalen Chaos der sicherste zu sein.

Im Treppenhaus roch es stark nach Rauch und von den oberen Etagen fielen Ascheflocken herab. Er stieg die Stufen hinab und fand den Tresorraum offen vor.

Frau Martens, die Kassiererin, die normalerweise hinter schusssicherem Glas Geld an Kunden ausgab oder Bareinzahlungen bearbeitete, lag mit zerschmettertem Schädel vor der offenen Tür. Ihr Rock war hochgerutscht und gab den Blick auf einen geblümten Schlüpfer frei. Ihre Beine waren in einer letzten, frivol anmutenden Geste weit gespreizt.

Laurenz Beck übergab sich und fügte der Farbpalette auf seinem Anzug noch einige Akzente hinzu.

Der Panikraum befand sich hinter dem eigentlichen Tresorraum. Er stieg mit geschlossenen Augen über die Leiche von Frau Martens hinweg und ging durch den Tresorraum, der im Grunde nur aus Regalen mit hunderten von Schließfächern bestand. Die batteriebetriebene Notbeleuchtung erzeugte ein diffuses Licht, und das Blinken an der elektronischen Konsole, an der man den Zugangscode eingeben musste, warf monoton abwechselnd grünes und rotes Licht in den Raum.

Er öffnete die Stahltür zum Panikraum, ging hinein und schloss die Tür hinter sich. Es gab in diesem Raum nur eine Pritsche und einen kleinen Schrank, in dem sich eigentlich Wasserflaschen und Eimer befinden sollten, der jetzt aber leer war. Im Grunde rechnete schon seit Jahren niemand mehr damit, dass man diesen Raum benutzen würde, denn die Sicherheitssysteme waren so ausgefeilt, dass ein Überfall mehr als unwahrscheinlich geworden war. An der Innenseite der Tür war ein großes Rad angebracht, mit dem man die Tür verriegeln konnte.

Es war nun nicht mehr möglich, die Tür ohne Schneidbrenner und andere Werkzeuge von außen zu öffnen. Laurenz Beck setzte sich auf die Pritsche und weinte hemmungslos, völlig unter Schock stehend und bis zum Platzen mit Adrenalin vollgepumpt.

Als er sich langsam beruhigte, nur dieses schluckaufartige Zittern nach dem Weinkrampf, das er nicht bewusst abstellen konnte, in kurzen Abständen seinen Körper erschauern ließ, konnte er von der anderen Seite der Tür merkwürdige Geräusche hören. Geräusche, die durch die Stahltür gedämpft wurden und so einen sehr unwirklichen Klang bekommen hatten.

Ein Knirschen und Poltern, erst weit weg, dann näherkommend. Die batteriebetriebenen Lüfter summten und das fahle Neonlicht flackerte und erlosch schließlich, und auch das Summen, das den Raum bislang erfüllt hatte, verstummte. Laurenz Beck saß in völliger Dunkelheit in einem Raum von zwei mal drei Metern und draußen schien, den Geräuschen nach zu urteilen, die Welt unterzugehen, schien sich die Apokalypse zu vollziehen.

»Was zum Teufel ist da los?«, fragte sich Beck immer wieder. Er tastete sich zu der Stahltür vor und presste sein Ohr an diese, in der Hoffnung, irgendwelche Informationen über das, was draußen vorging, zu erhalten. Auf keinen Fall wollte er länger in dieser Gruft bleiben als unbedingt nötig. Ihm war klar, dass in den oberen Etagen des Gebäudes ein Feuer ausgebrochen sein musste, und die Detonation des abstürzenden Flugzeuges klang ihm noch in den Ohren. Dass plötzlich alle Menschen um ihn herum wahnsinnig geworden zu sein schienen, konnte er ebensowenig verdrängen.

Und er hatte einen Auftrag, eine Mission zu erfüllen. Und das ging schlecht in diesem Loch, in dem er festsaß und aus dem er sich nicht heraustraute.

Zuerst konnte er nicht sagen, ob er sich das einbildete, aber ihm schien, als würde die Tür sich erwärmen. Er nahm seinen Kopf zurück und legte beide Hände auf die glatte Fläche der Stahltür. Tatsächlich. Die Tür war warm und sie wurde immer wärmer. Bis sie so heiß war, dass er seine Hände wegziehen musste. Instinktiv zog er sich an die Wand zurück, die am weitesten von der Tür entfernt war. Drei Meter. Maximal.

Augen können sich an Dunkelheit gewöhnen. Die sensiblen Rezeptoren auf der Netzhaut vermögen auch kleinste Lichtmengen zu sinnvollen Informationen zu verarbeiten. Aber wo jedes Licht fehlt, wo absolute Dunkelheit herrscht, sind Menschen und Tiere blind.

Laurenz Beck sah trotz der Dunkelheit Lichtflecken, skurrile Schatten und kleine Blitze. Die Dunkelheit in dem Panikraum war wie zäher Brei und sein Gehirn füllte die dem Sehnerv fehlenden Informationen mit Fantasiebildern. Er hatte sich an die hintere Wand gekauert und spürte bis hierhin, dass sich die Luft im Raum erwärmte. Der Geruch von seinem Erbrochenem, seinem Urin und der metallische Geruch von Blut lagen in der Luft.

Ihm war klar, leider völlig klar, dass das Bankgebäude wohl in voller Ausdehnung brennen musste. Außer den Inhalten der Schließfächer gab es hier unten kaum etwas Brennbares. Die Türen waren aus Stahl und die Böden waren gefliest.

Lichtschalter und Lampen, Bilder und derartige Kleinigkeiten mochten brennen, aber die Hitze, die die Stahltür, die ihn schützte und gleichzeitig gefangen hielt, abstrahlte, konnte ihre Ursache nur darin haben, dass das Gebäude komplett in hellen Flammen stand.

Unwillkürlich musste er an die Twin-Tower in New York denken. Vor allem daran, wie die Konstruktion irgendwann kollabiert und in sich zusammengestürzt war. Das Bankgebäude hatte nur sieben Stockwerke und er hoffte, dass die Feuerwehr den Brand gelöscht haben würde, bevor ihm hier unten die Luft ausging oder er gebacken wurde. Egal, was früher eintrat, er hatte keine favorisierte Todesart. Gar nicht sterben war sein klares Ziel.

Mittlerweile war er zwei Stunden in dem Raum.

Die Temperatur mochte etwa vierzig Grad betragen. Laurenz Beck hatte sich bis auf die Unterwäsche entkleidet. Seine Zunge klebte an seinem Gaumen und das Atmen fiel ihm immer schwerer. Er hatte Erschütterungen wahrgenommen, als einzelne Gebäudeteile einstürzten und jedesmal aufgeschrien, weil er dachte, nun unter den Trümmern des ausgeglühten Hochhauses zerquetscht zu werden, statt zu ersticken oder zu verbrennen. Und das alles in völliger Dunkelheit.

Was ihn bei Verstand hielt, war die Tatsache, dass Gott ihm wohl kaum den Auftrag zur Weltrettung gegeben hätte, wenn er die Absicht gehabt hätte, ihn hier unten sterben zu lassen. Also würde alles gut werden. Es *musste* einfach alles gut werden.

Wo blieb nur seine Rettung? Sein Mobiltelefon lag in der Schublade seines Schreibtisches und war nun wohl längst nur noch Rauch und Asche. Im Panikraum gab es ein Telefon, und er hatte so lange in der Dunkelheit umhergetastet, bis er es gefunden hatte. Das Telefon war allerdings tot. Nicht mal ein Knistern oder Rauschen war zu hören.

Von draußen waren auch nach acht Stunden noch die Geräusche der Zerstörung zu hören, aber sie wurden weniger.

Die Luft in dem kleinen Zimmer wurde immer schlechter. Laurenz Beck stellte fest, dass er dicht am Boden besser atmen konnte, und so lag er auf dem gestrichenen Estrichboden und atmete langsam und flach, um möglichst wenig Sauerstoff zu verbrauchen.

Die Wahrscheinlichkeit, dass er aus dieser Situation lebend hervorgehen würde, schätzte er von Stunde zu Stunde geringer ein, und auch die Rettung der Welt wurde ihm nach nunmehr acht Stunden im Kerker immer gleichgültiger. In seinem Privatleben gab es wenig, woran er denken musste. Er hatte keine Frau. Das lag daran, dass er irgendwie asexuell war. Es interessierte ihn nicht wirklich, dieses Leben an der Seite eines geliebten

Menschen, das die meisten anderen als höchsten Lebenszweck ansahen. Er war noch nie verliebt gewesen.

Manchmal hatte er so seltsame Impulse, aber die gingen eher in eine ganz andere Richtung. Er hatte sich immer gegen Gedanken in diese Richtung zur Wehr gesetzt, und das ziemlich erfolgreich. Er konnte nicht ausschließen, dass er schwul war. Jedenfalls ein bisschen. Aber auch das war ihm egal.

Im Moment war er froh darüber, dass es da draußen niemanden gab, um den er sich Sorgen machen musste. Er war der klassische Karrierist, und er fühlte sich gut in der Rolle. Er konnte gut mit Menschen umgehen und er war zeitlich frei und ungebunden. Seine Energie hatte er in seine Ausbildung gesteckt. Studium, dazu Praktika und immer schön lächeln auf dem Weg nach oben. Und mit Geld konnte er umgehen. Er genoss die Macht, bei Kreditanfragen »Ja« oder »Nein« sagen zu dürfen und so Handlungsstränge schaffen zu können. Oder zu verhindern. Hatte Gott nicht auch davon gesprochen? Er hatte Handlungsstränge geschaffen. So wie er, Bankdirektor und Liebling des Vorstandes, auch. Und er sah gut aus. Gut. Irgendwie so, wie man sich einen Banker vorstellte.

Kurze, dunkle Haare, ein leicht schelmenhaftes Lächeln und kleine Fältchen um die Augen, die ihm Seriosität verliehen, und gleichzeitig besaß er etwas jugendhaftes, lausbubenartiges. Die Kunden vertrauten ihm sofort, und niemand nahm ihm je eine Entscheidung übel.

Glatt und sauber, gut gekleidet, tolle Armbanduhr, die zwar über tausend Euro gekostet hatte, die ihm aber nichts zu trinken geben konnte, was sie hier für ihn absolut wertlos machte. Er besaß eine Eigentumswohnung und in der Tiefgarage der Bank verbrannte wohl gerade sein imposanter BMW.

Das alles war ihm allerdings im Moment völlig egal.

Er wollte nur raus hier, aber er hatte gleichzeitig auch diese schreckliche Gewissheit, dass er sterben würde, sobald er die Stahltür öffnete.

Der Durst wurde unerträglich und die Hitze in dem Raum raubte ihm den Verstand. Er musste schon seit Stunden Wasser lassen. Nun hielt er es nicht mehr aus und urinierte in eine Ecke des Raumes. Der Uringestank machte die Luft noch unattraktiver für das Atmen.

Nach weiteren sechs Stunden war Laurenz Beck alles gleichgültig. Seine Lippen waren aufgesprungen und brannten. Seine Augen schmerzten bei jedem Blinzeln und seine Lungen fühlten sich an, als sei jedes Sauerstoffmolekül mit Widerhaken versehen, die sich in das empfindliche Lungengewebe gruben. Der Durst war überwältigend, und schon lange dachte er nicht mehr an Gott und Auftrag und Bedrohung durch wahnsinnig gewordene Prokuristen, sondern nur noch daran, etwas trinken zu wollen. Er konnte nicht mehr durch die Nase atmen, sie war völlig zugeschwollen. Durst, unsäglicher Durst. Seine Kehle war trocken. Die Schleimhäute hatten ihren Dienst versagt, und jeder Atemzug war zur Qual geworden.

Er hasste sich dafür, einfach in die Ecke uriniert zu haben. Er kroch in die betreffende Ecke, in der Hoffnung, dort würde eine Pfütze auf ihn warten, doch der Urin war bei der hohen Temperatur völlig verdunstet.

Er kniete sich hin und versuchte, in seine hohle Hand zu urinieren. Der klägliche Spritzer Pisse, den er ausschied, landete neben seiner Hand auf dem Boden. Er warf sich darauf und leckte den Estrich ab. Die Stahltür knackte.

Laut und deutlich.

Nach einigen Sekunden wieder. Knack.

Knack. Knack.

Schwer atmend kroch er in Richtung Tür und wagte es, sie anzufassen. Sie war nicht mehr so heiß, das Knacken rührte daher, dass sie abkühlte. Knack.

Er war jetzt achtzehn Stunden hier unten. Und deutlich weniger Zeit vom Wahnsinn entfernt. Sehr deutlich weniger.

Und wenn ich wüsste, dass morgen die Welt unterginge, so würde ich heute noch ein Apfelbäumchen pflanzen!

Martin Luther

Das war jetzt ganz schlecht. Das war so nicht vorgesehen. Darauf hatte sie niemand jemals vorbereitet.

Ohne Strom und ohne Freunde und Helfer war das jetzt erst mal eine Katastrophe.

Brigitta Becker versuchte sich zu beruhigen, indem sie sich an ihren Küchentisch setzte und tief durchatmete, so wie Yvonne, ihre Freundin und Lehrerin, es ihr gesagt hatte.

»Du musst, wenn du an Grenzen kommst, von denen du denkst, sie nicht überwinden zu können, dich hinsetzen und zur Ruhe kommen. Es wird nichts geschehen.

Orientiere dich stets neu, finde deine Position und du kannst in Ruhe über den Weg nachdenken, den du gehen willst oder musst.«

Sie tastete nach ihren Zigaretten, fand sie da, wo sie sie hingelegt hatte und griff selbstsicher nach dem Feuerzeug, das neben der Schachtel lag. Rechts neben der Schachtel.

Ihre Hand zitterte ein wenig.

Sie hielt sie mit der anderen Hand fest und zündete die Zigarette etwa in der Mitte an. Das passierte öfter, vor allem wenn sie nervös war.

»Scheiße!«, rief sie, als die Glut den vorderen Teil der Zigarette abtrennte und dieser ihr, an einer Seite glühend, in den Ausschnitt fiel. Sie schlug gegen ihre Bluse, um die Glut zu löschen.

»Scheiße, Scheiße, Scheiße!«, rief sie anschließend laut und schlug bei jedem »Scheiße« mit der Hand auf die Tischplatte.

Das alles war viel für sie. Zu viel vielleicht.

Neben all den kosmischen und weltlichen und großen und kleinen Problemen, neben all den Katastrophen in ihrem Leben und den Ungerechtigkeiten, die sie seit ihrer Geburt erleben und ertragen musste, nun noch so etwas. »Scheiße«, sagte sie erneut, und ihre Gedanken rasten in einem irren geistigen Flipperspiel durcheinander, keine Chance für sie, das Chaos in ihrem Kopf zu ordnen. Heftig zog sie an der Zigarette, und als sie den verbrannten Filter schmeckte, tastete ihre linke Hand automatisch nach dem Aschenbecher, der stets in der Mitte des Tisches stand. Jetzt aber war er durch das Schlagen auf den Tisch an die rechte Tischkante gerückt.

Sie drückte die Zigarette auf der Tischplatte aus und rief erneut »Scheiße«, als sie es bemerkte.

In plötzlicher Wut stieß sie den Tisch mit allem, was sich auf ihm befand um. Das Krachen und Splittern dröhnte in ihrem Kopf.

»Yvonne!«, schrie sie laut, »Yvonne, komm bitte her und hilf mir!«. Doch ihre Lehrerin war schon seit über dreißig Minuten tot. Sie konnte das nicht wissen, denn sie bekam kaum etwas von dem, was gerade in der Welt geschah, mit.

Der Strom war ausgefallen, und auch wenn der Akku des Laptop noch funktionierte, so brachte sie keine Internetverbindung zustande. Ihr Braille-Leser schwieg und sie ertastete nur: »Keine Verbindung zum Internet«. Der Fernseher und das Radio ließen sich nicht mehr einschalten und außerhalb ihrer Wohnung konnte sie seit über zwei Stunden sehr beunruhigende Geräusche hören. Schreie und anderes sehr Beunruhigendes.

Sie hörte die schnellen Schritte der Nachbarn, hörte Geräusche von davonrasenden Autos, aber sie bekam erst richtig Angst, als sich vereinzelt Schüsse in das Geräuschinferno mischten.

Sie stand auf, berücksichtigte den umgefallenen Tisch und ging in ihr Schlafzimmer. Natürlich hatte sie Gottes Botschaft erhalten, aber danach hatte sie nur ein wirklich starkes Gefühl: Gott verarschte sie.

Brigitta Becker, genannt »Becki«, war seit ihrer Geburt blind und hatte nicht die geringste Chance, die Menschheit zu retten. Und so, wie sich die Dinge entwickelten, hatte sie eine noch geringere Chance, die zehn Tage bis zum Exodus zu überleben.

Sie hatte aufgrund ihrer gesteigerten Wahrnehmung des haptisch-taktilen und des auditiven Sinnes durchaus wahrgenommen, dass nach der Vergewaltigung ihres Verstandes durch die Gottheit alles anders wurde. Die gesamte Präsenz der Realität hatte sich verändert. Die Grundstimmung, die innere Grundfarbe der Realität, hatte sich verändert. War von »warm« nach »Chaos« gewechselt. Farben konnte sie nicht visualisieren, stattdessen arbeitete ihr Verstand mit Metaphern aus dem Reich der Zahlen, Gefühle und Gerüche.

Instinktiv und von dem absoluten Lebenswillen beseelt, den sie stets bemühte, wenn sich Mauern und Grenzen auftaten, ging sie die wenigen Meter bis zu ihrer Diele und griff nach ihren Leder-Boots, die sie am liebsten dann trug, wenn ihr Ego mal wieder eine Exkursion ins Reich der Depressionen plante.

»Yvonne«, flüsterte sie und sie projizierte den Weg zu ihrer Lehrerin in ihr Bewusstsein. Yvonne hatte Karla abgelöst, die über viele Jahre hinweg ihre Lehrerin in Punktschrift und Blindenlehre war, wie sie es nannte.

Die Welt der Sehenden war auch ihre Welt geworden, auch wenn der Begriff »Sehen« für sie auch nach zweiunddreißig Jahren Blindheit ein abstrakter war. Ihr fehlte nichts, sie hatte nach ihrer Auffassung keine Defizite. Defizitär war nur die Welt.

Sie käme wunderbar zurecht, wäre nur die Gestaltung der Umwelt von Blinden vorgenommen worden und nicht von den Sehenden, die Leute wie sie in ihren Planungen nicht berücksichtigten.

Erst in den letzten Jahren hatte man auch an die »Nicht-Seher« gedacht und Rillen in die Straßen und Gehwege gefräst, um auch ihnen eine Orientierung zu geben.

Akustische Signale an Ampeln und Computer, die in Brailleschrift oder durch akustische Wiedergabe von Texten Informationen übermittelten, erleichterten das Leben. Alles Dinge, die von »Sehenden« erdacht und geschaffen wurden und somit höchst defizitär waren.

»Yvonne.« Yvonne hatte es drauf. Yvonne war zwar eine »Sehende«, aber wie niemand sonst verstand sie es, sich in sie hineinzuversetzen.

Yvonne verband sich die Augen, wenn sie zu Besuch kam und Yvonne hatte ihr versprochen, immer da zu sein, wenn es mal schlecht lief.

Yvonne wohnte gar nicht weit von hier und sie hatte ihre Lehrerin und Freundin schon oft besucht, einfach, um zu plaudern und um den Tag nach Feierabend mit ihr zusammen zu genießen. Manchmal hatte Yvonne den Grill angemacht und ihr beschrieben, wie der Garten aussah. Yvonne konnte das. Sie führte sie in den Garten und ließ sie die Blumen und Kräuter fühlen. Sie besaß einige Hühner und Yvonne schickte sie alleine los, um nach Eiern zu »sehen«.

Und kichernd kroch sie manches Mal durch den Hühnerstall und tastete über Hühnerkacke und Stroh hinweg nach diesen warmen, harten und doch so zerbrechlichen, ovalen Dingern, die sie gekocht oder gebraten so sehr mochte. Yvonne hatte Zwillinge, zwei ganz süße Mädchen, die ihr manchmal etwas vorlasen und ihr Dinge beschrieben. »Kinder verstehen Blinde besser«, hatte Yvonne immer gesagt. »Weil sie das Blindsein akzeptieren und nicht interpretieren.« Becki liebte Yvonnes Kinder, sie sahen gut aus. Sie sahen warm aus.

Yvonne würde ihr helfen, sie hatte es versprochen.

Sie nahm ihre Lederjacke vom Haken und öffnete die Haustür. Draußen war es nach dem Getöse der letzten zwei Stunden unheimlich ruhig geworden.

»Scheiße«, sagte sie wieder. Zurück ins Wohnzimmer. Den umgestürzten Tisch einschätzend, begab sie sich auf ihre Knie und tastete nach der Zigarettenschachtel, die sie schnell fand. Das Feuerzeug allerdings blieb unauffindbar, und wieder fluchte sie laut vor sich hin.

Ihre Nase nahm nun einen Geruch wahr. Brand. Feuer. Gestank.

Darauf war sie von Kindesbeinen an geschult worden. Dieser bestimmte, unverwechselbare Geruch eines Brandes. Olfaktorisch war die Analyse klar, mit Ohren und Nase konnte sie den Herd des Feuers in seiner Richtung und Ausdehnung bestimmen. Das Haus brannte.

Becki wollte gerade aufstehen, als ihr kleiner Finger gegen das Feuerzeug stieß.

Sie nahm es an sich, steckte es in die Brusttasche der Lederjacke und ging erneut in Richtung Haustür.

Direkt neben der Tür stand ihr Blindenstock, ihre lebensnotwendige Verlängerung des Tastsinnes. Den ergriff sie, verließ die Wohnung und zog die Haustür zu. Der Stock ließ sich so zusammenfalten, dass er zur Not in einen Rucksack passte.

Ein Geruchsinferno drang in ihre Nase, sämtliche taktilen Rezeptoren übermittelten die Information »Hitze, Brand, Feuer« in ihr Hirn und sie eilte die zwei Stockwerke die Treppe hinunter, um aus dem Haus zu kommen.

Ganz klar und ohne jede Gefühlsregung nahm sie zur Kenntnis, dass keine Menschen riefen und keine Sirenen heulten und alles vollkommen anders war, als es hätte sein müssen in so einer Situation.

Auch die Geräuschkulisse auf der Straße war anders. Überall knackte und knisterte es, aus der Ferne war ein Dröhnen zu vernehmen – nur für sie. Das Flugzeug, das sich näherte, um in acht Minuten in den Dom zu stürzen, war für »Sehende« noch nicht zu hören. Hier gab es sonst keine Flugzeuggeräusche.

Sie nahm das alles in Sekundenbruchteilen wahr. Es veränderte das innere Bild, das sie von ihrer Umgebung hatte, und das war eindeutig und schrecklich zugleich.

Andere sahen. Becki fühlte und hörte. Intensiver und unendlich feiner als Augen Wahrnehmungen an das Gehirn weitergeben konnten.

Was Brigitta Becker wahrnahm, war die totale Veränderung der Sphäre, ihrer inneren Landkarte.

In Verbindung mit dem, was in ihrem Kopf stattgefunden hatte, war ihr schneller als den meisten der sieben Milliarden Menschen auf dem Erdball klar, dass alles, was war, nun zu Ende ist. Sie musste zu Yvonne.

In ihrem Kopf existierte eine sehr exakte Landkarte von ihrer Umgebung. Details, die die »Sehenden« gar nicht mehr wahrnahmen, weil sie ohne Bedeutung sind, sind für Blinde Leuchttürme.

Ein Busch, eine Unebenheit im Gehweg, ein Geruch, ein Gullydeckel. Tausende Fragmente fügen sich zu einem inneren Bild zusammen und »Nicht-Sehende« erschaffen daraus eine eigene Geographie.

Brigitta stolperte allerdings schon nach wenigen Metern und fiel unsanft. Sich bei Stürzen abzurollen, den Sturz zu mildern und sanfter als »Sehende« zu landen, hatte sie von Geburt an gelernt. Trotzdem war der Sturz hart. Sie war zu schnell gelaufen, hatte den Blindenstock eigentlich gar nicht benutzt und so war das Hindernis auf dem Gehweg zur Stolperfalle geworden.

Als sie herauszufinden versuchte, was sie da zu Fall gebracht hatte, hielt sie plötzlich die Hand eines Menschen in der Hand. Da lag jemand auf der Straße. Sie tastete ganz schnell an dem Arm entlang, ihre Finger glitten federleicht in Richtung des Gesichtes des Menschen, der da auf dem Gehsteig lag, und sie tastete über dessen Kinn in eine große, feuchte und noch warme Öffnung an der Stelle, wo die Augen des Menschen hätten sein müssen. Sie begriff, dass ihre Hände eine fürchterliche Verletzung berührten und dass der Mensch vor ihr, ein Mann, tot war.

Ein kehliger Laut entrann ihren Lippen und sie stolperte von der Leiche weg. »Aaaaahhhhhhhh, iiiiiehhhhh!«, schrie sie aus voller Kehle, und »Hiiiilfe!« und »Scheiße!«, sowieso ihr Lieblingswort.

Am Randstein fand sie ihre Orientierung wieder und sie lief, so schnell es ihre Sinne zuließen, weiter die Straße entlang Richtung Yvonnes Haus.

Ihren Blindenstock hatte sie in ihrer Panik bei der Leiche des Mannes zurückgelassen.

Sie hörte, dass sich ein Auto näherte, sehr schnell näherte, und so schnell an ihr vorbeifuhr, dass sie keine Zeit hatte, darüber nachzudenken, ob sie versuchen sollte, den Wagen anzuhalten. Bald verlor sich das Geräusch des Motors in der Ferne.

Brigitta wusste, dass sie jetzt in Höhe von Yvonnes Haus sein musste. Da war die niedrige Buchsbaumhecke, anschließend ein Eisenstab, der in einer Einfahrt stand (in Wirklichkeit eine Laterne), und danach begann Yvonnes Reich. Yvonne musste zu Hause sein, sie ertastete den Wagen, der in der Einfahrt stand. Es roch seltsam. Ein neuer Geruch, den Brigitta nicht kannte, drang aus dem Wagen. Doch, sie kannte ihn doch. Aber erst seit wenigen Minuten.

Yvonne und sie waren öfter mit diesem Auto gefahren. Becki hatte das Auto sofort an der Form identifiziert. Es war ein Cabriolet und Becki hatte unendliche Freude daran gehabt, mit Yvonne darin zu fahren. Das Verdeck war nun allerdings geschlossen.

Sie tastete an der Fahrerseite entlang und fand den Türgriff. Als sie daran zog, öffnete sich die Tür und der neue, seltsame und irgendwie abstoßende Geruch verstärkte sich.

Es roch wie der tote Mann auf dem Gehweg.

Brigitta weinte, ihre funktionslosen Augen ließen Ströme von Tränen fließen. Sie brauchte ihre Hände nicht, um zu wissen, was in dem Auto war. Sie nahm es auf eine höhere Art und Weise wahr.

Nicht, um sich Gewissheit zu verschaffen, sondern um Abschied zu nehmen, griff sie nach dem Kopf der toten Yvonne, die hinter dem Lenkrad saß. Sie streichelte die erkaltenden Wangen und fuhr mit den Händen die Konturen des Gesichts nach. An der schrecklichen Kopfwunde verharrten ihre Finger und tiefste Trauer durchströmte sie. Aber da war noch mehr in dem Wagen.

Sarah und Emelie, die Zwillinge, saßen auf der Rückbank, und auch in ihnen war kein Leben mehr.

Dieselbe Axt, die ihre Mutter getötet hatte, war auch auf ihre Köpfe geschlagen worden. Die kleinen Händchen berührten sich in der Mitte der Rücksitzbank. So ertastete Brigitta sie.

Dann brach sie zusammen und krümmte sich in unendlichem Schmerz, ihr Schluchzen und Weinen erfüllte die tote Straße. Nach einigen Minuten hörte sie Schritte, nicht weit weg, direkt auf sie zukommen.

Die Pommes behalte ich, aber den Burger gebe ich zurück. Und wenn noch einmal Mayonnaise auf dem Burger sein soll, komm ich zu dir nach Hause, hack dir die Beine ab, leg Feuer und sehe zu, wie du mit deinen blutigen Stümpfen aus dem Haus kriechst.

Bruce Willis in *The last Boyscout*

Sie hatten ihn schon wieder eingeteilt, den Flur zu fegen. Er hasste das Fegen des Flures, weil so seltsame Geräusche aus den Zimmern kamen. Zimmer. Sie nannten die Zellen hier Zimmer, obwohl sie nichts anderes waren als Gefängniszellen. Die Türen waren hier nicht aus dem grauen Stahl, wie in den Haftanstalten. Und der Flur sah auch anders aus, war aber nichts anderes als ein Gefängnisflur. Der Boden bestand hier nicht aus grau gestrichenem Beton, sondern aus einem hellen Laminat.

Die Türen hatten auch Holzstruktur, aber jeder wusste, dass sie aus demselben Material waren, wie in jedem Knast der Welt. Kalter Stahl. Daran änderten auch die aufgeklebten Holzpaneele nichts.

Es gab auf seinem Flur sogar Bilder an der Wand. Glaslose Rahmen, die fest angeschraubt waren und Landschaftsbilder zeigten. Irgendwelche Baumgruppen im Frühnebel, eine Weide mit Pferden darauf, und eines zeigte ein windschiefes Bauernhaus mit Reetdach. Die Wände waren pastell-gelb gestrichen und sollten wohl warm wirken. An der Decke des Korridors waren Neonlampen angebracht, die ihr kaltes Licht in den Raum spien und deren Design genauso unaufregend war, wie alles hier.

Hinten, am Ende des Flurs, befand sich ein Raum, der Fenster zum Gang hin hatte und in dem sich die Gefängniswärter aufhielten und ihm zuschauten, wenn er hier fegte. »Pfleger« nannten die sich hier. Der Besen, den er hielt, war aus einem Stück gefertigt. Auch waren die Borsten des Besens nicht wie bei einem echten Besen. Sie waren aus blauem Kunststoff, und sie waren leicht und für nichts zu gebrauchen, außer natürlich zum Fegen.

Warum musste er wieder fegen? »Arschlöcher, Penner, Drecksäcke«, flüsterte er zu sich selbst. Besser, DIE hörten ihn nicht. Besonders der dicke Pfleger mit der Halbglatze und dem ewigen Drei-Tage-Bart konnte es gar nicht leiden, wenn man ihn beleidigte. Der verachtete alle hier. Mit seinen Pfleger-Kollegen verstand der sich prächtig und manchmal sah er ihn lachend und scherzend im Glaskasten sitzen. Oder er holte ihn aus seiner Zimmer-Zelle, wenn der große Psycho ihn wieder einbestellt hatte. Dr. Döring. Das war so ein halbseidener Affenarsch ohne jedes Charisma. Der schleppte in seinem Hirn nur Scheiße mit sich herum und versuchte, ihn zu heilen. Der! Ihn heilen! Wenn Dr. Döring wüsste, was er mit ihm schon alles getan hatte in seinen Gedanken, der würde sich definitiv in die Hose scheißen. Kacka machen. Großes Kacka machen.

Er musste schmunzeln, und ein leises Kichern entrann seiner Kehle.

In seinen Gedanken floss braune Soße aus den Hosenbeinen des Psychos. Aus seinen albernen Jeans, die ihm so gut standen wie Mahatma Ghandi ein Stahlhelm. Dr. Döring war eher der Typ Karohose und Papageienhemd, rannte hier aber immer in Jeans und weißem Rollkragenpullover herum, völlig egal, wie das Wetter draußen war. Draußen. Draußen.

Da musste er wieder hin, ohne diesen verdammten blauen Besen und ohne an Dr. Döring und das feiste Schwein von Pfleger zu denken.

Wütend konnte er werden, wenn er an diesen blauen Besen dachte. Das war reinste Schikane und unmenschlich.

Es gibt keine blauen Besen, nirgendwo auf der Welt gibt es blaue Besen, und sie wollten ihn damit nur noch böser machen, als er ohnehin schon war nach diesen ganzen Scheiß-Sitzungen.

»Na, Herr Linder? Klappt es?« Er zuckte zusammen, als er von hinten angesprochen wurde. Er erkannte die Stimme sofort. Das war diese schwule Ratte von Stationsleiter. Ein Mickermännchen mit viel zu großem Kopf und den Händen eines Kindes.

»Alois Furtner, Fachpfleger für forensische Psychiatrie und Stationsleitung« stand auf dem Namensschild, das viel zu groß war für das schmalbrüstige Männchen. »Was soll an dem scheiß Fegen nicht klappen, du kinderfickende schwule Drecksau?«, dachte Fred Linder, sagte aber stattdessen: »Sicher!«

»Na, denn machen Sie mal weiter, ich will Sie nicht stören, und denken Sie bitte daran, ihr Werkzeug wieder sauber abzugeben. Dahinten habe ich noch Dreck gesehen, waren Sie da schon?«

»Sicher nicht«, sagte er, hatte aber ein sehr klares Bild davon im Kopf, wie er der blonden Kanalratte den blauen Besen bis zum Anschlag in seinen Hintern steckte und ihn dabei anschrie, ob das nun sauber genug sei.

»Sie gefallen mir heute gar nicht, soll ich einen Termin bei Dr. Döring machen?«, fragte Alois Furtner. Dann waren wieder die Farben da und der Gesang. Und diese schrillen Töne, die immer lauter wurden und ihm Zahnschmerzen machten. Und diese Wut, diese unglaubliche Wut. Raserei, blinde Raserei in seinem Hirn.

Er drehte sich zu dem Stationsleiter um, der augenblicklich den Zustand seines Schützlings richtig einschätzte und ihn mit einer erstaunlich lauten, klaren und autoritären Stimme ansprach:

»Kommen Sie runter, Fred, alles wird gut. K-O-M-M-E-N
S-I-E R-U-N-T-E-R!«

Die letzten drei Worte waren in einem so sonderbaren und eindringlichen Tonfall gesprochen, dass sich die giftgrüne Hasswolke in Fred Linders Schädel wieder verzog.

»Kriegen Sie das hin, das hier fertig zu machen, oder wollen Sie lieber wieder in ihr Zimmer zurück?«, fragte Alois Furtner.

Dabei schwang ein leichter, bayrischer Dialekt in seiner Stimme mit. Der Tonfall hatte sich etwas verändert, war wieder fast normal. Aber eben nur fast. Fred Linder kannte das, er kannte das seit vier Jahren, seit sie ihn hier in das Irrenhaus gebracht hatten. Er wollte hier nicht hin, er wollte in den Knast, aber die ließen ihn nicht. Bei dem, was er getan hatte, hätte er locker zwanzig Jahre einsitzen können und sich etablieren und ein gutes Leben haben können. Aber er war schuldunfähig. Und deswegen Irrenhaus, oder wie sie es hier nannten, »Fachklinik für forensische Psychiatrie«.

Der Fatzke von Anwalt, dieser gelackte Affe, den sie ihm als Verteidiger zugewiesen hatten, erklärte ihm nach der Verhandlung, dass er, sobald er geheilt sei, wieder nach Hause dürfte. Weil er ja gar nicht rechtskräftig verurteilt worden war.

Damals hatte er noch auf dem Weg zurück in seine Zelle in der Untersuchungshaftanstalt Bilder im Kopf, von Blut. Viel Blut. Anwaltsblut. Sobald er geheilt war.

»Alles klar, Chef, geht schon, ich mach das fertig«, sagte Fred Linder und begann wieder zu fegen. Dann sprach auf einmal Gott mit ihm.

Hinter ihm war Alois Furtner stocksteif stehengeblieben und seine Augen waren für eine Minute ebenso leer, wie die vom Anwalt, von Dr. Döring und von dem halbglatzigen Pfleger im Glaskasten und seinen Kollegen und den anderen Pflegern und Ärzten und den dreihundertzweiundvierzig Insassen der Klinik und dem Rest aller Menschen auf der Welt.

»Zehn Tage und Nächte gebe ich dir, dir alleine, um die Welt zu retten. Nutze sie oder vergehe zusammen mit allen anderen deiner Art.«

Fred vernahm die Worte, und sie lösten in ihm dasselbe aus, was Befehle und zwingende Aufforderungen stets in ihm auslösten: Zorn. Niemand befahl ihm irgendwas. Niemand kritisierte ihn und niemand quatschte ihn ungefragt an. Fred Linder bestand aus Zorn. Sein Körper bestand zu neunzig Prozent aus Wasser, aber sein Geist, seine Seele, sein Gemüt, eben Fred Linder, bestand zu fast einhundert Prozent aus Zorn.

Zwar stand in seiner Patientendokumentation, sein primäres Leiden sei die schizophrene Psychose, aber das traf es nur wenig. Es gab sicher nicht viele Menschen, die wie er waren. Das menschliche Gehirn und auch die menschliche Seele sind viel zu variabel, um mit profanen Diagnosemöglichkeiten erfasst und bestimmt zu werden.

Man kann etwas eingrenzen und versuchen, mit Psychopharmaka die Faktoren, die den Betroffenen zu einem Sonderfall in der Gesellschaft machten, einzudämmen, aber WISSEN um die wirklichen Zusammenhänge und Gründe würde es selbst dann nicht geben, wenn die Welt über die zehn Tage hinaus bestünde.

Fred Linder wandte sich, außer sich vor Zorn, erfüllt vom Drang, diese unglaubliche komplexe Energie in ihm auszuspeien, zu dem immer noch verwirrt dreinschauenden Stationsleiter um. Ohne auch nur ein Wort zu sagen, griff Linder mit beiden Händen nach dessen Hals und drückte mit zuvor nie verwendeter Kraft zu.

Das war kein Erwürgen, er zerquetschte in Sekunden den Kehlkopf, drückte den Hals des Stationsleiters mit aller Kraft zusammen, und Alois Furtner starb so schnell, dass ihm gar nicht gewahr wurde, was da geschah. Es stand nur fest, dass er seinen Auftrag, die Welt zu retten, als einer der ersten auf dem Globus vermasselt hatte.

Linder warf den leblosen Körper an die Wand, an der dieser herabrutschte und grotesk verbogen liegenblieb. Der Tote starrte mit übergroßen Augen, die aus dem Schädel zu quellen schienen, zu Linder empor. Der trat mit voller Wucht dagegen. Furtners Kopf knickte in einem schrecklichen Winkel ab und nun starrte das eine Auge, das in dem Schädel verblieben war, auf den Fußboden aus holzstrukturiertem Laminat. Aus der Höhle des anderen Auges tropfte Schleim und Blut und breitete sich träge um den Kopf herum aus. Wortlos schritt Linder in Richtung Glaskasten. Den blauen Besen hatte er einfach fallengelassen.

Neben der Tür zum Glaskasten war ein Schild mit der Aufschrift »Dienstzimmer Pflegepersonal« angebracht. Die Tür stand offen, Linder registrierte das unbewusst, denn diese Tür war eigentlich immer geschlossen. Der eben vollbrachte Mord hatte seinen Zorn gemildert, und das Rauschen und helle Klingeln in seinem Kopf war leiser geworden, aber ihm taten die Backenzähne schrecklich weh. Er bewegte sich schnell, geschmeidig und ohne Hektik. »Wo seid ihr?«, sagte er laut und war überrascht, wie unaufgeregt seine Stimme klang.

Plötzlich erschien der Pfleger mit der Halbglatze in der Tür und sah ihn kurz an. Dann wandte er sich um, nahm etwas vom Tisch und ging an ihm vorbei, als würden sie sich vor einem Aufzug in irgendeinem Einkaufszentrum getroffen haben. Der

Pfleger nahm ihn zwar zur Kenntnis, aber er interessierte sich offensichtlich nicht im Geringsten für ihn. Was nicht erstaunlich war, musste er doch die Welt retten. Dass ihm genau dieses Verhalten in dieser Situation das Leben rettete, war dem Mann mit der Halbglatze gar nicht bewusst.

Dreißig Minuten später wurde er von einem Sattelschlepper überrollt, dessen Fahrer keine Zeit hatte, auf ihn zu achten, denn die Rettung der Welt lag alleine in seiner Hand.

Fred Linder folgte dem Pfleger, der mit seinem Magnetschlüssel alle Korridortüren öffnete. Bevor diese wieder ins Schloss fallen konnten, hatte Fred Linder sie bereits passiert.

Selbst innerhalb der Forensischen Klinik waren die einzelnen Bereiche durch meterhohe Zäune mit Stacheldrahtkronen voneinander getrennt und bildeten einzelne Inseln innerhalb eines undurchdringlichen Sicherheitsgürtels. Nur durch Sicherheitsschleusen konnte man, wenn man die Magnetkarte besaß, die einzelnen Bereiche verlassen. Spätestens jedoch am Haupteingang war Schluss, denn hier saßen in einem Sicherheitsbereich aus schussfestem Panzerglas die eigentlichen Torwächter.

Diese konnten per Knopfdruck die einzelnen Türen der Sicherheitsschleuse öffnen und so dem Personal, den Zulieferern und Handwerkern, die zum Betrieb der Klinik notwendig waren, den Zutritt gewähren. Das geschah nach streng regulierten Kontrollen und mancher Handwerker, der zu Reparaturen innerhalb der Umzäunung beauftragt war, wurde nervös, weil sein Pritschen-LKW durchsucht und sogar mit Spiegeln von unten überprüft wurde.

Nach menschlichem Ermessen konnte niemand die Klinik verlassen oder betreten, der dazu nicht befugt war.

Vier Meter hohe, glatte Plexiglas-Wände machten ein Hinaufklettern unmöglich. Zudem war deren oberes Drittel nach innen gewölbt und ließen jeden Fluchtversuch selbst dann zur Farce werden, wenn man aus dem separat abgezäunten Bereich der einzelnen Kliniksektoren entkommen war, was alleine schon wegen der Sicherheitssysteme im Gebäudeinneren eine fast unmögliche Aufgabe war.

Ausbruchsicher.

Aber nur, solange die Schleusentore nach draußen nicht offen standen, und die Notstromaggregate nach dem eingetretenen Stromausfall nicht angesprungen waren, weil sie lichterloh brannten. Das lag daran, dass der Techniker, der für die Wartung der Dieselaggregate zuständig war, die Partikelfilter zur Reinigung entnommen hatte und nach der göttlichen Eingebung keine Zeit mehr fand, das treibstoffführende System zu schließen.

Franz Krutinsky, Hausmeister der Einrichtung, hatte sowieso einen schlechten Tag erwischt. Sein Kater, der ihm nach reichlichem Alkoholgenuss am Vorabend zusetzte, wollte nicht weichen. Er arbeitete seit Jahren hier und hatte seine eigenen Regeln. Sicherheitsregeln waren das nicht, und daher lagen die dieseldurchtränkten Lappen auf dem Elektroherd. Gottes Ansage hatte ihn förmlich umgeworfen, und Halt suchend hatte er zwei der Drehregler auf die Stufe »Neun« gedreht. Auf dieser Stufe glühten die Platten des altmodischen Elektroherdes am Ende hellrot. Ohne sich darum zu kümmern, hatte er den Keller verlassen, um die Menschheit vor dem Untergang zu bewahren.

Die Weltrettung ging eben allerorten vor.

Fred Linder trat in die Freiheit. Ihm war schwindelig, denn noch vor dreißig Minuten war sein Leben ein anderes gewesen. Er hörte das Prasseln und Krachen des brennenden Verwaltungsgebäudes, nahm die schwarze Rauchsäule wahr, die sich über dem Flachbau gebildet hatte und stand auf der Straße, die an der Klinik vorbeiführte. Sein Zorn hatte sich gelegt, und er sah dem Pfleger nach, der wie ferngesteuert die Straße überquerte, ohne auf den gelben Sattelzug zu achten. »Meinetwegen«, sagte er zu sich und steckte die Hände in die Taschen seiner schwarzen Jeanshose. Er wandte sich in die entgegengesetzte Richtung. Nur weg hier!

Den dumpfen Laut hinter sich nahm er nur unbewusst wahr. Der gelbe Lastzug fuhr mit hoher Geschwindigkeit vorbei und die Farbe der Spritzer auf dessen Stoßstange war identisch mit der auf Fred Linders Schuhen.

Er lief, die Hände tief in den Taschen seiner Jeanshose vergraben, in Richtung der Ortschaft, die nach etwa zwei Kilometern begann. Man hatte die forensische Klinik nicht absichtlich so weit außerhalb des Dorfes gebaut, vielmehr wurde hier schon seit Beginn des zwanzigsten Jahrhunderts psychiatrische Medizin betrieben und um die Klinik herum waren kleine Wohnsiedlungen entstanden. Jedoch nicht unmittelbar in der Nähe der damaligen »Irrenanstalt«, schließlich mussten die Familienangehörigen der Bediensteten vor dem Kontakt mit den Schutzbefohlenen bewahrt werden.

Hier wohnten die Pfleger und Ärzte mit ihren Familien. Erst viel später baute man die ehemalige »Irrenanstalt« zu einer der modernsten und sichersten forensischen Kliniken in Niedersachsen um. Anlass für den Umbau zu einem Hochsicherheits-Krankenhaus war ein Mord an einer siebenjährigen Schülerin, begangen durch einen Freigänger. Man hatte den Täter drei Tage später im zwanzig Kilometer entfernten Ratzeburg gestellt. Die Welle der Entrüstung ebbte erst ab, als eine Wiederholung eines solchen Verbrechens durch einen der Patienten ausgeschlossen war.

Linder interessierte sich nicht sonderlich für die Historie der Klinik.

Freiheit. Wie auch immer, er war frei, und dieses Gefühl wurde ihm mit jedem Meter, den er sich von der Klinik entfernte, bewusster. Die Zeit hinter den Mauern der Forensik, oder dem »Glaskasten«, wie die Insassen die Klinik nannten, war eine Zeit der totalen Unfreiheit gewesen, und Freiheit war für Fred Linder ein Grundbedürfnis, größer und tiefer als jedes andere Bedürfnis, das er hatte.

Zu keiner Sekunde hatte er daran gedacht, aus den Mauern des »Glaskastens« entkommen zu können. Nur weil alle, die ihn begutachtet hatten, ihn als gefährlich und gewalttätig einstuften, war er nicht dumm. Er war keineswegs dumm.

Niemand hatte sich je die Mühe gemacht, ihn einem Intelligenztest zu unterziehen. Nicht, dass Linder jemals das nötige Verständnis aufgebracht hätte, um einem solchen Test die Chance zu geben, ein belastbares Ergebnis zu erbringen. Er war schlicht zu intelligent, um einem solchen Test zuzustimmen.

Er ging schnell, aber nicht hektisch oder eilig in Richtung der nahegelegenen Ortschaft Weninghofen.

Neben der Straße führte ein Gehweg, der gleichzeitig auch Fahrradweg war, in die kleine Gemeinde. Außer dem Lastwagen, der dem Pfleger zum Verhängnis geworden war, war kein Auto zu sehen oder zu hören.

Fred Linder war klar, dass er wirklich frei war. Die Stimme in seinem Kopf war da ziemlich eindeutig gewesen und das Verhalten der Pfleger und des soeben verstorbenen Stationsleiters dokumentierten das nur.

Alles war nun anders und vielleicht würde nun alles gut werden.

Nix ist gut. Scheiße ist gut, nie wird etwas gut, dachte es in Linder.

Fred Linder wuchs im Ruhrgebiet auf. Er war zunächst ein aufgewecktes Kind und im Alter von drei Jahren brach sein Vater ihm den Arm. Sein Vater war Gerüstbauer und jeden Abend betrunken. »Schwere Kindheit« attestierten die Ärzte zu verschiedenen Anlässen.

Er liebte seinen Vater, und sein größter, kindlicher Wunsch war damals, auch von Papa geliebt zu werden. Klingt fürchterlich banal, aber eine Kinderseele kennt keine Banalitäten. Kinderseelen nicht. Erwachsene schon.

Der kleine Fred bekam jeden Abend mit, wie Papa seine Mutter misshandelte und war selbst oft genug dabei, wenn Papa mit Mama komische Sachen machte. Mama schrie oft und weinte und Papa war da immer ganz nah bei ihr und hatte seine Hose heruntergelassen und hoppelte irgendwie auf Mama herum. Mama hat oft geblutet im Gesicht und Fred wusste nicht, was da geschah. Papa war nicht oft laut, aber Mama schrie oft, und das war schrill und laut und irgendwann hat Fred dann, als Papa wieder hoppelte, Mama angeschrien, sie solle endlich leise sein.

Da hat Papa ihn angelächelt. Das war schön für den kleinen Fred. Papa hatte ihn bis dahin nie angelächelt.

Fred hat einmal ein Bild gemalt. Er besaß einige Buntstifte und er wollte Papa ein schönes Bild malen, vielleicht würde Papa dann auch wieder lächeln. Fred hatte sich alle Mühe gegeben, um Papa eine Freude zu machen. Er malte Papa auf dem Sofa.

Er malte Blumen und die Flaschen, die immer auf dem Tisch standen. Eine ganz besonders schöne Blume malte er über Papas Kopf. Mama malte er ganz klein in die rechte Ecke des Bildes, Mama malte er nur mit dem Bleistift. Klein und grau.

Aber Papa malte er groß und mit Blumen und er traute sich, ganz stolz auf sein Geschenk, aus seinem Zimmer ins Wohnzimmer, um es ihm zu schenken.

Papa saß auf dem Sofa und trank Bier. Ein Freund von Papa war auch da, und der Fernseher lief. Ein Fußballspiel, Papa schaute gerne Fußball im Fernsehen.

Mama war in der Küche. Sie war fast immer in der Küche, wenn Papa da war. Oder sie war im Schlafzimmer. Bei Papa war sie nur selten, und dann schrie sie immer und weinte.

Er ging langsam und unsicher auf den Tisch zu, an dem sein Vater saß, das Bild wie ein Tablett auf den Händen tragend und legte es vor seinem Vater auf den Tisch. Die Blume über Papas Kopf hatte er rot gemalt, ein roter Kreis mit gelben Blütenblättern. Eine schöne Blume. Papa würde ihn so anlächeln wie damals, als Fred Mama angeschrien hatte.

Papa schlug ihn oft. Wenn man tat, was Papa sagte, und wenn man Papa ganz in Ruhe ließ, dann schlug er nicht so oft.

Er wollte sein wie Papa. Papa wurde von niemandem geschlagen. Papa war Papa. Unschlagbar.

Papa sah ihn erst, als er sich umdrehen wollte, um in sein Zimmer zurückzugehen. Das Bild lag auf dem Tisch.

»Sag mal, hast du sie noch alle?«, brüllte Papa. »Was machst du hier?«

Der Freund von Papa schaute ihn komisch an.

So schmale, rote Augen hatte Fred sonst nur bei Papa gesehen. Jetzt hatte Papa auch solche Augen und statt zu lächeln, schlug ihm Papa mit voller Kraft und ohne jede Vorwarnung mit der Faust ins Gesicht.

Freds Kopf knickte bis zum Anschlag nach hinten. Er schlug hart mit dem Hinterkopf auf den schmutzigen Wohnzimmerteppich. Blut schoss aus seiner Nase und der Schmerz in seinem Kopf und in seinem Gesicht war überwältigend.

»Verpiss dich sofort in dein Zimmer, du Ratte!«, schrie Freds Vater und trat nach ihm.

Der Fuß seines Vaters traf ihn an der linken Hüfte und hinterließ einen tiefen, pochenden Schmerz. Fred rappelte sich voller Angst und Panik unsicher auf die Beine und bewegte sich, so schnell er noch konnte, in Richtung seines Zimmers. Da traf ihn etwas Hartes am Hinterkopf. Papa hatte ihm mit voller Kraft eine Bierflasche an den Kopf geworfen. Blut und Bierschaum landeten auf dem Teppich und Fred kroch auf allen Vieren aus dem Wohnzimmer in die Küche. Mama stand da und presste ihre Fäuste vor den Mund. Sie kam ihm keinen Zentimeter entgegen.

»Mama!«, nuschelte Fred.

Er war damals sechs Jahre alt, und als er am nächsten Tag sein Bild zerrissen und bierdurchtränkt auf dem Tisch klebend fand, hörte er zum ersten mal die Stimme in seinem Kopf, die ihm erklärte, wie die Welt wirklich war.

Die Stimme war seit diesem Tag zu seinem zweiten Ich geworden. Seine Mutter hatte ihn, als er außer Sichtweite des Vaters war, getröstet und verarztet.

Immer machte sie »Pssssst«, weil sie Angst hatte, Papa könnte kommen und fortsetzen, was er im Wohnzimmer begonnen hatte. Die Stimme sagte: *Pssst ... Pisse ... Pisse, du bist doch Pisse.* Fred weinte, und in ihm begann das Höllenfeuer zu toben, das ihn sein Leben lang begleiten und letztlich verbrennen würde, wenn nicht ein Wunder geschah.

»Fred Linder hatte eine schwere Kindheit.« So stand es immer in den Berichten, wenn er sich wegen Gewalttätigkeiten zu verantworten hatte.

Ja, Fred Linder hatte eine schwere Kindheit, aber das war nicht alles. Fred Linder hatte eine psychische Erkrankung.

Jeder Mensch vermag selektiv wahrzunehmen. Nur diese Fähigkeit erlaubt es den Menschen zum Beispiel, sich auf Gespräche zu konzentrieren. Man kann andere Dinge gewissermaßen ausblenden. Ein Raum voller Menschen, die sich unterhalten und man selbst führt ein Gespräch und hat damit keine Probleme. Ein Kinobesuch, bei dem sich einige Besucher leise flüsternd während des Films unterhalten, und trotzdem bekommt man alles vom Film mit. Man blendet das einfach aus. Man kann aussuchen, was man in das Bewusstsein lässt und was draußen bleibt.

Fred Linder hatte diese Fähigkeit nicht. Er konnte nicht selektieren. Er nimmt alles wahr, was geredet wurde. Er hörte jedes Geräusch, er konnte nichts ausblenden. Dieses Defizit in Verbindung mit den Erfahrungen seiner Kindheit machte ihn zu dem, was die Menschen in ihm sahen. Ein Monster, einen unberechenbaren triebhaften Menschen, dessen Aggressionspotential nicht bezähmbar war. Und Gott gab ihm den Auftrag, die Welt zu retten.

Die Stimme in Linders Kopf, die Stimme seiner selbst, riet ihm allerdings in sehr deutlichen Worten davon ab.

Fred Linder hatte so etwas wie ein Hochgefühl. Die Sonne schien, war allerdings im Untergang begriffen und die Bäume rechts und links der Straße warfen lange Schatten. Die Klinik lag nun weit hinter ihm, als er die ersten Häuser der kleinen Gemeinde Weninghofen erreichte. Irgendwo in dem Dorf brannte es, schwarze Rauchwolken stiegen fast kerzengerade in den Himmel.

Es waren keine Menschen auf den Straßen. Ein Umstand, der ihn stutzig machte. Die ersten Häuser, die er passierte, schienen verlassen zu sein, komischerweise standen die meisten Haustüren offen, nur war niemand zu sehen. Offene Garagen. Kaum Autos. Und kein Verkehr. Falsch, soeben raste ein gelber Toyota mit sehr hoher Geschwindigkeit an ihm vorbei. Er erschrak, weil er das Auto erst gehört hatte, als es auf seiner Höhe war. Unglaublich schnell.

»Bestimmt hundert, Kumpel«, dachte Fred Linder und mutmaßte, dass da ein Feuerwehrmann in Richtung Brandherd fuhr.

Er war jetzt schon zwei Stunden frei und hatte weder Polizei noch irgendwelche anderen Häscher gesehen, die ihn in die Klinik zurückbringen wollten.

Nach einigen Minuten konnte er erkennen, dass mehrere Häuser an der Hauptstraße brannten. Dichter Rauch quoll aus den Fenstern und Flammen schlugen aus dem Dachstuhl eines größeren Hauses. Menschen waren nicht zu sehen, niemand rief um Hilfe, und es gab keine Schaulustigen. Von dem gelben Toyota war ebenfalls nichts zu sehen.

Auch aus den hinter der Hauptstraße gelegenen Häusern stieg Rauch auf. Das ganze Dorfzentrum schien zu brennen und niemand kümmerte sich darum. Linder brachte das sofort mit der göttlichen Eingebung in Verbindung. Wie gesagt, er war nicht dumm.

Die fackeln die ganze Scheiße ab. Die haben mit nichts mehr was zu tun.

Dem konnte Linder nur zustimmen.

Er ging weiter und wechselte die Straßenseite, weil auf seiner Seite des Bürgersteiges brennende Trümmerteile den Weg versperrten. Kaum fünfzig Meter weiter lag ein toter Mann auf dem gegenüberliegenden Gehweg. Linder wechselte erneut die Straßenseite, um sich den Mann genauer anzusehen. Seine Hoffnung war, dass der Mann Geld bei sich hatte oder ein Handy oder Zigaretten oder von allem etwas. Neben der Leiche des Mannes, dem irgendetwas mit sehr großer Wucht auf den Kopf geschlagen worden war, und der diesem Umstand seinen aufgeplatzten Schädel verdankte, lag ein Blindenstock.

»Wer erschlägt denn einen Blinden?«, entfuhr es Linder. So etwas wie Mitgefühl für den Toten meldete sich, als er den Leichnam auf den Bauch drehte und seine Taschen durchsuchte. Er fand eine Geldbörse und tatsächlich ein Mobiltelefon, allerdings ohne Netz. Zigaretten fand er leider nicht. In dem Portemonnaie befanden sich fast zweihundert Euro und Linder pfiff kurz durch die Zähne. Er warf einen letzten Blick auf den Toten und auf den Blindenstock, da hörte er eine Frau weinen und schluchzen.

In dem Bewusstsein, dass in der Welt offensichtlich der Irrsinn Einzug gehalten hatte und der damit verbundenen Gefahren für sein Leben, kniff Linder die Augen zusammen und spannte sich innerlich an.

In etwa fünfzig Metern Entfernung stand ein Cabriolet in einer Einfahrt. Das Weinen kam aus dieser Richtung. Das Auto würde er abgreifen und von hier wegfahren. Irgendwohin, wo Ruhe war. Die Stimme sagte nichts dazu, und das war ein Zeichen, dass er eine gute Idee hatte.

Hinter ihm brach prasselnd der Dachstuhl des Gebäudes zusammen, das er eben passiert hatte.

Er näherte sich angespannt der Frau, die vor dem Auto saß. Sie hatte ihre Arme um die Knie geschlungen und wippte weinend hin und her. Linder sah, dass eine Tote hinter dem Lenkrad saß und begriff, warum die Frau weinte und derart aufgelöst war. Er war bis auf etwa drei Meter an die Szene herangekommen, als die Frau ruckartig den Kopf hob und wild um sich blickte.

»Wer sind Sie?«, rief die Frau mit zittriger Stimme. »Bitte tun Sie mir nichts, bitte nicht ...« Dabei schien sie direkt an Fred Linder vorbeizuschauen. Die Frau rutschte, noch immer sitzend, von ihm weg und zog sich hinter das Auto.

Linder war ratlos. Zu viel war in den letzten zwei Stunden passiert, und irgendwann war auch das Ungewöhnlichste nichts Besonderes mehr. Nur zwei Stunden reichten dafür aus.

»Ich tue Ihnen nichts«, sagte er und war erstaunt, seine eigene Stimme zu hören. Wann hatte er zuletzt was gesagt?

Beim Fegen auf dem Flur, bevor du den Arsch fertig gemacht hast, beantwortete seine innere Stimme die Frage.

»Kommen Sie schon hinter dem Wagen hervor. Ich tue Ihnen nichts«, sagte Linder erneut.

Die Frau, die jetzt aufgestanden war und sich an dem Cabriolet entlangtastend auf ihn zubewegte, war hübsch. Daran änderte auch das verheulte Gesicht nichts. Linder schätzte sie auf Mitte dreißig. Sie hatte eine gute, sehr weibliche Figur und trug Jeans, ein kariertes Holzfällerhemd und Lederstiefel.

Ihre Augen waren ... »Sie sind blind«, entfuhr es Linder und er folgerte sofort, dass der Blindenstock bei dem toten Mann der ihre war.

»Yvonne ist tot, mein Gott, und die Kinder, und da hinten liegt auch ein toter Mensch«, sagte die Frau mit fast versagender Stimme.

»Was ist nur los? Das Haus brennt und niemand hilft. Was ist nur los, was ist nur los, was ist nur los, was ist ...« Die Worte gingen wieder in ein lautes Schluchzen und Weinen über.

Ob es der Anblick der toten Kinder und ihrer Mutter war, oder der vermeintlich blinde Tote da hinten, oder die definitiv Blinde vor ihm in ihrer endlosen Verzweiflung und Trauer, wusste Fred Linder nicht. Es machte in ihm »Klick« und er akzeptierte, dass er nun wohl nicht mehr alleine war. Die Frau saß jetzt wieder auf dem Boden der Einfahrt und das Zittern ihres Körpers zeigte, dass sie noch immer weinte. Linder hockte sich neben sie und tätschelte ihr unbeholfen den Rücken. »Kommen Sie, wir sollten hier verschwinden«, sagte er und zog sie sanft auf ihre Beine.

Die Frau sah ihm direkt ins Gesicht. Ihre Pupillen waren klar, aber sie blickten ihn irgendwie nicht an.

Fred Linder tätschelte erneut ihren Rücken. »Bleiben Sie einen Moment hier stehen, ich hole Ihren Stock, ist doch Ihrer, oder?«

Die Frau nickte nur.

Was bindest du dir denn jetzt die blöde Heulkuh ans Bein? knurrte die Stimme in Linders Kopf.

»Halt den Mund«, knurrte Linder zurück. Lange her, dass er der Stimme Einhalt geboten hatte und nicht mit ihr einer Meinung war.

Na wenigstens haben wir was zum Vögeln.

Fred Linder verpasste der visualisierten Version seines zweiten, inneren Ichs einen Faustschlag ins Gesicht. Nur in seinem Kopf.

Er hatte begonnen, sein zweites Ego als Realität zu akzeptieren, als diese Stimme begann, ihn in ernsthafte Schwierigkeiten zu bringen. Seine Exzesse unter Wut und Hass waren stets von ihr mitverursacht worden. Sie stachelte ihn immer auf. Der Psychologe der Klinik war fasziniert davon, dass Fred der Stimme innerlich einen Körper und ein Gesicht gegeben hatte, und auch davon, dass Linder praktisch alles mit der visualisierten Version anstellen konnte. Hier setzte der Doktor seine Therapie an. Er brachte Linder dazu, diese imaginäre Figur zu fesseln, anzuketten und zu knebeln. Linder konnte das, aber er wollte das nicht. Die Stimme war ER. Er war die Stimme und sie beide gehörten zusammen. Aber das hieß nicht, dass er immer mit ihr einer Meinung sein musste. Siamesische Zwillinge, sozusagen. Würde der Psychiater noch leben, wäre er begeistert von diesem einzigen Therapieerfolg, den er an Fred Linder vollbracht hatte.

Linder ging die etwa fünfzig Meter zu der Männerleiche zurück, nahm den Blindenstock an sich und kehrte zu der Frau zurück. Der Stock fühlte sich sonderbar an. Leicht und ungewohnt. Und länger, als Linder vermutet hatte. Am Ende des Stockes war eine Kugel angebracht. Er hatte keine Ahnung, wozu die da war. Er berührte, nachdem er bei der Frau angekommen war, mit dem Stock leicht ihre Hand und sie ergriff ihre Hilfe sofort.

»Danke«, sagte sie und »Wer sind Sie?«

Er antwortete »Fred Linder. Und damit Sie es gleich wissen, ich bin aus der Irrenanstalt entflohen. Da sind auch alle verrückt geworden und haben das Tor offengelassen.«

»Bitte bringen Sie mich fort von hier. Aber wohin nur?«, entgegnete die Frau. »Ich heiße Brigitta, aber alle nennen mich nur Becki.«

»Weswegen warst du in der Klinik?«, fragte sie und lief neben Fred her. Ihren Stock hatte sie unter den rechten Arm geklemmt und sich mit dem linken bei Linder eingehakt.

»Ich verliere zu schnell die Geduld. Da gab es oft Ärger und ich hab wohl beim letzten Mal zu fest zugeschlagen, und der Typ behielt einen derben Dachschaden zurück. Die halten mich für schizophren oder so. Deswegen hatten sie mich da eingebuchtet.«

»Darf ich dich ansehen?«, fragte Becki, ohne auf das, was Linder gesagt hatte, einzugehen.

»Ansehen?«

»Na, mit den Händen. Kennst du doch, oder?«

»Du hast Blut an den Händen.«

»Schlimm?«

»Nö.«

Sie blieben stehen, und obwohl rings um sie herum die Welt gerettet wurde, indem die Menschen sie niederbrannten und sich gegenseitig umbrachten, standen sie da und Becki fuhr sanft mit den Fingerspitzen über Fred Linders Gesicht, dann über den Kopf. »Du hast ja gar keine Haare«, sagte sie kurz, und machte dann am Hals weiter.

Mit der flachen Hand tastete sie schnell über die Arme und den Oberkörper. Fred hielt ganz still.

Auch wenn diese Berührungen nur dem »Sehen« dienten, waren sie doch das Zärtlichste, was er je gespürt hatte bis zu diesem Tag.

»Du hast ganz schöne Muskeln und ein schönes Gesicht. Ich mag es, wenn Männer glatt rasiert sind. Kannte aber noch nie jemanden, der eine Glatze hat«, sagte Becki, nachdem sie ihr inneres Bild über Fred Linder hergestellt hatte. »Muss ich Angst haben, dass du auch mit mir ungeduldig wirst und mir was antust?«

Darauf kannst du wetten, du blöde Kuh, keifte die Stimme und Linder sagte: »Ich habe noch nie einer Frau etwas zuleide getan.«

Was die Frage zwar nicht wirklich beantwortete, aber ausreichte, um Becki dahingehend etwas zu beruhigen.

»Was geschieht hier nur? Mein Gott, wer hat Yvonne und den Kindern das angetan, und dem Mann?« Das Weinen stieg nun wieder in Beckis Kehle.

»Ich habe erst eine Stimme im Kopf gehabt, und die hat mir gesagt, ich solle die Welt retten, und dafür hätte ich zehn Tage Zeit. Blablabla. Da habe ich auch daran geglaubt, dass ich ins Irrenhaus gehöre. Aber die anderen hatten das wohl auch in ihrem Kopf gehabt. Die sind plötzlich völlig anders drauf gewesen. Keiner von denen hat mich beachtet, und ich bin einfach rausspaziert. Und gebrannt hat es auch. Die Verwaltung, glaube ich«, sagte Linder.

Das pikante Detail von der Ermordung des Stationsleiters ließ Linder bei seiner Erzählung aus. *Geht die einen Scheißdreck an,* kommentierte die Stimme in Linders Kopf.

Diesmal gab er ihr Recht.

»Ich habe das auch gehört. Es war in meinem Kopf, eine Frauenstimme, und sie sagte, sie sei Gott und dass die Menschen alles vermurkst hätten, und sie würde dem jetzt ein Ende machen und in zehn Tagen die Welt vernichten, und ich könne die Welt retten. Das war keine Einbildung, absolut echt und glasklar. Aber ich kann die Welt nicht retten. Ich kann mich ja nicht mal selbst retten. Ich kann gar nichts. Da war ich wohl die falsche Adresse. Können Schweine fliegen?« Becki schwieg, und auch Linder sagte nichts.

Brigitta nestelte nach ihren Zigaretten und bot ihm eine an. Er nahm zwei aus der Schachtel, griff nach dem Feuerzeug, das sie ebenfalls in der Hand hielt, freute sich sehr über die Erfüllung seines dritten Wunsches, und zündete beide Zigaretten gleichzeitig an. Eine gab er Becki zurück. Untergehakt und rauchend liefen die beiden die Hauptstraße entlang.

Fred fragte sich schon die ganze Zeit, warum keine Menschen da waren. Er hatte auf dem Weg bisher nur Becki gesehen, den Typen, der tot auf der Straße lag, die Frau und die beiden Kinder im Cabrio und den Fahrer des Autos, das mit hoher Geschwindigkeit durch den Ort gerast war. Doch, da war noch der Lastwagen, der den Pfleger aufs Korn genommen hatte.

Linder hatte durchaus registriert, dass die Hälfte des Ortes in Flammen stand. An einer Abzweigung der Straße hatte er einen Blick in Richtung Dorfmitte werfen können und gesehen, dass die Kirche, die den Mittelpunkt der Ortschaft bildete, in voller Ausdehnung brannte, genau wie die umliegenden Häuser. Der leichte Wind wehte die ziemlich imposante Rauchwolke von ihnen weg, sodass kaum Brandgeruch in der Luft lag.

Das Fehlen von Menschen und Blaulichtern, Rettungsfahrzeugen und Löschzügen gab der Situation einen surrealen Charakter.

Das Bersten überforderten Materials, ein Rauschen, komponiert aus Krachen und Splittern, Knistern und Krachen war zu hören, aber darüber hinaus gab es keine Geräusche, die auf die Anwesenheit von Menschen schließen ließen, wie sie bei Bränden dieser Größenordnung normal gewesen wären. »Wo sind die alle?«, fragte sich Linder zum wiederholten Male.

Becki war an seinem rechten Arm eingehakt und nahm auf ihre Art und Weise wahr, was um sie herum vorging.

»Bitte geh da hin, wo die Geräusche herkommen«, sagte sie unvermittelt und erfüllte damit zum zweiten Mal einen Wunsch, den Linder hatte. Er wollte wissen, wo die Menschen geblieben waren.

Und so wandte er sich dem Zentrum, der brennenden Kirche, zu.

Allzu nahe konnten sie nicht an den Brandherd heran. Flammen schlugen meterweit aus den Fenstern der Gebäude rings um die Kirche, die selbst ein Inferno aus Rauch und Flammen geworden war. Der Kirchturm hatte sich bereits in einem bedenklichen Winkel geneigt und Schieferplatten fielen herab, losgeglüht von der Hitze des lodernden Dachstuhls.

Die Straße und der Platz vor der Kirche waren bereits mit Trümmern, die entweder brannten oder schwelten, übersät, und nur der Tatsache, dass der leichte Wind den Rauch von ihnen wegblies, war es zu verdanken, dass Linder Details der Szene erfassen konnte.

Vor dem Eingangsportal der Kirche lag ein großer, schwarzer, dampfender Haufen, und als Linder seine Augen darauf fokussierte, sah er, dass da ein regelrechter Berg verkohlter menschlicher Körper lag. Schlagartig wurde ihm klar, dass alle nach der unfassbaren göttlichen Eingebung versucht hatten, in die Kirche zu gelangen. Der Gedanke, wie es im Inneren der Gluthölle des Sakralbaus aussehen würde, ließ ihn die Tragweite dessen, was geschehen war, erkennen.

Er ahnte nicht, dass all diese Menschen gekommen waren, um den Pfarrer zu töten. Nun waren sie selbst in dem Inferno verglüht, das sie zur Rettung der Welt entfacht hatten.

»Hier gibt es nichts«, konstatierte er, mehr zu sich selbst als zu Becki und kehrte um.

»Was siehst du?«, fragte Brigitta.

»Sei froh, dass du blind bist«, gab er zur Antwort.

»Verdammt noch mal, was siehst du?«

»Die sind alle tot, die fackeln ab. Da brennt die Kirche und alle liegen herum und brennen. DAS sehe ich.«

»Scheiße.«

»Ja.«

»Weg hier.«

»Ja.«

Sie hakte sich fester bei ihm ein und sie liefen denselben Weg zurück, auf dem sie gekommen waren. Sie passierten eine kleine Seitenstraße und Linder dirigierte sie hinein.

Linder hatte gesehen, dass etwa hundert Meter von ihnen entfernt ein Auto mit offenen Türen stand, bei dem die Warnblinkanlage eingeschaltet war. Noch immer war keine Menschenseele zu sehen und Linder blickte ins Innere des Autos.

»Kein Schlüssel«, sagte er und sein innerer Zwillingsbruder ergänzte *Verdammte Kacke.*«

»Was meinst du mit ›Kein Schlüssel‹?«, fragte Becki und ihre Stimme klang ein wenig gereizt. Ein wenig zu gereizt für Linder und sein zweites Ich.

»Das heißt, dass da kein verdammter Schlüssel in dem Auto steckt und wir die beschissene Dreckskarre nicht starten können. Dazu braucht man einen Schlüssel, kapierst du das? Kriegst du das rein in deinen blinden Schädel?« Er trat gegen den vorderen Kotflügel und erzeugte eine Beule an dem fast neuen Wagen.

Becki stand wie erstarrt vor ihm und Tränen liefen ihr über das Gesicht. »Da ... da ... das konnte ich doch nicht wissen. Ich bin BLIND, kapierst du Glatzkopf das? Kriegst du das in deinen haarlosen Schädel? Ich bin absolut blind und genauso hilflos. Schrei mich ruhig an oder lass mich hier alleine. Die ganze Welt ist im Arsch, und nur weil du den Schlüssel nicht findest, machst du mich hier zur Sau, oder was? Verpiss dich einfach!« Vor Wut hochrot im Gesicht wandte sie sich um und tastete sich an den Hauswänden entlang in Richtung der brennenden Kirche.

Linder hielt sich an der Dachreling des Volvo fest und schaukelte das Auto hin und her. Er hatte die Lippen fest aufeinandergepresst und die Adern an seinen Schläfen traten bläulich und dick hervor.

Erstaunlich sanft angesichts seines tobenden inneren Kampfes mit seinem anderen Ich sagte er fast flüsternd: »Warte, warte ...

bitte.« Und: »Es tut mir leid ... ich ... komm bitte wieder her, wir finden ein anderes Auto.«

Der innere Fred war außer sich vor Wut und Enttäuschung und tobte in Linder voller Hass und dem Gefühl der demütigenden Zurückweisung. Er war es nicht gewohnt, dass Linder anders handelte, als er es ihm soufflierte.

Brigitta war stehengeblieben. Ihre Schultern zitterten noch.

»Wie kannst du so sein?«, fragte sie laut, als sie sich zu ihm umgedreht hatte. »Da war so unglaublich viel Wut in deiner Stimme, dabei habe ich doch nur gefragt, was du meinst mit dem Schlüssel«, brachte sie heraus und ärgerte sich über das Zittern in ihrer Stimme.

»Ich war nicht in der Anstalt, weil ich Fußpilz habe«, sagte er nur. »Ich bin aber froh, dass ich in dieser Scheißsituation nicht alleine bin.«

Sie war wieder bei ihm angekommen. Ihre geschärften Sinne führten sie direkt zu ihm. »Und ich bin auch froh, dass ich nicht alleine bin. Was ist jetzt mit dem Auto?«

»Das können wir vergessen. Kein Schlüssel. Die ganze Welt geht unter und der Arsch nimmt den Schlüssel mit, bevor er sich in die Flammen stürzt. Wer ist hier bekloppt?«

Plötzlich musste Becki laut lachen. Es brach einfach aus ihr heraus. Sie hielt sich dabei wie in einem Stummfilm übertrieben den Bauch, und dieser Anblick reizte den ansonsten stets ernsten Fred Linder ebenfalls zum Lachen.

Und so standen sie minutenlang in der Hölle, die vor Stunden über die Welt gekommen war, und lachten, bis sie nicht mehr konnten.

Schwer atmend saßen sie anschließend vor dem nutzlosen Volvo und Becki bot ihm wieder eine Zigarette an.

»Warte mal«, sagte er und stand auf, beugte sich wieder in den Volvo und öffnete das Handschuhfach. Er hatte bereits vorher gesehen, dass Zigarettenkippen im Aschenbecher des Wagens lagen und tatsächlich fand er im Handschuhfach zwei Schachteln Zigaretten, die er triumphierend in ihre Richtung hielt.

»Ha, jetzt habe ich selber Zigaretten.«

»Und ich habe das Feuerzeug, du Verrückter.«
»Scheiße.«
»Tja.«
»Gibst du mir Feuer?«
»Gerne.«
Sie rauchten und Brigitta lehnte ihren Kopf an seine Schulter.
Der innere Fred schwieg, aber sein Gesicht war wutverzerrt.
Hinten stürzte der brennende Dachstuhl der Kirche in sich zusammen und begrub den grauenvollen Berg vor der Kirche gnädig unter sich.
Wortlos half er ihr auf und untergehakt liefen sie die schmale Straße weiter entlang. Linder wandte den Kopf suchend hin und her, immer in der Hoffnung, irgendwo einen fahrbaren Untersatz zu finden.
Als sie wieder auf der Hauptstraße angekommen waren, stellte Linder fest, dass sie sich bereits am Dorfrand befanden. Ein gelbes Schild zeigte den Ortsausgang und gab Auskunft darüber, dass das nächste Dorf sechs Kilometer entfernt war.
»Bist du gut zu Fuß?«, fragte er sie leicht resigniert und sie antwortete: »Ich dachte du trägst mich.«
»Vergiss es.«
»Ach, komm.«
»Scheiße.«
»Doofmann.«
Sie liefen eng nebeneinander mitten auf der Fahrbahn und Linder war glücklicher als je zuvor in seinem Leben, dem Chaos zum Trotz, und Brigitta fühlte sich absolut sicher, obwohl die Welt zerbrochen war.

Der Tod ist bekanntlich der erstrebenswerte Zustand des allumfassenden Friedens, der aber leider durch den fahlen Beigeschmack der postmortalen Depression begleitet wird. Dabei ist man völlig antriebs- und appetitlos und lässt das Leben an sich vorüberziehen. Im Allgemeinen ist der Tod auch ein temporär eher nicht begrenzter Zustand des Nichtseins mit einer sehr kurzen und oftmals schmerzvollen prämortalen Lebensphase. Diese Phase todesähnlich zu gestalten, ist der Zweck und das Ziel jedes Menschen.

Internet (*Stupideopedia.org*)

Eigentlich war ich nicht immer so. Ich war wie die anderen, so ein ganz normaler Typ eben. Was für mein Leben wichtig war, bestimmte ich eigentlich nicht selbst, es wurde von der Gesellschaft, mit der ich mich umgab, bestimmt. Das ist dieser »das-macht-man-so-Effekt«. Das macht man eben so, das ist eben das, was normal ist. Dieses ewige »Das-ist-eben-so«.

Komplett fremdgesteuert habe ich dann auch das getan und unterlassen, was normal und reizfrei ist. Die ersten Jahre meines Erwachsenenlebens waren so perfekt wie ein amerikanischer Werbespot in den Sechzigern. Alles tutti, alles obercool und alles stressfrei und normal.

Verliebt, verlobt, verheiratet. Schwiegermama mit Bussi begrüßen und Kinderzimmertapeten aussuchen. Toller Job nach reibungsloser Ausbildung. Geldfluss und Leasingauto. Erstes kleines Reihenhaus in einer Neubausiedlung am Stadtrand von Hamburg. Nur gegen Gartenzwerge im riesigen Designergarten habe ich aufbegehrt.

Aber auch das war opportun.

Und dann, eines schönen Tages, passierte es. Passierte es in mir. Ich wollte das alles nicht. Weg da, ausbrechen und ab durch die Hecke. Meine Frau und die beiden Kinder, die Regeln dieser Gesellschaft und vor allem die Regeln meiner Freunde und Bekannten, Verwandten und Verschwägerten, konnten mich nicht halten. Wie Phönix aus der Asche stieg ich auf und verließ diesen schwiemeligen Hort der absoluten Normalität. Kaum, dass ich meinen Entschluss verkündet hatte, fiel und fiel und fiel ich. Dann schlug ich auf. Völlig normal.

Ich hatte mir eine kleine Ein-Zimmer-Wohnung in der Kieler Innenstadt genommen und fühlte mich zwar gesellschaftlich völlig geächtet, aber trotzdem frei und endlich wieder selbstbestimmt. Was war das für ein gutes Gefühl, Bilder, die ICH mir ausgesucht hatte, an den Stellen anzubringen, an denen ICH sie hängen sehen wollte. Nur für mich, für mich alleine gestaltete ich meine üppigen fünfunddreißig Quadratmeter, und nur selten verfiel ich in diese seltsame Depression eines Menschen, der andere wissentlich zutiefst verletzt hat, und das weder ändern kann noch will. Ich begann so nach und nach mir einen eigenen, kleinen Freundeskreis aufzubauen und dabei war mir kein Vogel schräg genug.

Wie sang doch diese Band in den Neunzigern? »Endlich ich ... Zeit für mich.«

Meine Kinder sah ich regelmäßig, und sie zerstörten in grotesker Regelmäßigkeit mein selbst gefundenes Seelenheil, indem sie meine Rückkehr in den Schoß der Familie anmahnten. Sie waren beide deutlich unter zehn Jahre alt und taten dies stets unter Tränen. Sie rissen mir damit das Herz aus dem Leib. Und dann war da ja noch Mama, ihre Mutter.

Mein Egotrip verwandelte sie von der normalen Vorstadt-Neubausiedlungs-Standardmama in eine alleinerziehende Mutter ohne finanzielle Perspektive und ohne Chance auf einen selbstbestimmten Neuanfang. Und auch das wurde komplett auf mein Konto gebucht.

Und in dieser Phase dann lernte ich zum zweiten Mal Gott kennen, wie er wirklich ist.

Seine Mühlen mahlen langsam ... aber schrecklich klein. Toller Spruch, oder?

Du kriegst deine Rechnung, und sie fällt umso höher aus, je mehr du dir über das, was du getan hast, im Klaren bist. Ich mache es jetzt nicht spannend, das war das Gottes Standardprogramm Nummer 08/15.

Besoffen Auto gefahren, Führerschein weg. Infolgedessen auch der Job weg. Als Chauffeur bist du ohne Fahrerlaubnis wirklich über. Ich hatte jahrelang in einem Shuttleservice gearbeitet und manche prominente Persönlichkeit in Stretchlimousinen durch Hamburg gefahren. Ich genoss einen guten Ruf, und mein Verdienst war ordentlich. Von den Trinkgeldern ganz zu schweigen.

Von einem Moment auf den anderen war das vorbei. Nach dem Entzug meines Führerscheins war ich ungefähr zu jedem Zeitpunkt des Tages total betrunken und meine Kinder waren sich mit meiner Ex-Frau einig, dass die Besuchswochenenden bis auf Weiteres ausgesetzt werden sollten. Da ohne Geld nicht viel geht, blieben meine Freunde und deren Freunde auch fern, und bald saß ich wie ein totaler Pflegefall so tief in der Scheiße, dass ich fast, ja fast, mein altes Leben hätte zurückhaben wollen. Aber vorher hatte ich mich dazu entschlossen, dem ganzen Elend ein Ende zu machen und freiwillig abzutreten. War eine Superidee ... und klappte genauso gut, wie das, was ich in den Wochen vorher verzapft hatte.

Nämlich gar nicht.

Zu meiner kleinen Ein-Zimmer-Wohnung gehörte eine Garage, die in ihrer Fläche fast genauso groß war, wie der Rest meiner Residenz. Hier lagerte ich all jene Möbel, die ich aus dem schmucken Einfamilienhaus mitgenommen hatte, aber aus Platzmangel nicht aufstellen konnte.

Ich hatte die Absicht, meinen kleinen Wagen, den ich trotz des Führerschein-Entzugs noch immer besaß, in die Garage zu fahren und dann mittels Abgas den Schmerz in einer Wolke aus Kohlenmonoxid verschwinden zu lassen.

Alleine die Möbel, die jeden Versuch verhöhnten, meine Nuckelpinne dort zu parken, verhinderten, dass ich mir das Leben auf so unspektakuläre und triviale Weise nahm. Also suchte ich mir einen passenden Schlauch aus den Tiefen meiner Materialsammlung und packte ihn in mein Auto.

Ich fuhr an den Rand eines nahegelegenen Wäldchens und stülpte das eine Ende des Schlauches (das war so ein Anschluss-Schlauch für eine Dunstabzugshaube, glaube ich) um den Auspuff und das andere Ende klemmte ich mit der Seitenscheibe so ein, dass die Abgase ins Innere des Wagens geleitet wurden. Motor an, Musik an und den Sitz schön bequem nach hinten gestellt.

Ich konnte das Abgas riechen und wartete darauf, dass ich müde oder dass mir schwindelig wurde. Nichts geschah. Ich gab Gas, blauer Dunst ergoss sich ins Auto, und dennoch trat kein todbringender Effekt ein. Ich stopfte meine Jacke in die verbliebene Fensteröffnung, weil ich dachte, da käme zu viel Luft in den Wagen, es half nichts. Dank Katalysatoren und Feinstaubfilter war das Gasgemisch einfach nicht mehr toxisch genug, um einen Menschen umzubringen. Und so haben die Ökos mir das Leben erhalten.

Ich wertete damals meinen so lächerlich gescheiterten Suizidversuch als Aufforderung, weiterzuleben und unternahm nichts mehr, um meinen Tod künstlich herbeizuführen.

Stattdessen tat ich das, was ich in den letzten Wochen dieser Lebensphase viel zu oft getan hatte. Ich betrank mich sinnlos und erwachte am nächsten Morgen in einer Pfütze aus Erbrochenem und Urin. Auch eine Art von Selbstmord. War okay für mich.

Das war dann ungefähr der Zeitpunkt, an dem mir alles völlig egal und unwichtig erschien. Ich kannte jede Menge Facetten des Lebens, und eine davon war, dass man sich nicht aufgeben soll und immer weiter kämpfen soll, und dass einem das Leben geschenkt wurde und man ja nur das eine hat, und dass nach jedem Tal auch wieder ein Hoch kommt und dass alles gut werden wird und Gott dich liebt. Blabla. Das hatte ich gelernt, als ich Gottes Methoden zum ersten Mal zu spüren bekam.

Als ich sechzehn Jahre alt war, veranstaltete meine Schule einen Schüleraustausch mit unserer Partnerschule in Frankreich.

Ich war da Feuer und Flamme, denn ich fand den Gedanken, vierzehn Tage in einer französischen Gastfamilie zu leben und Rotwein und Baguette zu genießen, überaus reizvoll.

Ich stieg morgens um vier Uhr in den Reisebus, winkte meinen Eltern zu und war einfach nur gut drauf. Das übliche Geschrei und Gekreische von Jugendlichen auf Tour blieb aus, der frühen Stunde geschuldet. Der Bus verließ die Stadt, in der ich damals lebte, und nahm Kurs auf Paris. Ich zog die Vorhänge an meinem Fensterplatz zu, klemmte mir meinen geliebten Adidas-Turnbeutel hinter den Kopf und schlief bald ein, in froher Erwartung einer guten Zeit, fern von den Erziehungsversuchen meiner Eltern, die mir in dieser Phase meiner Pubertät mächtig auf den Geist gingen.

Gegen sieben Uhr erwachte ich aus Gründen, die jeder, der viel Flüssigkeit getrunken hat, nachvollziehen kann. Ich stolperte also zur minimalistischen Bus-Toilette, die natürlich verriegelt war, weil einer meiner Mitschüler offenbar ähnliche Bedürfnisse hatte. Also stand ich im Treppenabgang zur Mitteltür des Reisebusses, lehnte mich an die verschlossene Toilettentür und hoffte, dass ich nicht zu lange würde warten müssen. Draußen dämmerte es bereits und ich blickte auf die vorbeiziehende Landschaft, als der Bus nach einem heftigen Ruck zu schlingern begann.

Ich schlug mit dem Kopf erst gegen das Fenster über der Tür, dann knallte ich mit dem Knie gegen die Toilettentür, prallte mit dem Hinterkopf irgendwo gegen, und dann gab es einen unglaublichen Ruck, viel heftiger als eine Vollbremsung. Der Bus schien abheben zu wollen.

Etwas flog über mich hinweg und ich wurde für Sekundenbruchteile mit brachialer Gewalt gegen die Klotür gedrückt. Knirschen, Krachen, Splittern, Schreie. Dann abrupte Stille.

Mir lief Blut ins Gesicht und ein pochender, stechender Schmerz in meiner rechten Schulter übertraf alles bisher Empfundene auf der nach oben offenen Schmerzskala. Meine Blase hatte sich entleert, in all dem Schmerz bemerkte ich das als erstes.

Ich lag ganz unten in dem kleinen Treppenabgang, etwas oder jemand lag auf mir und ich konnte mich nicht bewegen. Alles war voller kleiner Glassplitter, und erst langsam begriff ich, dass der Bus auf der Seite liegen musste, denn mein Kopf lag auf schwarzem Asphalt. Ich erkannte einen breiten weißen Streifen darauf. Das Fensterglas war nicht mehr vorhanden.

Ich hörte draußen heiseres Rufen, laufende Motoren, schnelle Schritte und knirschende Geräusche, als liefe jemand über feinen Kies.

Im Wrack des Busses selbst war gar nichts zu hören. Doch, hinten vielleicht ein Wimmern. Als weinte dort ein Kind leise vor sich hin.

Mir lief Blut in die Augen und ich strengte mich an, es wegzublinzeln. Meine Versuche, mit der Hand an mein Gesicht zu kommen, wurden von dem Gegenstand auf mir vereitelt, ich klemmte regelrecht fest. Unter brennenden Schmerzen gelang es mir, das eine Auge zu öffnen und ich erkannte, was da auf mir lag. Es war meine Mitschülerin Luisa. Und sie hatte nur noch einen halben Kopf.

Ihre Beine waren in einem grotesken Winkel verdreht und ihr halber Schädel lag auf meiner schmerzenden Schulter. Ich konnte direkt in ihren Kopf sehen. Gehirnmasse, Blut, Knochenzacken, und aus dem Wenigen, was von ihrem Gesicht übrig geblieben war, glotzte mir ein totes Auge entgegen. Und es stank. Der Geruch eines offenen Menschen. Ihn zu vergessen, wenn man ihn einmal gerochen hat, ist völlig unmöglich.

»Todesfahrt einer Schulklasse«, »Reise in den Tod« und »Busunglück kostet vierzehn Schüler das Leben« waren nur einige der Schlagzeilen des nächsten Tages.

Mich hatte man irgendwann aus dem Wrack gezogen. Ich hatte Glück gehabt, denn wäre ich nicht vor der Bustoilette in Warteposition gegangen, wären es nicht vierzehn tote Schüler, sondern fünfzehn gewesen. Der Typ, der auf der Toilette saß, hatte das Unglück völlig unverletzt überlebt, verbrachte allerdings eine peinlich lange Zeit in einem See aus Fäkalien, die sich aus der Toilette über ihn ergossen hatten, als der Bus auf die Seite stürzte.

Ein Sattelschlepper hatte den Bus touchiert und unser Fahrer hatte die Kontrolle über sein Fahrzeug verloren.

Der Reisebus schlingerte quer über die Straße, bevor er mit einem Brückenpfeiler kollidierte. Die Aufschlagstelle war ziemlich exakt in Höhe meiner Sitzreihe gewesen. Nach dem Aufprall stürzte der Bus um, schlitterte noch einige Meter und blieb dann liegen.

Was folgte, waren ein langer Krankenhausaufenthalt und eine Psychotherapie.

Meine Schulter war mehrfach gebrochen, beide Beine waren aus den Hüftgelenken gesprungen, ich hatte eine schwere Gehirnerschütterung und unzählige Prellungen.

Natürlich war danach nichts mehr, wie es vor dem Unglück war. Wenn einem eine tote Mitschülerin mit halbem Kopf eine halbe Stunde auf der Brust liegt und einen mit dem verbliebenen Auge permanent anstarrt, dann verändert das etwas ganz Grundsätzliches.

Und dieser Geruch, dieser unsägliche Geruch, den ich noch heute jederzeit abrufen kann und der völlig unbeschreiblich ist. Mit nichts zu vergleichen.

Man wird stiller, ruhiger. Ich brauchte wirklich Monate, bevor ich zum ersten Mal wieder lachen konnte. Naja, sagen wir, lächeln.

Ich bekam damals eine Psychotherapie, um das traumatische Erlebnis zu verarbeiten. Meine Eltern waren natürlich elternmäßig besorgt und bemüht, mir auf dem Weg in die Normalität jedwede Hilfe zukommen zu lassen. Irgendwann konnte ich das alles nicht mehr ertragen, diese ewige Konfrontation mit dem Geschehenen, und ich beschloss, das alles einfach zu vergessen. Was mir erstaunlich gut gelang.

Ich mauerte alles in meinem Kopf ein, packte die Erinnerungen in geistige Holzkisten, die ich mit einem inneren Schild versah: »Vorsicht, giftiger Inhalt, nicht öffnen!!«

Was blieb, war die Erkenntnis, dass es erstens ganz schnell vorbei sein kann und zweitens dass Gott ein Arsch ist.

Erstaunlicherweise half mir das Öffnen dieser inneren Kisten dabei, nach dem Fiasko mit meiner Ehe und dem darauf folgenden Trauerspiel wieder ins Leben zurückzufinden.

Wenigstens wusste ich nun, wofür der albtraumhafte Unfall damals gut war.

Das Ereignis hatte noch einen anderen Effekt für mein Leben. Ich sah viele Dinge in einem ganz anderen Licht als die meisten anderen Menschen. Gelassener, abgeklärter. Auch wenn ich zum Zeitpunkt des Geschehens noch ein Jugendlicher war, hatte ich doch begriffen, dass es stets eine Frage der Sichtweise war, wie man Dinge bewertet. Und meine Sichtweise hatte sich nachhaltig verrückt.

Ich hatte zum Beispiel eine ganz andere Wahrnehmung, was völlig profane Dinge anging.

Ich konnte mich innerlich total echauffieren, wenn ich zum Beispiel im Fernsehen Werbung für Hunde- oder Katzenfutter sah. Da verhungern tausende Menschen täglich und manche Mutter in unserem sogenannten Wohlstandsstaat weiß nicht, wie sie ihre Kinder kleiden soll. Und gleichzeitig schafft es die Gesellschaft, ohne Probleme zu akzeptieren, dass Wauzi und Muschi mit Petersilie garnierte Köstlichkeiten zu fressen bekommen.

Von den Produktionskosten für derlei kranke Werbespots ganz abgesehen. Von dem Geld könnte man zwanzig Jugendlichen ein Studium oder eine Ausbildung finanzieren.

Genauso stießen bei mir Kosmetika, wie zum Beispiel Wimperntusche oder Haarshampoo mit Kokosduft, sauer auf. Was für ein Schwachsinn wird hergestellt, beworben und vor allem verkauft! Das ist krank in meinen Augen. Da ist nichts Wesentliches, nichts Substantielles oder Erhebendes dran. Das ist einfach nur Scheiße. Das konnte man bringen, wenn alle Menschen auf der Welt satt wären und in Frieden lebten, und nicht in einer Welt, die so voller Leid, Hunger und Krieg ist wie die unsere.

Da zwängen sich moppelige Teenies in Wurstpellen, weil es irgendeinem Modefuzzi so gefällt. Die Wurstpellen werden von armen Kindern in Fernost hergestellt, damit die reichen Kinder hier in der westlichen Welt sie überteuert kaufen und dann noch Scheiße darin aussehen. Wie morbide ist unsere Gesellschaft eigentlich?

Was wichtig ist, erfährst du am Besten, wenn du mit einer Leiche bedeckt versuchst, deinen Verstand zu behalten, während jemand versucht, mit einem Schneidbrenner zu dir zu gelangen. Katzenfutter und pinkfarbene Seidenstrümpfe sind für mich definitiv nicht wichtig, sondern Ausdruck einer kranken Welt.

Und ich konnte noch etwas seit dem Unfall. Ich konnte erkennen, ob jemand aufrichtig ist oder nicht. Und vielleicht war das auch einer der Gründe für das Scheitern meiner Ehe. Dieses perfekte Leben wie aus dem Katalog war nicht aufrichtig. Es war wie eine Warteschleife am Telefon. Wie die Werbung vor einem Kinofilm. Man wartet darauf, dass sie vorbeigeht.

Ich konnte Lügen riechen und brauchte kaum Sekunden, um herauszufinden, welche Motive hinter Falschheit und Verlogenheit steckten. In neunzig Prozent aller Fälle ging es um Geld. Oder um Macht. Da Geld Macht bedeutet in unserer Hemisphäre, gibt es keinen Unterschied. Gott, was nehmen sich die Menschen doch wichtig. Ich kann es kaum ertragen, wenn dieser spezielle Gesichtsausdruck erscheint. Immer, wenn es gelungen ist, einen anderen zu übertrumpfen, und sei es bei den banalsten Dingen der Welt, tritt diese Mischung aus Freude und Häme in das Gesicht des Siegers. Das könnte ich noch bei den wirklich großen Dingen verstehen, bei Ergebnissen nach langem und zähem Ringen, bei wirklich Wichtigem. Aber die Menschen haben ein und dasselbe Gefühl, wenn sie vermeintlich irgendwas gewonnen haben. Und sei es die Wahl zum Schriftführer in irgendeinem verkackten Taubenzüchterverein, bei der sie den Angstgegner übertrumpft haben.

Da stehen sie dann mit jenem Gesichtsausdruck, die Brust hervorgestreckt im Augenblick des totalen Triumphs.

Dann fragte ich mich stets, ob es der eigene Erfolg war, der sie beseelte oder die Freude über den Misserfolg des anderen. In Kenntnis der Art, wie Menschen miteinander umgehen, wohl eher Letzteres.

Ich sah nach dem Unfall mehr die unscheinbaren Details an Menschen, statt sie in ihrer Gesamtheit zu sehen. Ich meine damit, dass ich die Laufmasche im Seidenstrumpf eher bemerkte, als die wohlgeformten Beine der Frau, die mit dem defekten Beinkleid unterwegs war. Wenn jemand »auf ganz dicke Hose« machte, dann sah ich die Haare in seiner Nase, hatte Visionen von dem Menschen, wie er bei chronischer Verstopfung röchelnd auf dem Lokus saß und sein Kopf zu platzen drohte, bei dem Versuch das Endergebnis seines Stoffwechsels auszuscheiden.

Ich sah den Fleck am Hemdkragen, die Waschanleitung der teuren Bluse und den Spritzer Hundekacke an den Schuhen. Ich sah die Details, und diese bildeten den Informationsquell, den ich benötigte, um mir eine Meinung über meine Mitmenschen bilden zu können. Nach außen hin mochte es sein, dass ich sympathisch und von meinem Gegenüber angetan wirkte, derweil ich mich innerlich vor Lachen oder Abscheu auf dem geistigen Boden liegend befand.

Mich machte diese Bürde des »Sehen-Könnens« innerlich aber auch einsam. Nicht dass ich zum beziehungsunfähigen Soziopathen mutierte, nein, ich wollte mit all diesen Menschen nichts zu tun haben, die etwas anderes darstellten, als sie waren. Und das waren nahezu alle.

Bigotte und andere Menschen plagiierende Wesen, die keine eigene Identität zu besitzen schienen, sondern sich aus Fragmenten ihrer einzelnen Idole zusammensetzten.

Ich saß immer schon gerne in Fußgängerzonen und touristischen Hochburgen, trank in einem Biergarten ein oder durchaus mehrere Biere, und beobachtete all die Menschen, die da vor sich hinwuselten. So ein gesellschaftlicher Einheitsbrei. Wie selten stach dort mal jemand heraus, jemand mit Persönlichkeit, jemand, der sein eigenes Ding durchzog und dabei absolut authentisch war. Und wenn es eine abgefahrene Gothik-Braut war. Die war wenigstens echt. Mal abgesehen davon gab es unzählige abgefahrene Gothik-Bräute, die absolut unecht waren.

Naja, ich war also eher der einsame Mensch. Beobachter. Und ich hielt und halte mich für authentisch.

Wann immer ich das nicht war, blickte mich die einäugige Luisa an und flüsterte mir zu, dass ich froh sein sollte, dass ich statt ihrer noch lebte und nun gefälligst mein Ding machen sollte.

Und das tat ich. Die Jahre meiner Ehe bildeten da keine große Ausnahme ... ich wollte das und ich war das, aber irgendwann war ich das nicht mehr und zog von dannen, hinterließ ein Meer aus Tränen und sprang in ein ebensolches. Egal, Luisa wird es schon wissen.

Fragt mich jemand, ob ich ein netter und sozialer Mensch bin, so antworte ich offenen und ehrlichen Herzens mit JA. Fragt mich jemand, ob es jemanden gibt, der mich wirklich kennt ... so kann die Antwort nur NEIN lauten.

Ich bin durch meine Erlebnisse viel zu verschroben und zu vielseitig, um mich in Schemen pressen zu lassen, zumindest schätze ich mich selber so ein. Und weil ich eben den Abstand zu den Dingen habe, wirke ich oft auf andere Menschen, vor allem auf das andere Geschlecht, irgendwie anziehend. Mir war in den Jahren meiner Selbstfindung die Klaviatur des menschlichen Wesens vertraut geworden, und wenn ich Spaß daran hatte, dann spielte ich auf ihr. Klar ist das nichts weiter als profane Manipulation, aber genau das ist es doch, was die Menschen wollen. Die wollen reagieren, nie agieren. Agieren bedeutet ja Verantwortung und reagieren ist dagegen hübsch einfach. Ich agierte gerne und viel.

Es gab Monate, in denen ich Listen führte, bei welcher Dame ich denn schon wie viel agiert hatte, um keine Peinlichkeiten erleben zu müssen. Diese Form des Sexuallebens nutzte sich allerdings ab, denn ich fand schnell heraus, dass ich zwar meinen Spaß hatte, aber sich die Frauen unter dem Mäntelchen der Unverbindlichkeit auf meine Kosten von ihrem desolaten Beziehungsleben erholten. Und Ausnutzen lasse ich mich nicht. Gehört zu meinen Lebensregeln. Symbiosen gerne, aber einseitige Dinge passen nicht zu mir. In keiner Richtung.

Dann lernte ich Karla kennen. Simsalabim ... bildhübsch, intelligent, voller innerer Güte und Liebe, dabei humorvoll und sensibel. Aus Osteuropa war Karla und äußerlich passte sie absolut in mein Beuteschema. Ihre eigentliche Heimat trug sie per rollendem RRRR stets auf der Zunge und ihre braunen Augen waren die eines Engels. Ich übertreibe nicht, die Frau war Zucker. Nichts Falsches an ihr. Keine Traumata und keine Lügen.

Kein Selbstbetrug und dazu noch diese innere Bescheidenheit, die sie in ihrem Handeln begleitete. Sie war keineswegs ein Aschenputtel-Abkömmling, sie war edel, gepflegt und war stets geschmackvoll gekleidet und geschminkt. Ich hätte wetten können, dass, wenn Karla an Durchfall litt, die Toilette nach Flieder, nein, nach Rosen duften würde, statt nach Scheiße, wie bei allen anderen. Und Karla mochte mich und suchte meine Freundschaft, meine Nähe. Ich hätte zugreifen können. Ich hätte dieses Wunder besitzen können. Es ging nicht. Die Frau war absolut tabu für mich.

Ich hatte sie nicht verdient. Sie wäre an der Seite eines Menschen, wie ich einer bin, vergangen wie eine Blume in der Wüste. Für Karla wäre meine Lebenseinstellung Gift gewesen. Meine Gedanken hätten ihre völlig unbeschädigte Seele vernarbt.

Und so blieb ich bei Luisa, unglücklich zwar, aber wenigstens stolz darauf, jemanden getroffen zu haben, der so unglaublich anders ist als der europäische Einheitsmensch, der unsere Fußgängerzonen bevölkert.

Ich weiß nicht, was aus Karla geworden ist, leider. Mit ihr, nein, für sie, die Welt zu retten, wäre echt mein Ding gewesen, aber so ist eben alles so, wie es ist.

Mittlerweile hatte ich meine kleine Wohnung aufgegeben und versuchte mich darin, wieder zu einem Mitglied der Gesellschaft zu werden. Ich verlegte meinen Wohnort nach Kiel-Ottendorf in eine Mansardenwohnung, und ein Bekannter verschaffte mir einen kleinen Job bei einer Versicherung.

Mit meinen Fähigkeiten konnte ich den Aushilfsjob schnell ausbauen. Ich sah den Menschen ja mehr oder weniger treffsicher an, was sie antrieb und war innerhalb eines halben Jahres vom Kaffeekocher zum Schadens-Sachbearbeiter aufgestiegen.

Es ist nicht so, dass Versicherungs-Gesellschaften sich vor ihrer Verantwortung drücken wollen.

Sie wollen nur einfach nicht beschissen werden, und ich denke, dass das in Ordnung geht. Zuerst regelte ich kleinere Fälle, wie Garagenbrände, Autodiebstähle und Einbrüche in Mietwohnungen. Ich erfasste immer schnell, wenn der Fisch stank, um im maritimen Sprachgebrauch Kiels zu bleiben. Nachweisen kann man das den Klienten nicht immer so einfach. Ich ließ jedenfalls nie Zweifel daran, dass ich den Ausführungen des Geschädigten keinen Glauben schenkte und deutete mehr als klar an, dass ich wüsste, dass hier jemand eine Show abzog, um abzukassieren.

Zahlen musste die Gesellschaft trotzdem immer dann, wenn es mir nicht gelang, den versuchten Betrug aufzudecken. Manchmal war das durchaus sehr detektivische Arbeit und es machte mir ungeheuer Spaß, Lügner und Abzocker zu enttarnen. Die flogen, nebst Anzeige wegen versuchten Betrugs, sofort aus der Versicherung und ich bekam dafür ein angemessenes Honorar. Der große Wurf gelang mir, als ich, mittlerweile mit höheren Weihen versehen, einen groß angelegten Betrug in Millionenhöhe aufdeckte. Unsere Gesellschaft versicherte natürlich auch Schiffe.

Ein dänischer Frachter, die »Lille Havfrue«, ein fünftausendfünfhundert Bruttoregistertonnen Containerschiff war bei uns versichert. Das Ding sank gemäß der Schadensmeldung in einem starken Sturm vor dem schottischen Dundee. Die Gegend da nennt man unter Seeleuten auch *Devil's Hole,* weil die Nordsee hier zum Teil fast zweihundertfünfzig Meter tief ist. Außer einem Ölfleck und drei angeschwemmten Containern mit Markenjeans aus Tschechien blieb nichts übrig von der »Lille Havfrue«. Die Reederei belegte, dass alleine die Fracht des Schiffes an die hundert Millionen Euro wert gewesen sei, und die neun-köpfige Besatzung war auch über unsere Gesellschaft versichert.

Von dieser fehlte allerdings jede Spur. Das Hafenamt in Dundee schickte uns Aufnahmen von den letzten Funkkontakten und Screenshots des Radars, auf welchem ersichtlich war, dass das Schiff um zwei Uhr morgens Ortszeit noch in Richtung Island dampfte und um drei Uhr völlig verschwunden war. Es waren drei SOS-Notrufe gesendet worden. Das Schiff hätte starke Schlagseite und die Besatzung würde nun in die Rettungsboote evakuiert.

Die Rettungsboote wurden jedoch nie gefunden. Keine Spur von der Besatzung. Keine Schwimmwesten, keine Leichen, kein Nix.

Ich ließ mir die Biographie des Schiffes und seiner Besatzung kommen und stellte fest, dass die Crew an Bord frischer war, als die zehn Kisten Feldsalat, die der Schiffskoch noch am Tag vor dem Unglück in Hull/England eingekauft hatte. Die gesamte Crew wurde nur vier Tage vor der Havarie ausgetauscht, dabei diente die alte Mannschaft über vier Jahre auf dem Schiff.

Danach befragt, teilte die Reederei mit, das sei der normale Turnus, in dem die Mannschaften auf den Schiffen innerhalb der Gesellschaft gewechselt würden, um zu verhindern, dass sich Fehler in die Handlungsabläufe einschlichen. Das konnte ich nicht widerlegen, die Reederei wies nach, dass tatsächlich die Mannschaften der Schiffe regelmäßig versetzt wurden.

Ich flog nach Dundee und machte dem Hafenmeister meine Aufwartung.

Dundee besitzt eine riesige Hafenanlage, und trotz meines recht übersichtlichen Wortschatzes in der englischen Sprache fand ich heraus, dass die Tonbandaufzeichnungen des Funkverkehrs absolut echt waren und die Screenshots des Radarkontaktes mit dem havarierten Schiff zusammen mit den eigentlich gespeicherten Daten ebenso verschwunden waren wie die »Lille Havfrue«. Mag sein, dass das schottische Temperament das so hergibt, aber das Achselzucken des Hafenmeisters trieb mir durchaus Adrenalin durch die Adern. Auch erregte es mich, als er verkündete, dass da wohl jemand beim Kopieren der Daten den falschen Knopf gedrückt habe.

Ich stellte fest, dass so eine Hafenmeisterei ganz und gar nicht vergleichbar ist mit einem Flughafen-Tower. Alles ganz gemächlich, alles ganz easy, alles ganz völlig okay. Scones and buttermilk.

Und jeder von den Typen da kann an den Computer und darin herumpfuschen. Ich habe von diesen Dingern keine Ahnung und kann nur Vorwürfe erheben, wenn es meine fachliche Kompetenz zulässt, und so nahm ich das ein oder andere zur Kenntnis, puzzelte geistig und tat dann das, was ich wirklich ganz gut konnte.

Ich ging einen saufen. In der Nähe der Hafenanlagen fand ich in der Crescend-Street einen kleinen Pub, der abgefuckt genug war, um meine Bedürfnisse zu erfüllen. Ich kratzte mein bestes Englisch zusammen und scheiterte damit allerdings direkt nach dem Eintreten in die, selbst für schottische Verhältnisse, heruntergekommene Kneipe. Der Dialekt, der hier gesprochen wurde, klang eher wie aramäisch als nach dem guten deutschen Schulenglisch.

Glücklicherweise gab es einige Gäste, die meine Versuche, ein Gespräch zu beginnen, mit einigem Wohlwollen quittierten, als ich meine Nationalität bekanntgab und andeutete, dass ich Engländer nicht leiden konnte. Immerhin hätte ich *Braveheart* gesehen und wüsste, was diese Bastarde dem schottischen Volk angetan hatten.

Intuition ist eben alles.

Nach unzähligen Pints und Whiskeys war ich schlauer.

Ein stark behaarter und übelriechender Hafenarbeiter hatte mir erklärt, dass das vermeintlich untergegangene Schiff in einem Hafen in Norwegen mit neuer Kennung und neuem Namen eingelaufen sei, dort entladen wurde und nun auf dem Weg nach Syrien sei, weil es verkauft wurde.

Der Mann, der mir dies im absoluten Alkoholabusus berichtete, hieß George, wie alle Schotten, und schwor, dass dies die heilige Wahrheit sei. Und weil ich ich war, glaubte ich ihm, weil ich spürte, dass er die Wahrheit lallte. Außerdem war ich nicht weniger besoffen, als der stinkende Hafenarbeiter.

Am nächsten Morgen, ehrlicherweise sollte ich sagen, Mittag, teilte ich meine Rechercheergebnisse der Zentrale mit.

Noch bevor ich wieder in Kiel war, erfuhr ich, dass alles, was der total versoffene Vogel in dieser Dreckskneipe in Dundee erzählt hatte, die reine Wahrheit war. Woher und warum er das wusste und ob er an der Riesensauerei auch Geld verdient hatte, blieb im Verborgenen. Ich hatte jedenfalls mächtig Leistung gezeigt, bekam rührende Worte, ein Glas Champagner und einen ansehnlichen Scheck.

Irgendwie war ich richtig froh, dass der Besatzung der »Lille Havfrue« nichts passiert war.

Und so war ich wieder in Kiel-Ottendorf, in der beschaulichen Vorstadtszene, und Gott hatte mir das Neueste vom Tage erzählt.

Als ich nun mit meinem durchlöcherten Renault in dieser komischen Haltebucht stand, dämmerte mir zum ersten Mal, dass weder Gottes Durchsage noch die Einschusslöcher in meinem Auto Einbildung und erklärbar waren. Es machte »Klick« in meinem Kopf, und eine völlig neue Realität war geboren. Das brennende Kiel (wen ich da wohl als Versicherungsbetrüger entlarven würde?) und die Szene, die mein Ableben fast herbeigeführt hatte, die fliehenden Nachbarn, die Szenen die ich aus den Augenwinkeln während meiner Flucht aus der Stadt wahrnehmen konnte, ließen nur einen Schluss zu: Das ist alles wahr!

Handy. Wozu gibt es Handys? Ich nestelte aus der Innentasche meiner Jacke das Nokia hervor und sah sofort »Netzzugriff nicht möglich.«

Kein Strom, kein Radio, kein Fernsehen, kein Signal für das Handy.

Keine Ampeln, keine Kühlung und kein Radiowecker.

Was hatte Gott mir geflüstert? Ich solle die Welt retten?

Und dass er jedem das Gleiche gesagt hatte in dieser Sekunde? Erst macht er Luisa tot, dann zerstört er meine Ehe und mich selbst - fast - und dann soll ich für ihn die Welt retten! Und weil das so einfach nicht geht, gibt er mir sieben Milliarden Helferlein an die Hand? Und um es spannend zu machen, dreht er den Saft ab? Verhindert jede Kommunikation?

Für wie blöd hält der mich?

Ich war einigermaßen außer mir, als ich den Gang einlegte und losfuhr. »Carglass repariert, Carglass tauscht aus ...«

Die Welt zu retten, kam mir nicht eine Sekunde in den Sinn. Obwohl ich irgendwann akzeptierte, was da geschehen war, fühlte ich mich dazu nicht berufen. Den Text, den Gott, oder wer auch immer da den göttlichen Status innehatte, mir ins Hirn transferiert hatte, kannte ich auswendig, und von »Du *musst* die Welt retten« war zu keinem Zeitpunkt die Rede gewesen. Ich dachte nur, dass es ziemlich schwachsinnig wäre, überhaupt zu versuchen, Gottes Ansinnen Folge zu leisten. Ich war Versicherungsfritze aus Kiel und die Menschheit hatte sich in Jahrtausenden fehlentwickelt.

Außerdem ging ich in weiten Teilen mit Gottes Einschätzung zur Lage der Nation absolut konform, und somit fehlte mir auch die rechte Motivation, den Status Quo des Homo Sapiens zu erhalten.

Je länger ich darüber nachdachte, desto mehr kam ich zu dem Schluss, dass ich an Gottes Stelle schon viel früher den Stöpsel gezogen hätte.

Da gibt und gab es einfach zu viel absolut Unentschuldbares in der Welt, um daraus die Berechtigung abzuleiten, die Menschheit zu erhalten.

Aber derlei Überlegungen nutzten mir in dieser Minute, in dieser Situation, gar nichts.

Das war alles surreal. Das war wie ein wirklich abgefahrener Albtraum, und ich bekam das, ehrlich gesagt, nicht wirklich in meinen Kopf. Ich fuhr langsam auf der kleinen Nebenstrecke in Richtung Neumünster und versuchte meine Gedanken zu ordnen, das Erlebte in irgendein System einzusortieren. Es gelang mir nicht. Ich bemerkte absolut schmerzlich, ABSOLUT SCHMERZLICH das Fehlen jeder Informationsquelle.

Noch vor wenigen Stunden hat man den Fernseher eingeschaltet, das Radio, den Computer, und selbst wenn all das nicht gegangen wäre, hätte man telefoniert über das Festnetz oder mit dem Handy. Nichts von all dem funktionierte mehr, und das war für mich ein Gefühl, als hätte jemand einen wichtigen Teil meiner Realität einfach abgehackt. Beschissene Hilflosigkeit. Information war der Motor meines Lebens. Nachrichten, Information und schneller Zugriff auf den Wissensfundus des Internets. Es gab da keine Grenzen, und wenn alle Stricke gerissen waren, dann rief man eben jemanden an.

Das schien alles vorbei zu sein. Die Entwicklung der Dinge in den letzten Stunden stellte alles in den Schatten, was es an Entwicklungen auf dem Erdball jemals gegeben haben mochte.

Immerhin lief der zerlöcherte Renault noch, und das spendete mir etwas Trost, gab mir Halt in dieser unwirklichen Lage.

Ich schob die CD wieder ein und es kam mir vor, als käme die Musik aus einer anderen, verlorengegangenen Welt.

Ich musste herausfinden, was vorging. Hier in der Pampa war das nicht möglich. Vielleicht war das alles ja nur ein kurzes Phänomen. Vielleicht stellte ich schnell fest, dass das alles nur in meinem Kopf stattfand. Vielleicht ist in der nächsten Ortschaft alles normal. Vielleicht funktionierte inzwischen ja alles wieder.

Ich entnahm die CD und lauschte dem atmosphärischen Rauschen aus dem Radio. Da war wirklich nichts, absolut nichts zu empfangen. Keinerlei Modulation. Nur die Übertragung des berühmten Lichtmaschinensounds aus dem Motorraum. Ein helles Summen, das jede Veränderung der Drehzahl meines Motors begleitete und das ständig live auf Sendung war.

Die Straße, die ich befuhr, war ein etwas breiterer Wirtschaftsweg. Früher mochte dies einmal eine wichtige Verkehrsader gewesen sein, doch längst hatten Bundesstraßen diese Wegstrecken abgelöst und sie zu Nebenstraßen degradiert. Vielleicht drei Kilometer vor mir sah ich eine gewaltige Rauchsäule aufsteigen, und auch rechts und links neben mir konnte ich hinter einigen Buschgruppen, die die unzähligen Rapsfelder und Kartoffeläcker hier umgrenzten, ebenfalls große, schwarze Rauchwolken sehen.

Jedes verdammte Kaff schien zu brennen.

Ich musste Menschen finden, ich musste mich austauschen, ich musste jemanden haben, der mir das alles hier erklärte. Der mir bestätigte, dass das alles wirklich geschah.

Zu meiner Linken konnte ich einen kleineren Bauernhof ausmachen. Ich beschloss, dorthin zu fahren und zu schauen, ob es dort jemanden gab, mit dem ich mich über die durchaus unerfreuliche Entwicklung der letzten Stunden unterhalten konnte.

Der Fahrtwind, der die ganze Zeit durch die geborstene Windschutzscheibe und die Löcher in den Türen pfiff, trug Brandgeruch in meine Nase.

Mir war einmal aus Versehen eine Matratze in Brand geraten. Naja, war kein Versehen im klassischen Sinne. Es könnte auch ein Vollrausch und eine brennende Zigarette eine Rolle gespielt haben. Jedenfalls hatte diese Matratze angefangen zu brennen, und hätte ich diesen unangenehmen Umstand nicht rechtzeitig bemerkt, hätte ich mich jetzt wohl nicht in dieser Situation befunden, sondern würde auf irgendeiner Wolke Harfe spielen. Jedenfalls roch es jetzt überall nach dieser Matratze. Dabei war ich nüchtern und mittlerweile fast Nichtraucher. Nur wenn es ganz haarig wurde, verspürte ich noch den Drang nach einer Zigarette. Könnte sein, dass ich mich aktuell in einer Situation befand, die mir das Rauchen wieder schmackhaft machen würde.

Der Bauernhof, dem ich mich nun genähert hatte, machte einen friedlichen Eindruck.

Ein alter, rot lackierter Trecker stand auf dem kleinen Vorhof vor dem Hauptgebäude. Muhen und Stampfen tönte aus den Stallungen, die den Hof einrahmten, als ich den Wagen ausrollen ließ und zum Stehen brachte.

Ich konnte einige Hühner sehen, die im Hof scharrten, und zwei Katzen lagen faul im Schatten, den der Trecker auf das von Stroh und Dreckbatzen übersäte Kopfsteinpflaster warf.

Das Bauernhaus war eigentlich hübsch. Reetdach, wie die meisten Bauernhäuser hier in der Gegend, und mit blauen Farben schön zurechtgemacht.

Blumenkästen waren die Heimstatt von gewaltigen bunten Geranien, die wasserfallartig aus ihnen herausströmten und dem ganzen Ambiente einen verträumten Eindruck verliehen.

Ich entspannte mich deutlich und schaltete den Motor ab. Ein Hahn krähte, und nur das Rascheln und Stampfen aus den Scheunen und das Ticken des Motors waren zu hören.

Irgendwie war hier ein Ort der Stille, der Ruhe, der Normalität. Und doch war ich deutlich nervöser und unruhiger als an dem Tag, an dem ich das letzte Mal auf einem Bauernhof gestanden hatte.

Das war vor etwa zwei Jahren gewesen und es ging um eine versicherungstechnische Absurdität im einundzwanzigsten Jahrhundert: Viehdiebstahl. Einem Bauern waren in vierzehn Tagen über dreißig Kälber aus den Ställen gestohlen worden, und ich glaubte ihm jedes Wort. So einen Scheiß denkt sich niemand aus, der die Versicherung verdummfideln will.

Tatsächlich hatte ihm jemand die Tiere in drei Nächten innerhalb von zwei Wochen aus dem Stall geklaut. Eigentlich ein

Husarenstück, denn so ein Kalb ist auch nicht gerade ein Stoffteddy, den man sich unter die Jacke stecken kann. Das geht nur mit einem Anhänger oder Lastwagen. Die Polizei stellte Spuren sicher und bestätigte, dass sich tatsächlich jemand Zugang zu den Ställen verschafft und die Tiere abtransportiert hatte.

Ich hatte damals Visionen von Wildwest-Szenen, in denen Viehdiebe vom Sheriff abgeurteilt und aufgehängt wurden und war leidlich amüsiert darüber. Der Landwirt erhielt seinen Scheck und schwor, sofort eine Alarmanlage installieren zu lassen.

Es gab später in anderen Bezirken noch weitere Diebstähle dieser Art ... irgendwann hörte das einfach auf, wahrscheinlich war das Diebesgut zu schwer zu veräußern oder was weiß ich.

Daran musste ich jedenfalls denken, als ich auf diesem Platz stand und diesen speziellen Duft einatmete, der den Bauernhöfen eigen ist.

Ich ging zu der blau-weißen Haustür und drückte den Klingelknopf. Nichts war zu hören und ich brauchte lächerliche fünf Minuten, um zu begreifen, dass ohne Strom wohl auch keine Türglocke bimmeln würde. Also klopfte ich an die Tür, erst zaghaft, dann fester und schließlich hämmerte ich dagegen und rief laut »Hallooooo, ist da jemand?«

Ohne Erfolg.

Ich ging um das Wohnhaus des Bauernhofes herum und entdeckte, dass auf der Rückseite eine wirklich gemütliche, überdachte Terrasse an das Haus gebaut war und die Tür zum Hausinneren offen stand.

Ein überaus seltsames Geräusch war aus dem Inneren des hübschen Gebäudes zu hören. Ich weiß nicht, wie ich es beschreiben soll. Erst mal war es leise, kam wohl aus dem oberen Stockwerk. Ein helles Quieken. Nein. Ein Meckern. Irgendwie ein Meckern. Dann wieder ein schriller Ton, dann Pause. Dann so etwas wie ein Krächzen und dann wieder ein helles Meckern.

»Hallo?«, rief ich wieder und wieder und war dann mutig genug, die halb geöffnete Terrassentür aufzustoßen und das Haus zu betreten.

Ich stand in einem Wohnzimmer, dessen Innenarchitektur so gar nicht mit meiner Vorstellung von der Wohnraumgestaltung eines Bauernhauses übereinstimmte.

Hier war alles hell, modern und farbig. Ein weißer, edler Fliesenboden, kleine, hellorange Teppiche darauf, alles sehr großzügig und ohne die altbackene Enge, die man solchen Häusern unterstellte. Eine moderne Buchentreppe führte in den oberen Stock und von dort kam eindeutig das merkwürdige Geräusch.

Da die Welt offensichtlich aus den Fugen geraten war, hätte ich es wirklich begrüßt, wenn mich jemand in dem fremden Wohnzimmer ertappt, festgesetzt und die Polizei gerufen hätte. Meine Fresse, was hätte ich darum gegeben, festgenommen zu werden!

»Hallo?«, rief ich weiter und dieses wirklich hilfreiche »Ist jemand da?«. Ich stand nun am Fuß der Treppe und plötzlich hörte das Geräusch auf. Ich strengte meine Ohren an und hoffte doch nur, dass da oben jemand sei, mit dem ich mich unterhalten konnte, der mir behilflich sein könnte in meinem gedanklichen Chaos, und der mir vielleicht erklären könnte, was los war, der mir sagte, ich sei durchgeknallt, ein Fall für die Irrenanstalt.

Dann fing es wieder an.

Jetzt klang es, als wäre jemand fünfzig Meter getaucht und mit dem wirklich allerletzten Quäntchen Luft wieder an die Oberfläche gekommen, und das Einsaugen der Luft durch den verengten Hals erzeugte dieses helle, organische Pfeifen.

Völlig unerwartet knallte die Erkenntnis in meinen Verstand.

Das war der totale, der finale Schreck, als ich begriff, wo dieses Geräusch seinen Ursprung hatte.

Vor über zehn Jahren, ich hatte Häuschen, Frau und zwei Kinder und alles war gut und anders, wollte ich in unserem kleinen Garten einen Zaun errichten, hinter dem ich einen Gartenteich anlegen wollte. Ich hatte das nötige Material aus dem Baumarkt geholt und auf die kleine Wiese gestapelt. Hüfthohe Zaunelemente, Pfähle und solches Zeug. Meine Kleine hing mir damals immer am Schlawittchen und brabbelte irgendwelche gutturalen Laute vor sich hin. Ich war gerade damit beschäftigt, mit dem Zollstock festzulegen, an welcher Stelle die Zaunpfähle sitzen müssten, als sich die kaum einjährige Maus anschickte, den Materialberg, den ich da angehäuft hatte, zu erklimmen. Laufen konnte sie noch nicht, aber sie wollte wohl damals sein wie Reinhold Messner. »Seht mich an, ich habe als erstes Baby den gigantischen Holzberg ohne Sauerstoffgerät erklommen«, mag sie gedacht haben, als die obere Lage ins Rutschen geriet, noch bevor sie ihren Triumph hatte und sie mit einigem Poltern herabrutschte und vom Sonderangebots-Lamellenzaun begraben wurde, nachdem sie die immerhin sechzig Zentimeter auf die Wiese fast im freien Fall zurückgelegt hatte.

Der Aufprall war wenig hart, und der Zaun hatte sie kaum berührt, steckte sie doch in einer großen Lücke fest. Als ich durch das Poltern aufgeschreckt zu ihr eilte und das verkeilte Zaunelement fortriss, lag sie nur da. Sie ballte ihre kleinen Fäuste und ihre Augen waren fest zugekniffen. Ihr Mund war geöffnet aber kein Laut drang heraus. Sie sog Luft ein, stieß aber keine Luft aus. Ihr Kopf wurde hochrot und ich riss sie an mich und schrie sie an, »Atme, schrei, atme ...!«

Ich dachte, sie würde platzen, würde sterben. Ich war in totaler Panik und schüttelte sie etwas, ich drückte sie an mich und klopfte ihr auf den Rücken, ich schrie sie lauter an: »ATME!« Und sie öffnete die Augen kurz, schloss sie wieder und dann machte sie dieses Geräusch ...

Da oben schrie ein Baby!

In der Sekunde, ich der ich das begriff, raste ich die Treppe hoch, und weil das eben hier kein Film war und niemand »Cut, nochmal die Szene!« schrie, rutschte ich etwa auf der Hälfte der Treppe aus und hörte die Engel singen, als ich mir den Fuß verdrehte und auf dem Mittelabsatz derbe auf mein Steißbein fiel. Mein adrenalingeschwängertes Blut erlaubte jedoch keine Verzögerung und ich rannte trotz der stechenden Schmerzen im Fuß den Rest der Treppe hinauf, riss die Zimmertür auf, hinter der das schreiende Kind wohl lag und sah im selben Augenblick meine zweite Leiche nach Luisa.

Ich wurde vom Schock nicht übermannt. Schwangeren Frauen mag die Milch einschießen, wenn sie ein schreiendes Kind hören, aber auch Männer, gerade Väter, haben ausgeprägte Instinkte. Ob das Beschützerinstinkte sind, weiß ich nicht, aber alles war egal, könnte ich nur etwas tun, um dieses leidvolle Kreischen abzustellen, dieses unsägliche Babyschreien.

Und so stieg ich über die tote Frau, die wohl die Mutter war, hinweg und nahm das Baby aus dem Bettchen in meinen Arm.

Es war nass geschwitzt, das Gesicht war unglaublich heiß und rot wie eine Tomate. Der kleine Ofen in meinem Arm war höchstens sechs Monate alt und völlig außer sich. Angesichts der Situation völlig verständlich.

Ich stand dort minutenlang in der weltberühmten »Trost-Papa-Wiege-Stellung«. Das Köpfchen in meiner rechten Hand, den völlig nassen Hosenboden in meiner linken, und mein ganzer Körper befand sich in einer einzigen Beruhigungsschwingung.

Das Baby beruhigte sich, und als es zum ersten Mal still war, nach Luft schnappte und hickste, gab ich ihm einen Namen. »Tomate«.

Das war ihr Name. Ja, ich greife jetzt vor. Das Baby war ein Mädchen, wie meine Tochter damals. Mama lag tot im Kinderzimmer, Papa war weg, vermutlich hatte er einen Termin zur Weltrettung und ich stand da mit Tomate. Und einem zerschossenen Auto.

Ohne Strom.

Ohne Handy.

Ohne Ahnung.

Ohne alles.

Doch, da war noch was. Ich sollte auch die Welt retten.

Drauf geschissen!

Ist es nicht erstaunlich, wie sich der gesamte Kosmos in wenigen Stunden vollkommen verändern kann?

Wenn ich in der Vergangenheit über Weltuntergang und Ende der Menschheit nachgedacht habe, meistens nachdem ich einen der allseits beliebten Katastrophenfilme aus Hollywood gesehen hatte, dann hatte ich immer Kometen, Erdbeben oder Pestilenzen im Kopf.

Was hier und jetzt geschah, hatte keinen Vergleich, und deswegen traf es wohl nicht nur mich völlig auf dem falschen Fuß. Wer sich über das Ende der Welt Gedanken gemacht hatte, der bereitete sich innerlich auf einen Rückfall ins Neandertaler-Zeitalter vor, der spann über Pfadfindertugenden, wie Feuer machen und Blockhüttenbau. Niemand dachte daran, dass so etwas geschehen würde wie mir heute. Das war so über alle Maßen surreal, so krass und absurd, und diese Tatsache versetzte mich sozusagen in einen Dauerschock. Selbst die tote Mutter im Kinderzimmer von Tomate nahm ich als gegeben hin. Vor Stunden noch wäre hier die Mordkommission mit allem Zipp und Zapp aufgefahren, Presse, Funk und Fernsehen, und ich säße in einem Vernehmungszimmer und käme nur ganz schlecht aus der Geschichte raus. Insofern kam mir der Untergang der Menschheit ganz gelegen, allerdings wäre ich ohne ihn jetzt auch nicht hier, sondern auf meinem Sofa mit einer Tasse Rooibos-Tee. Sei's drum.

Ich ging, die Leiche von Tomates Mutter umrundend, mit dem Baby auf dem Arm die Treppe wieder herunter und wusste sowas von überhaupt nicht, was ich als nächstes tun sollte.

Die ganze Nummer mit Polizei und Notruf hatte sich nach meiner Einschätzung der Lage völlig erledigt und die Wiederkehr von Tomates liebem Papilein stand ebenfalls nicht zu erwarten.

Zumal ich vermutete, dass er am Ableben der Mutter nicht ganz schuldlos war. Tomate war völlig erschöpft eingeschlafen und ihr kleines Köpfchen lag auf meiner rechten Schulter. Sie glühte immer noch, aber aus dem infernalischen Gebrüll war ein Hicksen geworden. Ich spürte warme Feuchtigkeit auf meiner Haut, dort, wo ihr Kopf lag.

Es begann dort zu jucken, aber ich hütete mich, dagegen etwas zu unternehmen. Tomate musste erst runterkommen von ihrem Horrortrip, soviel stand fest.

Ich betrat die Küche des Hauses. Mein Blick erfasste auf der Arbeitsfläche der Küche einen Karton mit Milchpulver von dem lieben Onkel aus dem Fernsehen und mehrere Nuckelflaschen. Allesamt schmutzig. Ferner erblickte ich einen Flaschenwärmer, der mangels Strom für den Rest seiner Tage zu völliger Sinnlosigkeit verdammt war, genauso wie der Herd und die Mikrowelle. Ich ging zurück ins Wohnzimmer, legte Tomate ganz vorsichtig auf das Sofa und drapierte die Sofakissen und eine Wolldecke um das Baby, sodass es den Transfer kaum bemerkte und vor allem nicht vom Sofa plumpsen konnte. Ohne lange darüber nachzudenken, riss ich in der Küche sämtliche Schränke auf und stellte alles, was irgendwie mit Tomate in Verbindung stand, auf den Küchentisch. Nuckel, Babybrei und Babymilch und Gläschen vom lieben Onkel aus dem Fernsehen. Ich packte die schmutzigen Flaschen dazu und überwand mich dann, noch einmal nach oben ins Kinderzimmer zu gehen. Mama lag noch immer da und starrte an die Decke.

Ich vermied es, sie anzusehen und stopfte Babykleidung und Windeln in Plastiktüten, die ich aus der Küche mitgebracht hatte.

Cremes und Lotionen, Tomates Oberbett und ihr Kissen und natürlich ihren unvermeidlichen Plüschhasen, den ich spontan »Harvey« taufte. Dann trug ich die ganzen Sachen in Tüten und Plastikboxen zu meinem Wagen.

Ich sah erst jetzt bewusst, welchen Schaden der irre Schütze, der die Rettung der Welt wohl durch meinen Tod herbeiführen wollte, angerichtet hatte. In jungen Jahren hatte ich mir aus Spaß diese hochkomischen, aufklebbaren Einschusslöcher fürs Auto gekauft und an meinem schäbigen Opel angebracht. Sah cool aus, wie ich damals fand. So wie mein Renault jetzt aussah, war es deutlich cooler. Die Beifahrerseite war von vorne bis hinten durchlöchert. Ein absolutes und unfassbares Wunder, dass kein Reifen getroffen wurde oder ein anderes, lebenswichtiges Teil der Technik. Und noch erstaunlicher war, dass der Fahrer unbeschädigt geblieben war. Die Seitenscheiben waren ebenfalls getroffen, die hinteren blind und in tausend Fragmente zerlegt, die allerdings noch zusammenhielten. Was man von der Windschutzscheibe nicht behaupten konnte, die sich in ein Meer aus kleinen Glasbröseln aufgelöst hatte.

Bevor ich die ganzen Utensilien in den rollenden Schweizer Käse räumte, inspizierte ich die Schuppen und die Garage nach einem Ersatz, fand aber nur einen Trecker und diverse landwirtschaftliche Geräte. Da war erst einmal nichts zu machen, und ich packte Tomates Habseligkeiten in den Kofferraum. Zurück im Haus fand ich Tomate immer noch schlafend, den Tomatendaumen im Tomatenmund, auf dem Sofa.

Ich hob sie behutsam zusammen mit Kissen und der Wolldecke hoch, brachte sie zum Auto, legte sie auf den Rücksitz und schaffte es, eine einigermaßen sichere Konstruktion aus Anschnallgurt, Kissen und Decke zu fertigen, sodass sie wenigstens etwas geschützt war.

Der Kindersitz war wohl mit Papa unterwegs, dachte ich grimmig.

Irgendwo musste es doch noch Ordnung und System geben. Obrigkeit, jemand der sich kümmerte. Hilfe. Hilfe! H I L F E !!

Dorthin wollte ich Tomate bringen.

Ich war erstaunt, dass mein Auto sofort ansprang und wertete dies als gutes Omen. Bevor ich losfuhr, durchzuckte mich ein Geistesblitz. Ich ließ Tomate bei laufendem Motor für einen Moment alleine und ging ein letztes Mal in das Haus zurück. Im funktionslosen Kühlschrank fand ich eine Flasche Wasser, und im angrenzenden Vorratsraum noch ein Sixpack Bier.

Tomate wachte nach etwa zwanzig Minuten Fahrt auf und begann leise zu weinen. Scheiß Fahrtwind. Außerdem roch es mehr und mehr nach Rauch und verbrannter Matratze.

Ich vermied die Straßen, die zu nah an den Rauchsäulen vorbeiführten, was zunehmend schwerer wurde, weil jedes Kaff zu brennen schien. Zweimal kamen uns Autos entgegen und jedes Mal blieb mein Herz fast stehen. Tomates Weinen war lauter geworden und ich hielt den Wagen an. Ich stieg aus und setzte mich zu ihr in den Fond, streichelte ihr Köpfchen und redete beruhigend auf die Kleine ein.

Erst half dies ein wenig, aber Tomate war ganz offenbar der Ansicht, ich müsse schon etwas mehr tun als »gutzigutzi« zu machen.

Also holte ich die Tüte mit den Nuckelflaschen aus dem Kofferraum und schüttete etwas Wasser in eine der Flaschen.

Durch kräftiges Schütteln hoffte ich, die Flasche wenigstens etwas reinigen zu können. Dann gab ich etwas von dem Babymilchpulver vom Onkel aus dem Fernsehen in die Flasche und Wasser dazu. Bisschen schütteln und fertig, so war die Theorie. Während ich schüttelte, hielt ich mit Daumen und Zeigefinger den Sauger zu und als ich ihn dann losließ, schoss eine Milchfontäne aus der Flasche, mitten in mein Gesicht. Witzig, was? Lecken Sie mich!

Von meiner Vaterzeit wusste ich noch, dass Babymilch warm sein sollte. Ich sah schon jetzt eine ganze Reihe Probleme auf mich zukommen, denn ohne Strom und Geräte war an Aufwärmen nicht zu denken. Jedenfalls zu diesem Zeitpunkt noch nicht.

Ich nahm Tomate auf den Schoß und kaum, dass der Sauger ihre kleinen Lippen berührte, nahm sie ihn in den Mund und begann zu saugen wie eine Verrückte. Die Temperatur schien in Ordnung zu sein. Als die Flasche so gut wie leer war, nahm ich Tomate, wie einst meine eigenen Kinder, legte sie über die Schulter und klopfte ihr leicht auf den Rücken, »Bäuerchen« machen nennt man das. Sie gab alles wieder her und ich hatte den ganzen Kladderadatsch auf dem Rücken, bis hinein in den Hosenbund. Temperatur definitiv *nicht* in Ordnung.

Tomate machte ein erst erstauntes und dann sehr zorniges Gesicht. In mir wuchs Verzweiflung. Und Wut auf all das.

Sie begann wieder zu schreien.

Windel. Ich musste die Windel wechseln. Ich nestelte eine der Windeln aus der Tüte und machte mich an die Arbeit. Mit *dem* Pfund in der Hose hätte ich auch geweint.

Da die Welt ohnehin im Eimer schien, warf ich die Zellstoffbombe mit Tomates Ausscheidungen einfach auf die Straße. Mit Mülltrennung würde ich die Menschheit wohl auch nicht retten können. Jedenfalls hatte die Kleine wohl genug von der Milch in sich behalten, um vorerst zufrieden zu sein.

Ich begriff, dass ich zeitnah mehrere Dinge benötigen würde.

Ein neues Auto, einen Kindersitz und irgendwas, womit ich

kochen oder zumindest die Babynahrung erwärmen konnte. Und auch ich brauchte etwas zu essen. Außerdem benötigten Tomate und ich ein Dach über dem Kopf, es war jetzt fast sechs Uhr abends, und auch, wenn die Junisonne noch schien und es warm war, wollte ich auf keinen Fall im Auto übernachten. Zu Tomates Haus zurück wollte ich nicht, der toten Mama wegen, und zu mir nach Hause wohl auch nicht, da ich vermutete, dass auch dort nichts weiter zu finden war, als eine Rauchsäule, die unter anderem von meiner brennenden Matratze gespeist wurde.

Hier, so ganz im Norden der Republik, gibt es vor allem viel Gegend. Wenige Bauernhäuser und noch weniger Städte und Dörfer.

Es half nichts, ich musste schauen, ob in einem dieser Dörfer noch irgendwas zu holen war. Seufzend legte ich den Gang ein und fuhr los. Ich hatte nicht die geringste Ahnung, wo ich war. Ich befuhr die ganze Zeit kleinere Nebenstraßen und hatte jede Orientierung verloren. Ohne darüber nachzudenken, schaltete ich mein Navigationsgerät ein.

Und, oh Wunder, das Display zeigte brav meinen Standort an, ein kleiner Pfeil auf einer digitalen Landkarte.

Ich wurde ganz aufgeregt, denn ich dachte, dies sei ein eindeutiges Zeichen, dass alles wieder funktionierte.

Wenn das Navi geht, dann muss doch auch der Strom wieder da sein, das Navi war ein Zeichen von funktionierender Zivilisation, so mein euphorischer Gedanke. Ich lachte und johlte und war wie befreit. Alles wieder gut. Mein Navilein funktioniert wieder. Auf dem Display sah ich, dass das nächste Dorf gar nicht so weit weg war und so hielt ich auf die mir am nächsten gelegene Rauchsäule zu.

Je näher wir der Ortschaft kamen, umso schlimmer wurde der Anblick. Autos lagen in den Straßengräben, leblose Menschen lagen auf der Straße. Ich konnte nur noch Schritttempo fahren und immer wieder nahmen mir Rauchschwaden die Sicht und uns den Atem.

Tomate gurrte leise vor sich hin. Ganz offenbar war meinem Navigationsgerät der stattfindende Weltuntergang egal. Ganz sicher tat sein Funktionieren nichts zur Sache. Das war für mich die x-te Enttäuschung des Tages.

Ich musste Slalom fahren, denn zerstörte Autos standen auf der Straße, Trümmer lagen überall, und als ich das Ortseingangsschild passierte, sah ich, dass lange nicht alle Häuser brannten, hier am Dorfrand jedenfalls brannte es nicht. Das Zentrum des Dorfes stand allerdings in hellen Flammen, wie eine riesige Fackel brannte der Kirchturm und man hörte ein schreckliches Knistern, Knacken, Splittern und Bersten. Ich hatte keine Ahnung, dass ein Brand derartig laut ist. Hier war definitiv nichts zu holen.

Ich konnte auf keinen Fall weiterfahren, denn die Straße vor uns war so übersät mit brennenden Autos und schwarzen Trümmern der Häuser rechts und links der Straße, dass ich den Renault anhalten und wenden musste. Keine lebende Seele war zu sehen. Nur Rauch und Feuer und Zerstörung. Ich hatte keine Idee, wo dieses Inferno seine Ursache hatte. Erst später begriff ich, dass es die Bewohner des beschaulichen Dorfes gewesen sein mussten, die hier gewütet und sich gegenseitig umgebracht hatten ... um die Welt zu retten.

Ich fuhr mit Tomate einen Teil der Strecke zurück und bog dann aber nach rechts ab. Hier am Ortsrand war die Verheerung noch nicht ganz so schrecklich und ich hoffte, irgendetwas Brauchbares zu finden. Mit Schrittgeschwindigkeit rollte ich die Straße entlang und sah all diese Häuser, bei denen die Türen offen standen und die Garagen leer waren. Und immer wieder entdeckte ich menschliche Körper auf dem Gehweg, in Vorgärten oder in den offenen Eingängen. Der leichte Wind blies den Rauch aus diesem Teil des Dorfes offenbar fort, denn die Luft war hier besser und der Gestank nicht so überwältigend wie im Zentrum des Dorfes.

All die schönen Einfamilienhäuser mit ihren schmucken Vorgärten. Ein Kindergarten auf der linken Seite, eine Bushaltestelle etwas weiter. Kein Auto, nicht mal ein kaputtes. Offene Türen. Ein Hund erschreckte mich, als er plötzlich vor uns über die Straße lief.

Ein Haus mit geschlossenen Jalousien. Etwas versetzt davor und um neunzig Grad gedreht, eine große Garage mit Giebeldach, ebenfalls geschlossen. Ich hielt den Wagen an. Tomate schlief.

Hinter mir hörte ich lautes Krachen und Bersten, als wenige hundert Meter von hier der brennende Kirchturm funkensprühend in sich zusammenbrach.

Ich ließ den Motor laufen und stieg aus. Mir war ganz und gar unwohl, hier in diesem toten Kaff zu stehen. Am liebsten wäre ich wieder eingestiegen und mit Höchstgeschwindigkeit aus dieser Hölle gerast. Ich ging zu dem Haus mit den geschlossenen Rollläden und wandte mich der Garage zu. Meine Hoffnung war, dass darin ein Auto stand und die Bewohner verreist waren. Flugreise oder Kreuzfahrt und das schicke Wägelchen der Familie stand geschützt an seinem Platz.

Auf der Rückseite der recht großen Garage waren ein kleines Fenster und eine Tür, die allerdings verschlossen war. Durch das Fenster konnte ich tatsächlich etwas im Dunkeln erkennen. Sah aus wie ein Kleinbus. So weit, so gut.

Die Schlüssel zu Garage und Auto befanden sich sicher in dem Haus. Wie aber da hineinkommen?

Die Jalousien und die Haustür machten einen sehr soliden Eindruck. Auf der Rückseite des Einfamilienhauses war es ebenso. In Filmen tritt der Held so eine Tür ohne Weiteres ein, oder er friemelt mit der Scheckkarte etwas zwischen Gummidichtung und Türblatt herum und es macht »Klack« und die Tür ist auf.

Ich zwang mich zum Nachdenken. Den ersten Gedanken, einen Schlüsseldienst zu rufen, verwarf ich rasch wieder.

Selbstironie ist eine meiner Stärken. Nennen Sie es Zynismus, ist mir einerlei.

Ich musste Gewalt anwenden.

Aber wie? Eine große Axt hätte helfen können, aber dieses Werkzeug blieb im Reich des Konjunktivs. Ich schlug mit den Händen gegen die Rollläden, aber auch diese waren offenbar nach neuesten Erkenntnissen des Einbruchschutzes gefertigt.

Ich wurde wütend, denn meine eigene Unzulänglichkeit im Bereich der Improvisation begann mich selbst anzuwidern.

Dann hatte ich einen brillanten Einfall.

Ich ging zum Wagen zurück, warf einen Blick auf die schlafende Tomate und stieg ein. Über den sehr gepflegten Rasen und über Blumenstauden hinweg rangierte ich den Renault zwischen Wohnhaus und Garage. Ich konnte den Wagen bis vor den Treppenstein der Haustür bugsieren und stieg dann aus.

Ich öffnete die Heckklappe und suchte nach meinem Bordwerkzeug, das ich bis dahin noch nie gebraucht hatte. Wozu gab es Werkstätten? Ich fand das Abschleppseil in einem Seitenfach und befestigte es an der vorderen Abschleppöse. Ich stand mit dem Wagen dicht genug an der Haustür, um das andere Ende des Seils am Türgriff zu befestigen. Dann stieg ich wieder ins Auto und legte den Rückwärtsgang ein. Zentimeter für Zentimeter ließ ich das Auto zurückrollen, bis das Seil gespannt war. Ich gab dann mehr Gas. Die Räder drehten auf dem Rasen durch und gruben sich trotz des trockenen Bodens ein. Was zum Geier war das für eine Tür? Geklaut aus Fort Knox? Dann ging mir ein Licht auf. Haustüren gehen immer nach innen auf, nie nach außen. Eigentlich völlig bescheuert, aber leider die traurige Wahrheit. Egal, DIESE Tür würde nach außen aufgehen *müssen*!

Ich schaffte es, den Wagen wieder vorzufahren. Nun aber mit deutlich mehr Schwung. Ich ließ die Kupplung hochschnellen und gab Vollgas.

Der Renault sprang nach hinten, Tomate wachte auf und quiekte, die Haustür wurde zusammen mit dem Rahmen aus der Wand gerissen und landete laut scheppernd auf der Motorhaube des malträtierten Autos. Da lag sie allerdings nicht lange, denn der Renault schoss weiter nach hinten und die Tür wurde am Seil mitgerissen. Bevor ich bremsen konnte, knallte der Wagen mit dem Heck gegen die hintere Ecke der Garage und der Motor erstarb mit einem rasselnden Geräusch.

»Dadadadada«, kommentierte Tomate dieses Husarenstück.

»Ganz deiner Meinung.« Ich drehte mich zu ihr um. »Alles klar bei dir, Scheißerchen?«, fragte ich die Kleine und sie schien, jedenfalls für den Moment, ganz zufrieden zu sein.

Kind müsste man sein.

Im Haus wurde ich schnell fündig. Es sind immer dieselben Stellen, an denen die Menschen ihre Schlüssel aufbewahren.

Schlüsselkasten in der Nähe der Tür. In diesem speziellen Schlüsselkasten allerdings baumelten jede Menge Schlüssel, und weil ich pragmatisch denkend bin, riss ich den ganzen Kasten von der Wand und nahm ihn mit zur Garage.

Der Autoschlüssel war schnell identifiziert, ein klobiges Ding an einem Ring zusammen mit einem seltsamen Vierkantschlüssel und einem Teil, wie man es zum Entlüften von Heizkörpern benutzt.

Erst der zehnte oder elfte Schlüssel im Kasten passte zum Schloss des Garagentors. Ich zog das Tor auf, zerkratzte dabei die letzte intakte Stelle am Renault, der zerknautscht an der Garagenecke hing und stellte fest, dass Tomate und ich den Jackpot gewonnen hatten. In der Garage stand ein Wohnmobil.

Gehet aus von ihr, mein Volk, dass ihr nicht teilhaftig werdet ihrer Sünden, auf dass ihr nicht empfanget etwas von ihren Plagen! Denn ihre Sünden reichen bis in den Himmel, und Gott denkt an ihren Frevel.

Offenbarung 18; 4-5

In den ersten Stunden nach der göttlichen Offenbarung vollzog sich das größte Sterben unter den Menschen. Nicht alle wurden zu Mördern, Brandstiftern und Totschlägern, aber diejenigen, die in Lethargie verfielen und jene, die die göttliche Botschaft nicht für wahr nahmen, wurden davongerissen vom Sog des Verderbens.

Und es brachen all jene Kriege wieder auf, die zuvor vom Mantel der Zivilisation erstickt schienen. Auf allen Kontinenten brachen die Dämme, die den Hass auf ethnische Gegner bislang stauten und dämmten. Ist der Bürgerkrieg die schrecklichste Form jedes Konfliktes, so ist die hundertfache Potenz davon der Hass des Einzelnen, wenn er zum alleinigen Weltretter ernannt wurde.

Es kämpften keine Armeen gegeneinander, es kämpften hunderttausende Individuen gegen hunderttausende anders Denkende.

Katholiken gegen Protestanten, Christen gegen Moslems, Moslems gegen Buddhisten und alle gegen jeden überall auf der Welt in jedem Land, auf jedem Kontinent. Das Sterben hielt an, und die wenigen Aufrechten fanden allzu selten ihr Heil in der Flucht.

Es gab keine Organisation, keine Struktur, keine Verantwortlichen. Die Kämpfe folgten keinen Gesetzen. Außer dem Auftrag, die Welt zu retten, gab es keine Kommandos.

Und die Subjektivität jedes einzelnen Menschen wurde zu seiner Bibel, zum Koran, zur Thora und erhob sich, von göttlicher Prokura gespeist, zum Metadogma der Menschheit.

Hinweggefegt waren alle Mächtigen. Auch die weniger mächtigen Frauen und Männer, und auch jene, die vielleicht mächtig werden könnten, und alle, die noch zu jung waren, um mächtig zu werden.

Liebe, als größtes Gottesgeschenk an die Menschheit, verwandelte sich in Hass, und Familien zerfleischten sich, weil jeder dem anderen die Schuld aufbürdete.

Nach den ersten drei Tagen erwarteten die meisten Überlebenden ein Zeichen Gottes, dass ihre Taten die Weltrettung bewirkt hätten, und als dies nicht eintrat, begannen sie, die vorher Hausfrauen, Banker, Kaufleute oder Handwerker gewesen waren, Opfer darzubringen, in der Hoffnung, dadurch das Richtige zu tun.

Die Städte brannten, und keine Stimme verkündete die Rettung der Welt.

Am fünften Tag waren es nur noch Hunderttausende, die lebten und auf das Urteil warteten. Von den Hunderttausenden waren Zehntausende längst gestorben in ihrer Seele, und sie ahnten, dass sie Gottes Wort missdeutet hatten, obwohl es eindeutig gewesen war.

Und sie unterwarfen sich der letzten Hoffnung auf einen gnädigen Gott.

Das Begreifen darüber, dass Gott, Allah, Buddha, Shiva, Jahwe und Manitou und all die anderen Götter anders handelten, als es ihre Vertreter auf Erden prophezeit hatten, zerstörte den Lebenswillen Vieler und Hunderte richteten sich selbst.

Und wenn gar nichts mehr hilft, bleibt uns immer noch der Wahnsinn, in den wir uns flüchten können. Dahin kann uns nicht mal Gott folgen.

Igor Schabratzki

Asphalt, schwarzer Asphalt. Alles tat weh. Das Knie schmerzte und es war warm. Sie spürte die Sonne auf der Haut und öffnete leicht die Augen. Der Himmel war blau, aber in der Mitte ihres Blickfeldes war alles schwarz. Schwarzer Rauch teilte den Himmel.

Sie schloss die Augen wieder. Möwen kreischten. Sie konnte das Kreischen der Möwen hören. Sie wusste, wo sie war. Auf dem Weg nach Dänemark.

Jemand rief. Irgendwo, weit weg. Nicht wichtig.

Ganz weit weg polterte irgendwas. Rumpelte. Krachte. Zu weit weg. Nicht wichtig.

Sie öffnete die Augen erneut und schirmte sie mit den Händen ab. Dann sah sie durch ihre Finger. Hell, dunkel, hell, dunkel, blau, schwarz, blauer Himmel, schwarzer Himmel.

Das Knie tat so weh.

Die Augen brannten. Sie hatte geweint. Warum nur? Sie wusste es nicht. Es war hart. Der Boden war hart.

Zu hart. Sie richtete ihren Körper auf und sah, dass sie auf einer Straße lag. Vor ihr war ein großer Acker und auf dem Acker ein Lastwagen. Die Straße war schmutzig und Teile lagen auf ihr. Verbogene und kaputte Teile.

Auf der linken Seite konnte sie am Horizont die Quelle des schwarzen Rauchs ausmachen. Da waren Flammen zu sehen, oft nur im schwarzen Dunst, aber manchmal quoll aus der Schwärze eine orange Flamme hervor.

Weit weg, bestimmt einen Kilometer, wenn nicht mehr.

Alles gut.

Sie tastete nach ihrem Knie und fühlte sich an jenen Tag im August vor zwölf Jahren zurückversetzt, als sie mit dem Fahrrad gestürzt war und das Knie sich so angefühlt hatte wie jetzt. Ihre Mutter hatte damals kalte Wickel gemacht und sie auf die Wunde gelegt. Und sie hatte einen heißen Kakao bekommen. Ihre Mutter war ganz lieb und fürsorglich gewesen, wie immer. Am nächsten Tag hatte sie nicht in die Schule gemusst, und der Arzt hatte sie geröntgt und einen Verband gemacht, und sie war ganz stolz auf ihre Krücken gewesen.

Der Boden hier war so hart und das Schreien, das sie die ganze Zeit hörte, regte sie auf. Warum nur muss man so schreien?

Liegen bleiben. Ist vielleicht etwas hart, aber es ist doch schön, hier zu liegen. So warm. Und die Möwen kreischen. Wenn sie liegt, spürt sie ihr Knie nicht so.

Vielleicht etwas schlafen. Bestimmt eine gute Idee. Sie schloss ihre Augen. Die Rufe verschmolzen mit dem Schreien der Möwen zu einer schönen Melodie, so schön, so rein, so unendlich ruhig, so ... sie schlief ein.

Nach zwei Minuten war sie wieder wach. Jemand jammerte irgendwo weit hinter ihr.

Sie nahm wahr, dass sich jemand in ihrer Nähe befand und öffnete die Augen. Jemand stand direkt vor ihr, allerdings konnte sie nur den Rücken sehen. Ein Mann. Weißes Hemd, die Hände in die Hüften gestemmt. Der Mann schaute auf den Acker, wo der Lastwagen lag. Er drehte sich um, bemerkte, dass sie ihn ansah und schaute über sie hinweg in die Richtung, aus der das Wimmern kam. Der Mann blickte sie noch einmal kurz an, drehte sich dann um und spazierte davon.

Das war okay. Sie kannte ihn nicht und er sie nicht. Okay. Okay.

Ihr Rücken schmerzte und sie drehte sich auf die Seite. Da lagen Teile auf der Straße. Ein grünes, sonderbar verbogenes Teil. Aus ihrer Perspektive sah das aus wie ein Wellenreiter in einer sich gerade überschlagenden Wasserwelle. Cool.

Sie konnte sich das gut vorstellen. Huiiiiii, im Affentempo surfen, die Welle über sich, das Rauschen und das Schreien der Möwen.

Ihre Hand tastete nach einem der vielen Teile, die sie umgaben. Sie fasste ein Glasstück und hielt es sich vor die Augen. Das Glas war nicht ganz durchsichtig, es hatte geriffelte Stellen. Je nachdem, wie sie ihre Augen fokussierte, brach die Glasscherbe das Licht anders. Die Scherbe wollte sie behalten. Das war schön, sie konnte damit die Welt anders aussehen lassen.

Das Schreien, Rufen und Jammern war leiser geworden. Das war schön für sie. Es hatte sie gestört.

Sie wusste nicht, wer sie war und was geschehen war. Aber es war schön.

Sie stand mit einiger Mühe auf, denn ihr Knie tat so weh. Sie sah sich um. Alles so, wie es sein sollte. Jeder Vergleich fehlte ihr. Ihre Realität war die einzige, die sie hatte.

Der Schock machte sie zu einem Neutrum.

Sie spürte ihre Füße. Heiß. Heißer Boden.

Ihre Schuhe waren fort. Aber sie wusste nicht, dass sie Schuhe getragen hatte. Sie drehte sich um und sah etwa vierzig Meter entfernt das auf der Seite liegende Wrack des Busses. Evelyn legte den Kopf etwas schief und betrachtete das Bild, das sich ihr bot.

Das Jammern kam aus dieser Richtung und sie war schon neugierig, wo das seinen Ursprung haben könnte. Also begann sie, die wenigen Schritte von der Fahrbahn zum Acker hinabzugehen. Sie wunderte sich über das Gefühl an den Füßen. Das war nicht unangenehm, aber sie kannte das Gefühl nicht. Gras, Erde, Glassplitter dazwischen.

Sie folgte den aufgeworfenen Riefen, die zum Buswrack führten. Da der Bus auf der Seite lag, konnte sie die Unterseite des Fahrzeuges gut betrachten. Am meisten imponierten ihr die großen Reifen. Die hinteren Doppelreifen waren so groß; sie schienen größer als sie selbst zu sein. Die vorderen Räder waren zerquetscht und krumm. Die hinteren waren heil. Sie fasste sie an und sie empfand die Berührung als angenehm. Warm waren die, und nicht hart und gleichzeitig auch nicht weich. Dann wieder das Jammern. Ganz nah. Das kam von der anderen Seite.

Sie humpelte um das Wrack herum.

Was sie sah, welche Bilder ihre Augen an ihr Gehirn übermittelten, war ebenso neutral wie ihre Erinnerung an die letzten zwei Stunden.

Da waren tote Menschen. Nicht alle waren sofort als solche zu erkennen, weil ihre Körper total zerrissen waren.

Sie blickte durch die geborstene Heckscheibe des Linienbusses.

Einige leblose Körper hingen blutüberströmt noch immer angeschnallt in den Sitzen und die Seite des Busses, die jetzt den Boden bildete, war übersät mit Gegenständen, Taschen, Flaschen, blutigen Körpern und Körperteilen. Aus diesem Durcheinander konnte sie das Wimmern hören, zu dem das Schreien von vorhin abgeklungen war. Neugierig schaute sie genauer hin und entdeckte eine Frau, die in ihre Richtung blickte. Die Frau blutete stark am Kopf und rührte sich nicht. »Hallo«, sagte Evelyn freundlich. »Ein schöner Tag heute, nicht wahr? Ich fahre heute nach Dänemark, und Sie?«

Die Augen der Frau weiteten sich und sie wackelte mit dem Kopf, aber sie sagte kein Wort.

»Naja, ich will dann mal weiter«, sagte Evelyn und lächelte die sterbende Frau freundlich an. »Machen Sie es gut, vielleicht schreibe ich eine Karte.«

Evelyn, das Topmodel auf dem Weg nach Dänemark, stapfte zurück zur Straße und wandte sich in Richtung des brennenden Fährhafens.

Den Bus und sein grauenvolles Inneres hatte sie bereits vergessen, so wie man eine unbedeutende Begebenheit schnell vergisst.

Ein Schild gab ihr Auskunft darüber, dass sie, würde sie nach rechts abbiegen, in den Ort »Puttgarden« gelangen würde, und da sie Hunger verspürte und es nicht eilig hatte, bog sie an der Stelle ab, an der sie vor etwa einer Stunde der Mercedes von der Straße gerammt hatte.

Nach einigen hundert Metern sah sie einen Mann am Straßenrand sitzen, dessen Gesicht übel zugerichtet war und dessen Bein sich in einem abstrakten Winkel vom Körper abspreizte. Außerdem war der rechte Fuß des Mannes nahezu abgetrennt. Der Mann hatte die Augen geschlossen, lebte aber noch, denn sie konnte sehen, dass sich sein Brustkorb hob und senkte. Irgendetwas in ihr rührte sich, aber sie vermochte nicht zu sagen, was es war. Eine Erinnerung, die wie ein Schmetterling in ihrem Kopf umherschwebte, die sie aber nicht fassen konnte. Irgendwo hatte sie den Mann schon einmal gesehen.

»Kann nichts Wichtiges gewesen sein«, konstatierte sie für sich und ging an dem zerschlagenen Mann vorbei.

Kurze Zeit danach erreichte sie den Parkplatz eines Supermarktes. Ein Auto fuhr an ihr vorüber. Den Fahrer konnte sie nicht erkennen, und er war ihr auch egal. Auf dem Parkplatz standen nur wenige Autos, einige mit geöffneten Türen, und bei zwei Wagen liefen sogar noch die Motoren.

Sie ging über den Parkplatz zum Supermarkt. Im Foyer des Marktes befand sich eine kleine Bäckerei, aber es war keine Bedienung zu sehen. Und so stellte sie sich vor die Theke der Bäckerei und wartete darauf, dass jemand kam, um sie zu bedienen. Sie betrachtete die Backwaren, die in der Auslage lagen, und die Brote in den Regalen.

»Halloooo?«, rief sie erst leise, dann lauter. Ihr Blick fiel auf ihre nackten Füße und sie fragte sich, wo sie wohl ihre Schuhe gelassen hatte. Und überhaupt. Wo war ihr Auto, ihr Gepäck und wo ihre Handtasche? Mehr und mehr kroch der Verdacht in ihr Bewusstsein, dass hier irgendetwas nicht stimmen konnte. Wo waren die ganzen Leute, und warum gab es keine Bedienung? Ihr fiel auf, dass es im ganzen Markt dunkel war und dass es kaum Geräusche gab. Normalerweise dudelte Musik und man konnte das Brummen der Kühlungen und der Klimaanlagen hören. Hier stimmte definitiv was nicht. Ihre Füße sahen schrecklich aus, völlig schmutzig. Und ihre Hose war kaputt, und ihr Knie tat weh, und warum half niemand dem Mann am Straßenrand?

Und warum kam ihr dieser so bekannt vor? Erinnerungsfragmente zuckten durch ihr Gedächtnis. Sie versuchte, sie zu greifen und festzuhalten, doch sobald sie ihren inneren Fokus auf diese Schatten, die das Hirn in ihr Bewusstsein projizierte, richtete, verschwanden sie wieder.

Lediglich das Gefühl, das sie beim Gedanken an den Mann am Straßenrand hatte, war etwas greifbarer. Es war ein negatives Gefühl. Furcht, Panik und Fassungslosigkeit.

Sie schüttelte den Kopf und plötzlich sah sie das Bild, wie der Mann neben ihr stand. Sie erinnerte sich an ihren schmerzenden Arm, den der Mann fest umklammert hielt. Und sie erinnerte sich an das, was der Mann ihr ins Gesicht geschrien hatte. Es hallte wie ein Echo in ihrem Kopf wider: »Raus raus hier hier ich ich muss muss das das Auto Auto haben ... haben ... haben ...«

Dann fiel ihr das Bild wieder ein, das sie im Rückspiegel gesehen hatte, als sie ihr Auto wieder in Gang gesetzt hatte. Der Mann, wie er hinter ihr einige Purzelbäume auf dem Asphalt schlug.

Sie sackte auf ihre Knie, schrie wegen ihrer Beinverletzung kurz auf, setzte sich dann hin und begann, den Kopf nach vorne gebeugt, mit dem Oberkörper leicht zu wippen.

Der Mann hatte sie angegriffen, und sie war geflohen. Nun saß er da draußen auf der Böschung, und bestimmt würde er gleich durch die offene Eingangstür des Supermarktes kommen, und er würde sehr böse sein.

Ruckartig riss sie den Kopf hoch und starrte durch die Türöffnung auf den Parkplatz, in panischer Erwartung, den verletzten Mann auf sich zuhumpeln zu sehen. Aber da draußen war nichts außer ein paar Autos. Schmetterlinge tanzten über die aufgeheizten Pflastersteine des Parkplatzes und in der Ferne stiegen vereinzelt schwarze Rauchwolken auf. Sie konnte Möwen schreien hören und ein schwacher Wind ließ eine leere Plastiktüte über den Platz rollen.

Was war geschehen, nachdem der Mann sie angegriffen hatte? Sie war davongefahren. Das wusste sie jetzt. Aber so sehr sie sich auch anstrengte, es kamen keine weiteren Bilder. Die ganze Situation war so unrealistisch, dass sie keinen Zweifel daran hatte, dass sie den Verstand verloren haben musste. Langsam und unter Schmerzen stand sie auf und blickte in den Supermarkt. Da war keine Menschenseele. Offenbar war der Strom ausgefallen, und erst jetzt fiel ihr die Unordnung im Kassenbereich auf.

Lebensmittel lagen auf dem Boden, ein umgestürzter Bürostuhl und ein halbvoller Einkaufswagen waren zu sehen.

Evelyn. Sie hieß Evelyn. Das schoss ihr durch den Kopf.

Unsicher ging sie in den Supermarkt, langsam und verängstigt. Sie hielt an, lauschte, ging einige Schritte, wandte den Kopf nach links und rechts, lauschte, ging weiter, tastete sich so vorwärts. Auch in den Gängen lagen Gegenstände verstreut umher.

»Wo sind die alle?«, flüsterte sie zu sich selbst. »Wo sind die alle hin?«

Die Kühltheke mit den Wurst- und Fleischwaren fühlte sich noch kalt an. Sie nahm sich einen Kringel Fleischwurst und aus den Regalen mit den Backwaren ein Toastbrot.

Bei den Kassen befand sich ein Kühlschrank mit Glastür, aus dem sie sich eine Flasche Mineralwasser nahm. Als sie den Supermarkt mit ihren »Einkäufen« verließ, ohne zu bezahlen, fühlte sie sich wie eine Diebin.

Die Flasche unter den Arm geklemmt, Wurst in der rechten und das Brot in der linken Hand, ging sie nun über den Parkplatz zurück zur Straße, wo sie ratlos stehenblieb. Der von der Sonne aufgeheizte Boden ließ ihre nackten Füße glühen. Sie beschloss, auf keinen Fall den Weg zurückzugehen, auf dem sie gekommen war, denn dann hätte sie wieder an dem Mann am Straßenrand vorbeigehen müssen. Stattdessen wandte sie sich um und ging zum Supermarkt zurück. In der Non-Food-Abteilung nahm sie sich ein Paar durchsichtige Strandschuhe und zog sie sofort an.

Dann griff sie nach einem bunten Rucksack, von dem ihr Sponge-Bob zuwinkte, und füllte ihn mit dem Toast, der Wurst und weiteren Wasserflaschen.

Derart ausgestattet verließ sie nun schnell den Supermarkt und ging leicht humpelnd in Richtung Dorf davon.

Der Mann auf der Böschung war vor fünf Minuten gestorben. Einige Krähen hatten sich bereits in seiner Nähe niedergelassen und beobachteten ihn, um ganz sicherzugehen, dass er nicht nach ihnen greifen würde, wenn sie ihren Hunger stillten. Dieser Anblick blieb Evelyn erspart.

Das Fischerdorf war ebenso menschenleer wie der Supermarkt.

Die Geräusche der brennenden Hafenanlagen drangen an ihr Ohr, ein öliger Geruch lag in der Luft, und über die kleinen

Häuser hinweg konnte sie die dichte schwarze Rauchsäule sehen, die vom Hafengelände aufstieg und sich erst in sehr großer Höhe in grauen Dunst auflöste.

Ihr fiel auf, dass bei einigen Häusern die Türen weit offenstanden. Sie wusste nicht, dass der Ort nur deswegen nicht brannte, weil es hier keine Kirche und keine Verwaltung gab.

Die meisten der knapp fünfhundert Einwohner waren gar nicht zu Hause, als der Exodus begann. Die Touristen, die in den Ferienwohnungen und Fremdenzimmern wohnten, waren nach der göttlichen Eingebung sofort abgereist, um die Welt zu retten. Lediglich in einigen Häusern, an denen Evelyn vorbeikam, lagen tote Menschen, deren Ableben nach der Vorstellung ihrer Mörder der Weltrettung dienlich war. Zu sehen waren die allerdings nicht.

Den chaotischen Aufbruch all jener Menschen hatte Evelyn nicht mitbekommen, denn zu diesem Zeitpunkt hatte sie besinnungslos auf dem Acker gelegen.

Einer der Letzten, der das Dorf verlassen hatte, war jener Mann, der sie, als sie auf der Straße lag, kurz gemustert hatte, bevor er weiterging.

An einem Haus, dessen Tür weit geöffnet war, hielt sie an und rief laut in das Innere »Hallooooo, ist da jemand?«, doch so wie sie erwartet hatte, erfolgte keine Reaktion. Sie ging weiter.

Nach einer Straßenbiegung konnte sie auf einmal die Ostsee sehen. Still lag sie da, ganz friedlich. Ein ganz leichter Wind kam auf und der Gestank des brennenden Hafens intensivierte sich. Ein kleines Hinweisschild am Dorfausgang wies darauf hin, dass vor ihr ein Campingplatz lag. Sie wollte allerdings zum Ufer gehen, um dort auszuruhen und zu versuchen, ihre wirren und unsortierten Gedanken zu ordnen. Sie ahnte, dass etwas wirklich Welterschütterndes geschehen war und hoffte, dass ihre Erinnerung zurückkehren würde, käme sie erst einmal zur Ruhe.

Die letzten Häuser lagen hinter ihr und sie befand sich auf freier Fläche. Sie konnte das ganze Ausmaß des Infernos sehen, das den Fährhafen von Puttgarden erfasst hatte.

Der Fahrer eines Tanklastzuges, der eigentlich nach Dänemark übersetzen wollte, hatte begriffen, dass sein Handeln und vor allem das Handeln seines Chefs mit ursächlich für Gottes Zorn gewesen sein musste. Der Erde Rohstoffe zu entreißen, um sie wie ein Pharisäer überteuert zu verkaufen und dabei in Kauf zu nehmen, dass Gottes Gaben, nämlich die Umwelt, zerstört wurde, musste den Herrn ja gegen die Menschen aufbringen. Der Fahrer hatte seinen Lastzug bereits auf der Fähre geparkt und wollte gerade die schmale Treppe hinauf zum Oberdeck gehen, wo er eine kalte Cola kaufen wollte, als Gottes Wort sich in seinem Hirn manifestierte. Er ging danach völlig benommen zu seinem Tanklastzug zurück und öffnete wie ferngesteuert eines der Ablassventile, aus dem Superbenzin sprudelte. Er griff ohne zu zögern nach seinem Feuerzeug und entzündete das ausströmende Benzin.

Sofort verwandelte sich die Fähre in eine Flammenhölle und nach wenigen Sekunden explodierte der Tanklaster. Die Wucht der Explosion schleuderte brennendes Benzin in einem Radius von über hundert Metern fort. Ein zweites Fährschiff, das gerade einlief, als Gott auch zu dessen Kapitän sprach, hatte ungebremst die Kaimauer gerammt, als kurz darauf der Tanklastzug explodierte. Die Flammen zerstörten den gesamten Terminal, die wartenden Autos fingen Feuer und deren gut gefüllte Tanks potenzierten das Grauen. Als die völlig zerstörte und glühende Fähre kollabierte und versank, brannte bereits die gesamte Hafenanlage.

Das siebenstöckige, schwimmende Einkaufszentrum, das vor allen den Dänen als Einkaufsparadies diente und direkt neben der Anlegestelle des Fährschiffes festgemacht war, brannte vom ersten bis zum siebten Deck, brach nach dreißig Minuten auseinander und kippte seewärts ins Meer.

Die Feuersbrunst griff auf die Treibstoffdepots des Hafens über, und da es weder Strom noch Wasser zum Löschen gab, geschweige denn jemanden, der hätte löschen wollen, war die Zerstörung vollkommen, als diese in unglaublicher Lautstärke detonierten. In einem Umkreis von mehreren hundert Metern gab es keine lebende Seele mehr.

Die Welt allerdings war hierdurch nicht gerettet.

Evelyn stand einige Zeit einfach nur da und blickte fasziniert und geschockt zugleich auf das Bild, das sich ihr bot. Selbst die Wasseroberfläche des Hafenbeckens brannte, da sich große Mengen brennenden Treibstoffs ins Wasser ergossen hatten.

Die Hitze der Hölle dort hinten konnte sie deutlich spüren und sie bemerkte, dass auf den Äckern rechts und links von ihr schwarze Ascheansammlungen lagen, die sich wegen des leichten Windes hin und her bewegten und dabei auf eigenartige Weise lebendig wirkten.

Das Kreischen von überbeanspruchtem, glühendem Metall erfüllte die Luft, und hin und wieder gab es kleinere Detonationen, wenn das sich immer noch ausbreitende Feuer wieder ein Auto erfasste.

Evelyn hatte jede Motivation verloren, noch bis zum Ufer der Ostsee zu gehen und entschied sich stattdessen, in Richtung Campingplatz zu laufen.

Es geht mir auf den Keks, das Leben unterwegs ...

Herbert Grönemeyer

»Ich kann nicht mehr. Können wir eine Pause machen?«, fragte Brigitta, nachdem sie etwa drei Kilometer marschiert waren. Linder führte sie an den Straßenrand und sie setzten sich ins trockene Gras. Die Sonne stand nun schon deutlich tiefer und die Hitze des Tages ließ etwas nach. »Ich habe Durst, Fred. Ist es noch weit?«, fragte sie und bemühte sich, ihre Stimme nicht zu flehentlich klingen zu lassen.

»Keine Ahnung, paar Kilometer noch«, entgegnete Linder, der in der letzten Stunde ziemlich schweigsam gewesen war. Sie hatten während des Marsches mehrere Stellen passiert, an denen schwere Unfälle passiert waren. Auch wenn Brigitta nicht sehen konnte, nahm sie doch mit ihrer Nase, ihren Ohren und einer extrem gesteigerten intuitiven Wahrnehmung jedes Detail auf und formte daraus ein inneres Bild. Sie waren an einem völlig zertrümmerten Van vorbeigekommen. Dessen Unfallgegner war mit seinem Wagen im Straßengraben gelandet und hing mit zerquetschtem Schädel aus der Fahrertür. Brigitta hatte gesagt, dass jemand in ihrer Nähe atmen würde. Für Fred Linder war es völlig unmöglich, dieses kaum hörbare Geräusch wahrzunehmen. Dennoch glaubte er ihr und sah in dem Trümmerhaufen, der einmal ein VW-Bus gewesen war, nach. Tatsächlich lag dort ein Mensch, voller Blut und mit zerschlagenem Körper, eingeklemmt zwischen den Sitzen und atmete flach.

»Niemand kann hier was tun«, hatte Fred gesagt. Sie hatte das akzeptiert und sie waren weitergegangen.

»Paar Kilometer noch, schätze ich«, wiederholte Fred. Auch er hatte Durst, und trotz seiner psychischen Abnormalität erschauerte er über das, was ihm und ihnen in den letzten Stunden passiert war, was er gesehen und gerochen hatte.

Plötzlich bemerkte er, dass sie steif wie ein Brett geworden war und ein sehr angespanntes Gesicht machte. »Was ist los?«, fragte er. Sie antwortete nur »Psssst«, und ihr Gesicht wurde wieder zu einer starren Maske.

Pssst ... psssst ... psssst ... du bist Pisse!, schrie der innere Linder und Freds Blutdruck stieg bedenklich. Er konnte seinen Puls in den Halsschlagadern spüren. Er grub seine Hände in den Boden und zwang sein inneres Ego, zu schweigen.

»Da läuft ein Motor. Dieselmotor. Ein LKW oder sowas«, sagte Brigitta. Er konnte nicht das Geringste hören. Das Rauschen in seinen Ohren war das Einzige, das er wahrnahm. »Ich höre nichts. Woher kommt das Geräusch?«, fragte er, und seine Stimme hatte einen gereizten Unterton, den sie sofort bemerkte.

»Von da«, sagte sie knapp und wies in die Richtung der nächsten Ortschaft.

»Dann los.«

Nach wenigen hundert Metern konnte er es selbst hören. Tatsächlich ein Dieselmotor. Ganz ruhig und monoton mit gleichbleibender Drehzahl. Fasziniert schaute er Brigitta an.

»Hut ab!«

»Was?«

»Nichts.«

»Na toll.«

Die Straße machte eine leichte Rechtsbiegung, und als sie diese passiert hatten, sahen sie die Quelle des Geräusches. Auf der rechten Fahrbahnseite stand ein Kranwagen mit eingeschalteter Warnblinkanlage. Warnbarken waren aufgestellt worden, und ein Schild wies darauf hin, dass wegen einer Baustelle die Höchstgeschwindigkeit auf dreißig Stundenkilometer begrenzt war. Ein orangefarbenes Blinklicht auf dem Dach des Kranwagens rotierte. Seitliche Stützen waren ausgefahren und der Kran war auf einer Höhe von zwanzig Metern ausgefahren. An den schweren Stahlseilen hing ein Betonteil.

»Mannomann«, konstatierte Linder, und noch bevor Becki fragen konnte, erklärte er ihr, was er sah. »Das ist ein Mordsding. Bestimmt dreißig Tonnen. Keine Ahnung, ob ich das Teil fahren kann. Mal sehen.«

»Du kannst das!«

»MAL SEHEN!«

Er ging zu dem Autokran und stellte fest, dass keiner der Bauarbeiter zu sehen war, weder tot noch lebendig. Um in das Führerhaus zu gelangen, musste er eine kleine Leiter hochklettern. Er öffnete die Tür und kühle Luft schlug ihm entgegen. Die Klimaanlage lief auf Hochtouren. Auf dem Fahrersitz lag eine halbvolle Wasserflasche, die er an sich nahm. Er sah, dass es nur zwei Pedale gab. »Automatik, das ist gut.«, dachte er laut.

Er stieg wieder herab und reichte Becki, die sich in den großen Schatten des Kranwagens gesetzt hatte, die kühle Flasche. »Hast du schon getrunken?«, fragte sie, und er brummte:

»Nach Ihnen, Madame.«

Nachdem sie getrunken hatten, ging Linder um den Kranwagen herum und fand, was er gesucht hatte. Das Bedienpanel des Krans. Er pfiff leise durch die Zähne, denn die Bedienung des schweren Autokrans schien ihm unergründlich. Er versuchte sich an einigen Knöpfen, doch jeder Tastendruck auf der hochmodernen Fernbedienung, die kaum größer war als eine Fernseh-Fernbedienung, erzeugte nur einen Piepton, der aus dem Gerät kam.

Der innere Fred wusste, wann er zu schweigen hatte, und Linder dachte in Ruhe nach. Die Piktogramme auf dem Bedienpanel zeigten den Kran und die Stellen, an denen sich die Stützen befanden. Er begriff, dass die Fernbedienung nur zum Ein- und Ausfahren der seitlichen Stützen diente. Und die konnte er nur bedienen, wenn der Arm des Autokrans eingefahren und arretiert war. Er kletterte erneut in das einsitzige Führerhaus und entdeckte dort eine Art Joystick. Als er diesen vorsichtig bewegte, bewegte sich auch der Arm des Krans. Es gelang ihm, das Stahlseil, an dem das Betonteil hing, bis zum Boden abzusenken, stieg aus und hakte das bestimmt zehn Tonnen schwere Bauteil aus. Zurück im Führerhaus konnte er nach einigen Versuchen den Kran komplett einfahren und letztlich auch die Seitenstützen in die richtige Position bringen.

Das Ganze dauerte kaum fünfzehn Minuten und Fred war stolz darauf, ohne jede Vorkenntnis dieses riesige Arbeitsgerät bezwungen zu haben.

»Taxi gefällig?«, fragte er grinsend Brigitta.

»Oh, danke«, erwiderte sie lachend.

»Ein Problem gibt es noch«, sagte Linder.

»Welches?«

»Nur ein Sitz.«

»Kacke.«

»Warum?«

Er half Becki die Leiter zum Führerhaus hinauf und platzierte sie so auf dem Sitz, dass er noch Platz genug fand, um den Kranwagen zu fahren.

»Äh, Becki?«

»Ja?«

»Ich habe so ein Ding noch nie gefahren.«

»Soll ICH vielleicht fahren?«

»Sehr witzig.«

Sie saß eingequetscht zwischen der Rückenlehne und Linders muskulösem Rücken und hatte ihre Arme auf seine Schultern gelegt. Sie beugte sich etwas vor, tastete mit der Hand nach seinem Gesicht und hauchte ihm einen Kuss hinter sein rechtes Ohr.

»Du machst das schon, Großer!«, und sie spürte seine Gänsehaut, die sie tastete wie deutliche Blindenschrift.

Er stellte den Schalthebel auf »D« und gab Gas. Der Motor brummte lauter, aber das Fahrzeug bewegte sich nicht, vibrierte aber deutlich.

»Wo ist die verdammte Handbremse?«

Er sah sich um, konnte aber nichts entdecken, was wie eine Handbremse aussah. Das Armaturenbrett zeigte ein rot leuchtendes »P«. Links oben am Armaturenbrett war ein Hebel angebracht, eine Art Knauf, und nachdem er diesen Hebel umgelegt hatte, erlosch das Licht. Als er nun das Gaspedal berührte, setzte sich der Koloss in Bewegung.

Die beiden schrien ihre Begeisterung hinaus und seine Gänsehaut verstärkte sich noch. Er konnte ihre Brüste auf seinem Rücken spüren und ihre Wärme. Für ihn war dies der perfekteste Moment seines bisherigen Lebens. Der innere Fred schwieg.

Er lenkte das sechs-achsige Fahrzeug in die Straßenmitte und beschleunigte langsam. »Hast du eigentlich einen Führerschein?«, fragte Becki mit belustigtem Unterton.

»Vor Jahren versoffen«, grunzte Linder und blickte äußerst konzentriert auf das übersichtliche Armaturenbrett und auf die Straße. Die Höhe seiner Position und die Ausmaße des Fahrzeuges trieben ihm den Schweiß auf die Stirn. Hinzu kam die Wärme hinter ihm, seine unbequeme Sitzhaltung, bedingt durch Brigittas Anwesenheit und sein wachsender Durst. Die Mineralwasserflasche war längst leer. »Wir fahren jetzt ins nächste Kaff und besorgen erst einmal was zu trinken und zu essen«, sagte er halblaut, und Brigitta nickte nur. Nach wenigen Minuten erreichten sie das Ortseingangsschild und stellten fest, dass die Situation hier genau dieselbe war, wie überall. Der Ortskern brannte, den Rauch und hohe Flammen hatte Fred bereits vorher gesehen und seine Beobachtungen leise Brigitta mitgeteilt. Er hatte sich unbewusst darauf eingestellt, dass sie ein ungeheuer feines Gehör hatte und sprach generell sehr leise. Ihm war gar nicht bewusst, dass er ihr gegenüber ein ihm völlig untypisches Feingefühl entwickelte. Und er bekam kaum mit, dass der innere Fred sich deutlich weniger zu Wort meldete als sonst.

Sie rollten langsam die Hauptstraße entlang und Fred stoppte den Autokran an einer verwaisten Tankstelle.

»Warte hier, ich besorge was für uns«.

»Okay ... meinst du, die haben auch Bier und Zigaretten?«

»Sicher.«

»Ich habe kein Geld dabei.«

»Ich auch nicht.«

»Hihihihihi.«

Er schnaufte durch die Nase und unterdrückte ein Lachen.

»Mann, was für eine abgefahrene Kacke.«

»Japp.«

Er öffnete die Tür und stieg die Leiter hinab. Becki streckte ihre Beine aus und spürte, wie ihr Blut in den Beinen wieder zu zirkulieren begann. Sie hatte jede Sekunde dieser erzwungenen Nähe genossen. In ihrer erweiterten Wahrnehmung konnte sie jeden Pulsschlag Freds spüren und jede Veränderung seiner Temperatur, seiner Atemfrequenz und seiner Körperspannung. Das war nicht ganz neu für sie, aber so intensiv hatte sie das noch nie gespürt, und sie war froh, diesem ständigen Fluss von Informationen für kurze Zeit entkommen zu sein.

Fred ging vom Kranwagen direkt zu dem flachen Gebäude der Tankstelle. Auf halbem Wege hielt er an, dachte kurz nach und ging zum Kranwagen zurück. Er stieg die Leiter hinauf und warf einen Blick auf das Armaturenbrett. »Das ging aber schnell«, sagte Becki und er antwortete nur »Genug Sprit fürs Erste.«

»Wollen wir nicht sehen, ob wir ein anderes Auto finden?«, fragte sie. »So ganz besonders bequem ist das Ding ja nicht.«

Er dachte kurz nach. »Ich denke, wir sollten ihn behalten. Wenn die Straße blockiert ist, dann haben wir keine Probleme.«

»Cool, da habe ich nicht dran gedacht, Großer.«

»Wieso sagst du ›Großer‹ zu mir?«

»Weil du für mich der Größte bist.«

»Danke ... ich ... komme gleich wieder.«

Er sah zu ihr hinauf, wie sie da saß auf dem blöden Fahrersitz. Ihre Augen wirkten so lebendig und es wollte kaum in seinen Verstand, dass diese Augen ihn nicht sehen konnten.

Ihr Gesicht war staubig und sie hatte Schweißflecken unter den Armen. Ihre Hände waren mit langen, schlanken Fingern gesegnet, sehr weiblich und feiner, als er sich Frauenhände hätte vorstellen können. Und auch wenn ihre Hände schmutzig waren und mit eingetrocknetem Blut befleckt, waren es sehr schöne Hände für ihn. Zum ersten Mal nahm er sie als Mann wahr, nahm sie wahr als die Frau, die sie war. In dieser Sekunde auf der Leiter des Kranwagens empfand Fred Linder zum ersten Mal in seinem Leben so etwas wie Zuneigung ... Zuneigung für einen anderen Menschen.

Er schluckte und stieg die Leiter wieder hinab, ging zum Tankstellengebäude und schaute vorsichtig durch die offene Tür.

Das Innere der Tankstelle sah aus, als wäre noch vor einer Minute alles normal gewesen. Der Strom war ausgefallen und der Tankwart war kurz nebenan, um die Sicherung wieder einzuschalten. So schien es. Aber der Tankwart, ein Mann namens Klaus Berstner, war mit seinem Motorrad unterwegs in Richtung Berlin, um dort die Regierung umzubringen. Er wusste nicht, dass Berlin zur Flammenhölle geworden war, nachdem unzählige Brände ausgebrochen und mehrere Flugzeuge im Regierungsviertel eingeschlagen waren. Er kam mit seiner Kawasaki bis Hamburg. Dort starb er, als er von einem Kleinlaster, dessen Fahrerin ebenfalls etwas zur Rettung der Welt beitragen wollte, von der Straße gerammt wurde.

Fred Linder packte Lebensmittel und eingeschweißte Six-Packs mit Wasser zusammen. Er trug seine Beute nach und nach zum Ausgang, um sie später im Kranwagen zu verstauen. Zuletzt legte er noch eine Stange Zigaretten und einige Feuerzeuge sowie mehrere Flaschen Bier und Wein dazu.

Dann begann er, seinen »Einkauf« zum Kranwagen zu tragen, wo er die Sachen in einem der Staufächer unterbrachte. Gerade als er das Staufach schließen wollte, bemerkte er aus dem Augenwinkel eine Bewegung. Er hielt instinktiv inne und bewegte nur leicht den Kopf nach rechts, um ein größeres Blickfeld zu erhalten. Da war es wieder. Seitlich der Tankstelle stand ein weißer Gastank. Dieser war auf einem Stahlgestell aufgebockt und Linder sah zwischen Tank und Betonboden die Beine eines Menschen.

Fred Linders innere Stimme flüsterte ihm einige Anweisungen zu. Er selbst blieb völlig ruhig und versuchte einzuschätzen, welches Handeln nun das Richtige sei. Der innere Fred ließ ihn erneut ein Staufach am Wagen öffnen. Darin lagen einige Werkzeuge, darunter der größte Schraubenschlüssel, den er je gesehen hatte. Er nahm den schweren Schlüssel in die Hand und wandte sich dem Gastank zu. Becki rührte sich nicht im Führerhaus, vielleicht spürte sie, dass es jetzt besser war, zu schweigen. Sie musste doch gehört haben, dass er hier am Wagen war und die Sachen einlud. Von ihr war nicht das Geringste zu hören.

Darauf achtend, dass er, während er auf den Gastank zuging, von der Person dahinter nicht gesehen wurde, hielt er den Schraubenschlüssel in seiner rechten Hand zum Schlag bereit.

Jede Faser seines Körpers war angespannt, als er den Tank erreichte und sich dann mit einem Sprung hinter den Tank warf, den Schraubenschlüssel über den Kopf erhoben, bereit, jedem, der eine Gefahr darstellte, den Schädel einzuschlagen. In dieser Sekunde waren der innere und der äußere Linder eins.

Noch in voller Bewegung erkannte er die Situation, die sich ihm bot. Er versuchte seinen Schwung zu kompensieren, indem er sich auf den Boden warf und abrollte, während er den Schraubenschlüssel fallen ließ. Er hatte jedoch zu viel Bewegungsenergie und stieß Becki um, die dort mit herabgelassener Hose kauerte, um ihre Notdurft zu verrichten. Dabei erhaschte er einen millisekundenlangen Blick auf ihren Hintern, bevor er neben ihr zu liegen kam. Sie hatte während dieses Vorgangs einen spitzen Schrei ausgestoßen, der der ohnehin pikanten Situation noch zusätzliche Dramatik verlieh.

Becki selbst hatte trotz ihrer extrem gesteigerten Wahrnehmungsfähigkeit von seiner Annäherung nichts mitbekommen. Sie hatte sich aus dem Kranwagen heraus bis hierin vorgetastet, und das innere Bild, das sie sich auf dem kurzen Weg bis zum Tank gemacht hatte, sagte ihr, dass der Gegenstand (der Tank), hinter den sie sich begab, einen ausreichenden Sichtschutz bieten würde. Als Fred gegen sie prallte, verlor sie sofort das Gleichgewicht und fiel mit heruntergelassener Hose auf den Rücken. Im Bruchteil einer Sekunde erkannte sie am Geruch und an der Berührung, dass es Linder war, der sie da in diese höchste Verlegenheit gebracht hatte. Es dauerte einige Zeit, bis sie sich gefasst hatte.

»Sag mal, bist du jetzt ganz irre geworden? Kann man nicht mal in Ruhe pissen hier, oder was?«, schrie sie ihn an.

Von Linder kamen nur grunzende Geräusche.

Noch auf dem Rücken liegend hob Becki ihren Hintern an und zog sich die Hose hoch.

Sie spürte Fred neben sich und merkte, wie er zitterte und dass sein Körper angespannt war, als sei er an eine Hochspannungsleitung angeschlossen.

»Was hast du dir dabei gedacht, du Spinner?«, giftete sie ihn an, noch voller Adrenalin durch den Schreck.

Fred gab erstickte Töne von sich. Ihr Ärger verflog und machte großer Sorge Platz.

»Fred? Ist alles in Ordnung? Was ist passiert?«

Sie tastete nach seinem Gesicht. Es war heiß, als hätte er hohes Fieber. Dazu kamen Geräusche aus seiner Kehle, als würde ihn ein sehr schneller und sehr heftiger Schluckauf quälen.

»Fred ...!«, rief sie und klatschte zweimal leicht gegen seine Wangen.

Da brach es aus ihm heraus und Fred Linder, Psychopath mit narzisstischer Schizophrenie, Totschläger und Gewalttäter, bekam einen Lachkrampf, wie er ihn noch nie in seinem Leben erlebt hatte. Es schüttelte ihn, sein Zwerchfell schmerzte und er hielt sich den Bauch wie eine Figur aus einem Zeichentrickfilm. Japsende Geräusche wechselten sich mit gebrüllartigem Lachen ab. Becki wurde angesteckt davon und lachte nun lauthals mit. Sie setzte sich auf ihn und trommelte mit den Fäusten auf seinen Brustkorb. Schließlich beruhigten sie sich langsam und keuchten schwer. Beiden waren die Tränen über das Gesicht gelaufen und Becki sagte mit einiger Mühe:

»Was ... hast ... du ... dir ... dabei ... gedacht?«

»Dachte ... da ... wäre jemand ... hinter dem T... T... Tank.«

»Ja, ich.«

»T... t... t... tut mir leid!«

»Pfffff.«

Sie wischte mit beiden Händen über sein Gesicht und war plötzlich überwältigt von der Zuneigung, die sie für diesen Mann empfand, obwohl sie ihn gerade mal einen halben Tag kannte. Aber in diesen Zeiten gab es nichts Normales mehr und deswegen war das völlig in Ordnung für sie. »Darf ich jetzt in Ruhe pinkeln?«, fragte sie.

»Geht klar, ich warte am Kran.«

Sie hatten nicht mehr viel geredet während der langsamen Fahrt. Einige Male hatten sie Menschen gesehen, vielmehr hatte Fred sie an seinen Beobachtungen teilhaben lassen. Einmal kam ihnen ein blauer Golf entgegen und raste mit sehr hoher Geschwindigkeit an ihnen vorbei.

Zweimal waren sie durch Ortschaften gefahren, in denen sich Fred stets das gleiche Bild bot. Er vermied es, zu detailliert davon zu berichten, doch die Gerüche in der Luft, die trotz der Klimaanlage ins Innere der Kabine drangen, sagten Becki genug.

Als sie an eine Stelle kamen, an der ein Mann an einer Bushaltestelle saß, als würde er tatsächlich auf den Linienbus warten, hielt Fred an. Er stieg aus und ging zu dem Mann.

Dieser starrte mit glasigen Augen an ihm vorbei und sagte kein Wort. Fred gab dem Mann eine Ohrfeige und schüttelte ihn, nachdem er ihn mehrfach angesprochen hatte und keine Reaktion erhielt.

Der innere Fred gab das Kommando zum Weiterfahren und Linder gehorchte.

»Was war mit ihm?«

»Katatonisch.«

»Was heißt das?«

»Völlig weggetreten.«

»Hätten wir nicht helfen müssen?«

Der innere Fred tobte wegen dieser Frage. *Klar, und dann hätten wir zwei Pflegefälle am Hals und es wäre noch beschissener. Sag der Schlampe, dass sie sich ja zu dem Scheißkerl da setzen kann, um auf den Bus zu warten.*

Fred Linder schlug in seinen Gedanken dem inneren Fred mit voller Wucht die Faust ins Gesicht. Daraufhin schwieg dieser.

»Nein ... wir hätten nichts tun können. Der war irgendwie ... tot ... auch wenn sein Körper noch lebte. Was weiß ich!«

»Okay.«

An drei Stellen war die Straße unpassierbar, weil sich Unfälle ereignet hatten und zerstörte Autos sie am Weiterfahren hinderten. Linder hatte schnell heraus, wie der Kran zu bedienen war und räumte jedes Mal den Weg frei. Das kostete sehr viel Zeit, und auch wenn es um diese Jahreszeit lange hell war, begann es bereits zu dämmern, als Linder den Kranwagen in einen schmalen Zufahrtsweg zu einem Bauernhof lenkte. Er wies Becki an, sich ruhig zu verhalten und in der Fahrerkabine zu bleiben.

Dann überzeugte er sich, dass in dem Bauernhaus keine Gefahr auf sie lauerte und auch keine toten Menschen herumlagen.

Schließlich holte er Becki und sie bezogen ihr erstes Nachtquartier. Im mittlerweile warmen Kühlschrank des Hauses fanden sie genug Lebensmittel, die noch nicht verdorben waren, und aßen sich satt. Völlig verschwitzt und verdreckt saßen sie noch lange in der Küche und vermieden es, über das zu reden, was in den letzten zehn Stunden geschehen war. Und dass es nun nur noch neun Tage waren.

Jeder bezog ein eigenes Zimmer und beide schliefen völlig erschöpft ein, während jeder an den anderen dachte.

Die Aussicht auf bessere Zeiten ist in schlechten Zeiten besser als in guten Zeiten

Banker-Weisheit

Weitere drei Stunden waren vergangen und Laurenz Beck hatte aufgegeben. Die absolute Dunkelheit, der schwindende Sauerstoffgehalt und der beißende Gestank im Schutzraum, der nun zu seiner Gruft werden würde, hatten ihn zermürbt. Das einzige Geräusch war sein eigener Atem. Der Wassermangel tat das Übrige. Becks Lippen waren aufgesprungen und seine Zunge fühlte sich an, als hätte er einen trockenen Waschlappen im Mund. Seine Zähne schmerzten, und so lag er mehr bewusstlos als wach in der hinteren Ecke des Raumes, während sein Verstand ihm Farben und Muster vorgaukelte. Später sah er brennende Pfähle, schreiende Menschen und tanzende Hunde.

»Du alleine bist der Weltretter«, hämmerte es gebetsmühlenartig in seinem Kopf.

In den Stunden zuvor war es zum zweiten Mal innerhalb von siebzig Jahren zu einem verheerenden Feuersturm gekommen. Der Zorn der Menschen hatte sich überall dort entladen, wo es Kirchen, Verwaltungen oder Bankhäuser gab. Und wie vor siebzig Jahren war es ein sehr heißer Sommer und die Feuer der brennenden Innenstadt vereinigten sich zu einem einzigen, gigantischen Flammenmeer.

Orkanartig strömte Luft von außerhalb in die Feuersbrunst, und als sich die Flammen des brennenden Stadtzentrums von Hamburg mit denen aus der Speicherstadt verbanden, verglühten weitere tausend Menschen in der Hölle, die sie selbst entfacht hatten. Insgesamt siebzehn Passagierflugzeuge waren in das Hamburger Stadtgebiet gestürzt, einige davon in die Hafenanlagen, wo sie das Inferno komplettierten. Brennende Raffinerien und Öltanker, die manövrierunfähig in den Häfen trieben, ließen die Feuer in der Elbmetropole sogar aus dem Weltall erkennen, wäre dort noch jemand gewesen, der sie hätte beobachten können.

Allerdings wäre das einem Astronauten nicht weiter aufgefallen, denn rund um den Globus wüteten ähnliche Feuerstürme, von Menschen entfacht, die die Welt dadurch zu retten gedachten, dass sie alles niederbrannten, was Gottes Zorn hätte erregen können. Und das war nahezu alles.

Die Tür hatte schon vor einiger Zeit aufgehört zu knacken, und mit letzter Kraft zog sich Bankdirektor Laurenz Beck an ihr hoch. Er versuchte, am Verriegelungsrad zu drehen und zu seiner Verblüffung ließ sich der Mechanismus bewegen.

Als sich das Rad nicht mehr weiterdrehen ließ, stemmte Beck sich mit der rechten Schulter gegen die schwere Stahltür und sie schwang auf. Noch größere, noch unerträglichere Hitze stürzte herein und Beck taumelte in den Raum zurück, als sei er von jemandem gestoßen worden. Nur noch ein einziger Gedanke hatte Platz in seinem kochenden Hirn: »Raus hier oder sterben ... raus hier oder sterben ... raus hier oder sterben ...« Und so stand er auf und lief in die schwarze Hitze hinaus, barfuß und nur mit einer Unterhose bekleidet.

Der durch den Brand aufgeheizte Betonboden ließ seine Fußsohlen aufplatzen und der schier unerträgliche Schmerz klang erst ab, als die Nerven in seiner Haut durch die Hitze abstarben.

Die Leiche der Kassiererin war ein zusammengeschrumpelter, schwarzer Klumpen, er nahm sie nicht wahr. Alles war schwarz, die Treppe war unter einer Schicht Asche begraben, die aufwirbelte und ihm das Atmen noch schwerer machte. Hustend und keuchend fand er instinktiv den Weg in die Schalterhalle, die völlig ausgebrannt war. Die Halle war nur noch ein leerer Raum, wie ein Rohbau. Alle Gegenstände hatten sich im wahrsten Sinne des Wortes in Rauch aufgelöst. Nur die Asche auf dem Boden verbrannte seine Füße bis hoch zu den Knöcheln.

Es fiel kaum Licht durch die leeren Fensterhöhlen. Die Luft war gelblich verfärbt und der halbtote Bankdirektor taumelte dem Ausgang entgegen, in die nächste Hölle. Die Hitze außerhalb des

Gebäudes war ebenso unerträglich, die Luft kaum atembar. Die Mönckebergstraße, in der sein Bankhaus stand, war nicht wiederzuerkennen.

Die mehrstöckigen Gebäude waren ausgebrannt und aus den dunklen Fensterhöhlen quoll noch immer schwarzer Rauch. Außer dem Geräusch, das die Feuer verursachten, war nichts zu hören. Die Straße war übersät mit Trümmern und verkohlten Menschen, die der Feuersturm innerhalb von Sekunden getötet hatte. Hier im Zentrum Hamburgs war der Flammenorkan mit über zweihundert Stundenkilometern durch die Straßen gefegt. Der Himmel war voller Rauch und die Morgensonne färbte den Himmel in alle Farben des Spektrums.

Der Asphalt der Straße hatte offenbar gekocht, denn von der einstmaligen Fahrbahndecke war nichts mehr zu sehen. Was Beck sah, erinnerte ihn mehr an einen erkalteten Lavastrom. Ausgeglühte Autowracks standen umher, waren teilweise umgestürzt und einige Gebäude hatten der enormen Hitze nicht standgehalten und waren in sich zusammengefallen.

Er kämpfte sich die Straße hinunter Richtung Binnenalster.

Als er am Ballindamm kurz nach links schaute, erschrak er. Der Blick zum Rathaus war fast frei, nur noch rauchende Schutthaufen statt der Häuser. Das Stadtbild, so wie er es in Erinnerung hatte, existierte nicht mehr. Wo einst das Rathaus stand, stieg schwarzer Qualm empor und Laurenz Beck erkannte in dem Trümmerberg das völlig deformierte Leitwerk eines Flugzeuges.

Unter unsäglichen Schmerzen und ohne jeden bewussten Verstand schleppte sich Beck bis zum Jungfernstieg, der ebenfalls einen grauenvollen Anblick bot. Die Kaufhäuser und Hotels hier waren ebenfalls völlig zerstört, das berühmte »Vier Jahreszeiten« bestand nur noch aus der Fassade mit schwarzen Fensterhöhlen, aus denen stetig weiß-grauer Rauch quoll.

Er überquerte den Jungfernstieg und trotz seiner verbrannten Füße begann er zu rennen, als er sich dem Wasser der Binnenalster näherte. Er hatte schon vor Stunden völlig den Verstand verloren und lief direkt an der Stelle ins Wasser, an der noch vor vierundzwanzig Stunden Touristen die Barkassen bestiegen hatten, um über Binnen- und Außenalster zu schippern. Diese lagen allerdings nun ausgebrannt auf dem Grund der kleinen Seen.

Die Hitze des Feuersturms hatte das Wasser zwar aufgeheizt, doch für Laurenz Beck war das Gefühl, in das Wasser einzutauchen das bis dahin nachhaltigste Erlebnis seines Lebens. Er trank das stinkende und mit Ruß und Asche durchsetzte Wasser in vollen Zügen, erbrach sich und trank erneut, völlig von Sinnen. Dass Tote in dem Wasser trieben, sah er erst später. Völlig erschöpft schlief er am Ufer ein. Erst zwei Stunden später weckte ihn der immer stärker werdende Schmerz, den die furchtbaren Verbrennungen an seinen Füßen verursachten.

Als er erwachte, stellte er mehrere Dinge zeitgleich fest. Primär den pochenden Schmerz in seinen Füßen. Seine Fußsohlen waren krebsrot, und diese Röte zog sich hoch bis zu den Knien. Und auch der Rest seines malträtierten Körpers wies eine ungesunde Röte auf. Auf dem Wasser befand sich ein Schmierfilm aus Ruß und Öl. Dieser Film hatte sich auch über seinen gesamten Körper gezogen und er wirkte dadurch wie marmoriert. Ein weiterer Schmerz kam aus seinem Inneren, wo sein Körper versuchte, die entsetzliche Brühe, die er getrunken hatte, zu verdauen.

Er hatte rasende Kopfschmerzen und sein Verstand würde nie wieder derselbe sein. Laurenz Beck, der smarte Banker, war in dem schrecklichen Keller geblieben, verbrannt wie die große Hansestadt selbst. Die gesamte Realität, der gesamte Kosmos hatte sich völlig verändert und das einzige, was aus der guten alten Zeit erhalten geblieben war, war der Auftrag, die Welt zu retten. Und noch eines stellte der Mann fest, der einst Laurenz Beck gewesen war. Er war nicht alleine hier am Ufer der Binnenalster. Es saßen oder lagen vereinzelt Menschen am Ufer, die wie er angesichts des Feuers die Nähe des Wassers gesucht und so das unwirkliche Inferno überlebt hatten. Und auch sie hatten fast völlig den Verstand verloren.

Die meisten starrten nur vor sich hin, einige wippten leicht vor und zurück. Nur eine Frau, vielleicht dreißig Jahre alt, sah ihn an. Ihre Haare waren, bis auf einige schwarz gekräuselte Stellen, die wie kleine Inseln auf der geröteten Kopfhaut standen, verschwunden. Sie trug ein ehemals buntes Sommerkleid und hatte rote, hochhackige Pumps an, die angesichts der sie umgebenden Hölle völlig deplatziert wirkten.

Die Situation war für ihn völlig abstrakt.

Der Auftrag, die Welt zu retten, war nur ihm, ihm alleine gegeben worden, und dennoch wusste er aus den Worten, die er vernommen hatte, als Gott zu ihm sprach, dass jeder Mensch auf der Welt dasselbe zu hören bekommen hatte. Also auch diese hier an der Binnenalster. »Jeder für sich und Gott für uns alle«, schoss es ihm durch den Kopf. Er konnte nicht aufstehen, weil die Schmerzen in seinen Füßen das nicht zuließen, und so winkte er die Frau, die ihn immer noch anstarrte, mit einer Handbewegung zu sich. Darauf schien sie gewartet zu haben, denn tatsächlich stand sie auf, kam zu ihm und setzte sich neben ihn. »Können Sie mir helfen?«, flüsterte sie ihm zu.

Er blickte an sich herab und ihm war bewusst, welchen Anblick er bot. Dennoch hatte sie ihn angesprochen. Er sagte mit krächzender Stimme so laut er konnte: »Ja, ich kann Ihnen helfen.«

Auf einmal standen andere auf, die vorher alleine gesessen und vor sich hingestarrt hatten, und kamen ebenfalls herbei. Keiner sprach ein Wort und bald saßen oder standen alle Überlebenden des zweiten großen Hamburger Feuersturms beieinander und sahen sich an. Es waren zweiunddreißig Frauen und Männer. Und sie sahen ihn an. Er hatte gesagt, er könne helfen. Ihnen vielleicht helfen, die Welt zu retten?

Viele hatten Verbrennungen oder andere Verletzungen. Dreizehn von ihnen hatten, nachdem sie die Botschaft erhalten hatten, andere Menschen getötet. Einige waren aktiv am Niederbrennen der Stadt beteiligt gewesen.

»Ich muss die Welt retten«, sagte Laurenz Beck und seine Stimme klang, als sei sie durch einen elektronischen Verzerrer moduliert worden. »Ich auch.« »Ich auch.« »Ich auch.« »Ich auch.«

Einunddreißig Mal: »Ich auch.«

Laurenz Beck war stets eine Führungspersönlichkeit gewesen. Er hatte großes, organisatorisches Geschick und einen scharfen Verstand. Er analysierte Situationen in Sekundenschnelle und wusste meistens treffsicher das Richtige zu tun. So hatte er sich in kurzer Zeit bis zum Bankdirektor hochgearbeitet.

Auch wenn dies nun keine Rolle mehr spielte, so besaß er diese Fähigkeiten noch immer. Und das, obwohl er hier in Unterhose saß.

»Wenn wir die Welt retten wollen, müssen wir uns erst selbst retten«, sagte er. Die einunddreißig schwiegen, sahen ihn aber aufmunternd an.

»Wir müssen trinken, essen, uns kleiden ...« Er sah an sich herab und die Tatsache, dass er bis auf seine schmierige Unterhose nichts anhatte, nahm er zur Kenntnis, ohne dabei Scham zu empfinden. »... und wir brauchen medizinische Hilfe. Ist ein Arzt unter uns?«

Das Sprechen fiel ihm unglaublich schwer, seine Stimme klang gebrochen und war ihm völlig fremd.

Ein Mann sagte: »Krankenpfleger«.

Beck sagte trotz der quälenden Schmerzen in seinem Hals: »Wir müssen los und schauen, ob es außerhalb des Zentrums noch irgendwas Intaktes gibt. Wir brauchen vor allem Wasser und Medikamente. Der Pfleger kann uns helfen. Wenn wir zusammenhalten und uns erst mal versorgen, dann können wir schauen, was wir machen müssen, um zu tun, was zu tun ist.«

Die einunddreißig waren einverstanden und warteten darauf, dass ihnen jemand sagte, was sie machen sollten. Das schien ihnen logisch. Erst einmal überleben, nur so kann man die Welt retten.

Beck teilte kleine Trupps ein, die in unterschiedlichen Richtungen nach allem suchen sollten, was ihnen helfen würde, am Leben zu bleiben. Er selbst konnte sie dabei nicht unterstützen. Der Krankenpfleger hatte seine verbrannten Füße begutachtet und gesagt, dass er sich auf die Suche nach notwendigen Medikamenten und medizinischen Mitteln machen wollte. Ihm schlossen sich die Frau mit den verbrannten Haaren und drei weitere Männer an.

Bald saß Laurenz Beck wieder ganz alleine an der Binnenalster. Alle hatten sich entfernt, um seine Aufträge zu erfüllen. Bereits nach einer halben Stunde kam der erste Trupp zurück, ein Tourist aus München mit seiner Frau, ein Hotelangestellter und ein

Paar aus dem Hamburger Süden. Sie brachten Wasser in Plastikflaschen mit, die sie in einem fast intakten kleinen Lokal an der Außenalster gefunden hatten. Dieses war auf einer kleinen Insel gelegen und der Feuersturm hatte es nicht berührt.

Auch Lebensmittel hatten sie gefunden, diese aber zurückgelassen, um so viel Wasser wie möglich herbeizuschaffen. Niemand von ihnen hatte das Wasser angerührt. Sie mussten es ihm, Laurenz Beck, bringen, das war der Auftrag gewesen. In ihrer Traumatisierung begriffen sie ihn als denjenigen, der alles wieder gut machen würde. Er hatte es immerhin geschafft, sie zu einer Gruppe zu formen.

Und er hatte ihnen gesagt, was sie tun sollten. In ihrer völligen Haltlosigkeit wurde er in wenigen Stunden ihr Anker, ihr Führer, ihr neuer Priester. Und er hatte einunddreißig Jünger. Alle kamen wieder und brachten, was er ihnen aufgetragen hatte zu bringen. Keiner sprach und alle sahen ihn an, in Erwartung dessen, was er als Nächstes anordnen würde. Der Krankenpfleger versorgte seine Füße.

Die kaufmännische Leiterin eines Warenhauses brachte Kleidung und Schuhe.

Die Putzfrau brachte eine Schubkarre.

Der Kapitän zur See auf Landgang brachte Lebensmittel und drei Flaschen Wodka.

Und sie versorgten ihn und schöpften Hoffnung.

Laurenz Beck ließ jeden einzelnen Trupp berichten, wo sie gewesen waren, und wo sie die Sachen gefunden hatten. Es sah so aus, dass in den weniger dicht bebauten Bereichen Hamburgs die Feuer nicht alles restlos vernichtet hatten. Er schickte erneut einen Trupp los und ließ die Putzfrau mitgehen, um weitere Schubkarren oder Ähnliches zu besorgen. Sie hatte nämlich einen kleinen Baumarkt gefunden, der nur zur Hälfte abgebrannt war. Nachdem der Trupp zurückgekehrt war, machte sich die ganze Gruppe auf den Weg stadtauswärts. Laurenz Beck und die Vorräte wurden in den Schubkarren transportiert. Sie zogen an der Außenalster vorbei, und als sie an einem völlig intakten Hotel, ein für diese Gegend typisches kleines Haus, direkt am Wasser vorbeikamen, ließ Beck haltmachen. Er schickte drei der kräftigsten Männer in das Haus, die überprüfen sollten, ob dort Gefahren lauerten oder gar Tote lagen. Die drei brauchten einige Zeit, um das Hotel zu durchkämmen.

In der Lobby hatten sie drei Frauen mit eingeschlagenen Schädeln gefunden und die toten Körper in den Keller des Hotels gebracht. Erst danach teilten sie Beck und der Gruppe mit, dass das Haus ungefährlich war und die zweiunddreißig Märtyrer zogen ein. Beck wies sie an, für eine Mahlzeit zu sorgen und teilte Männer ein, die mehrere fahrbare Untersätze besorgen sollten.

Sie fanden in der Garage des Hotels und auf dem Parkplatz genug Fahrzeuge, um die Gruppe später komfortabler zu transportieren.

Laurenz Beck lag auf dem Bett, der Pfleger hatte gerade noch einmal seine Verbände an den Füßen gewechselt und die Wunden vorher gereinigt, desinfiziert und mit einer Salbe versehen.

Dabei schaute der Pfleger ihn immer wieder intensiv an.

Laurenz Beck trug jetzt einen Jogginganzug und frische Unterwäsche aus der Beute, die die Kaufhausmanagerin gemacht hatte. Er hatte sich mittels mehrerer Flaschen Wasser gewaschen und langsam kehrte die Energie in seinen Körper zurück, die er brauchte, um Gottes Auftrag zu erfüllen. Seine Visionen. Seine Zeit in dem Schutzkeller hatte ihm gezeigt, wie er die Welt retten konnte. Gott hatte ihn dort unten überleben lassen, und er hatte ihm die Lösung der Aufgabe gezeigt. Brennende Pfähle. Mit Menschen daran. Menschenopfer hatte es zu jeder Zeit der Menschheitsgeschichte gegeben, und offenbar war es das, was Gott wollte. Denn er hatte ihm diese Bilder geschickt und ihm dann eine ganze Gruppe von Getreuen geschenkt, die ihm helfen sollten, seine Aufgabe zu erfüllen.

Er würde es nachher den Menschen, die Gott ihm geschickt hatte, sagen, und sie würden ihm folgen, um das zu tun, was zu tun war. Gottes Wille ist nicht interpretierbar, das hatte Gott selbst gesagt.

Und der Wahnsinn fraß sich noch tiefer in das gemarterte Hirn des Laurenz Beck, Bankdirektor a.D.

Lausche stets auf die Welt, wie ein Kind, das über alles staunt. Hege ein Gefühl der Liebe und Bewunderung für die gesamte Schöpfung, vom winzigsten Grashalm bis zum entferntesten Gestirn. So wirst du die verloren gegangene Harmonie wiederfinden.

Indianische Weisheit

Das Wohnmobil war großartig. Ich verabschiedete mich mit einem letzten Blick von meinem treuen Renault, der wie ein Vogel mit gebrochenem Flügel an der Ecke der Garage kauerte, und fuhr los. Tomate hatte ich kunstvoll auf dem Beifahrersitz angegurtet. Die Vorräte hatte ich aus den Mitteln des Hauses, dessen Besitzer ich um das Wohnmobil erleichtert hatte, ergänzt. Im Keller fand ich massenweise Konserven und ähnliches Zeug. Wahrscheinlich waren das die Vorräte für die Campingreisen.

Tomate wurde langsam unruhig und ich dachte nach. Alles in mir sträubte sich dagegen, in irgendeinem Haus zu übernachten. Tomates tote Mama und all die anderen, wenig erfreulichen Erlebnisse des Tages, hielten mich davon ab. Heute Morgen noch war alles in Ordnung und jetzt, da der Tag zu Ende ging, war alles, wirklich alles, völlig anders. Es war schon faszinierend, wie der Mensch mit solchen Sachen klarkommt. Eben noch Versicherungsfritze und dann: »Simsalabim« unterwegs in einem geklauten Wohnmobil, erfolgreicher Einbrecher, beschossen worden und an die hundert tote Menschen gesehen. Und Papi geworden. Das sollte mir mal einer nachmachen in nur zwölf Stunden!

Ich fuhr noch einige Zeit und parkte das Wohnmobil dann in einem kleinen Wäldchen, fernab jeder Zivilisation, wie ich hoffte. Als ich ausstieg, fand ich meine Einschätzung der Örtlichkeit bestätigt. Das kleine Mädchen jammerte herum und begann sich wieder in Geschrei zu üben. Ich überprüfte, das Baby auf dem Arm, die Technik der Geräte im Wohnmobil und begriff schnell, dass ohne Gas auch der beste Gaskocher nichts taugte. Aber ein weiteres Wunder geschah, denn ich entdeckte in einer Klappe unter dem Herd eine rote Propangasflasche, die nicht angeschlossen war.

Ich brauchte lange, von Babygeschrei untermalte Minuten, bis ich herausfand, dass das Gewinde bei Gasflaschen komplett anders herum ist, als man es sonst gewohnt ist. Letztlich gelang es mir, den Herd anzuschließen und für Tomate Babybrei zu kochen. Zusätzlich legte ich einen Vorrat an Babymilch an.

Während Brei und Milch abkühlten, öffnete ich mir eine Dose Fertigfutter für Menschen und erhitzte das Zeug auf dem Gasherd. Das Wohnmobil war großartig ausgestattet und verfügte über Töpfe und Pfannen, Geschirr, ausklappbare Betten und es gab sogar einen Fernseher mit DVD-Spieler. Als das Essen fertig war, stellte ich vor dem Wohnmobil einen Campingtisch und den dazugehörenden Klappsessel auf. Mit Tomate auf dem Schoß schaufelte ich abwechselnd Babybrei in ihren und Erbsensuppe in meinen Mund.

Mag jetzt krank klingen, aber das war ein wirklich schöner Moment. Total romantisch irgendwie.

»So, Tomate, ab ins Bett.« Ich wechselte die Windeln, gab ihr ein Bussi, und kurz darauf war sie auf ihrer Liege eingeschlafen. Neun Tage nur noch.

So saß ich also in diesem kleinen Wäldchen in einer völlig neuen Realität. Erst jetzt kam ich etwas zur Ruhe und die Gedanken strömten in mein Bewusstsein. Der Auftritt des Allmächtigen beim Teekochen, und all die Dinge die danach kamen. Ich zweifelte keinen Augenblick daran, dass dies alles wirklich geschah und geschehen war. Meine Auffassung, dass ich mit Sicherheit nichts zur Rettung der Menschheit beitragen konnte, war allerdings unerschütterlich. Und da offenbar alle dieselbe Botschaft erhalten hatten und daraufhin alles in Klump und Asche hauten, war ich noch umso mehr hilflos und machtlos. Wie also sollte es weitergehen? Ich begriff in diesem Moment im berühmten Wohnmobilwald, dass ich, soweit es die Fakten hergaben, in neun Tagen »*zusammen mit allem Gewürm*« zertreten werden würde. Der Gedanke behagte mir umso weniger, da Tomate bei diesem

Zertreten ebenfalls unter Gottes Füßen sterben würde. Ebenso wie meine Ex-Frau, und vor allem meine eigenen Kinder, die ich zwar seit drei Jahren weder gesehen noch gesprochen hatte, die ich dennoch als Vater natürlich liebte. Wo sie wohl waren? Was sie wohl aus diesem Auftrag machten? Ob es ihnen gut ging?

Erinnerungen an die Jahre mit meiner damals noch intakten Familie erfüllten mich, und bevor ich in Tränen ausbrach, riss ich mich zusammen und holte mir ein Bier aus dem bordeigenen Kühlschrank, den ich vor Fahrtantritt entsprechend ausgestattet hatte.

Was also tun?

Mit dem Wohnmobil hatte ich erst einmal zusammen mit Tomate ein Dach über dem Kopf und sogar relativen Luxus, denn die Welt außerhalb des rollenden Wohnzimmers war definitiv zu nichts mehr gut.

Kein Strom und kein Wasser und schon ist alles hin. Erstaunlich, wie schnell das geht. Da braucht es keinen Atomkrieg, um die sogenannte Zivilisation in die Steinzeit zu transferieren. Es reicht, wenn man den Saft abdreht. Dann geht gar nichts mehr und alles kollabiert. Null Kommunikation. Und weil alle Menschen jetzt sozusagen Wichtigeres zu tun hatten, als sich darum zu kümmern, ging alles den Bach runter. So weit, so schlecht, konstatierte ich für mich selbst.

Also wohin?

In den Dörfern und Städten tobte der Irrsinn, und dieser verbreitete Tod und Verwüstung. Da war kein Platz für uns.

Wenn in neun Tagen wirklich Schluss war, dann wollte ich wenigstens das noch miterleben.

Ich zuckte zusammen, als mir siedend heiß einfiel, dass ich mein mobiles Navigationsgerät in den Trümmern meines abgelebten Autos gelassen hatte. Dabei war das Gerät definitiv das Einzige, das wirklich noch funktionierte.

Offenbar benötigten die Satelliten im Orbit des Planeten keine Menschen mit Verstand, um ihren Job zu machen. Und meinem kleinen TomTom war das sowieso egal.

Ich beschloss, bei nächster Gelegenheit Ersatz zu beschaffen.

Bevor ich von den Mücken im Wald völlig ausgesogen wurde, kroch ich in meine Kajüte, nicht ohne bei Tomate noch einmal nach dem Rechten gesehen zu haben.

Die Kleine schlief selig, alle Babyklischees bedienend, den Daumen im Mund. Das Mädchen wäre für mich definitiv ein Grund gewesen, die Weltrettung wenigstens zu versuchen, aber so wie die Dinge standen, war es wahrscheinlicher, dass wir als matschiger Fleck unter Gottes Schuhwerk endeten. Und da heißt es, der Teufel trüge Prada ... die Wirklichkeit straft jede Fiktion Lügen.

Die Nacht war, diplomatisch ausgedrückt, durchwachsen. Die Kleine meldete sich jede halbe Stunde und verlangte nach meiner genialen Milch. Zwischenzeitlich spielte ich mit dem Gedanken, das schreiende Bündel den wilden Tieren hier im Wald zum Fraß vorzuwerfen, besann mich aber im letzten Moment. Schon der Mangel an wilden Tieren hätte mein Ansinnen nicht wirklich vorangebracht. Und so überstand ich zusammen mit einer schreienden Tomate die Nacht mehr schlecht als recht.

Ich versuchte mich an einer Tasse Instantkaffee und musste feststellen, dass ich nebst einem neuen Navigationsgerät auch nach einem vernünftigen Tee Ausschau halten sollte.

Tomate bekam ein Fläschchen sowie neue Windeln, und ich räumte Tisch und Stuhl ein, bevor ich das Wohnmobil aus dem Wald zurück auf die Straße steuerte.

Ich hatte nicht die geringste Ahnung, wo genau wir uns befanden. Rechts und links der schmalen Landstraße wechselten sich Weiden, auf denen Schafe und Kühe, hin und wieder auch Pferde, grasten, und Rapsfelder ab. Einige verschlafene – oder sollte ich besser »entschlafene« sagen? – Bauernhöfe bereicherten die Idylle. Tomate schaute interessiert in die Gegend und quatschte irgendein Kauderwelsch. Wahrscheinlich verstand sie den Sinn des Ganzen besser als ich oder der Rest der Menschheit.

Als am Armaturenbrett eine rote Lampe zu blinken begann, sträubten sich mir die Nackenhaare. Das war die Warnanzeige für den Tank. Die Tanknadel stand bereits überdeutlich im roten Bereich, und als das Blinken begann, war mein erster Gedanke, dass ich gar kein Geld bei mir hatte. Bescheuert, oder?

Im Grunde war ich bis dahin völlig planlos umhergefahren. Ich richtete mich ein wenig nach dem Stand der Sonne, damit ich nicht im Kreis fuhr. Ich hatte breite Hauptstraßen vermieden und Wirtschaftswege und Nebenstraßen benutzt, ohne zu wissen, wohin sie führten. In mir hatte sich eine große Abscheu gegen Wohnsiedlungen und Städte manifestiert, gab es dort doch nur Brand, Tod und Zerstörung. Mir wurde allerdings spätestens bei der blinkenden Warnanzeige klar, dass ich nun Kurs auf die Zivilisationsreste nehmen musste, um irgendwo Benzin oder Diesel oder was auch immer das Wohnmobil schluckte, zu bunkern.

Ich bog an der nächsten breiteren Straße nach links ab. Die Straße sollte gemäß der Beschilderung nach Eutin führen, eine kleine Stadt, die aber groß genug war, um mindestens eine Tankstelle zu besitzen.

Warum ich eine Tankstelle suchte, war mir nicht klar. Nichts funktionierte mehr in der Welt, warum also sollte es eine funktionierende Tankstelle geben? Wer sollte sie betreiben, und wie könnte sie betrieben werden ohne Energieversorgung? Das war mir egal. Wenn man Benzin braucht, fährt man zu einer Tankstelle. Das sind die Tatsachen!

Je näher ich der Stadt kam, desto imposanter waren die Verheerungen, die man bereits jetzt erkennen konnte. Die Straße war zum Teil durch liegengebliebene Autos und LKW sowie durch große und kleinere Unfälle blockiert, und es war gespenstisch, dass wieder keine Menschen zu sehen waren, außer den wenigen Toten, die teilweise auf der Straße oder in ihren Autos lagen. Gott alleine weiß, was sich hier im Einzelnen abgespielt haben mag. Klar weiß Gott das, er hat es ja selber angezettelt, der Schelm. Meine nunmehr sechsunddreißig Stunden währende Glückssträhne riss noch nicht ab, denn noch vor dem Ortseingangsschild gab es wirklich eine Tankstelle. Die gelbe Muschel war zwar nicht beleuchtet, aber das Ganze machte soweit einen intakten Eindruck. Im Tank unseres fahrenden Palastes befand sich nur noch heiße Luft, als ich den Caravan vor die letzte Zapfsäule lenkte und den Motor abstellte. Tomate schlief mal wieder, was sehr für meinen ruhigen und besonnenen Fahrstil sprach, und ich stieg aus und öffnete den Tankstutzen. Der Hinweis, der mir das Tanken von Diesel-Kraftstoff empfahl, prangte als Aufkleber direkt über dem Tankdeckel. Wieder ein Problem gelöst.

Nur zur Sicherheit entnahm ich die entsprechende Zapfpistole, aber erwartungsgemäß tat sich gar nichts.

Ich zwang mich zum Nachdenken.

In der Zapfsäule musste es eine Pumpe geben. Und die brauchte zum Pumpen Strom. Das macht eine elektrische Pumpe im Wesentlichen aus. »Sehr gut kombiniert, Watson.«

Wenn also kein Strom da ist, kann sie nicht pumpen. Also muss man ihr Strom geben, damit sie pumpt, klare Sache. »Genial, mein lieber Doktor, einfach brillant.«

Ich suchte im Werkzeugfach des Wohnmobils nach dem passenden Schlüssel und entfernte die Verkleidung der Zapfsäule. Ich war überrascht, wie wenig Innenleben zu sehen war. Im Wesentlichen gab es einige Schläuche und besagte Pumpe und mehr Kabel, als solch eine simple Konstruktion im Grunde benötigte. Das waren bestimmt irgendwelche Steuerkabel, Sensorkabel und Vernetzungen zum Bedienterminal im Tankstellengebäude.

In die Pumpe selbst führte ein etwa fingerdicker Kabelstrang, ganz sicher der Stromanschluss. »Wenn Sie da mal recht haben, Watson, denken Sie quer. Damit bekommen Sie gerade Ergebnisse.«

»Klappe, Holmes! Ich kann auch was.«

Wenn ich also die Kabel von der Pumpe mit einem Stromanschluss verbinde, wird die Pumpe pumpen. Muss sie einfach, ist doch völlig klar.

»Watson, haben Sie da nicht eine winzige Kleinigkeit übersehen?«

Klar, ich habe keinen Strom.

»Falsch, Watson, Sie haben keine Stromquelle!«

Die Zapfsäule mit dem Wohnmobil verbinden war mein erster Gedanke. Einfach Starthilfekabel dran und ab geht die Post.

Tomate mischte sich ein, und ich war gezwungen, meine Gedanken auf das Wechseln einer üppig gefüllten Windel zu lenken, bevor ich mich wieder dem Energieproblem widmen konnte.

Die Pumpe braucht sicher zweihundertzwanzig Volt und das Wohnmobil gab nur zwölf Volt her, das konnte nicht gehen.

Ich hatte den Gedanken, es könnte im Tankstellengebäude so eine Art Notstromaggregat geben, aber ich stand wieder einmal vor verschlossenen Türen. Wer schließt seine Tankstelle ab, bevor er die Welt rettet, fragte ich mich, als ich wieder nach passendem Werkzeug fahndete, um die Eingangstür aufzubrechen.

Die Glasschiebetür gab letztlich dem beharrlichen Einschlagen mit einem Eisenrohr, das ich etwas abseits gefunden hatte, nach.

Im Inneren der Tankstelle war es erschreckend normal. Kein Chaos, keine Toten. Diesen Effekt würde ich in den nächsten Tagen bis zu Gottes Schuhplattler-Auftritt noch öfter erleben, vermutete ich. Diese schreckliche Differenz zwischen der einen Realität und der anderen Realität. Es gab Orte, an denen alles so gewohnt und normal schien, und alles, was sich außerhalb dieser Plätze befand, war surreal, oder war das Normale plötzlich surreal?

Die Scherben der Glastür knirschten unter meinen Füßen, als ich die Tankstelle betrat. Heutige Tankstellen waren kleine Supermärkte, in denen man alles kaufen konnte, was man so brauchte, wenn die Welt unterging und man noch Bedürfnisse hatte, die man vorher stillen wollte. Falsch, nicht kaufen, man konnte es sich einfach nehmen. DAS war mal funktionierender Sozialismus!

Ich interessierte mich nicht für die Regale, sondern marschierte sofort hinter die Theke und in die Räume dahinter. Nirgends ein Hinweis auf die Existenz einer Notstromeinrichtung. Hinten fand ich eine Werkstatt, auf der Hebebühne stand ein Pick-Up ohne Räder. Alles penibel sauber.

Ich könnte aus all den herumstehenden Autos hier einfach den Sprit absaugen und in das Wohnmobil füllen. Ich drängte den Gedanken beiseite. Es musste doch einen Weg geben, diese vermaledeite Tanksäule in Betrieb zu nehmen! Ich ging zurück in den Verkaufsraum.

Nun schaute ich doch in die Regale, mehr aus Gedankenlosigkeit als aus Interesse. Chips, Bier, Konserven, Toastbrot, Teddybären, Spannungswandler fürs Campen, witzige T-Shirts und wieder Chips.

Spannungswandler. Spannungs ... wunder ... wandler!

»Ideal fürs Camping. Zweihundertzwanzig Volt aus dem Zigarettenanzünder. Unverzichtbar für Ihre Outdoor-Vorhaben. Nur 299,99 Euro!«

»Watson, Sie überraschen mich immer wieder.«

Ich »kaufte« sofort so ein Gerät und riss noch auf dem Weg nach draußen die Verpackung auf. Völlig simpel, Motor an, das Ding einstöpseln und ab ging's.

Mit einer Zange kniff ich das dicke Kabel von der Förderpumpe der Zapfsäule und isolierte die Drähte ab. Genauso verfuhr ich mit dem Kabel, das aus dem Spannungswandler führte und das, der Technik sei Dank, zweihundertzwanzig Volt führen würde.

Und wieder ein Problem.

Das Kabel der Pumpe hatte fünf Adern, und mein High-Tech Zauberapparat, der aus zwölf Volt zweihundertzwanzig Volt zauberte, hatte nur drei.

Ich entschied mich, gleichfarbige Drähte miteinander zu verzwirbeln und startete den ersten Versuch.

Ich ließ den Motor an und betete, dass nicht ausgerechnet jetzt der letzte Tropfen Sprit verbrannt wurde.

Auf dem Kästchen, das den Spannungswandler darstellte, leuchteten einige Dioden. Grün leuchteten sie, was mir ein gutes Gefühl gab.

Tomate hatte mir die ganze Zeit zugesehen und dabei ein komisches Gesicht gemacht.

»Warte ab, du Kröte, das funktioniert, das wird gehen!«, raunte ich ihr zu.

Als ich nun den Zapfhahn entnahm, sprang die Anzeigenbeleuchtung der Säule an und mir entfuhr ein Freudenschrei.

Ich betätigte die Zapfpistole und ... nichts. Gar nichts tat sich. Kein Surren der Pumpe, kein Diesel, nichts.

»Verdammte Hottentottenscheisse, verdammte, das gibt's doch nicht!«, schrie ich los. Warum ging das denn nicht, wenn doch die Funzel der beknackten Kack-Zapfsäule leuchtete?

»Watson, vielleicht der falsche Draht?«, ermahnte mich Mr. Holmes, der mir langsam auf die Nerven ging, zumal er ganz aktuell und gänzlich unerwünscht in mein Leben getreten war. Offenbar verlor ich langsam die Nerven, oder gar den Verstand, was aber vielleicht verständlich war angesichts der Situation.

Mein Ausbruch hatte auch Tomate irritiert, denn die begann plötzlich loszubrüllen, als sei sie dem Leibhaftigen begegnet.

Ich riss den Adapter für den Zigarettenanzünder heraus und ignorierte Tomates Intervention.

Dann begann ich, die Kabel in allen Varianten zusammenzudrehen, bis schließlich und endlich die Pumpe der Zapfsäule ansprang und ich den Tank des Wohnmobils bis zum Anschlag füllen konnte. Anschließend holte ich aus dem Verkaufsraum der Tankstelle sämtliche Kanister und befüllte diese gleichfalls mit Diesel.

Zur Sicherheit packte ich auch alle verfügbaren Spannungswandler ein und versorgte mich und die immer noch unruhige Tomate mit Lebensmitteln, Getränken und einigen Teddybären. Ich stapelte Getränkedosen in das Wohnmobil, Bier und Wasser, alles, was die Tankstelle hergab. Außerdem schaffte ich bestimmt hundert Stangen Zigaretten in das Wohnmobil. Wenn man einmal den Kaufrausch hat und es sich leisten kann, sollte man sich dem hingeben. Ich war zu einem Plünderer geworden, was mir aber völlig egal war.

Nun war aus dem fahrenden Palast auch noch ein fahrendes Warenhaus geworden. Tomate schien das zu gefallen, denn sie quietschte vor Vergnügen, als ich mir während der Fahrt eine Dose Bier aufriss und laut »Country Roads« schmetterte. Der Wahnsinn winkte von Weitem, kam aber immer näher. Egal. Scheissegal.

Wahnsinn. Der Fall einer Masse, in der Menschen sich hassen. Nirgends Täter, während Opfer verblassen, verlassen. Gewinner, die prassen. Vollste Kassen. Täter. Unverurteilt. Gerichtet, zum Tode. Längst nicht tot. Doch so einsam, verloren. Vom Leben verlassen.

Makaveli (Tupac Amaru Shakur)

Nun war es also doch zu Ende. Hier ging es nicht weiter. Zwar hatten sie genug Lebensmittel und der Kran hatte alle Hindernisse beseitigen können, die auf dem Weg lagen, doch irgendwann war eben Schluss. Zwei Tage waren sie jetzt unterwegs, und die Enge in dem Führerhaus war zu einer Qual für beide geworden. Immer öfter hatten sie angehalten, um sich die Beine zu vertreten, und der Aufwand, Hindernisse mit dem Kranwagen aus dem Weg zu räumen, stand in keinem Verhältnis zur Strecke, die sie zurücklegten. Becki hatte angefangen zu fragen, wohin sie denn nun fuhren und Fred Linder hatte immer ungehaltener geantwortet.

Und so schwiegen sie die meiste Zeit.

Und nun das.

Sie standen vor einem Bahnübergang, und hinter den geschlossenen Schranken stand ein Güterzug. Er hatte so angehalten, dass er komplett die Fahrbahn blockierte. Linder hatte versucht, mit dem Kran wenigstens einen der Waggons anzuheben, aber die Überlastungsanzeige der Maschine war schon nach wenigen Sekunden angesprungen. Das Ding war einfach zu schwer für den Kran. Es gelang Linder auch nicht, die Kupplungen der Waggons voneinander zu lösen. Er verletzte sich bei dem Versuch an der rechten Hand, und in ihm brodelte ein Vulkan, etwas, das Becki sehr genau wahrnahm. Seine Präsenz hatte sich verändert. War von »süß« auf »sauer« gesprungen. Mit ihrer eigenen Art der Wahrnehmung sah sie ihm an, dass sein Scheitern und die Ausweglosigkeit in dieser Situation ihn veränderten und zu einem wilden Tier machten, das man besser nicht reizte.

Sie hatte sich zurückgezogen und an den Straßenrand gesetzt. Von dort aus verfolgte sie mit ihren intakten Sinnen die Entwicklung der Situation.

Den Kran auf der Straße zu wenden war unmöglich, hatte er ihr am Anfang erklärt, und fünf Kilometer rückwärts zu fahren, bis sich eine Möglichkeit zum Wenden ergab, schloss er aus.

Er hatte alles versucht. Die schweren Stahltrossen an den Achsen des Waggons angebracht. Alarm, ÜBERLASTUNG. Dann an den Deichseln, die die Waggons verbanden. Alarm. ÜBERLASTUNG.

Zuletzt hatte er den Kran wieder eingefahren und die schweren Stahlseile seitlich an dem Waggon angebracht, der die Straße blockierte. Er stieg dann in den Wagen und versuchte, den Waggon umzureißen. Immer wieder nahm er Schwung, und schließlich riss die schwere Stahltrosse. Sie schoss wie eine horizontale Guillotine umher und beschädigte das Führerhaus so schwer, dass Linder die Scherben der berstenden Windschutzscheibe um die Ohren flogen.

Brigitta Becker bekam all dies mit. Das gerissene Stahlseil hatte sie nur um wenige Zentimeter verfehlt. Das Geräusch war schrecklich, und sie hatte in diesem Moment fest mit dem Tod gerechnet.

Danach war der Motor des Kranwagens ausgegangen, offenbar hatte das umherpeitschende Seil die Technik zerstört und irgendwelche Kabelbäume durchtrennt.

»Fred?«, wagte sie zu flüstern und bekam keine Antwort. Sie hatte den Aufprall des Seils auf das Führerhaus, das Splittern des Glases und Linders lauten Aufschrei registriert.

»Fred?«, rief sie erneut und sie spürte die Panik in ihr hochsteigen. Wenn Linder etwas passiert wäre, bedeutete das ihr Ende. Sie wusste nicht, wo sie war, geschweige denn, wohin sie sich wenden musste, um irgendwo Hilfe zu bekommen. Sie hatte längst begriffen, dass sie vollkommen von Linder abhängig war. Die Welt, wie sie sie kannte, war rettungslos verloren. Es gab nichts mehr, um Blinden den Alltag zu erleichtern. Alles verloren, vorbei.

Sie tastete sich an dem Kran an einer der ausgefahrenen Seitenstützen entlang und erreichte die schmale Leiter, die sie emporklettern musste, um ins Führerhaus zu gelangen.

Das Ticken des abkühlenden Motors und ein leises Zischen, das seine Quelle in einem der abgerissenen Hydraulikschläuche hatte, waren die einzigen Geräusche, die sie wahrnahm.

Die Leiter war noch da, aber sie ertastete sofort, dass sie irgendwie anders war. In sich verbogen, und je höher sie kletterte, desto verdrehter wurde sie. Die gerissene Stahltrosse war gegen die Leiter geprallt und hatte sie stark beschädigt, bevor sie wie eine gewaltige Axt seitlich in das Führerhaus eingeschlagen war und dieses gespalten hatte.

Sie kletterte trotz der Umstände hinauf zu der Stelle, wo sich einst die Tür befunden hatte. Diese war aus der Verankerung gerissen worden und hing am unteren Scharnier herab.

Becki tastete ins Innere der kleinen Kabine und bereitete sich darauf vor, Fred Linder zerschmettert und tot vorzufinden.

In Panik dachte sie an den bleiernen Geruch, den ihre erschlagene Freundin verströmt hatte, und sie hatte tiefe Angst davor, dass solch ein Geruch nun auch in den Trümmern der Führerkabine zu riechen war.

Doch es roch nur nach verschmortem Kabel und heißem Hydrauliköl.

»Fred? Bitte sag was. Geht es dir gut? Bist du verletzt? Bitte sage etwas!« Sie tastete nach Fred und bekam seine Hand zu fassen. Am Handgelenk konnte sie seinen Puls ertasten und sie atmete vernehmlich auf. »Fred?«

»Das war ein Schuss in den Ofen, oder?«, sagte Linder plötzlich, und seine Stimme klang ruhig, irgendwie resigniert.

»Das nehme ich an, der Kran ist hin ... so wie ich das sehe«, erwiderte Brigitta, erleichtert darüber, dass Fred offenbar nichts passiert war.

»Wie DU das *siehst* ...?«

»Ach Mann, du weißt genau, wie ich das meine, Locke.«

»Locke?«

»Bist du okay? Hast du was abgekriegt? Was ist passiert? Es klang schrecklich.«

»Das Seil ist gerissen und hat mir fast den Schädel abrasiert, der Kran ist im Arsch ... und nenne mich nicht *Locke*, du Blindfisch.«

»Was machen wir jetzt? Ich meine, der Kran war doch toll und jetzt ist er kaputt, und wir stehen hier irgendwo und haben nichts, um fortzukommen.«

Brigittas Stimme begann zu zittern, als ihr mehr und mehr die Ausmaße der Situation bewusst wurden.

Linder sah sie an, sah über das Schlachtfeld des zerstörten Führerhauses bis hin zu dem Güterzug, der sich trotz aller Bemühungen nicht einen Millimeter bewegt hatte.

»Als Kind wollte ich immer Zugführer werden«, sagte er laut, obwohl diese Information gar nicht der Wahrheit entsprach. Als Kind wollte Linder nur wie sein Vater werden, und über alles, was um ihn herum geschah, bestimmen.

»Was soll das?«, fragte Becki.

»Da sind keine Drähte über dem Zug. Keine Leitungen, keine Drähte eben. Was weiß ich, wie die Dinger heißen.«

»Tolle Neuigkeiten, Fred Linder. Wenn da also Drähte wären, könnten wir bis zum Bahnhof drüberbalancieren, oder was?«

»Du bist nicht nur blind wie ein Maulwurf, du bist auch noch doof. Und doof sein ist bei mir verboten.«

»Klär mich auf, oh großer Meister Alleskönner«, stichelte Becki zurück.

»Wenn da keine Drähte sind, mein Täubchen, braucht der Zug auch keinen Strom. Und wenn er keinen Strom braucht, wird er wohl von einer Diesellok gezogen. Ist doch klar. Und wenn die Diesellok noch dranhängt an dem Zug, dann fahren wir ab hier eben mit dem Zug, ist doch klar.«

»Kannst du das denn? Ich meine ... den Zug fahren?«

»Kann ich Kran fahren?«

»Nicht wirklich.«

»Siehste, also los.«

Er packte einige Dinge, von denen er glaubte, sie könnten ihnen nützlich sein, in einen Rucksack und Becki hakte sich bei ihm unter.

»Verdammt!«, entfuhr es ihm.

»Was ist los?«

»Woher soll ich wissen, in welche Richtung der Zug gefahren ist? Man kann weder das eine, noch das andere Ende des Zuges wirklich erkennen. An welcher Seite hängt die Lok?«

»Links herum«, entfuhr es Brigitta.

Linder zuckte mit den Schultern, und sie kletterten vorsichtig die Straßenböschung hinab und gingen dann am Bahndamm entlang. Sie hatten bereits über zwanzig geschlossene Waggons passiert, als Linder tatsächlich die rote Lok erkennen konnte, die den Zug in Bewegung versetzen sollte.

Kurz darauf hatten sie sie erreicht. Die ersten fünf Waggons hinter der Lok waren Transport-Waggons für Autos. Auf zwei Etagen waren hier nagelneue Volkswagen verladen. Weiße Schutzhauben schützten sie vor Schmutz und Staub. Linder pfiff leise durch die Zähne.

»Ein Jammer, da könnte ich endlich mal einen Neuwagen fahren, und dann sowas ...«

»Verstehe ich nicht«, sagte Becki schwer atmend. Der Weg entlang des Bahndamms war beschwerlich gewesen. Er bestand aus trockenem Ackerboden und hohen Grasbüscheln.

Sie war immer wieder gestolpert und Linder hatte sie zuletzt mehr gezogen, als dass sie selbst gelaufen wäre.

Außerdem war es heiß und sie hatte fürchterlichen Durst.

»Das sind bestimmt fünfzig nagelneue Autos auf dem Zug«, brummte Linder.

»Was willst du mit einem Auto, wenn du einen ganzen Zug haben kannst?«, gab Brigitta zurück.

»Hast recht«, schmunzelte Fred.

»Klar, habe ich immer.«

»Hmmmmm ...«

Sie hatten nun die große Diesellok erreicht. »Deutsche Bahn« war auf die rote Lokomotive lackiert. Linder blickte an dem

Koloss hinauf und schätzte die Höhe der Lok auf über vier Meter. Zum Führerstand führte wieder eine Leiter. Er wies Becki an zu warten und kletterte die Leiter hinauf. Die Tür zum Führerstand ließ sich öffnen und Linder stieg wieder hinunter, um Becki zu holen.

Als sie in dem Führerstand der Lok standen, begann Linder auf einmal zu lachen.

»Was ist so komisch?«

»Da ist ein Lenkrad. Ich hätte nie geglaubt, dass es in einer Lokomotive ein Lenkrad gibt«, schnaubte Linder. Tatsächlich befand sich ein solches Rad vor dem augenscheinlich bequemen Fahrersitz.

»Setz dich bitte hier hin.« Linder dirigierte Brigitta zu dem ebenso bequemen Beifahrersessel.

Er warf einen Blick auf die Knöpfe, Schalter und Anzeigen.

»Im Kran gab es tausendmal mehr Knöpfe als hier«, murmelte er.

Das »Lenkrad« entpuppte sich als Fahrschalter, der die Geschwindigkeit der Lok regelte. Rechts daneben waren drei Hebel angebracht, die die Bremsen des Zuges steuerten.

Es gab einige Lampen und sogar einen Tachometer, an dessen rechter Seite sich zwei klobige Kippschalter befanden.

Jemand hatte an den unteren einen Zettel geklebt mit der Aufschrift: »*Vor dem Anlassen Öldruck aufbauen.*«

Linder sah, dass der Kippschalter zwei Stufen hatte, und nachdem

er einmal tief Luft geholt hatte, betätigte er den Schalter bis zur ersten Stufe. Sofort erwachten im Inneren der Lok die Gerätschaften und ein lautes Summen erfüllte den Führerstand.

Linder bemerkte, dass sich eine der Anzeigen veränderte. Der Zeiger dieser Anzeige bewegte sich eindeutig, und als Linder sich hinabbeugte, ohne den Schalter loszulassen, sah er die Aufschrift »Öldruck« an der Anzeige. »Sag ich doch, Öldruck aufbauen ist immer das Wichtigste beim Zugfahren.«

Eine der Lampen, die bislang rot geleuchtet hatte, wechselte zu grün und Linder kippte den Schalter nun auf die zweite Stufe.

Augenblicklich wurde es laut im Führerstand und die ganze Lok begann zu vibrieren. Der Drehzahlanzeiger sprang auf sechshundertfünfzig Umdrehungen. Linder freute sich wie ein kleines Kind. Er hatte die Diesellok gestartet! Das war mehr als er zu erreichen gehofft hatte.

»Der Motor läuft«, verkündete er stolz und Becki streichelte ihm über den Arm.

»Ich wusste, dass du das hinkriegst Großer, fahren wir schon?«

»Äääähh, noch ... nicht ... ich kriege das hin, gleich, warte ab.«

Es gab keine Pedale oder irgendwelche vergleichbaren Einrichtungen in der Lok, wie man sie in Straßenfahrzeugen findet. Seine Konzentration richtete sich auf das Bedienfeld vor ihm. Das »Lenkrad« vielleicht?

Er betrachtete es genauer und sah, dass man das Rad in fünfzehn verschiedene Positionen drehen konnte. So griff er zu und drehte das Rad nach rechts bis zum ersten Einrasten. Sofort veränderte sich die Drehzahl des Motors. Aber noch bewegte sich der Zug nicht, und so drehte er das Rad zwei Stufen weiter. Langsam, ganz langsam setzte sich der über vierhundert Meter lange Zug in Bewegung. Linder beschleunigte weiter, indem er das Rad weiter nach rechts drehte, und mehr und mehr nahm der Zug an Fahrt auf. Als das Tachometer sechzig Stundenkilometer anzeigte, ließ Linder das Rad in dieser Stellung.

Er stand auf und öffnete auf Beckis Seite das Seitenfenster. Der eindringende Fahrtwind wehte ihnen um die Köpfe.

»Wir fahren«, sagte Linder und merkte gleichzeitig, wie überflüssig diese Bemerkung war. »Wir fahren, wir fahren«, wiederholte er lachend und aus einem Impuls heraus küsste er Becki kurz auf den Mund. Sie nahm seinen Kopf in beide Hände, zog ihn sofort wieder zu sich heran und küsste ihn mit leicht geöffneten Lippen. Als sich ihre Zungen berührten, schien die Temperatur im Führerstand um zwanzig Grad zu steigen. Fred Linder fühlte sich, als stünde er auf einer Hochspannungsleitung.

Ein Stromschlag durchfuhr ihn, und dieser erste, spezielle Stromschlag in seinem Leben jagte den inneren Linder weit fort. Nicht ganz weg ... aber sehr weit fort.

Diese besonderen Sekunden vergingen und sie veränderten ihre Beziehung zueinander grundlegend.

Ihre Lippen trennten sich und es war keinerlei Scham da, nur Verwirrung und Aufregung.

Brigitta hatte ihre blinden Augen geschlossen und öffnete sie nun wieder.

»Weißt du auch, wie man diesen Zug anhält?« fragte sie ihn, statt auf das eben Geschehene einzugehen.

Er überhörte die Doppeldeutigkeit ihrer Worte und löste sich ebenfalls von ihr.

»Ich habe hier drei Hebel, die zum Bremssystem gehören, denke ich«, antwortete er.

»Denkst du, oder weißt du?«

»Ich probiere es einfach aus.«

Die Landschaft bestand überwiegend aus Feldern, Wiesen und Weiden. Hin und wieder überquerte der Zug eine Straße, und an manchen Stellen konnte Linder Zerstörungen oder aufsteigenden Rauch sehen.

Er drehte das »Lenkrad« auf die Stellung »0« zurück und betätigte den ersten der drei Hebel. Zwar hatte sich die Drehzahl der zweitausendachthundert PS starken Maschine verändert, aber erst, als Linder den Hebel nach und nach bis zum Anschlag betätigte, konnten sie eine Verlangsamung spüren. Linder nahm den zweiten Hebel dazu und erzeugte eine größere Bremswirkung.

Er stellte fest, dass er die Räder der Lok und der Waggons bis zum Blockieren abbremsen konnte, jedoch verlangsamte dies den Zug nicht so stark, wie er erwartet hätte. Tausende Tonnen Stahl, die mit fünfzig Stundenkilometern auf Stahlschienen fuhren, zum Stehen zu bringen, war schwerer als Linder gedacht hatte. Doch schließlich brachte er den Zug zum Stillstand.

Er schätzte den gesamten Bremsweg auf einen, vielleicht anderthalb Kilometer, und beschloss, nun langsamer zu fahren und sehr aufmerksam auf die Strecke zu achten, um eventuelle Hindernisse so früh wie möglich zu erkennen.

Er fuhr wieder an und hörte bei vierzig Stundenkilometern auf, zu beschleunigen.

»Ich habe nicht die geringste Ahnung, wohin der Zug fährt«, konstatierte er.

»Spielt das eine Rolle?«, fragte Becki.

»Irgendwie nicht, aber ich möchte irgendwann ankommen ... naja ... irgendwo ankommen, verstehst du?«

»Wir haben gar kein Ziel, Fred. Ich will duschen, will ein weiches Bett, will Radio hören und ich will, dass alles gut ist und es nicht so schrecklich riecht. All die toten Menschen, das Chaos. Ja, ich will auch ankommen. Bring uns dahin, bitte, und dann bleiben wir einfach da und warten ab.«

Am Horizont konnte Linder einige Gebäude erkennen und bremste den Zug wieder ab. Tatsächlich gelang es ihm, den Zug in einem kleinen Bahnhof zum Stehen zu bringen.

»Warte hier, ich schau mal, wie es hier aussieht.«

Linder öffnete die Tür und stieg die Leiter hinab auf den Bahnsteig.

Offenbar hatte es in dem Bahnhof einen Aufruhr gegeben. Viele Fenster waren eingeschlagen und neben den Gleisen lag ein lebloser Körper. Der Schalterraum war völlig verwüstet, ein Mann in Bahn-Uniform lag dort mit eingeschlagenem Schädel auf dem Boden.

Ein dunkler Schwarm grünlich schimmernder Fliegen erhob sich summend, als Linder näher trat.

Es roch süßlich nach Verwesung. Drei Tage war der Schalterbeamte schon tot.

Linder fand heraus, dass sie sich in Oldenburg befanden, einer Kleinstadt in Holstein. An einer Wand im Schalterraum hing ein Plan, der Auskunft über die Streckenführung der Bahnlinie gab. Hier im Ort gab es sicher trotz der Zerstörungen und der Brände noch Möglichkeiten, das Fahrzeug zu tauschen. Und sicher konnten sie hier irgendwo unterkommen. An den Randbereichen der Orte und Städte, die sie bislang passiert hatten, waren die Häuser im Wesentlichen intakt und es gab genug Lebensmittel, um klarzukommen.

Er beschloss, sich mit Becki zu besprechen. Sie hatte eine großartige Intuition, was sie erst kürzlich bewies, als sie die Lok an der linken Seite vermutete und dies mit geradezu gespenstischer Sicherheit in der Stimme ausdrückte. Und natürlich war die Lok an der linken Seite gewesen. Wo auch sonst?

Linder ging zurück zum Zug und kletterte wieder in die Lok.

Das tiefe Brummen des Dieselmotors war das einzige Geräusch, das er hören konnte.

»Da sind Leute irgendwo links von uns. Ich habe Stimmen gehört und Rufe«, flüsterte Brigitta, als sie ihn neben sich spürte.

»Bist du sicher? Ich meine, ich war eben da ... da war nichts ...«, sagte er, ebenfalls flüsternd, was ihm angesichts des Motorlärms albern vorkam.

»Da sind Leute«, beharrte sie auf ihrer Wahrnehmung.

»Ich sehe nach«, sagte er.

»Ich habe Angst, zum ersten Mal ...«

»Bin gleich wieder da.«

»Bitte nimm mich mit, oder lass uns weiterfahren. Ich habe ein scheiß Gefühl«.

»Was hast du gehört?«

»Die haben gesungen ... ganz komisch und dann gab es zwei, drei Schreie und ich habe gehört, wie jemand mehrfach laut das Wort »Gott« gerufen hat.«

»Wenn die so nah sind, dann müssen sie uns gehört haben«, sagte Linder und ließ sich von Beckis negativem Gefühl anstecken.

»Von wo genau kam es?«

Becki hob den Arm und zeigte halb links aus dem Fenster.

Linder blickte angestrengt in die Richtung, und es graute ihm bei dem Gedanken daran, dass er eben noch in der Schalterhalle war, und das womöglich nicht so alleine, wie er dachte.

»Wenn da Leute sind, muss das nichts Schlechtes bedeuten. Vielleicht können die uns helfen?«, dachte er laut nach.

»Ich sehe nach.« Er griff nach Brigittas Hand und führte sie zu einem der großen Schalter auf dem Bedienpult der Lok. Auf dem Schalter stand »Signalhorn«.

»Wenn du irgendwas hörst, dann drückst du auf diesen Knopf. Das ist die Hupe der Lok, und die ist sicher laut genug, dass ich dich noch in fünf Kilometern höre.«

Linder wartete ihre Antwort nicht ab und verließ die Lok wieder über die Leiter. Diesmal ging er am Bahnsteig entlang in die Richtung, in die Brigitta gezeigt hatte. Das laute Brummen der Diesellok wurde leiser, je weiter er sich entfernte, und als er hinter dem Bahnhofsgebäude nach links abbog, konnte er die Lok kaum noch hören. Es gab also eine Chance, dass die Leute, die Becki gehört hatte, die Lok nicht wahrgenommen hatten. Was mal wieder für das extrem feine Gehör von Brigitta sprach.

Als er sich etwa hundertfünfzig Meter vom Bahnhof entfernt hatte, konnte er sie ebenfalls hören. Und er sah zwei kleine Rauchsäulen, die vor ihm nahezu senkrecht in den Himmel stiegen.

Es gab hier einen Parkplatz, ein kleines Wäldchen und hinter dem Wäldchen konnte er die vertrauten Werbetafeln eines großen Discounters entdecken. Er schlich sich gebückt näher heran und hockte sich dann hin, um die Szene besser beobachten zu können.

Er zählte fünf Menschen, nein, sechs ... einer stand hinter einem Lieferwagen. Es sah aus, als hätten die Menschen dort zwei hölzerne Laternenpfähle in Brand gesteckt. Wozu das gut war, erschloss sich Linder nicht. Auf dem Parkplatz standen einige Autos und er beschloss, noch näher an die Szene heranzugehen.

Er versteckte sich hinter einem Kombi und konnte beobachten, dass vier Menschen, zwei Männer und zwei Frauen, vor den Pfählen knieten.

Er sah schwarze Haufen auf dem Boden rund um die brennenden Pfähle und sein Hirn weigerte sich zu akzeptieren, um was es sich dabei handelte. Der fünfte Mann hatte die Arme erhoben, summte laut vor sich hin und er schwang die Arme vor den brennenden Pfählen, die zum Scheiterhaufen für zwei Menschen geworden waren. Linders Herzschlag pochte in seinen Ohren, als er begriff, dass der sechste Mann fehlte. Panik kroch in ihm hoch. Er wandte sich um, sprintete in den kleinen Wald zurück, und noch bevor er das Bahnhofsgebäude erreichte, hörte er das ohrenbetäubende Signalhorn des Zuges.

Brigitta!

Er sprang auf den Bahnsteig und sah sofort, was los war. Drei Männer standen vor dem Zug. Einer war auf der Leiter bis nach oben geklettert. Er sah Beckis Füße, die nach dem Mann traten, aber dieser konnte gut ausweichen und hielt Brigittas rechten Knöchel fest. Linder rannte so schnell er konnte zum Zug und riss die drei Typen, die vor der Lok standen, in vollem Lauf zu Boden. Linder trat mit voller Wucht nach deren Köpfen und Körpern.

Die drei waren schwer angeschlagen und rührten sich kaum noch, als Linder einen heftigen Schlag auf den Hinterkopf erhielt. Der vierte Mann war ihm von der Leiter aus direkt auf den Kopf gesprungen.

In seiner Rage schüttelte Linder das kurze Gefühl der Benommenheit schnell ab und rammte dem Angreifer seinen Ellenbogen in die Magengrube.

Mit einem «Pfffff« sackte dieser zusammen. Linder warf ihn zu Boden und trat noch einmal nach. Der besinnungslose Mann fiel dabei zwischen Zug und Bahnsteig in das Gleisbett.

Sofort griff Linder nach der Leiter und flog förmlich hinauf zu Brigitta.

»Platz da!«, schrie er, vollgepumpt mit Adrenalin und riss das Steuerungsventil direkt auf Stufe fünf. Der Motor begann augenblicklich auf hoher Drehzahl zu laufen. Die Antriebsräder der Lok drehten durch, brachten den Zug aber in Fahrt.

Trotz des Lärms hörte Beck den Schrei des Mannes, der gerade von den Rädern der achtzig Tonnen schweren Diesellok zermalmt wurde.

Laurenz Beck wandte sich um, weg von den Opferpfählen. Er sah den Güterzug vorbeifahren und er sah das Gesicht am Fenster der Lok. Sah die Augen des Mannes, der ihn und sein Werk anstarrte. Der Tross von Waggons schien kein Ende zu nehmen, der Lärm des vorbeifahrenden Güterzuges erfüllte die Luft.

»Findet heraus, wohin der Zug fährt«, befahl er seinen Jüngern. »Und seht nach den anderen, die ich geschickt habe, um den Lokführer zu holen.« Laurenz Beck sah dem Güterzug nachdenklich hinterher. Er würde weitere Pfähle brauchen.

Laurenz Beck war es gelungen, seine Jünger davon zu überzeugen, dass jeder einzelne von ihnen unentbehrlich war, um Gottes Gnade zu erringen. Sie alle waren nach den Geschehnissen in Hamburg zutiefst traumatisiert und völlig hilflos.

Gottes Auftrag musste erfüllt werden, aber sie waren, wie die Gebäude in Hamburgs Innenstadt, leer und ausgebrannt. In Beck jedoch wütete das Feuer der Erkenntnis, er war offenbar der Einzige, dem Gott einen konkreten Hinweis gegeben hatte, wie er handeln musste, um das Ende abzuwenden. In den langen Stunden im Panikraum der Bank sandte er ihm das Bild von brennenden Pfählen, an denen menschliche Opfer dargebracht wurden. In jeder Kultur und in jeder Religion wurden Menschenopfer gebracht, um die Gottheiten zu besänftigen. Erst die sogenannte Zivilisation beendete diese Handlungen. Und das war der Fehler, der die Menschheit an den Rand des Abgrundes gebracht hatte. Seine Jünger und er wussten, dass sie nun die Chance hatten, wirklich die Welt zu retten.

Zunächst hatten sie einen Tag in dem Hotel verbracht. Beck hatte zu ihnen gesprochen und sie hatten begierig jedes Wort aufgesogen. Er gab ihnen Zuversicht und er gab ihnen Regeln, denen sie folgen konnten, ohne ihre eigene Mission in Frage zu stellen.

Er nutzte die Stunden im Hotel, um jeden einzelnen seiner Gruppe kennenzulernen, und bei dreien hatte er Zweifel an ihrer Loyalität.

Mit ihnen wollte er sein Werk beginnen.

Er ließ auf dem Parkplatz drei Balken senkrecht in den Boden rammen und weihte zehn seiner Jünger in das ein, was er vorhatte.

Auf sein Zeichen hin ergriffen sie die drei und schleppten sie zu den Pfählen. Beck selber überschüttete sie mit Benzin, das sie vorher aus einem der parkenden Autos abgezapft hatten, und improvisierte eine kleine Ansprache.

»Seht nun, seht nun den Weg der Rettung. Diese drei Menschen opfern wir Dir, oh Herr. Wir geben sie Dir aus unserer Hand in die Deine. Sei gewiss, dass wir Deinen Hunger stillen werden, damit Du uns wohlgesonnen wirst und wir Dein Werk fortsetzen können.«

Er goss eine Spur Benzin von jedem der Pfähle aus zu einem gemeinsamen Punkt und ließ dann den drei Menschenopfern, einer Hausfrau, einem Taxifahrer und einem Hochschullehrer, die Knebel abnehmen.

»Betet nun, ihr, die ihr zum Himmel auffahren werdet. Ihr seid die ersten Steinchen in der Waagschale Gottes. Tut euren Teil, um uns alle zu erlösen.«

Als die Flammen die Pfähle erreichten, schrien die drei in absoluter Todesangst, und Beck beschloss, in Zukunft die Knebel dort zu lassen, wo sie waren. Der erste Schritt war getan.

Diese erste Zeremonie war wichtig für seine Gruppe. Natürlich war der Anblick schrecklich, aber dadurch, dass sie alle daran teilgehabt hatten, entwickelten sich tiefe Bande zwischen ihnen, es schweißte sie zusammen in dem, was von ihren Seelen übrig geblieben war.

Sie verließen am Tag darauf das Hotel in einem Konvoi mit unterschiedlichen Fahrzeugen. Beck fuhr in einem grauen Lieferwagen voran, und wo immer sie auf lebende Menschen stießen, ergriffen sie sie und opferten sie Gott. Es entwickelte sich innerhalb kurzer Zeit eine Grundeuphorie in der Gruppe, denn mit jedem brennenden Pfahl glaubten sie, der Rettung näher gekommen zu sein.

So hinterließen sie sieben verkohlte Kreuze auf ihrem Weg von Hamburg nach Oldenburg.

»Konrad ist tot, der Zug hat ihn überfahren. Die anderen leben, sind aber ziemlich zerschlagen«, sagte einer der Jünger, der in seinem früheren Leben Einzelhandelskaufmann gewesen war, zwei Kinder hatte und eine schwangere Frau. Seine Familie war in der Hölle von Hamburg verglüht, und er war einer der Eifrigsten bei der Suche nach neuen Opfern.

»Wohin führt das Gleis?«, fragte Beck, ohne auf den Bericht einzugehen.

»Simon schaut nach, er kommt gleich«, entgegnete der Mann.

»Gut, gut. Bringt mir die drei Freunde, die an dem Zug waren.«

Nur einer konnte noch selber laufen, die anderen beiden wurden herbeigetragen.

Beck stand vor den noch immer schwelenden Pfählen und betrachtete die qualmenden Überreste der beiden Frauen, die sie hier geopfert hatten. Sie hatten die beiden unweit des Bahnhofes getroffen. Die Frauen waren zu ihnen gekommen und wirkten glücklich, sie zu sehen. Beck ließ die beiden in seinen Transporter bringen.

Offenbar handelte es sich um Schwestern, denn sie sahen sich sehr ähnlich. Beide waren nicht unattraktiv, und Beck war einige Zeit versucht, sie zu seinen Jüngern zu machen. Es gab in seiner Schar nur drei ältere Frauen und die beiden hätten sie ersetzen können. Als er mit ihnen sprach, spürte er jedoch sofort ihre Angst und eine starke Gegenwehr, sodass er beschloss, sie doch zu opfern.

»Ihr werdet schwere Steine in der Waagschale Gottes sein«, sagte er, bevor er Konrad herbeiwinkte, der sie an die Pfähle binden und die Zeremonie vorbereiten sollte.

Die Gegenwehr der beiden war beachtlich. Sie benötigten drei starke Männer, um die wild um sich schlagenden Schwestern zu den Pfählen zu schleppen und festzubinden. »Schwere Steine seid ihr, das ist gut«, dachte Beck, als er nachdenklich die gefesselten Frauen betrachtete und deren Tränen sah, die in stetem Rinnsal die Gesichter herunterliefen, bis sie der Stoffknebel aufsaugte.

Kurz nachdem die Flammen die beiden zuckenden Körper umhüllten, war der Güterzug in den Bahnhof eingefahren.

Er wusste nicht, ob diese Entwicklung gut oder schlecht war, aber er hatte den festen Vorsatz, es herauszufinden.

»Was ist da oben passiert? Warum starb Konrad? Wie viele waren es?«, fragte Beck die drei Verletzten, von denen zwei auf dem Boden vor ihm kauerten. Der dritte stand gebückt vor ihm.

»Konrad wollte die Frau aus der Lok holen, dann kam so ein Typ, der rannte uns einfach über den Haufen und trat auf uns ein. Wir konnten nichts tun. Konrad hat ihn angegriffen und der Typ hat ihn auf das Gleis geworfen und ist mit dem Zug abgehauen. Ich weiß nicht, ob es noch mehr waren, das ging verdammt schnell«, brachte einer der drei unter Schmerzen hervor.

»EIN Mann hat euch fertig gemacht? EIN Mann und eine Frau? Deswegen musste Konrad sterben? Mein Konrad, der uns so viele Steine gebracht hat?«

In Beck kochte eine neue Form von Wut hoch. Offenbar kam es so, wie es kommen musste. Wo es Gut gab, musste es auch Böse geben. Er, der Gute, musste nun den Kampf gegen das Böse aufnehmen. Das Böse hatte ihm einen Jünger, seinen besten Jünger, genommen und war davongefahren.

Das Böse hatte ihm seine Schwäche gezeigt, nämlich seine Überheblichkeit. Er war unbescheiden gewesen, und das Böse hatte das bemerkt und ihn bestraft. Bevor die Welt gerettet werden konnte, musste er es besiegen. Es hatte Hand an vier seiner Jünger gelegt und sie entweiht. Das Böse hatte ihn hämisch aus dem Fenster der Lok angegrinst und war mit infernalischem Lärm davongefahren.

»Verbrennt sie«, flüsterte er. »Verbrennt sie, verbrennt sie, verbrennt sie!«, schrie er nun und trat nach den drei Jüngern, die das Böse nun in sich haben mussten.

»Und holt Konrad, seine Reliquien werden uns den Weg weisen.«

Als sie Oldenburg verließen, standen drei weitere, rauchende Pfähle auf dem Parkplatz des Discounters.

Wo die Bahnstrecke endete, wusste er nun. Das Böse saß in der Falle.

Wieviel Sand in uns‘rer Uhr,
bestimmt der Herr der Stunden nur.
Wenn einst das letzte Restchen fällt,
womit zu Ende diese Welt,
weiß ich, dass nach Erdenleben
uns die Ewigkeit gegeben.

Maria Sassin

In vier Tagen hatte sich die Welt völlig verändert. Trotz unseres relativen Luxus, den es dank meines Großeinkaufs gab, hatte ich eindeutig nicht die Absicht, die letzten sechs Tage bis zum Ende der Menschheit, und somit auch meinem und Tomates Ende, in einem Wohnmobil durch die Gegend zu kurven. Außerdem hatte ich genug von den Mücken, die uns jede Nacht heimsuchten.

Tomate quengelte, weil sie trotz Mückenschutzmittel völlig zerstochen war. Auch die Gasflasche an Bord war nahezu leer, somit hatten wir in Kürze kein warmes Wasser mehr, und das war eindeutig nicht gut. Mein Äußeres war schon seit zwei Tagen nicht mehr gesellschaftsfähig. Nicht, dass das jemanden außer mir gestört hätte, aber mein Bedürfnis nach einer Dusche vor dem Ableben wuchs stündlich.

Bislang war es noch möglich gewesen, in den Ortschaften, die auf dem Weg lagen, notwendige Dinge zu besorgen, und wir hatten auch Menschen gesehen. Lebendige Menschen, aber alle Begegnungen zeigten mir, dass ich auf derlei Gesellschaft besser verzichten sollte. Insgesamt hatten wir fünf Mal Kontakt. Drei der Leute, die wir trafen, wollten uns sofort an den Kragen, als wären wir für den ganzen Schlamassel verantwortlich. Und zwei saßen in völliger Katatonie auf ihrem Hintern und nahmen uns gar nicht wahr. Diese beiden waren völlig durch den Wind, und so wie ich die Lage einschätzte, würden sie das große Finale nicht mehr erleben.

Ein fürchterlicher Gestank hatte sich über das Land gelegt, und es war nicht schwer zu erraten, welchen Ursprung der hatte.

Alle toten Menschen begannen in der Hitze des Sommers zu verwesen. Und nicht nur die. Ich stellte mir vor, wie in vielen Zuchtbetrieben, Hühnerfarmen und Kuhställen das Vieh verendet sein musste, weil die Verantwortlichen entweder tot oder unterwegs waren. Ich hatte auf unserer Fahrt mehr als einmal das infernalische Gebrüll von Kühen gehört, deren Euter nicht mehr gemolken wurden, und die qualvoll verendeten.

Ich litt darunter, nichts unternehmen zu können, hatte aber keine Wahl, außer weiterzufahren.

Der Gestank lag wie ein Leichentuch über der gesamten Landschaft und ließ die Dimension der Ernte erahnen, die Gevatter Tod hier eingeholt hatte. Ich weigerte mich, darüber nachzudenken, wie es wohl in New York oder Peking, Moskau oder Frankfurt roch.

Der Geruch wurde erträglicher, je weiter man sich von den Siedlungen entfernte, und so suchte ich nach Straßen, die uns an den Städten und Gemeinden vorbeiführten.

In der Tankstelle hatte ich auch ein neues Navigationsgerät gefunden, allerdings gab es kein GPS-Signal, womit das Ding vollkommen nutzlos wurde.

Die gute alte Landkarte erlebte eine Renaissance und ich orientierte mich an Straßenschildern und anderen Wegweisern.

Der allgegenwärtige Gestank wurde mir zu viel, und daher fragte ich Tomate, ob sie Lust hätte, mit mir ans Meer zu fahren. Und da sie wenig einzuwenden hatte, plante ich eine Route Richtung Ostsee. Nicht, dass ich in Kiel nicht auch direkt an der See gewohnt hatte, aber dahin wollte ich auf keinen Fall zurück.

Im Grunde war ich die letzten zwei Tage nur sinnlos durch die Gegend gekurvt. Ich hatte keine Ahnung, wohin ich fahren sollte, und in meinem Geist hatte sich eine undefinierbare Angst ausgebreitet. Und natürlich dachte ich darüber nach, dass ich bald mausetot sein würde. Mein größtes Problem hinsichtlich des nahenden Endes war allerdings Tomate.

Was ist das für ein Gott, der so ein unschuldiges Geschöpf »zertreten« will? Und wie viele Kinder waren in dem ganzen Wahnsinn schon gestorben, ohne dass sie eine noch so geringe

Chance gehabt hätten? Ich hatte begriffen, dass der Untergang der Menschheit seit vier Tagen in vollem Gange war. Was sollte also der ganze Mumpitz mit der zehntägigen Gnadenfrist?

Das alles überforderte mein Vorstellungsvermögen und ich wich diesen Grübeleien aus, allerdings mehr und mehr ohne Erfolg.

»Dänemark soll schön sein, warst du schon mal da?«, fragte ich Tomate und diese antwortete mit einem interessanten Geräusch. Jetzt, da ich ein Ziel hatte – naja, was heißt Ziel? – eine Idee vielleicht, ging es mir besser. Ich sah auf die Straßenkarte und stellte fest, dass ich mich unweit einer Autobahnauffahrt befand. Die Autobahn führte zwar nach Kiel zurück, aber vielleicht war Dänemark wirklich eine Lösung. Ich würde uns ein schönes Plätzchen suchen und das Beste daraus machen. Wenn es schon so kommen musste, dann bitte mit Stil.

»Untergang mit Seeblick, Tomate, das wird ein cooles Event, vertrau Papi«, sagte ich und nahm Kurs auf die Autobahn.

Ich brauchte nicht lange, um festzustellen, dass der Plan im Eimer war. Die Autobahn war völlig verstopft. Schon ein ganzes Stück vor der Auffahrt stauten sich verlassene Autos. Zwischen den Autos lagen tote Menschen, die sich, so stellte es sich mir dar, gegenseitig umgebracht hatten. Ich sah Einschusslöcher in den Fahrzeugen, und am Anfang der Auffahrt hatte es eine heftige Karambolage gegeben, als hätten die Autofahrer mit aller Gewalt versucht, auf die Autobahn zu gelangen.

Ich ließ Tomate im Wohnmobil alleine und lief die Auffahrt hinauf, vorbei an den ganzen Fahrzeugen, die sich in diesen letzten Stau der Menschheit eingereiht hatten. Der Gestank war mal wieder überwältigend.

Die Autobahn war wie ein erstarrter Lavastrom aus Fahrzeugen.

Schwärme von Möwen und Krähen herrschten über die surreale Szene und schlugen sich die Bäuche mit Unaussprechlichem voll.

An einigen Autos blinkten noch die Warnblinkanlagen, was der Szene etwas zusätzlich Gespenstisches verlieh. Ich hatte keine

Ahnung, wo die Insassen der Fahrzeuge geblieben waren. Sie mussten sich zu Fuß aufgemacht haben, getrieben von dem unbezwingbaren Drang, etwas zur Weltrettung beizutragen. Offenbar hatten sie alles und jeden bekämpft, wer oder was ihnen auch im Wege gestanden haben mag. Und da wohl jeder jedem im Wege stand, blieben die meisten liegen. Das schloss ich aus dem Gestank hier.

Die Gegenspur sah absolut identisch aus und ich beschloss, diesen widerlichen Ort zu verlassen und mit Tomate einen anderen Weg zu finden, um an die See zu kommen.

Und so beeilte ich mich, zurück zum Caravan zu kommen. Es war sehr heiß und der bleierne Gestank nahm mir den Atem. Ich startete den Motor und wendete auf der breiten Straße. Erst einmal weg von hier.

Erst nach einigen Kilometern stoppte ich den Wagen und griff nach der Karte. Wo wir uns befanden, wusste ich. Der Weg nach Norden war blockiert.

Die Landstraße war keine Option mehr, denn sie führte durch unzählige Ortschaften. Hier waren oft die Wege blockiert und der Horror war allgegenwärtig.

Auf Fehmarn gab es eine Fährverbindung nach Dänemark, aber ich war mir ziemlich sicher, dass keine Fähre der Welt mehr fuhr. Von Fehmarn wusste ich allerdings, dass dort der Hund begraben war. Die ganze Insel war ein einziges Sanatorium für Menschen, die der Hektik des Alltags entfliehen wollten. Hier würde vielleicht der Wahnsinn nicht so nachhaltig getobt haben, wie an anderen Orten.

Und die Luft war dort mit Sicherheit besser.

Schnell hatte ich mir einen Überblick über die Route gemacht und fuhr los, davon überzeugt, dass ich einen guten Plan gefasst hatte. Das Gegenteil war der Fall, aber das fand ich erst einen Tag später heraus.

Ich beabsichtigte, den Rest des Tages zu nutzen, die gesamte Strecke bis zum nördlichsten Punkt der Insel zu fahren und mir dann dort zusammen mit Tomate ein kleines Dauerdomizil einzurichten. »Länger als eine Woche wird es sowieso nicht mehr dauern«, dachte ich mit zunehmender Verbitterung.

Ich befuhr Straßen, die parallel zur Autobahn in Richtung der Insel führten, die durch eine Brücke mit dem Festland verbunden war. Ich hatte nur Sorge, dass dieses Nadelöhr verstopft sein könnte. Zur Not musste ich den Caravan aufgeben und mir ein neues Fahrzeug suchen, sollte die Brücke für uns unpassierbar sein.

In einem Nest mit dem aussagekräftigen Namen »Heringsdorf« holte mich das Grauen der vergangenen Tage mit voller Wucht ein.

Ich musste halten, weil Tomate Hunger hatte und auch die Windel fällig war. Außerdem musste ich mir die Beine vertreten, und das Nest machte zunächst einen intakten Eindruck. Natürlich gab es auch hier Spuren von Verwüstung und einige der flachen Gebäude waren abgebrannt. Allerdings war der Zustand des Dorfes alles in allem in Ordnung, im Vergleich zu anderen Orten, die ich in den letzten Tagen sehen musste. Eigentlich verwunderlich, ich schätzte, dass das Nest vielleicht fünfhundert Einwohner gehabt haben mochte. Erstaunlicherweise gab es hier sogar eine Tankstelle, an der ich anhielt. Ich stieg aus, um zu sehen, ob es hier was zu holen gab, als ich es sah.

Auf dem seitlich gelegenen Parkplatz der Tankstelle standen senkrecht drei Holzbalken, die völlig verkohlt waren. Am Fuß dieser Holzbalken waren schwarze Haufen zu sehen. Ich wollte mir das näher ansehen und schreckte wie elektrisiert zurück, als ich erkannte, dass die verkohlten Haufen unter den Balken die Reste von Menschen waren, die man dort offensichtlich verbrannt hatte.

Alles, was ich bis dahin gesehen hatte, waren die Auswirkungen spontaner Entscheidungen gewesen. Situativ begangene Gräueltaten. Mord und Totschlag, und vor allem Brandstiftung und Mordbrennerei, Schusswechsel und Unfälle, alles Zeichen von Chaos und Wahnsinn.

Pfähle aufzustellen, um jemanden daran festzubinden und zu verbrennen, hat nichts Spontanes mehr, das ist System und Planung. Das war anders als alles andere zuvor.

Das machte mir mehr Angst, als all die schrecklichen Dinge, die ich zuvor sehen musste. Deutlich mehr Angst.

Es gab hier jemanden, der so etwas tat. Und ganz sicher wollte er damit die Welt retten.

Die Frage war, wohin sich der Wahnsinnige, oder die Wahnsinnigen, nach dieser unsäglichen Tat gewandt hatten? Ich vermutete, in Richtung Hamburg, denn auf der Insel gab es sicher nichts zu tun für solche Leute. Wissen konnte ich das nicht.

Ohne Tomate zu füttern und zu wickeln setzte ich schnellstmöglich die Fahrt fort und hoffte, dass ich mich von dem Pfahlmann, wie ich ihn intuitiv nannte, entfernte, statt mich ihm zu nähern.

Und so erreichte ich nach einer weiteren Stunde die Brücke über den Fehmarnsund, die Verbindung zur Insel Fehmarn. Die Brücke war passierbar, auch wenn sich etliche Autos auf ihr befanden. Sogar eine Bahnlinie führte hinüber, und einige zerfetzte Autowracks zeugten davon, dass die infolge von Unfällen auf die Bahnstrecke geschobenen Autos von einem Zug erfasst worden sein mussten. Es war jedoch kein Zug zu sehen.

Die Brücke ist sehr hoch und mich erfasste leichter Schwindel, als ich langsam über sie hinwegfuhr. Ich musste Hindernisse umfahren und zusammengeklumpten Autowracks ausweichen. An einer Stelle beschädigte ich das Wohnmobil, als ich mich durch einen Engpass quetschen musste.

Erst als ich auf der anderen Seite der Brücke ankam, meldete sich Sherlock Holmes zurück.

»Watson, warum, glauben Sie, war es so einfach, mit dem Wohnmobil über die doch eigentlich verstopfte Brücke zu kommen?«

»Keine Ahnung, sagen Sie es mir, Holmes!«

»Weil da jemand vorher schon eine Schneise geräumt hat, werter Doktor.«

»Und was soll mir das jetzt sagen, Sherlock?«

»Wäre doch interessant zu wissen, ob er von der Insel aufs Festland wollte oder vom Festland auf die Insel ...«

»Sie meinen, das war der Pfahlmann?«

»Die Brücke zu räumen braucht Verstand und System. Zeit und Vorsatz. Würde zu ihm passen, oder? Zumal er erwiesenermaßen in der Gegend war.«

Ich hielt das Wohnmobil am Ende der Brücke an. Tomate war sehr unruhig und ich nahm sie, nachdem ich ausgestiegen war, auf den Arm. Mit einer Hand öffnete ich ihren Strampler und entfernte die nasse Windel, die ich einfach in die Gegend warf. Den nackten Hintern von Tomate in der Hand, ging ich zu Fuß zurück über die Brücke, um festzustellen, ob die Fahrzeuge beiseite geräumt worden waren oder nicht. Mir wurde schnell klar, dass wirklich jemand eine Schneise geschlagen hatte, um mit einem Fahrzeug hindurchzukommen. Autos standen dicht an dicht an Stellen, wo sie niemals nach einem Unfall so zum Stehen gekommen wären. Es lagen Scherben von Scheinwerfern auf der Straße, nur das dazugehörige Auto stand viele Meter entfernt davon.

Ich hatte die Brücke fast zur Hälfte überquert und konnte nun trotz der Beugung der Brücke das andere Ende erkennen. Über mir erhoben sich die gewaltigen Stahlbögen des Hängebrückenteils.

Wegen der sommerlichen Hitze flimmerte der Asphalt und Tomate wand sich in meiner Hand. Ihr Popo juckte wohl in meiner verschwitzten Hand und ich schloss geistesabwesend ihren Strampler.

Ich hielt mir die freie Hand über die Augen, um das Ende der Brücke genauer zu betrachten. Von hier aus konnte ich gut erkennen, dass die Fahrzeuge auf die Seite gezogen worden waren. Alle Autos standen fast im gleichen Winkel schräg zur Fahrbahnmitte. Man würde Autos immer wegziehen und nie wegdrücken. Das bedeutete, dass ich aufgrund der Stellung der bewegten Autowracks feststellen konnte, ob vom Festland her oder von der Insel aus gezogen worden war. Die Stellung der Autos und die Abriebspuren auf dem Asphalt waren eindeutig. Jemand hatte die Schneise geschaffen, um AUF die Insel zu kommen, und nicht von ihr herunter.

Ich beschloss auf der Stelle, umzukehren und wieder zurückzufahren. Da nahm ich eine Bewegung am Ende der Brücke wahr. Zwei Autos bewegten sich, stellten sich quer zur Fahrbahn und blockierten diese vollständig. Leute stiegen aus und stellten sich vor die Autos wie in einem billigen Mafiafilm. Sie stellten sich mit verschränkten Armen vor ihre Vollsperrung, lehnten sich an ihre Autos und sahen in meine Richtung.

»Pfahlmänner«, schoss es durch mein Hirn und ich machte mir fast in die Hose.

Ich saß in der Falle. Die Insel war die Falle und ich war hineingefahren. Tomate begann zu weinen.

So schnell ich konnte, lief ich zurück zum Wohnmobil.

Mein Puls raste und ich hatte panische Angst, dass es auch Leute auf der anderen Brückenseite gab, dort, wo das Wohnmobil stand. Doch es stand noch so, wie wir es verlassen hatten und ich sprang, immer noch Tomate auf dem Arm haltend, hinein.

»Pscht, pscht ... alles gut«, versuchte ich atemlos das kleine Bündel zu beruhigen. Tomate schrie nun aus vollen Kräften und ich legte sie etwas unsanft in ihre Sitzschale. Ich startete den Motor, gab Vollgas und versuchte so schnell wie möglich von diesem Ort wegzukommen.

Ich wusste, dass es eigentlich albern war, angesichts der kommenden Hinrichtung in einer Woche wegen irgendwelcher Pfahlmänner Todesangst zu haben, aber ich pfiff drauf. Ich hatte in diesem Moment eine solche verdammte Angst, dass ich am ganzen Körper zitterte und sich meine sonst so geordneten Gedanken mehrfach überschlugen.

»Die haben darauf gewartet, dass ich über die Brücke fahre, und dann haben die den Sack zugemacht«, sagte ich laut.

Ich fuhr so schnell es die Straße erlaubte. Überall hatte es Unfälle gegeben, und ziemlich weit vorne am Horizont sah ich eine gelbliche Rauchwolke, die wohl von einem Großbrand am Nordufer der Insel gespeist wurde. Straßenschilder wiesen darauf hin, dass die Fähre Richtung Rodby/Dänemark noch vier Kilometer entfernt war. Daher schien der Rauch zu kommen, also gab es wohl tatsächlich keine Fährverbindung mehr.

Plötzlich wurde ich fast aus meinem Sitz geschleudert, als das Wohnmobil mit starker Wucht gerammt wurde.

Ich verlor augenblicklich die Kontrolle und schoss mit dem Fahrzeug von der Fahrbahn direkt in den Straßengraben, den wir noch einige Meter entlangpflügten, bevor der Caravan in erheblicher Schräglage zum Stehen kam. Tomate hatte ich wegen des schnellen Aufbruchs nicht angeschnallt und sie flog aus der Sitzschale gegen das Armaturenbrett, hörte augenblicklich auf zu weinen und lag still im Fußraum. Tränen schossen mir in die Augen und die totale Verzweiflung erfasste mich.

»Tomaaate!«, schrie ich, und auf einmal tasteten Hände nach mir, die durch die geborstene Seitenscheibe griffen. »Schöner Stein, schöner, schöner Stein«, sagte eine helle Männerstimme.

Wahrnehmung? Ich habe keine Ahnung von Wahrnehmung. Ich nehme alles wahr. Jeden Scheiß nehme ich wahr und kann mich nicht wehren. Ich kämpfe nur noch gegen meinen Zorn. Und ich bin nicht alleine. In mir ist einer, der mir Kraft gibt und mich das Richtige tun lässt. Wozu brauche ich Wahrnehmung, Doktor, wozu?

Fred Linder, *Auszug aus dem Arztbericht Nummer 34 von 487*

»Was waren das für Leute? Die waren böse und einer hat versucht, mich aus der Lok zu ziehen, ich ... ich ... das war so ... schrecklich.«

Brigitta war außer sich und zitterte am ganzen Körper.

Linder hatte den Zug so weit beschleunigt, wie es die Technik zuließ und mit über hundertdreißig Stundenkilometern raste der Güterzug über die Schienen.

Er selbst bebte vor Erregung und sein Nacken schmerzte an der Stelle, an der dieser Typ aufgeschlagen war, der Brigitta bedrängt hatte.

»Das waren Irre. Die haben da Leute abgefackelt und irgendeinen religiösen Scheiß gesungen. Und es waren jede Menge Leute, sechs habe ich gesehen, einige auf dem Bahnsteig, und ganz sicher gab es noch mehr davon. Die hätten uns fast an den Eiern gehabt. Scheiße, verdammte«, brach es aus Linder heraus.

»Haben sie dir wehgetan, bist du verletzt?«, fragte Brigitta.

Plötzlich war der innere Fred wieder da. Wie ein Springteufel aus einer Schachtel sprang er in Linders Verstand.

Niemand packt meiner Perle an die Beine. Ich pfeife auf Weiber, aber NIEMAND packt MEINER Perle an die Beine, kreischte es in Linders Hirn.

»Nein, ich bin nicht verletzt, hab nur Kopfweh ... der Typ ist tot, hat etwas Zug abbekommen.«

»Manchmal machst du mir Angst, Fred«, flüsterte sie.

»Ich mir auch.«

»Ich ...«, sagte sie.

»Die werden uns folgen. Ich habe den gesehen, der das Sagen hat. Er hat mir voll ins Gesicht geschaut, als wir da vorbeigefahren sind. Ich denke, wir haben echt ein Problem. Der ist so verrückt wie eine Scheißhausfliege, und dabei dachte ich immer, ich wäre daneben.«

»Wohin fährt der Zug?«, fragte Becki.

»Puttgarden auf Fehmarn«, sagte Linder.

»Ist das eine Insel oder was?«

»Ja.«

»Ist das gut oder schlecht?«

»Wie man es nimmt.«

»Wie meinst du das?«

»Wenn uns die Irren folgen, und das werden sie, dann ist eine Insel ein Ort, von dem man nicht einfach verschwinden kann.«

»Dann lass uns anhalten und abhauen.«

»Niemand packt meiner Perle an die Beine, verstehst du? Ich reiße denen den Arsch so weit auf, dass dieser verdammte Zug darin wenden kann. Kapiert?«

Stille.

»Ich bin deine Perle?«

»Nicht?«

»... doch ...«

»Scheiße, halt dich fest«, brüllte er auf einmal.

Der Zug hatte sich mit voller Geschwindigkeit der Brücke genähert, die Fehmarn mit dem Festland verband. Die Straße, die ebenfalls über die Brücke führte, war durch Fahrzeuge blockiert, und offenbar hatten sich einige Unfälle ereignet. Mehrere Autowracks lagen auf dem Gleisbett auf der Brücke, und obwohl Linder alles unternahm, um den Zug zu bremsen, war es dafür längst zu spät.

Für Schienenfahrzeuge war die Passage über die Brücke auf fünfzig Stundenkilometer begrenzt und der vierhundert Meter lange Güterzug raste nahezu ungebremst mit hundertdreißig Stundenkilometern in die auf den Gleisen liegenden Autos und zerriss sie wie Kinderspielzeuge. Wie eine Naturgewalt walzte der Zug alle Hindernisse nieder oder warf sie links auf die Fahrbahn oder rechts in den Fehmarnsund.

Die Aufschläge waren im Inneren der Diesellokomotive kaum zu spüren, nur der Lärm war ohrenbetäubend.

Linder hatte sich an dem großen Rad festgeklammert und Brigitta krallte sich in den Armlehnen des Sitzes fest.

Als der Zug den höchsten Punkt der Brücke passierte, meinten sie zu spüren, wie die Schwerkraft für einen Moment nachzulassen schien.

Dann war dieser Moment vorüber und der Güterzug raste weiter mit blockierten Rädern, bis er nach mehreren hundert Metern abrupt zum Stillstand kam. Außer dem Dröhnen des Dieselmotors war nichts mehr zu hören.

»Wow«, sagte Linder nur.

»Meine Fresse«, erwiderte Becki.

»Das war ein Ding. Jungejunge«, sagte Linder

»Du musst das mal mit geschlossenen Augen erleben«, keuchte Brigitta.

»Fahren wir weiter?«, fragte Linder.

»Aber langsam bitte«, antwortete Becki.

Linder setzte die fast zweitausend Tonnen wieder in Bewegung.

Sie näherten sich der Anlage, die zum Hafen bei Puttgarden gehörte. Vor ihnen lag ein Trümmerfeld, und eine gelbliche Dunstwolke lag über dem ganzen Areal.

Offenbar waren hier mächtige Feuer und Explosionen am Werke gewesen, denn die Zerstörungen waren immens. Außer einigen rußgeschwärzten Gebäuden und einem ausgebrannten Personenzug auf einem der Gleise der Hafenanlage gab es nichts mehr, was man eindeutig identifizieren konnte. Hier musste die Hölle los gewesen sein. Die Rampen, die zu den Fähren geführt hatten, waren zusammengebrochen, und zwei der Fährschiffe lagen ausgebrannt bis zum Oberdeck im Wasser.

Linder hatte den Zug angehalten und erklärte Brigitta, was er sah.

»Endstation, oder?«, fragte sie.

»So oder so, ja.«

»Was werden wir jetzt tun? Meinst du wirklich, die kommen?«

Sie erhob sich aus ihrem Sitz und schmiegte sich an ihn. Streichelte ihn, drängte sich an ihn, suchte seinen Schutz.

Für Brigitta hatte nichts eine Farbe. Farben waren zu abstrakt. Würde ein Sehender der Stimmung im Führerstand der Lok eine Farbe zuordnen müssen, dann wäre es wohl Schwarz. Angst dominierte, Angst und Unsicherheit. Vielleicht würde man wegen der tiefgehenden Zuneigung der Beiden zueinander noch ein Rot dazubekommen.

Brigitta kannte keine Farben, sie hatte keinerlei Assoziationen farblicher Natur. In ihrer inneren Logik hatte sie sich ein numerisches System aufgebaut, um Gefühlen, Stimmungen und emphatischen Wahrnehmungen ein Äquivalent zu geben, um für sich auch in farbigen Metaphern sprechen zu können.

Angst ist »8«. Und je mehr Achten hintereinander stehen, umso größer ist die Angst.

Ihre eigene Angst waren fünf Achten in jener Minute, sie nahm Freds Angst als »88« wahr, was enorm viel war für einen Menschen wie ihn.

Liebe, für die meisten Menschen mit der Farbe »rot« verbunden, war für Becki »9«. In jener Sekunde war sie »9999« und sie nahm Fred mit »99999« wahr, was ihr Herz einen Moment stocken ließ.

»Sie brauchen nur den Gleisen zu folgen. Da wo der Zug steht, müssen wir in der Nähe sein. Die Insel ist eine Sackgasse, und ich wette, die werden die Brücke sperren, damit niemand mehr runterkommt. Und dann werden sie systematisch suchen. Ich habe keine Ahnung, wie wir aus der Nummer rauskommen sollen«, führte Linder aus und hielt Brigitta fest im Arm.

»Wenn die denken, dass wir da sind, wo der Zug ist, dann können wir den Zug doch einfach rückwärts fahren lassen. Die sehen den dann zwar, aber sie wissen nicht, wo wir ausgestiegen sind«, wandte Brigitta ein.

Nicht schlecht für einen Blindfisch, nicht schlecht, meldete sich der innere Linder zurück. Fred war froh, sein zweites Ich zu hören, das ihm in dieser fast ausweglosen Situation willkommen war. Seit sich sein innerer Zwillingsbruder zurückgezogen hatte, war Linder viel ruhiger, gefühlvoller und sensibler geworden, was ihm selbst nicht immer behagte, weil er sich ein Stück weit selbst nicht mehr kannte. Das hatte ihn verunsichert, und gleichzeitig war das ein sehr positives Gefühl, das er bis dahin noch nicht gekannt hatte.

Seine multiple Wahrnehmung war dieselbe geblieben, aber wenn sie vorher all sein Handeln dominierte, war sie zu einem immerwährenden Rauschen geworden, das er kaum noch wahrnahm.

Das mochte daran liegen, dass die Menge an Reizen deutlich abgenommen hatte, seit Gott seine Botschaft in sein Hirn gepflanzt hatte. Kaum noch Menschen, kaum Geräusche und keine Anfeindungen.

Und Brigitta, die ihm ganz viele Verkrustungen von seiner Seele gerissen hatte, ohne das zu wissen oder zu wollen.

Und jetzt war der Zwilling wieder da.

Die haben deine Perle bedroht. Die haben dich angegriffen. Die fackeln Menschen ab. Die machen wir tot dafür, flüsterte der Zwilling.

Becki spürte wie ein äußerst empfindlicher empathischer Seismograph, dass etwas in Linder vorging. Aus den Achten wurden auf einmal Fünfen, jede Menge Fünfen.

Fünf war für Brigitta der Zorn.

»Wir steigen aus und lassen den Zug zurückfahren. Sie müssen dann von der Brücke ab nach uns suchen, und wir haben Zeit, uns was auszudenken. Komm jetzt«, sagte Linder im Befehlston, und Brigitta gehorchte.

Sie luden ihre wenigen Habseligkeiten aus dem Führerstand und Linder brachte den entsprechenden Hebel auf die Stellung »Rückwärtsfahrt«. Dann stellte er das Rad auf »5«, ohne zu ahnen, was die Fünf für Brigitta bedeutete und sprang, als der Zug rückwärts anfuhr, von der Lok.

Sie horchte und er sah dem davonfahrenden Güterzug hinterher.

»Schade um die ganzen schönen Autos«, brummte er.

»Was willst du mit einem Auto, wenn du doch mich hast?«

»Stimmt auch wieder, komm jetzt!«

Die Sonne stand bereits sehr niedrig und Linder rechnete nicht damit, dass die Typen, die sie mit Sicherheit suchten, noch heute hier ankommen würden. Es würde bald dunkel sein, und auch wenn die Nächte noch ziemlich hell und nicht von solch tiefer Dunkelheit wie im Winter waren, würde niemand in der Nacht nach ihnen suchen. Dessen war er sich sicher.

Er rief das Bild von dem Mann in sein Gedächtnis zurück, mit dem er eine Sekunde lang Blickkontakt gehabt hatte, als der Güterzug aus dem Bahnhof von Oldenburg gerollt war. Es war die Erinnerung an jene Sekunde, die ihm die Gewissheit gab, dass sie von diesen Menschen verfolgt werden würden.

Das eine Gleis, auf dem sie hierhergekommen waren, splittete sich mit Beginn des Hafenareals in über fünfzehn Gleise. Es war der Güterterminal des Hafens, von hier aus fuhren die Güterzüge mit speziellen Fähren direkt von und nach Dänemark. Der gesamte vordere Bereich der Anlage war stark in Mitleidenschaft gezogen worden.

Sie liefen parallel zu den Schienen zurück, bis sie einen Bereich am Anfang des verwüsteten Hafengebiets erreichten, der nicht ein Raub der Flammen geworden war. Die Luft roch ölig-verbrannt und der Himmel über ihnen war gelblich verfärbt, noch immer stiegen Rauchwolken aus den zerstörten Fähren und Gebäuden auf.

Der Terminal war völlig hinüber, auch die Verwaltungsgebäude waren niedergebrannt.

Sie erreichten ein intaktes Gebäude, das ein wenig wie ein Flughafentower aussah. Es war zweistöckig und in der Mitte des Flachdachbaus gab es ein Stockwerk mit großen Fensterscheiben, die in Richtung Gleisanlagen blickten. Offenbar das Kontrollzentrum und Stellwerk des Güterbahnhofs.

Linder war das Gebäude bereits aufgefallen, als sie mit dem Zug an ihm vorbeifuhren.

»Der optimale Aussichtspunkt«, dachte er und zog Brigitta mit sich. Die Zugangstür befand sich auf der ihnen abgewandten Seite des Gebäudes. Sie fanden die Tür offen. In der unteren

Etage gab es Büroräume und eine Toilette, im ersten Stock lagen die Sozialräume, eine große Dusche und eine Küche. Linder fand den Kühlschrank leer vor, entdeckte aber eine Kiste Mineralwasser, an der sie sich erst einmal bedienten.

Danach stiegen sie die Treppe weiter empor und erreichten den eigentlichen Kontrollraum des Güterbahnhofs. Linder hatte keine Vorstellung davon gehabt, wie ein Stellwerk aussehen könnte und war überrascht, einen Raum voller moderner Technik zu finden. Etliche Computer und große digitale Streckenpläne füllten den Raum, und durch die Fenster hatte man einen sehr guten Überblick über die Gleisanlagen des Güterbahnhofs.

»Hier werden wir auf sie warten. Morgen, schätze ich, wird's dann ernst«, sagte Fred Linder knapp. Becki nickte nur.

»Ich habe Hunger.«

In ihren Rucksäcken hatten sie noch genug Essbares, um sich eine bescheidene Mahlzeit zuzubereiten. Kalte Getränke gehörten der Vergangenheit an, und so gaben sie sich mit dem lauwarmen Mineralwasser aus der Küche zufrieden.

Linder schaffte einige Decken und Sofakissen aus dem Sozialraum herbei, und sie wuschen sich abwechselnd mit dem Wasser aus den Flaschen. Becki benutzte die Toilette, deren Spülung natürlich nicht funktionierte, und schämte sich etwas, ihre Hinterlassenschaft nicht wegspülen zu können.

»Gibt halt nur noch Einweg-Toiletten«, dachte sie resigniert, als sie sich zu Linder zurücktastete.

Dieser hatte in der Zwischenzeit aus den Decken und Kissen eine leidlich bequeme Liegestelle gezaubert und lag mit hinter dem Kopf verschränkten Armen auf dem Boden des Kontrollraums. Es dämmerte nun sehr schnell und bald war es dunkel im Kontrollraum. Das Fehlen jeder Art von Lichtquelle erzeugte wie in den Tagen zuvor eine seltsam ungewohnte Atmosphäre für Linder.

In der zivilisierten Welt gab es eigentlich immer irgendwo ein Licht. Und wenn man im tiefsten Wald war, so blinkten doch am Himmel die Positionslampen der Flugzeuge, die ununterbrochen den Himmel kreuzten. All das gab es seit vier Tagen nicht mehr, und nur das Licht der Sterne und des Mondes erhellte den Raum ein wenig.

Außer dem ständigen Geschrei der Möwen und der Brandung in der Ferne gab es keine Geräusche, und so nahmen sie beide den Atem des anderen deutlicher wahr, als vor dem Tag, an dem alles begann.

»Werden sie ganz sicher heute nicht kommen?«, flüsterte Brigitta.

»Nein, sie kommen erst morgen. Ich denke, dass sie mittags hier sein werden. Sie müssen in jedes Haus schauen, das an der Strecke steht. Sie kommen nur ganz langsam voran, wenn sie uns mit System suchen. Und sie werden sich aufteilen. Ich weiß nicht, zu wievielt sie sind, aber ich glaube nicht, dass alle auf einmal hier auftauchen werden.«

Linder zuckte leicht zusammen, als Becki ihm ihre Hände auf das Gesicht legte. Dann entspannte er sich wieder.

Sie tat das öfter, wenn sie ihn »ansehen« wollte.

Genieß die Show, Alter, kommentierte der innere Fred die Berührung.

Linder verbannte ihn aus seinen Gedanken.

Becki zog ihr T-Shirt aus und rollte es zusammen. Dann verband sie Fred damit die Augen.

»Wozu ist das gut?«, fragte er irritiert und auf einmal völlig aufgeregt.

»Ich will, dass du mich einmal so siehst, wie ich dich sehe«, sagte Becki nur.

Dann entkleidete sich Brigitta vollständig und setzte sich rittlings auf seine Beine. Sie nahm seine Hände und führte diese zu ihren Hüften. »Sieh mich an ... bitte«, flüsterte sie mit einem Beben in der Stimme.

Linder holte sehr tief Luft und bewegte seine Hände nicht. Er schloss die Augen unter dem zusammengerollten Oberteil und konzentrierte sich auf seine Hände, auf die Empfindungen, die diese in sein Hirn übertrugen. Glatte, weiche Haut. Warme Haut.

Er bewegte ganz sachte die Hände an ihren Seiten empor. Seine Daumen strichen über Beckis flachen Bauch und berührten dann sanft die Unterseite ihrer wohlgeformten Brüste. Seine Nerven waren angespannt und die Fülle der Informationen, die seine Hände sandten, war enorm.

In seinem Gehirn formte sich ein Bild von Brigittas Körper, jede Unebenheit, jede Falte, ihre Achselhöhlen, die sonst rasiert, jetzt aber leicht stoppelig waren. Er vermied es, ihre Brustwarzen zu berühren, spürte aber deutlich, wie sie ihre Pobacken zusammenzog, erst langsam, dann rhythmischer.

Er tastete ihren Hals ab, die Kehlgrube und zeichnete dann sanft die Konturen ihres Gesichts nach. Überdeutlich hörte er ihren Atem, der tief und schnell ging. Dann durchkämmte er ihr Haar, tastete und massierte die Kopfhaut, streichelte ihren Nacken und die Schultern.

Er umfasste ihre Arme und streichelte sie bis zu ihren Händen, ihre Finger waren für Sekunden ineinander verflochten, bevor sie sich wieder lösten und Linders Hände wieder herab tasteten, ihren Körper umformten.

Als er ihre Oberschenkel erreichte, und diese bis zu den Knien Zentimeter für Zentimeter mit seinen Fingern geradezu scannte, entfuhr ihr ein leises Stöhnen.

Er erhob seinen Oberkörper und zog sein verschwitztes T-Shirt aus. Mit geradezu feierlicher Langsamkeit näherte er sich ihr, bis er ihre harten Brustwarzen auf seiner Brust spüren konnte. Beide hielten den Atem an. Linder umarmte sie nun völlig und zog sie zu sich heran, sodass sie sich mit ihren Oberkörpern spürten.

Brigitta löste die Umarmung, griff nach seinem Hosenbund und er half ihr dabei, seine Hose auszuziehen.

Seine Erregung war offensichtlich, und als er in sie eindrang, sah er sie für einen Moment so, wie sie ihn sah. »9999999999999999999«

Sie liebten sich voller Hunger, voller kreatürlicher Begierde.

Sie schwiegen, doch ihr Keuchen und Stöhnen erfüllte den Raum und peitschte die pure Lust höher und höher, bis sie schließlich völlig verschwitzt und erschöpft zusammensanken und, noch immer miteinander verschmolzen, einschliefen.

Linder trug noch immer seine Augenbinde.

Sein innerer Zwilling war völlig irritiert und fassungslos über das eben Erlebte. Diese enorme Welle von Gefühlen hatte sogar ihn in seiner metaphysischen Realität überrollt. Auch der innere Linder begann, Brigitta Becker zu lieben. Das war neu. Und es schwächte ihn, ließ ihn hilflos zurück. Gefühle hatten ihn noch nie mit Fred Linder verbunden, doch diese Verbindung bestand jetzt. Und als wäre ein Tor aufgegangen, das ihn unaufhaltsam anzog, verschmolz der innere Linder, dessen Existenz erst durch die Untaten des Vaters möglich geworden war, nach über dreißig Jahren der Koexistenz wieder mit Fred Linders Teilstück seiner Seele.

Die Stufe »5« am Geschwindigkeitsventil der Diesellok war zu niedrig gewählt, um den fast zweitausend Tonnen schweren Güterzug die Steigung an der Brücke zum Festland hinaufzuschieben. Der Güterzug wurde langsamer, und als er schließlich den Stillstand erreichte, schaltete sich die automatische Bremse ein und der Diesel sprang auf Leerlauf. So fanden Laurenz Becks Männer den Zug, als sie kurz nach Mitternacht die Brücke erreichten.

»Wir bleiben hier, bis es hell wird, und dann holen wir uns die Steine Gottes«, ordnete Beck an. »Es werden schwere Steine sein.«

Linder erwachte mit dem ersten Sonnenstrahl. Brigitta lag neben ihm und hielt seinen erschlafften Penis in der Hand. Etwas verwirrt stand Linder auf und zog sich die Hose an.

Erinnerungen an das, was gestern geschehen war, strömten in ihn und er lächelte. Er fühlte sich wie ein anderer Mensch. Und er empfand das als ein sehr schönes, positives Gefühl. Der Gedanke, dass es spätestens in fünf Tagen aus sein würde, schlich sich in seinen Verstand, und als ihm bewusst wurde, dass er wahrscheinlich heute noch gegen die Wahnsinnigen würde kämpfen müssen, war seine gute Stimmung verflogen.

Er war nie ein Kämpfer gewesen. Vielleicht ein Schläger, jemand, der mit der Faust schnell austeilen konnte. Er besaß große

Körperkraft und empfand kaum Schmerzen. Aber Taktik und Strategie hatte er nie gebraucht. Wenn ihm früher jemand quer kam, schlug er ihn nieder. Je querer ihm jemand kam, umso übler richtete er denjenigen zu. Irgendwie fühlte er sich seit dieser Nacht gar nicht mehr in der Lage, seine Fäuste einzusetzen ... das passte irgendwie nicht mehr zu ihm. Er war verwirrt und betrachtete die schlafende Frau, die er jetzt fünf Tage kannte und mit der zusammen er sich in dieser kurzen Zeit so verändert hatte.

Sie war so unglaublich schön, wie sie dalag, ihre entblößten Brüste, die orange wirkten, weil die Morgensonne sie durch die breite Fensterfront beschien.

»Kacke«, flüsterte er leise. Er zermarterte sich das Gehirn, wie er Herr der Lage werden konnte.

Wie diese Typen stoppen und unschädlich machen? Mit Sicherheit waren die bewaffnet und angesichts dessen, was sie taten, nämlich Menschen an Pfähle binden und verbrennen, waren sie völlig unberechenbar und irre.

Der Typ, der ihn angesehen hatte. Fred ahnte mehr, als dass er es wusste, dass der ihr Anführer sein musste. Er war es auch, der vor den schwelenden Pfählen gestanden, die Arme erhoben und sie hin- und hergeschwungen hatte.

Wie stark mochte die Gruppe sein?

Vier auf dem Bahngleis und sechs bei den Pfählen. Vielleicht noch mehr, die er nicht sehen konnte. Vielleicht zwanzig.

Keine Chance, dass er die alle erwischen konnte, ohne dass er und Brigitta auch zur Fackel wurden.

»Weglaufen unmöglich. Die Insel ist eine Falle«, durchdachte er auch die Fluchtversion.

»In Filmen haben die Helden immer Kanonen«, sagte Becki hinter ihm, die seine Anwesenheit am Fenster gespürt hatte und seine Atmung belauschte.

»Wäre klasse. Ich wette, DIE haben welche«, sagte Fred resigniert.

»Geht es dir gut?«, fragte sie mit naivem Tonfall.

»Ja, Kleines, mir geht es wunderbar. Es war ...«

»Lass gut sein, ich weiß schon. Geht mir auch so. Was machen wir?«

»Schlag was vor!«

Brigitta dachte kurz nach. »In einem Film, den ich ›gesehen‹, eher ›gehört‹ habe ... naja ... du weißt schon, es gibt Filme für Blinde, fragte einer den Helden, was sein Plan sei. Der antwortete, dass er seine Tochter befreien und alle anderen umbringen wollte. Das sei ein kluger Plan, erwiderte der andere. Können wir nicht auch so einen Plan haben?«

»Ich bin leider nicht Bruce Willis«, sagte Fred.

»Was sind das für Leute, ich meine, was tun die und warum tun sie es?«, fragte Brigitta nun.

»Das sind Irre.«

»Bitte Fred, denk nach. Was tun sie und warum?«

»Sie binden Menschen an Pfähle und verbrennen sie. Sie greifen sich Leute und verbrennen sie, oder was meinst du, was die da an diesem Bahnhof von dir wollten, als sie versuchten, dich aus der Lok zu ziehen?«

»Fred, sie wollen die Welt retten, verstehst du das denn nicht? Sie bringen Menschenopfer. Das sind religiöse Fanatiker, so wie du sie mir geschildert hast. Die haben doch auch diese Stimme im Kopf gehabt. Die denken, was sie tun, sei richtig,.« Sie schwieg. Fred kräuselte die Stirn.

»Sag ich doch. Irre sind das.«

»Wenn die so eine Art Sekte gebildet haben, dann gibt es auch einen, der sie anführt. Eine Sekte ist völlig hilflos, wenn ihr Führer weg ist.«

»Woher weißt du das alles?«

»Ich habe bei der Stadt im Sozialamt gearbeitet. Wir hatten oft mit solchen Typen zu tun. Zeugen Jehovas und irgendwelche anderen Freaks. Einige unserer Klienten hatten ihr Geld an Sekten verloren und waren völlig pleite. Deswegen hatte ich mich damit auseinandergesetzt. Die sind erst wieder zur Vernunft gekommen, als sie nichts mehr hatten und die Sekten sie verstießen. Erst als die Sektenführer sie nicht mehr beeinflussten, kamen sie zur Vernunft, verstehst du?«

»Ich glaube schon ... Ich schnappe mir den Boss und mach ihn kalt, und dann ist Ruhe, meinst du?«

»So ungefähr.«

»Das ist ein kluger Plan«, sagte sie schmunzelnd und fügte hinzu: »Küss mich.«

Er tat es. Und noch mehr.

Laurenz Beck hatte seine Gruppe aufgeteilt. Drei blieben an der Brücke und sollten sie absperren. Dann ließ er eine Schneise räumen, damit die Fahrbahn für den Konvoi passierbar wurde.

Fünf Jünger, die in guter körperlicher Verfassung waren, ließ er das Gleis abschreiten. Sie sollten jeden Zentimeter des Schienenstrangs nach Hinweisen absuchen, die zeigten, wo die Leute den Zug verlassen hatten.

Er studierte die Landkarten und schätzte die Länge des Gleisbettes von der Brücke bis zum Fährhafen auf etwa vierzehn Kilometer. Im Schritttempo fuhr der Konvoi auf der Straße parallel zu den Gleisen. Nach sieben Kilometern tauschte er die Sucher aus.

Jedes Gebäude, das sich in der Nähe der Bahnlinie befand, wurde ebenfalls durchsucht. Sieben seiner Jünger waren noch immer durch ihre Verletzungen, die sie sich im Hamburger Feuersturm zugezogen hatten, geschwächt. Sie blieben bei den Fahrern in den Autos oder fuhren selbst. Insgesamt bestand der Konvoi aus zwölf Pkw und Transportern.

Die Gruppe besaß mehrere Funkgeräte, die sie aus einer halb zerstörten Polizeiwache geholt hatten. Dort hatten sie sich auch mit einigen Pistolen ausgestattet, jedoch gab es keinen in der Gruppe, der jemals eine Waffe abgefeuert hatte.

Allerdings erwiesen die Pistolen ihnen gute Dienste, wenn sie auf Menschen stießen, die sie in Gottes Waagschale geben wollten. Die Waffen waren sehr gut geeignet, diese Menschen einzuschüchtern und gefügig zu machen. Beck trug eine der Waffen stets bei sich, die anderen waren in der Gruppe verteilt worden.

Als sie gegen Mittag bei Kilometer zehn ankamen, rauschte es im Funkgerät, das im grauen Van, den Beck als Fortbewegungsmittel nutzte, lag.

Die Gruppe, die bei der Brücke geblieben war, meldete, dass ein Wohnmobil die Brücke passiert habe und der Fahrer sie gesehen hätte, als sie die Zufahrt gerade versperrten. Das Wohnmobil sei dann mit hoher Geschwindigkeit weitergefahren.

Beck wies alle Jünger an, sich sofort zu verstecken. Seinem besten Fahrer gab er den Auftrag, das Wohnmobil passieren zu lassen und es dann von der Straße zu rammen.

Es standen ohnehin immer wieder Autos auf der Straße, und der stehende Konvoi würde dem Fahrer des Caravans nicht weiter auffallen. Schon nach wenigen Minuten konnte man das herannahende Wohnmobil hören und es passierte die Stelle, an der Beck und seine Leute sich hinter den Autos versteckten. Der schwarze Volvo scherte aus der Mitte des Konvois aus und raste dem Wohnmobil hinterher.

Mit großer Wucht rammte er den Caravan in Höhe des linken Hinterrades. Das Gefährt geriet sofort ins Schleudern, schoss über die Straße und bohrte sich in den Straßengraben.

Sofort fuhren fünf Männer aus Becks Gruppe mit einem zweiten Fahrzeug zu der Unfallstelle und zogen dort den Fahrer aus dem auf der Seite liegenden Wohnmobil.

Warum dieser nach einer Tomate schrie, verstanden sie nicht. Drei Männer waren nötig, um den wie wahnsinnig um sich schlagenden Mann zu bändigen und in den Wagen zu zerren. Am Konvoi angekommen, fesselten sie den Mann mit Kabelbindern und knebelten ihn. Er wurde in Becks grauen Transporter geworfen, wie alle anderen Opfer vor ihm auch.

Beck befahl, das Wohnmobil zu durchsuchen, und nach einigen Minuten brachte ihm jemand ein Baby, das er im Fußraum des Wracks gefunden hatte. Das Kind atmete, schien aber zu schlafen. Auf der Stirn hatte es eine Schramme und einen gewaltigen blauen Fleck.

»Legt es zu ihm in den Transporter und dann weiter hier. Das habt ihr alle gut gemacht. Bringt mir jetzt Konrads Mörder«, sagte Beck. Und sie suchten die Gleise weiter ab.

Den Volvo mussten sie zurücklassen, er war durch das Manöver zu stark beschädigt worden, um weiterfahren zu können. Das war aber bedeutungslos, gab es doch genug Autos, die man sich einfach nur nehmen musste.

Ein Showdown (auch Show-down) ist ein entscheidender Machtkampf. Das Wort wird als Fremdwort der deutschen Standardsprache (Duden 1996) geführt, es kommt von der englischen Fachsprache des Kartenspiels Poker, wo es bedeutet, die Karten offen auf den Tisch zu legen. Es findet im Deutschen allgemeine, eher bildungssprachliche Verwendung, eine Hauptanwendung ist jedoch der cineastische Bereich. Dort wird eine abschließende, entscheidende Auseinandersetzung zwischen zwei oder mehreren verfeindeten Kontrahenten so bezeichnet.

Wikipedia

Ich war außer mir. Ich konnte mich nicht erinnern, jemals so eine tiefe Wut, so einen Zorn empfunden zu haben. Als wenn nicht alles schon schlimm genug gewesen wäre. Die letzten Tage waren sowieso der reinste Horror gewesen. Nicht mehr steigerbarer Wahnsinn.

Seit ich diese fürchterlichen Pfähle gesehen hatte, hatte mich die Angst im Griff. Wie eine feste Hand, die man im Nacken spürt. Und jetzt saß ich an Händen und Beinen gefesselt in diesem Transporter und konnte kaum atmen, weil mir diese Typen eine Wollsocke in den Mund gestopft hatten. Die Tür war noch einmal aufgegangen und sie hatten Tomate zu mir gelegt. Sie lag auf dem Rücken zu meinen Füßen und ich wand mich und robbte so lange, bis ich ihren Kopf an meinem fühlte. Nur ein kleiner Streifen Licht drang durch die defekte Gummidichtung der Heckklappe in mein Gefängnis. Tomate atmete, aber sie schien bewusstlos zu sein.

Mein Herz raste und Tränen strömten über mein Gesicht. Wenn ich je im Leben verzweifelt war, dann in jenem Moment.

Es war fast unerträglich heiß in dem Transporter und meine Kehle schnürte sich wegen des grauenhaften Knebels zu.

Dann fuhr das Auto los. Ich hatte zwar Stimmen von draußen gehört, konnte aber kein Wort wirklich verstehen. Ich konnte spüren, dass der Transporter maximal Schrittgeschwindigkeit fuhr. Warum, wusste ich nicht. Die totale Angst um mich und um Tomate hatte mich im Griff. Ich kämpfte schwer dagegen an, den Verstand zu verlieren. Panikschübe, Bilder von den Pfählen und den Gesichtern meiner Angreifer wechselten sich in meinem Kopf ab, und ich war wirklich lange außerstande, auch nur einen klaren Gedanken zu fassen.

Ich hatte keinen Zweifel daran, dass das die Typen waren, die ihr grausames Barbecue in Heringsdorf veranstaltet hatten. Und irgendwas in mir sagte mir, dass es an anderen Orten auch schwelende Pfähle zu besichtigen gab.

Erst Tomate brachte mich wieder einigermaßen zu Verstand. Sie begann zu röcheln. Ihr Atem ging immer schneller. Die Temperatur in dem rollenden Sarg betrug mit Sicherheit über vierzig Grad. Tomate begann zu strampeln, streckte sich und spannte den kleinen Körper wie ein Flitzebogen. Wenn sie jetzt starb, und ich gefesselt daneben liegen musste, war ich mir sicher, würde auch mein Herz aufhören zu schlagen. So viel Leid kann kein Mensch ertragen.

Wie ein Wahnsinniger trat ich gegen die Wände des Transporters und schrie durch den Knebel so laut ich konnte. Endlich hielt der Wagen an und die Hecktür wurde geöffnet.

Ich starrte den Typen, der vor mir stand, an und anschließend auf Tomate. Dreimal machte ich das, bis der Mann begriff. Er nahm Tomate an sich und schloss die Tür wieder.

Oh mein Gott, was hatte ich getan? Bestimmt entledigten sich diese Monster des Babys. Ich weinte und schluchzte und hieb mit dem Kopf auf den Metallboden des Kastenwagens.

»*Oh mein Gott, warum hast du mich verlassen?*« Diese Formulierung war das Einzige, das gebetsmühlenartig in meinem Kopf dröhnte. Wieder und wieder.

Der Wagen fuhr wieder an.

Ich hatte Tomate in den Tod geführt.

Irgendjemand drückte in meinem Verstand diesen großen, roten Knopf. »Not aus« stand darauf und ich verlor das Bewusstsein.

Sie hatten das Hafengebiet erreicht. Das eine Gleis hatte sich in viele neue Gleise aufgeteilt, und noch immer hatten sie keine Spur gefunden, die Rückschlüsse auf den Verbleib der Zugfahrer erlauben würde. Beck selbst war es, der die Spur entdeckte. Er stand auf einer Fläche im Güterbahnhof, Gleise rechts von ihm und noch mehr Gleise links von ihm. Die Spuren des Feuers und die gelbliche Rauchwolke am Himmel waren Beck egal. Dann sah er es. Alle Gleise, der Boden, die Bahnschwellen und alle Gegenstände die herumlagen, waren mit feinem Ruß bedeckt. Nur ein Schienenstrang nicht. Dieser glänzte in der Sonne über fünfzig Meter weiter als die anderen. Hier musste der Zug gefahren sein und dabei den Ruß von den Schienen geholt haben.

Er fand auch Fußspuren, die sich jedoch da verloren, wo kein Ruß mehr den Boden schwärzte. Zwei Leute waren das.

Das Böse, das er zu vernichten hatte, musste genau hier sein. Hier irgendwo in der Gegend.

Der Tross von Fahrzeugen hatte auf Höhe des Güterbahnhofs Halt gemacht. Er ließ alle Jünger zu sich kommen und erklärte ihnen:

»Sie sind genau hier ausgestiegen. Sie sind hier irgendwo. Ihr werdet euch in zwei Gruppen aufteilen, die erste Gruppe sucht das Hafengebiet ab. Kriecht in jedes Loch. Die werden sich verstecken, und sie werden gute Verstecke haben, wenn sie noch hier im Hafen sind. Scheinbar sind sie in Richtung des Dorfes gegangen, aber es gibt keine weiteren Spuren. Die andere Gruppe geht in das Dorf, und wenn sie dort sind, werdet ihr sie finden. Vertraut auf Gott und denkt daran, dass das Böse schon vier von uns aus unserer Mitte gerissen hat. Wenn ihr sie findet, bringt sie zu mir. Das werden die schwersten Steine in Gottes Waagschale sein, und wer sie findet, bekommt an meiner Seite einen Platz von Gottes Gnade.«

Bevor die ersten Jünger sich auf die Suche machen konnten, nahm Beck zwei von ihnen zur Seite. »Macht mir Pfähle, vier Stück und baut sie am Ende des blanken Gleises auf.«

Alle machten sich auf den Weg.

Beck ging zu dem grauen Transporter und öffnete die Hecktür.
Der Mann darin lag bewusstlos auf dem Rücken, atmete aber sichtbar.
»Lebe besser, bis du stirbst, denn du kannst die Welt ...«

»... retten«, hörte ich eine Stimme sagen.
Die eindringende Luft erfrischte mich, als hätte mir jemand einen Eimer kaltes Wasser über den Kopf gegossen. Ich hätte es keine Minute länger in dem Glutofen ausgehalten.
Ich musste kotzen, es stieg in mir hoch, doch der Knebel verhinderte, dass ich mich übergeben konnte. Der Typ merkte wohl, dass ich im Begriff war, zu ersticken, griff nach meinem Kopf und löste den Knebel. Ich gab alles her, und der Gestank nach Erbrochenem im Inneren des Transporters wurde unerträglich.
Ich war immer noch nicht ich selbst, zu schwer wog all das, was mir in den letzten Stunden widerfahren war. Und was mit dem Mädchen namens Tomate geschehen war. »Töte mich doch, du Hurensohn, aber lass Tomate leben«, schoss es mir durch den gemarterten Kopf.
Dafür war es aber zu spät.
Ich versuchte meinen Blick auf den Mann zu fokussieren, der in der Tür des Lieferwagens stand. Die Schmerzen in meinem Kopf, an meinem Gesicht, den Händen und Beinen, die durch die Kabelbinder abgeschnürt wurden, waren mir egal.
Der Mann sah aus wie ein Banker, hatte aber irgendwas Gespenstisches an sich. Er strahlte so etwas aus, als hätte er das Schießpulver erfunden. Mr. Allwissend. Ich kannte solche Typen. Das waren immer die, die meinten, sie könnten sich alles kaufen und die Versicherungen bescheißen, weil sie ja ach so klug waren. Lackaffen. Ich konnte die noch nie leiden. Typen wie den hatte ich aber am wenigsten erwartet in dieser Szenerie.
Ich riss mich zusammen und blickte dem Mann in die Augen. »Baby ...?«, stammelte ich, anstatt den von mir vorher sorgsam erdachten Text aufzusagen.
»Der Kleinen geht es gut, sie ist bei Sybille, die kümmert sich um das Baby«, sagte der Lackaffe.

»Ich möchte mit Ihnen reden«, sagte der Mann zu mir.

»Ich kaufe nichts«, sagte ich, innerlich außer mir, voller Hoffnung, dass es Tomate tatsächlich gut ging und mich der Arsch nicht belogen hatte.

Tatsächlich ein joviales Bankerlächeln.

»Haben Sie Gottes Wort vernommen?«, fragte mich der Mann.

»War nicht zu überhören ...«, entgegnete ich.

»Und? Retten Sie die Welt, so wie ich es tue?«

»Ich habe die Welt schon gerettet, da sind Sie noch mit der Trommel um den Weihnachtsbaum gelaufen, Sie Pfahlmann. Wo ist diese Sybille? Ich will das Baby sehen.«

»Können Sie, können Sie. Werden Sie. Schon bald.«

Der Typ drehte sich um und ...

... Linder schlug zu.

Das war fast zu einfach gewesen. Der ganze Haufen der Irren hatte direkt vor dem Stellwerk gehalten. Brigitta hatte die Autos schon lange gehört und ihn gewarnt. Fred hatte sich hinter der Eingangstür zum Kontrollzentrum versteckt und Brigitta angewiesen, das Stellwerk nicht zu verlassen. Er hatte dann Becks Worte gehört, sah die Gruppen verschwinden und ihren Anführer zum grauen Lieferwagen gehen. Er hörte den Wortwechsel und begriff, dass sich ein Gefangener im Lieferwagen befand. Der Typ gefiel ihm. »Der lässt sich nicht verscheißern«, dachte Linder.

Er schlich auf Zehenspitzen in Richtung Lieferwagen und schlug mit aller Kraft zu, als sich der Anführer dieser Horrorgang zu ihm umdrehte.

Der Mann sackte in sich zusammen wie ein Sack Kartoffeln. Linder ließ ihn fallen. Dann stellte er seinen rechten Fuß in den Nacken des Bewusstlosen und schaute in den Lieferwagen.

»Hallo«, sagte ich, als sich dieser Glatzkopf zeigte. Ich verstand zwar nicht, was das alles sollte, aber irgendwie hatte ich den Eindruck, dass Kojak hier nichts zu schaffen hatte mit den Pfahlmännern.

»Machen Sie mich los?«

Das war zwar nicht wirklich geistreich, aber der Situation angemessen. Ich hoffte nur, dass der Kahle nicht einer noch schlimmeren Fraktion angehörte als der Typ, der gerade im Staub lag. Der Glatzköpfige griff nach meinem Hosenbund und zog mich aus dem Transporter. Er kümmerte sich einen Scheißdreck um meine Fesseln, sondern schleifte mich zu einem Gebäude aus beigefarbenem Beton. Dort öffnete er eine Stahltür und schubste mich hinein. Kaum, dass ich auf dem Boden aufschlug, hörte ich schon, wie die Tür hinter mir wieder geschlossen wurde.

»Toll«, sagte ich laut.

»Findest du?«, sagte eine Frauenstimme hinter mir. Und: »Pschschscht«, was in allen Sprachen der Welt »Schnauze halten« heißt. Ich war mit der Unbekannten einer Meinung, dass das jetzt wohl das Beste wäre.

Von draußen konnte ich so gut wie gar nichts hören. Irgendwas halt. Geräusche eben. Fragen Sie mich nicht, welche.

Ich erschrak fürchterlich, als auf einmal die Tür wieder aufgestoßen wurde. »Brigitta, es geht los. Komm mit.«

Glatze ignorierte meine fragenden Blicke, und ich sah die Frau nur als Schatten aus der Tür schlüpfen. Ich war mir nicht sicher, ob sich meine Situation verbessert hatte. Immerhin war es hier in dem Betonbau nicht so heiß wie im Wagen, und wenn der Bankertyp nicht gelogen hatte, lebte Tomate noch.

Etwa eine Viertelstunde später hörte ich Schüsse. Fünf Stück. Direkt hintereinander. Peng, peng, peng ...

... peng, peng. Die Pistole, die Linder bei Beck gefunden hatte, war lauter, als er vermutet hatte. Fred hatte noch nie eine Waffe in der Hand gehabt und wusste nur aus Krimis, dass Pistolen einen Sicherungshebel besaßen. Er hatte Brigitta geholt und sie hakte sich an seinem Gürtel ein und folgte ihm, als er den Anführer zu den Gleisen schleppte. Als sie die beiden Männer sahen, die bereits zwei Pfähle errichtet hatten, nahm Linder die Pistole und schoss fünf Mal in die Luft.

Die beiden Männer, die an den Pfählen arbeiteten, hatten völlig entgeistert zugesehen, wie Fred ihren Anführer ohne jeden Kommentar zu ihnen schleppte, dabei eine Frau hinter sich her zog und Beck vor einem der Pfähle zu Boden warf.

Linder zog die Pistole aus dem Hosenbund und richtete sie auf die beiden Jünger. »Bindet ihn fest«, befahl er.

Die Männer waren völlig verängstigt, wie Fred feststellte. Langsam beruhigte sich sein Puls.

Als die beiden Beck angebunden hatten, sagte Linder zu einem: »Hol die anderen!«

Der Mann, ein ehemaliger Arbeitsloser aus St. Pauli, rannte sofort los und Linder war überzeugt, den Typen nie wiederzusehen.

Doch er irrte, denn nur wenige Minuten später kam der Mann an der Seite einer hochgewachsenen Frau und einigen anderen Typen zurück.

Die Gruppen hatten die Schüsse gehört und ihre Suche abgebrochen.

Aus allen Richtungen kamen nun Leute auf Linder, Brigitta und den an den Pfahl gebundenen Beck zu.

»Eindeutig mehr als zwanzig«, dachte Linder und richtete die Pistole auf Becks Gesicht.

»Es s...sind a...alle da«, stotterte der Mann, von dem Linder dachte, er käme nicht zurück.

»Gib mir das Baby«, sagte Linder mit Blick auf die Frau, die Tomate in ihren Armen hielt.

Die hochgewachsene Frau übergab das Kind an Linder und trat zurück. Fred drückte Brigitta das wache, aber apathisch wirkende Baby in die Arme.

Mittlerweile hatte sich ein Kreis von Jüngern gebildet und alle starrten Beck, Linder und Brigitta mit dem Baby auf dem Arm an.

»Alle hinsetzen!«, befahl Linder mit kalter Stimme, die Waffe weiter auf Beck gerichtet.

Linder spürte, dass dies die Sekunde war, in der er entweder gewinnen oder verlieren würde.

Niemand setzte sich hin.

Ein Mann mit grauem Haar und Schnurrbart trat auf ihn zu, starrte ihn an. Linder hielt dem Blick stand, nahm die Waffe von Becks Gesicht und richtete sie genau zwischen die Augen des Grauhaarigen. »Hinsetzen!«

»Ich möchte gehen«, sagte der Mann laut genug, dass alle es hören konnten.

»Ich möchte auch gehen«, sagte die Verkäuferin.

»Ich auch, bitte«, sagte der Krankenpfleger.

»Ich auch ... ich auch ... ich auch ...«

»Geht!«, sagte Linder, überwältigt von der Entwicklung der Dinge.

Brigittas blinde Augen weinten, als sie wahrnahm, dass sich dieser Platz leerte. Motoren wurden gestartet ...

... und ich dachte, ich hätte hier gefesselt liegenbleiben müssen, bis ich an Durst und Hunger verreckt wäre.

Ich hörte, wie draußen viele Autos wegfuhren und die Geräusche schnell verklangen. Ich war also alleine hier in diesem Bunker.

Bevor ich allerdings anfing, meine aktuelle Version des Ablebens zu visualisieren, wurde die Stahltür aufgestoßen und die Frau kam herein, dicht gefolgt von dem glatzköpfigen Hünen. Dieser beugte sich zu mir herab und schnitt mit einem Taschenmesser die Kabelbinder an den Beinen und den Armen durch.

»Ich habe was für dich«, sagte die Frau und drückte mir Tomate in die Arme. Ich hasse es, vor Frauen zu heulen, aber in dieser Situation tat ich es ausgiebig und wiegte die Kleine dabei in meinen Armen. Scheiße, ich sah, dass sogar Glatze feuchte Augen bekam.

Die beiden waren eindeutig in Ordnung.

Auch wenn mich die Frau so sonderbar ansah.

»Ich bin Adam«, sagte ich, und ich hörte selber, dass ich wie ein Waschweib klang, verheult und mit laufender Nase.

Der Kahlköpfige schnaufte, auch etwas belegt: »Fred Linder.«

»Ich bin Brigitta, nenn mich Becki. Wie heißt die Kleine?«

»Tomate.«

»Tomate?«

»Ja, Tomate. Kann ich nix dafür, sie heißt so.«

»Ist okay«, sagte Fred.

»Besser als Kartoffel,« meinte Brigitta, die immer noch diesen seltsamen Blick drauf hatte.

»Danke«, sagte ich, und ich spürte, wie ich wieder zum Waschweib wurde, die Tränen flossen unaufhörlich, und die Erleichterung wegen Tomate übermannte mich nach wie vor.

Die Kleine hatte die Augen geöffnet und streckte mir ihre Händchen entgegen. Sie sah aus, als hätte sie mit Klitschko gekämpft. Ihr Gesicht war angeschwollen und ein gigantisches Hämatom breitete sich auf ihrer Denkerstirn aus. Aber sie war voll da, sie lebte und sie erkannte mich.

Mit tränenerstickter Stimme sagte ich noch einmal »Danke.«

Die beiden nahmen mich mit nach draußen. Fast alle Fahrzeuge waren fort, nur der graue Transporter stand noch da, mein ehemaliges rollendes, und nun auch noch vollgekotztes, Gefängnis.

»Wir haben ein Problem«, sagte der Mann mit dem schütteren Haar namens Fred.

Ich bemerkte, dass Brigitta sich bei ihm eingehakt hatte und ihr Blick in ganz andere Richtungen ging als seiner.

»Ja, ich bin blind, du brauchst gar nicht so zu starren!«

Ich begriff nicht, wie sie wissen konnte, dass ich sie angestarrt hatte.

»Tut mir leid.«

»Vergiss es«, erwiderte sie.

Plötzlich drehte sie sich zu mir um und trat an mich heran. Glatze hielt sie am Arm. Sie berührte mit ihren Händen mein Gesicht und tastete an meinem Bart herum, zeichnete jede Falte und Kurve meines edlen Antlitzes ab. Ich war gebildet genug, um zu wissen, dass sie mich nun »ansah«, aber das Gefühl war insbesondere deswegen ein Unangenehmes, weil mich Kojak musterte, als wollte er mir den Kopf abreißen.

»Welches Problem?«, fragte ich, um die Situation zu entspannen.

»Der Typ am Pfahl«, sagte Linder.

»Ich verstehe nicht«, sagte ich.

»Das musst du auch nicht verstehen, Adam. Komm, Großer, wir regeln das«, sagte die blinde Grazie.

Die beiden wandten sich zeitgleich um und untergehakt gingen sie um das Gebäude herum und stiegen über die Schienen des Güterbahnhofs. Es gab hier auch Pfähle. Offenbar hatten die Irren, die jetzt verschwunden waren, einen ganzen Vorrat davon mitgeführt. An einem der Pfähle war der Mann angebunden, der so unbedingt mit mir reden wollte. Er hatte die Augen geschlossen, aber seine Körperhaltung zeigte eindeutig, dass er bei Bewusstsein war. Das war der Ober-Pfahlmann.

Mein haarloser neuer Freund baute sich vor dem ehemaligen Stammeshäuptling auf.

»Wie heißt du?«, fragte er ihn frei heraus.

Tomate lag in meinem Arm und machte ein sehr bedenkliches Gesicht.

Ich fühlte, dass sie keine Windel trug, nahm aber zur Kenntnis, dass sie etwas zu essen bekommen haben musste, denn die Flecken auf ihrem Strampler waren neu.

»Ich bin der Auserwählte«, sagte das Elend am Pfahl.

Linder hatte wenig Humor, wie mir schien, denn er schlug mit seiner nicht kleinen Faust direkt in das Gesicht des Mannes, was diesem offenbar wenig behagte.

»Deinen Namen«, knurrte Linder.

»Laurenz Beck ... ich ...«

»Ich ... was?«, fragte Linder nach.

»Die Waagschale muss gefüllt werden, damit wir die Welt retten können.«

Vielleicht hatte Fred zu fest zugeschlagen?

»Warum verbrennen Sie Menschen?«, warf ich eine ungemein intelligente Frage in die bestehende Diskussion.

»Das sind Steine in der Waagschale Gottes, er selber hat es mir gesagt und gezeigt. Ich opfere ihm die Seelen, damit die Welt fortbesteht. Jede Seele in der Waagschale lässt die Hoffnung wachsen, dass wir fortbestehen.«

Linder mischte sich ein. »Und diesen Scheiß glaubst du?«

»Nein, ich glaube das nicht, ich weiß das«, sagte der Pfahlmann.

»Das sehen wir gleich«, meinte Linder und stapfte davon.

Nun war ich alleine mit dem Pfahlmann und der blinden Becki.

»Sehe ich das richtig? Sie wollten mich und das Baby an einen Mast binden und anzünden und damit die Welt retten?«

»Das Baby ist ein schwerer Stein, es ist die Unschuld, die wir opfern, und die senkt die Waagschale Gottes zu unseren Gunsten. Wenn du die Welt bewahren willst, dann folge mir«, sagte der Mann, der mit zerschlagenem Gesicht an einen Mast auf dem Güterbahnhof von Puttgarden gebunden war und weit davon entfernt war, Souveränität über die Situation auszustrahlen.

Linder kam schnell zurück. In der rechten Hand hatte er einen roten Benzinkanister. Schnaufend stellte er diesen vor Laurenz Beck, dem Heilsbringer, ab und befreite dessen Hände von den Fesseln.

»Du bist ein so verdammt schwerer Kiesel, dass Gottes Waage zerbricht, wenn wir ihn hineinlegen. Rette die Welt und fackel dich selbst ab, du Spinner.«

Auch wenn ich es vielleicht anders formuliert hätte, so gab ich Linder doch recht.

Linder verschnürte den neuen Papst auf professionelle Weise und ermöglichte ihm trotzdem, mit dem rechten Arm den Kanister zu ergreifen. Er drückte Becks Wangen mit der Hand so fest zusammen, dass Laurenz Beck unwillkürlich den Mund öffnen musste. Dann steckte Fred ihm ein Feuerzeug zwischen die Zähne.

»Rette die Welt, sobald dir danach ist«, sagte Linder, und kurz danach, an Brigitta und mich gewandt: »Lasst uns gehen.«

Der haarlose Fred war eine echte Führungspersönlichkeit.

Wir gingen.

Erst als wir wieder am grauen Van ankamen, wurde mir wirklich bewusst, dass Tomate und ich dem Tod mehr als nur von der Schippe gesprungen waren. Sie sah fürchterlich aus und war noch nicht wirklich wieder die alte. Der blaue Fleck auf der Stirn hatte sich ausgebreitet, und ihr linkes Augenlid war angeschwollen.

Zwar hatte sie die Augen offen, wirkte aber apathisch. Sie schien mich jedoch zu erkennen und griff nach meinem Gesicht, als ich sie von mir weghielt, um sie im Ganzen zu bewundern. Die Frau, die sich um sie gekümmert hatte, hatte ihr wohl die Windel ausgezogen und es schien auch, dass die Stirn mit irgendeiner Salbe eingerieben worden war, denn Tomates Kopf roch nach Medizin.

Aber sie lebte und es ging ihr den Umständen entsprechend gut.

»Der Van ist okay, besser als der Zug«, sagte Linder und ich musste wohl ein ziemlich dämliches Gesicht gemacht haben bei diesen Worten, denn er grinste plötzlich. »Wir sind mit dem Zug gekommen, aber der ist wieder weggefahren.«

Diese Aussage trug für mich nicht wirklich zur Aufklärung des Sachverhaltes bei.

»Ich verstehe nicht ...«, stammelte ich, woraufhin mir Kojak die Geschichte in groben Zügen erklärte. Er schloss mit den Worten: »Und ihr, was habt ihr gemacht?«

Nun war es an mir zu erzählen, und ich tat das mit steigender Motivation. Endlich konnte ich mit jemandem über all das sprechen, über diese ganze surreale Katastrophe.

Ich quasselte wohl wie ein Wasserfall, und kurz vor Ende meiner Geschichte fragte ich plötzlich: »Warum seid ihr beide eigentlich nicht durchgedreht und brennt alles nieder? Warum kann man sich mit euch unterhalten, und warum habt ihr mir und Tomate geholfen?«

»Die Welt ist mir scheißegal«, knurrte Fred, und ich spürte, dass dieses Thema von mir besser weiträumig umfahren werden sollte, wenn ich nicht meinen neuen Bekannten verärgern wollte.

»Und ich kann sowieso nichts machen«, sagte Brigitta, die ungewöhnlich hübsch war und der man ihre Blindheit nicht ansehen konnte, wenn sie einfach nur so dastand.

Die beiden waren ein Paar, das war deutlich zu spüren. »Die Schöne und das Biest«, schoss es mir durch den Kopf, denn Linder war ein wirklich unansehnlicher Mann. Gedrungen in seiner Statur und seine Gesichtszüge hatten etwas neandertalerhaftes. Muskulös zwar, aber dennoch schienen die Proportionen seines Körpers nicht zu passen. Sein Schädel war absolut haarlos und das Teufelchen in mir kicherte, dass seine Partnerwahl sehr klug war, denn eine sehende Frau hätte ihn todsicher verschmäht. Andersherum waren Zeiten über uns alle hereingebrochen, die uns verbaten, wählerisch zu sein. Selbst ich, absolut eigen in der Wahl meiner Freunde, war glücklich, endlich Menschen gefunden zu haben, die irgendwie »normal« waren, selbst wenn Freddi dem bösen Pfahlmann das Entleiben mittels Feuer nahegelegt hatte und ihm dies als einzige Option gelassen hatte. War völlig okay für mich. Kaum geht die Welt unter, arrangiert man sich mit derlei Dingen.

»Meint ihr, wir könnten eben zu meinem Wohnmobil zurückfahren? Ich habe da die ganzen Sachen von Tomate drin und auch meine Klamotten«, sagte ich, und Fred zuckte mit den Schultern.

»Klar, machen wir.»

Und so stieg ich wieder in mein ehemaliges rollendes Gefängnis, den Ort, an dem ich die schrecklichste Zeit meines Lebens verbracht hatte. Doch diesmal saß kein Irrer am Steuer, sondern Fred Linder, der Mann ohne Haare. Der Gestank hatte sich fast verflüchtigt, dennoch roch es noch immer unangenehm nach Erbrochenem. Wir sollten nach einem Ersatz für den grauen Van Ausschau halten.

Wenige Minuten später erreichten wir den Caravan, der wie ein gestrandeter Wal im Straßengraben lag, und in dem heilloses Durcheinander herrschte. Wir trugen meine Beute aus der Tankstelle und den Kindersitz in den Van.

»Cool, Zigaretten«, sagte Linder, der wirklich jede Stange aus dem Chaos fischte und zum Van trug. Wann wollte er die alle rauchen? In einigen Tagen war, wenn Gott sich nicht nur einen Scherz erlaubt hatte, sowieso alles vorbei. So betrachtet, brauchten wir aber auch keine Angst mehr vor einem Lungenkarzinom zu haben. Hat eben alles auch seine Vorteile.

Die Blinde war im Van geblieben und hielt Tomate auf dem Schoß.

»Wohin?«, fragte Linder, als wir wieder im Transporter saßen.

»Ich will zum Meer, bitte«, sagte Brigitta, und so fuhren wir wieder zurück Richtung Hafen.

Es würde viel weniger Böses auf Erden geben, wenn das Böse niemals im Namen des Guten getan werden könnte.

Marie von Ebner-Eschenbach

Seine Welt war für einen Moment ins Wanken geraten. Der Teufel schien gewonnen zu haben, seine Mission war gescheitert. So einfach hatte er es dem Teufel gemacht, hatte die falschen Entscheidungen getroffen und stand nun an diesem Pfahl. Und das Böse hatte ihm nur die Wahl gelassen, hier am Pfahl zu verdursten oder sich selbst zu verbrennen. »Teufel, Teufel, Teufel.«

Beck kam zu dem Ergebnis, dass dies Gottes Prüfung für ihn war. Er wusste, dass der zehnte Tag nahte und er nun selbst in die Waagschale Gottes musste. Er war der Retter, und ganz sicher würde er nicht verbrennen, er würde seine Mission erfüllen.

Die Mitstreiter waren fort, hatten sich abgewandt, weil das Böse sie angesehen hatte. Seine Gegner waren fort, er hatte gehört, wie sie davonfuhren.

Er war gewappnet, und er würde leben und das Böse besiegen. Er würde den Satan finden und er würde ihn auslöschen, und dann, ja dann wäre diese Phase der Menschheit überwunden und seine Mission wäre erfüllt.

Beck begann, an seinen Fesseln zu arbeiten. Der Teufel hätte ihm den Arm nicht freilassen sollen.

Das Blut tropfte von seinem linken Handgelenk, als er seine Hand endlich aus den Fesseln befreien konnte.

Eiskalte Schauer liefen durch seinen Körper, er war wirklich der Auserwählte, das Blut bewies es einmal mehr. Er war der Sohn, der Sohn Gottes, und er war Jesus, war Mohammed, war Sohn Jahwes und Bruder Manitous, er war der Retter der Menschheit. Die Schlingen fielen und Beck war frei.

Er trat gegen den Benzinkanister, der gegen den Pfahl prallte und ihn mit Benzin tränkte. Das Benzin floss aus und bildete in Sekunden einen schimmernden Film auf dem Boden. Beck hob das Feuerzeug, das er schon vor Minuten ausgespuckt hatte, vom

Boden auf und entzündete das Benzin. Sofort entflammten die Seilreste und der Pfahl mit einem leisen »Fump« und Beck lief, sich die linke Hand haltend, vom Brandherd weg.

Er würde sie finden, wo auch immer sie hin gegangen waren. Dessen war er sich sicher.

Zunächst flüchtete er sich in dasselbe Gebäude, das auch Fred Linder und Brigitta als Unterschlupf gedient hatte.

Er fand im obersten Stockwerk die Liegestätte des Teufels und seiner Gefährtin. Von dort konnte er den brennenden Pfahl auf dem Bahnhof sehr gut beobachten. Neben dem improvisierten Bett sah er einen Rucksack und einige Abfälle. In dem Moment, als er den Rucksack nehmen wollte, hörte er das Geräusch eines nahenden Fahrzeuges, Türen schlagen und die quietschende Eisentür am Eingang des Gebäudes. Jemand hatte das Haus betreten und war auf dem Weg zu ihm.

Becks Puls schlug deutlich spürbar in seinem Hals und er suchte verzweifelt ein Versteck.

Der Raum hatte keine weiteren Zugänge. Es standen Schreibtische herum, auf denen sich verschiedene Gerätschaften befanden, und so kroch er unter einen der Tische, direkt hinter der erloschenen Diagrammtafel des Güterbahnhofs und hielt den Atem an, als jemand den Raum betrat.

Er konnte hören, wie sich die Schritte in Richtung Matratzenlager bewegten. Dann ein Rascheln und anschließend bewegten sich die Schritte wieder in Richtung Ausgang.

Erleichtert atmete er auf, als er hörte, wie derjenige das Gebäude wieder verließ.

Beck arbeitete sich unter dem Schreibtisch hervor und bemerkte, dass der Rucksack verschwunden war. Offensichtlich hatte der Teufel in Menschengestalt ihn liegengelassen und jetzt abgeholt.

Er wagte einen Blick durch das Fenster und sah seinen grauen Van und das haarlose Monster, wie es gerade einstieg.

Dann setzte sich der Transporter in Bewegung und fuhr zu seinem Erstaunen in Richtung Küste davon.

»Vielleicht ist es doch nicht vorbei, Satan«, dachte Beck grimmig und beschloss, die gleiche Richtung einzuschlagen. Diese

Steine in Gottes Waagschale wurden minütlich schwerer. Zum Schluss würde gewogen und entschieden, ob er, der das Gute verkörperte, einen Sieg über das Böse erringen und die Welt retten konnte. Der letzte Kampf der Menschheit stand bevor, und er, Laurenz Beck, war der Auserwählte, der dem Teufel die Stirn bieten und siegen würde.

»Die Karre stinkt«, bemerkte Linder, als er wieder zurück zum Van kam. Er hatte Brigitta den Rucksack in die Hände gedrückt, und ich fragte mich, was sich wohl Wichtiges in dem grünen Rucksack befand. Ich saß auf der Sitzbank hinter den beiden, Tomate hatte ich im Kindersitz festgeschnallt und streichelte ihren Kopf. Dass sie trotz der enormen Beule und der Kratzer und dem Erlebten noch immer nicht schrie und weinte, beunruhigte mich. Ihre Augen machten einen wachen Eindruck und ihre Fingerchen griffen zielsicher zu, aber Babys müssen doch weinen, wenn ihnen etwas wehtut. Tomate schien das anders zu sehen.

»Tapferes Mädchen«, dachte ich.

Ich war heilfroh, diesen Ort verlassen zu können.

Alles hier war gruselig. Die zerstörte Hafenanlage mit dem gelblichen Baldachin aus Rauch und dem schweren Gestank nach verbranntem Öl verschwand, und der Fahrtwind reinigte die Luft von den Gerüchen meiner peinlichen Hinterlassenschaft im Laderaum.

Keiner von uns hatte ein Wort über den brennenden Pfahl verloren, an dem Linder diesen Guru festgebunden hatte. Der hatte offenbar beschlossen, den Weltuntergang nicht abzuwarten und die Sache zu beschleunigen. Und wer weiß? Wenn dieser Banker doch die richtige Idee gehabt hatte, so würde seine selbstlose Tat vielleicht bewirken, dass Gott seinen Stepptanz vertagte. Kojak hatte ihm allerdings auch keine anderen Optionen gelassen. Jedenfalls war der Pfahlmann Geschichte, und ich schloss vorerst mit diesem grausigen Kapitel ab.

Ich laufe und laufe, den dunklen Flur entlang.
Ich holp're und stolp're und schreie, weil ich mich in Teppich und Boden verfang'. Ich laufe und laufe entgegen dem Licht, das am Ende mich lockt, das Beste und Stärkste in mir zum Aufmarsch beruft.
Mit all meinen Kräften erreich' ich die eiserne Tür, und stoße sie auf. Ich falle hindurch und ernte Leere dafür.

xheartshapedx

Sie hatten ihren Propheten fallen sehen und sie wussten, dass sie nun wieder losgelöst waren von der neuen Gemeinschaft, der sie angehört hatten. Wie seelenlose Schlafwandler, erstickt von den Ereignissen und ihren eigenen Taten, gingen sie zu den Fahrzeugen, mit denen sie gekommen waren, und niemand sprach ein Wort.

Es gab niemanden in ihren Reihen, der sie hätte führen können und niemanden, der sich hätte führen lassen. Und dennoch blieben sie zusammen. Und als der Konvoi die Brücke zum Festland erreichte, hielten alle an, ohne dass sie sich abgesprochen hätten. Sie stiegen aus und versammelten sich am Fuß der Brücke. Die drei Männer, die zur Bewachung der Brücke abgestellt worden waren, stießen zu ihnen und wurden über das Geschehene informiert.

Sie setzten sich auf den noch sehr warmen Asphalt und schauten über die Meerenge hinüber zum Festland.

Eine Gruppe von zum Tode Verurteilte, die ihre Seele für die Rettung verkauft hatten. Doch dieser Käufer hatte keine fairen Geschäfte gemacht. Er hatte sie ihrem Schicksal überlassen, war fort mit ihren Seelen, und so konnte nur noch die Hoffnung auf einen gnädigen Gott sie am Leben erhalten. Fünf Tage noch bis zum jüngsten Gericht. Sie hatten die Waagschale gefüllt. Aber das jähe Ende ihrer Gemeinschaft ließ bei jedem von ihnen die Frage aufkommen, wessen Waagschale es war, in die sie all diese Seelen gegeben hatten. An diesen schrecklichen Pfählen verbrannten nicht nur die Menschen, die Beck ausgesucht hatte. Es verbrannten auch ihre Identitäten und ihre eigenen Seelen. Alles, was ihnen jemals etwas wert gewesen war, zerbrach augenblicklich unter der Last ihrer Taten. Und zuletzt spürten sie gar nichts mehr, bis ihr Anführer selbst am Pfahl stand. Da begriffen sie mit dem Rest dessen, was sie einst als Menschen ausgemacht hatte, dass es keine Rettung mehr gab. Nicht für sie und für niemanden sonst.

Und so saßen sie dort, an jener Brücke über den Sund, und fassten sich an den Händen. In fast leeren Augen sammelten sich Tränen, und auf einmal erhob eine junge Frau die Stimme.

»Vater unser, der Du bist im Himmel, geheiligt werde Dein Name ...«

Alle fielen ein und ihr inneres Entsetzen, ihre Angst und ihre Hoffnung, ihr gottgegebener Auftrag, vereinten sich zu einem Gefühl von tiefster Resignation, wie sie nur Menschen in unmittelbarer Nähe des eigenen gewissen Todes infolge ihres eigenen totalen Versagens erfahren konnten.

Nachdem die letzten Worte des Gebetes verklungen waren, sprach lange niemand.

»Mein Gott, was haben wir getan?«, sagte eine junge Frau, die im Hamburger Feuersturm ihre Kinder und ihren Mann verloren hatte, und die, wie alle anderen, in Beck jemanden gesehen hatte, der ihnen den Weg weisen würde, ihre Bürde mittragen würde, ja, sie sogar davon befreien konnte.

Sie war ganz am Anfang wie in Trance gewesen. Gottes Wort und die folgenden Stunden in der Gluthölle der Stadt hatten sie zutiefst traumatisiert, und Beck hatte sie gerettet ... irgendwie.

Alle ihre inneren Werte waren davongefegt worden, als sie den Auftrag erhielt, die Menschheit, ja die ganze Welt, zu retten.

Und als die ersten Pfähle brannten, spürte sie in sich den letzten Rest des sozialen Menschen zerbrechen, der sie einst war.

Als das Morden dann weiterging und sie fast selbst davon überzeugt war, sie könnten mit diesen Menschenopfern etwas ändern in der Ausweglosigkeit, hatte sie es akzeptiert.

Erst am Bahnhof kamen ihr erste Zweifel. Beck hatte drei Männer aus ihren eigenen Reihen verbrennen lassen. Er hatte ihnen gesagt, diese seien des Teufels, sie wären vom Satan berührt worden und das wäre sehr viel Gewicht in Gottes Waagschale.

Dennoch gab es einen Funken Zweifel in ihr. Einen der Männer hatte sie gut gekannt, er wohnte in ihrer Straße und hatte ihr einmal mit ihrem Auto geholfen, als es nicht anspringen wollte.

In der Gruppe wurde eigentlich nie miteinander geredet. Nicht, dass Beck das verboten hätte, aber es war so, dass sie alle kein Bedürfnis hatten zu reden. Jeder machte das mit sich selbst aus.

Lediglich die Blicke, die man sich von Zeit zu Zeit zuwarf, gaben ein gewisses Stimmungsbild der Gruppe wieder.

Und sie alle waren Beck dankbar gewesen, so dankbar, dass sie in jeder Hinsicht gehorsam waren. Er war sozusagen die letzte Karte, auf die sie setzen konnten. Und sie ahnten, dass Beck jeden, der abtrünnig, ungehorsam oder aufmüpfig wurde, verbrennen lassen würde.

Das hatte er nie so formuliert, hatte nie gedroht, aber es war jedem klar. Es war einfach klar.

Dann war der Kahlköpfige erschienen und alles hatte sich innerhalb von Minuten verändert.

Das ganze innere Gerüst, das sie sich zusammengezimmert hatte, um weiterleben zu können, war in der Sekunde zusammengebrochen, als Beck an seinem eigenen Pfahl stand und dabei völlig hilflos wirkte. Dann der Mann mit der Glatze, der eine ganz andere Ausstrahlung besaß. Die blinde Frau mit dem Baby, das sie von Sybille bekommen hatte, jenes Baby, das Beck als den schwersten Stein bezeichnet hatte, und das er zusammen mit dem Mann aus dem Caravan verbrennen wollte. Das einzige, das erste Kind überhaupt, das sie seit Gottes Wort zu Gesicht bekommen hatte. Vielleicht SEIN Kind.

»Nehmen wir unser Schicksal an. Erwarten wir Gottes Urteil und seine Strafe. In fünf Tagen«, sagte der Mann mit dem Schnauzbart, der vor den Kahlköpfigen getreten war und ihm gesagt hatte, dass er gehen wollte. Einfach nur weggehen. Der

Mann, der von Beck als Teufel bezeichnet worden war, hatte sie alle ziehen lassen. »Handelt so der Teufel?«, fragte sich die junge Frau, und fast alle ihre Gedanken ähnelten denen der anderen Mitglieder der Gruppe.

Ein leises Murmeln erhob sich, als die fünfundzwanzig Menschen, die auf der Straße saßen und sich an den Händen hielten, zum ersten Mal seit fünf Tagen begannen, miteinander zu sprechen. Das Murmeln wurde lauter und lauter und bald redeten sich alle ihre tonnenschweren Lasten von dem, was von ihren Seelen übrig geblieben war.

Viele brachen in Tränen aus. Acht Frauen und Männer standen einfach auf und gingen zu ihren Autos, die in einer langen Schlange hintereinander standen. Völlig unabhängig voneinander griffen sie in die Wagen und holten ihre Waffen hervor. Alle acht richteten sich selbst, ohne zu zögern, ohne ein Wort zu sagen oder auch nur einen Blick zurück auf den Rest der Gruppe zu werfen.

Acht Schüsse, acht Körper, die dumpf auf den Asphalt schlugen.

Die Kette, die die Gruppe, sich an den Händen haltend, gebildet hatte, war durch den Weggang der acht unterbrochen worden und nacheinander standen sie auf.

Einer wies nach links, wo einige Gebäude am Ufer des Fehmarn-Sundes standen.

»Ich bleibe hier und warte auf das, was kommt. Ich stelle mich dem, was dann passiert.« Ihm folgten die meisten.

Fünf suchten die Einsamkeit, um den Tod zu erwarten.

Die verbliebenen Ex-Jünger bestiegen ihre Autos und verließen die Hauptstraße über einen schmalen Weg, der früher nur für Wartungsfahrzeuge zugelassen war. Die mehr symbolhafte Schranke, die die Benutzung dieser kleinen Straße verhindern sollte, wurde einfach vom vorausfahrenden Fahrzeug zur Seite gerissen.

Und so bezogen sie einige verlassene Ferienhäuser, ihre letzte Behausung in ihrem Leben auf Gottes Erden.

Zumindest glaubten sie fest daran.

Der Glatzkopf hatte das Kommando. Das war mir klar und ich musste mir eingestehen, dass ich dafür dankbar war. Ich war nie ein besonders geselliger Typ gewesen, aber wenn die Welt schon mal untergeht, dann war das, glaubte ich, der richtige Mann, um an dessen Seite das Schauspiel zu erleben. Brigitta, die Blinde, wollte ans Meer. Warum nicht?

Das olfaktorische Feuerwerk der letzten Tage, insbesondere das der letzten Stunden, war zu einem Zustand geworden, dem ich mich auch gerne entziehen wollte. Das Meer versprach klare Luft, eine steife Brise und »Rüm hart, klaar kiming«, wie man im Norden sagt, und schien nach den letzten Geschehnissen angebracht. »Weites Herz, klarer Horizont«, warum nicht? Fred, wie Kojak wohl wirklich hieß, hatte einen Wirtschaftsweg gefunden, und ich konnte wenige hundert Meter links von uns einen kleinen Supermarkt erkennen, danach ein kleines Dorf, das wunderbarerweise völlig intakt erschien. Den zerstörten Hafen hatten wir nun weit hinter uns gelassen, und ich sah die Nordsee direkt vor uns.

Kurz bevor wir mit dem Transporter den Strand erreichten, fiel mir ein Schild mit der Aufschrift »Campingplatz« auf.

Ich dachte an unser Wohnmobil und die letzten Tage mit Tomate, die ruhig und interessiert in die Gegend schaute.

Fred stoppte den Wagen und sah nach hinten. Der Mann und das Kind saßen so, als seien sie in Gedanken vertieft.

Er betrachtete den Mann genauer. »Adam« hatte der sich vorgestellt, und das Baby hieß »Tomate«, warum auch immer. Linder war das egal.

Der Mann wirkte erschöpft und überladen mit dem, was er im Inneren trug. Linder fragte sich, ob es eine gute Idee war, die beiden mitzuschleppen, wohin auch immer. Er hatte die Zeit mit Brigitta mehr und mehr genossen und nun, nach seiner Wiedervereinigung mit dem INNEREN, wusste er nicht mehr genau, was falsch und was richtig war. Linder beschloss sich auf seine Intuition zu verlassen, und die sagte ihm, dass von dem Mann mit dem Bart wohl keine Gefahr ausging.

Adam hatte ihnen erzählt, was vorgefallen war und hatte auch an dem Punkt sensibel reagiert, an dem er, Fred Linder, nichts mehr erzählen wollte. Außerdem hatte Adam Brigitta zwar gemustert, aber nicht so, wie ein Mann eine Frau normalerweise ansieht. Linder konnte das nicht bewusst in Worte fassen, aber sein Gefühl sagte ihm, dass alles okay war.

Der Typ war vernarrt in das Baby, das war klar. Linder hatte die Szene noch vor Augen, als Brigitta Adam das Kind übergeben hatte. Scheiße, er hatte selbst weinen müssen. Das kannte er nicht, aber das machte ihn nicht mehr wütend wie früher.

Alles war anders.

Brigitta wandte ihm ihr Gesicht zu und lächelte.

»Sind wir am Strand?«, fragte sie, obwohl sie längst aufgrund der Gerüche und der Geräusche der anbrandenden Wellen und dem Schreien der Möwen wusste, dass sie unmittelbar am Wasser waren.

»Ja, sind wir. Warte, ich helfe dir«, sagte Linder und stieg aus, um ihr die Tür zu öffnen.

Adam schnallte das Kind ab und nahm es auf den Arm, bevor er ausstieg.

»Tomate, schau mal«, sagte Adam und zeigte in Richtung Wasser. Tomate sah zum ersten Mal in ihrem Leben die See.

Linder hatte Brigitta aus dem Van geholfen, kramte nun in dem grünen Rucksack und zog einen Stab hervor, den er mit zwei Handgriffen zu einem Blindenstock aufklappte.

Nun verstand Adam, warum der Rucksack so wichtig war.

Zigaretten und Tütensuppe gab es überall, einen Blindenstock dagegen kaum.

Die Sonne stand tief, als die drei Erwachsenen und das Baby am Strand saßen und wortlos auf die See blickten.

Adam hatte Tomate eine der vorbereiteten Milchfläschchen angelegt und wippte langsam mit dem Oberkörper hin und her.

Linder hielt Becki im Arm und die streichelte Linder sanft über den Rücken.

Der leichte, milde Wind kam vom Meer und es roch ein wenig nach Fisch und Salz. Nicht nach Verwesung und Brand.

Rechts hinter einem Wäldchen, in etwa vier Kilometern Entfernung, lag der ausgebrannte Hafen, doch den konnten sie von dort, wo sie sich befanden, nicht sehen. Nur die gelbe Dunstglocke war zu erkennen, aber der Wind trug den Gestank von ihnen weg.

»Ich würde sagen, wir bleiben hier«, unterbrach Brigitta die Stille.

»Warum nicht, spielt keine Rolle«, murmelte Fred.

»Dahinten gibt's einen Campingplatz«, warf Adam ein. »Camping habe ich zwar immer gehasst, aber das Wohnmobil war klasse.«

»Besser als die Leichenbuden in jedem Fall«, sagte Linder.

»Leichenbuden?«, fragte Adam.

»Überall, wo man hinkommt, liegen Tote. Muss ich dir doch nicht erklären.«

»Die liegen hier bestimmt auch.«

»Glaube ich nicht. Die sind alle weg. Die wollten alle ganz wichtige Dinge tun, und das ging hier nicht. Die sind entweder runter von der Insel oder da hinten am Hafen abgefackelt. Die meisten jedenfalls. Wer bleibt auf einem Campingplatz, wenn die ganze Chose den Bach runtergeht?«, erwiderte Linder.

»Meinst du, es wäre schön, da zu sein, ich meine auf dem Campingplatz?«, fragte Brigitta und keiner der beiden Männer wusste genau, an wen sie die Frage gerichtet hatte.

»Wir hätten auf jeden Fall Strom und könnten uns was kochen, ich meine, so richtig was kochen. Die haben da bestimmt alles stehen- und liegenlassen«, antwortete Adam, bevor Fred etwas sagen konnte. Der entgegnete: »Kacke, es gibt keinen Saft mehr. Alles ist tot und das weißt du.«

»Ich hab da so ein Zauberkästchen«, grinste Adam.

»Ich will was Warmes essen«, sagte Brigitta. »Dann kann man ja auch heißes Wasser machen, zum Waschen?«

»Hundertprozentig«, bestätigte Adam.

»Spinner«, sagte Linder und spürte, wie er wütend wurde. Dazu brauchte er seinen ehemaligen inneren Ratgeber nicht.

»Vielleicht kann ich das, was ihr für die Kleine und mich getan habt, irgendwie wiedergutmachen. Ich ... ich würde wohl tot sein ohne euch ... und Tomate auch«, flüsterte Adam.

»Haltet mal den Mund«, sagte Brigitta. »Ich höre etwas.«

»Was?«, fragte Linder.

»Musik.«

Ich selbst konnte nichts hören außer dem Gekreische der Möwen und den Wellen, die ans Ufer plätscherten.

Ganz weit am Horizont konnte man das dänische Festland gerade noch im Licht der untergehenden Sonne erkennen und der Wind trug doch neben Fisch- und Tanggeruch noch eine Brandnote mit sich. Dort drüben sah es also genauso aus wie hier.

Die Blinde hatte gesagt, sie würde Musik hören. Ich billigte ihr zu, dass sie ein deutlich feineres Gehör als wir alle zusammen besaß, und so zweifelte ich nicht daran, dass sie recht hatte.

»Ich schaue mal nach«, sagte ich zu den beiden und drückte nach kurzem Zögern Fred Linder die mittlerweile eingeschlafene Tomate in die muskulösen Arme.

»Nicht aufessen«, grinste ich ihn an, und er brummte: »Du solltest nicht alleine gehen ...«

»Wo man singt, da lass dich nieder, böse Menschen haben keine Lieder«, entgegnete ich und stapfte durch den Sand landeinwärts.

Als ich die Uferböschung hinaufgestiegen war, konnte ich es auch hören. »She loves you, yeah, yeah, yeah. She loves you, yeah, yeah, yeah. And with a love like that, you know you should be glad.«

Da lauste mich doch der Affe. Das waren die Beatles. War das, was bislang alles geschehen war, seit der große Manitou gesprochen hatte, surreal und absurd gewesen, so kam mir der Umstand, dass da jemand die Beatles hörte, angesichts der durchaus einprägsamen Tatsachen um uns herum, völlig bescheuert vor.

Ich beschloss, der Musik entgegenzulaufen. Ein wenig Sorge machten mir die Typen, die mit diesem Guru, der mich gekidnappt hatte, durch die Gegend gezogen waren und Leute an Holzpfählen gegrillt hatten. Die waren zwar alle verduftet, als sie sahen, dass ihr Oberpfahlmann nun selbst am Spieß steckte, aber ganz sicher waren die alle so verrückt wie eine Horde wildgewordener Paviane, sonst hätten sie niemals bei der ganzen Sache mitgemacht.

Allerdings konnte ich mir nicht vorstellen, dass die sich hinsetzten und sich die Beatles anhörten, während ihr Boss als Rauchwolke gen Himmel fuhr.

Ich erreichte einen etwa zwei Meter hohen Drahtzaun. Dahinter war der Campingplatz, und von dort kam auch der Gesang der Pilzköpfe.

Ich lief am Zaun entlang und versuchte, zwischen den ganzen Wohnwagen und Mobilheimen irgendetwas zu erspähen.

Das Lied war zu Ende und es folgte ein Stück, das mir in meiner Jugend viel bedeutet hatte. »Bright eyes, burning like fire. Bright eyes, how can you close and fail? How can the light that burned so brightly, suddenly burn so pale ...?«

Gott, wie weit war das, was ich mit dem Song von Simon and Garfunkel in Verbindung brachte, weg vom Hier und Jetzt?

Die Welt war längst untergegangen. Das war alles Mumpitz, was Gott da sagte, von wegen Rettung.

Diese Gedanken schossen mir durch den Kopf. Dann sah ich sie.

Vor einem großen Wohnwagen mit Vorzelt saß eine junge Frau auf einer Holzbank. Sie hatte ein Glas in der Hand, ein Weinglas, und die rote Flüssigkeit darin musste Rotwein sein. Sie blickte versonnen zu irgendeinem Punkt in der Ferne. Die Frau war sehr schlank und wirklich gutaussehend, soweit ich das aus der Entfernung beurteilen konnte. Ihr gegenüber saßen zwei ziemlich betagte Menschen, Mann und Frau. Der Mann trug ein Unterhemd, wie es wohl alle alten Männer trugen, und Shorts. Die Frau hatte ein geblümtes Kleidchen an. Die beiden unterhielten sich. Auf dem Tisch vor ihnen sah es aus, als hätte hier gerade eine Grillfete stattgefunden. Gläser, Teller, Flaschen und tatsächlich stand wenige Meter von ihnen entfernt ein Grill, der noch heiß war, denn ich konnte in der beginnenden Dämmerung die Glut erkennen.

Der Anblick dieser Leute, der Grill, die Musik, das alles war so ... so ... so unglaublich normal. In der Normalität vor Gottes Durchsage jedenfalls.

Mit den Erinnerungen an die letzten fünf Tage ließ sich dieses Bild ganz und gar nicht in Einklang bringen.

Ich überlegte kurz, ob ich auf mich aufmerksam machen sollte, doch ich dachte, dass es besser sei, Freddy und Gitti vorher zu informieren, und dann mit allen zusammen höflich in diesem Idyll anzuklopfen. Vielleicht hatten die ja sogar noch eine Bratwurst übrig für uns.

Also ging ich zurück zu meiner neuen Familie und berichtete, was ich gesehen hatte. Fred saß da, die immer noch schlafende Tomate in seinem Schoß, und ich empfand eine Millisekunde lang Eifersucht. So mochte es dem Glatzkopf ergangen sein, als ich damit angab, Strom für eine warme Mahlzeit beschaffen zu können und Brigitta so drauf angesprungen war.

Wir fassten sehr schnell den Entschluss, zu den Leuten auf dem Campingplatz zu fahren. Wir wollten sowieso hierbleiben und auf dem Platz gab es Raum genug. Und auch, wenn wir nicht darüber redeten, tat uns allen die Gesellschaft von anderen Menschen mehr als gut. Besonders, wenn die uns nicht umbringen wollten, was im Falle der drei dort auf dem Campingplatz noch zu beweisen war.

Beck hatte sich, während er sich immer wieder umdrehte und spähte, auf denselben Weg gemacht, den der Lieferwagen genommen hatte. Die Straße endete direkt am Wasser und Beck schlich sich geduckt im Schutz der Sträucher und Sandberge heran. Er konnte den Glatzkopf und die Frau am Strand sitzen sehen, Sprachfetzen drangen an sein Ohr, doch er verstand kein Wort.

Der Mann, der mit dem Wohnmobil gekommen war, war nicht dabei. Möglicherweise inspizierte er den nahegelegenen Campingplatz. Kurz erwog er, den Kahlköpfigen anzugreifen, die Frau war kein Problem, doch er ahnte, dass er im direkten Zweikampf deutlich unterlegen war. Und so wartete er, bis der andere Mann zurückkehrte. Die drei sprachen wieder eine zeitlang miteinander und standen dann auf. Sie gingen genau in seine Richtung, doch er lag verborgen in einer Sandkuhle.

Dann fuhren sie ab, und Beck blickte ihnen nach.

Laurenz Beck sah den Van in Richtung Campingplatz abbiegen. Er beobachtete, wie der Wagen das Tor zum Platz passierte und zwischen den Wohnwagen, Wohnmobilen und Zelten verschwand.

»Ihr werdet brennen. Oh ja, ihr werdet brennen«, flüsterte er und wartete auf die Dunkelheit.

Er hatte noch ganze fünf Tage. Nochmal würden sie ihm nicht entkommen.

Zwischenspiele

Während in den ersten drei Tagen, nachdem die Worte des Allmächtigen im Kopf eines jeden Menschen verklungen waren, viele Millionen Menschen, vor allem in den Ballungsräumen, starben, verlangsamte sich das Sterben in den Tagen danach.

In den ersten Stunden waren hunderte Flugzeuge in die Hauptstädte, und dort hauptsächlich in die Regierungsviertel, gestürzt.

Auch die Kampfpiloten aller Nationen der Welt waren aufgestiegen, und wenn sie nicht noch am Boden wegen des totalen Chaos verunfallt waren, trugen sie ihre Bombenlast zu Parlamentsgebäuden, Kirchen und Tempeln aller Religionen und den wirtschaftlichen Zentren der Zivilisation.

Ohne Organisation bekämpfte niemand die unzähligen Brände, und Manhattan, Berlin, Neu-Delhi und Peking vergingen in ungeheuren Feuern, wie alle anderen Großstädte auch. Die gewaltigen Rauchsäulen vereinigten sich in Teilen Amerikas, Asiens und Indiens zu einem dichten, schwarzen Nebel, der die Sonne verdunkelte und jedem Überlebenden das Atmen fast unmöglich machte.

Nach drei Tagen gab es niemanden mehr, der Gottes Zorn hätte erregen können, denn alle Politiker, Wirtschaftsbosse, Manager und Filialleiter, sämtliche Priester, alle Drogenabhängigen,

Prostituierten, Journalisten und alle, die die Gesellschaften auch nur im Entferntesten beeinflussten, waren getötet worden von denjenigen, die sie als Ursache von Gottes Zorn ausgemacht hatten.

Nach diesem größten Sterben der Menschheitsgeschichte blieben vor allem außerhalb der großen Städte Hundertausende völlig traumatisiert zurück. Sie alle sahen, was getan worden war, durch andere und durch sie selbst, und sie begriffen, dass sie nichts erreicht hatten.

Die Mehrzahl der sechs Milliarden Menschen, die in den ersten drei Tagen starben, ließ ihr Leben in den Feuern und Explosionen.

Die Überlebenden irrten umher.

Sie waren losgelöst aus jeder Form von Gesellschaft, ratlos, was sie noch unternehmen konnten, oder zornig gegenüber jedem, dem sie begegneten. Es bildeten sich kleine Sekten, Gruppen von Menschen, die mit den unterschiedlichsten Zielen unterwegs waren, um die Weltrettung irgendwie noch herbeizuführen. Da aber jeder beauftragt war, dies als Einziger zu vollbringen, zerfielen diese Zweckgemeinschaften rasch wieder, denn die Wenigsten wollten sich führen lassen, waren sie doch alleine von Gott, Jahwe, Manitou und Allah bestimmt worden.

Ganz selten gab es funktionierende Kleingemeinschaften. Gruppen von höchstens zehn Personen, die beschlossen hatten, die Welt untergehen zu lassen und die letzten Tage noch in vollen Zügen zu genießen. Und dann, wenn es soweit wäre, gemeinsam bei einem Glas Champagner den Moment bewusst zu erleben, jenen Tag, an dem eine göttliche Allmacht das Ende der Welt, das Ende der Menschheit herbeiführen würde.

Und es gab noch jene, die sich in Situationen befanden, die es ihnen völlig unmöglich machten, Gottes Auftrag zu erfüllen. Davon gab es Zehntausende auf dem Planeten, und jede ihrer Geschichten verdiente es, erzählt zu werden.

In Blackheath, Australien, einem Vorort von Sydney, stand das »Mc Affee Nursing Center«, ein Pflegezentrum für betagte und demente Menschen. Als Gottes Wort auf der Welt erschallte, war es zweiundzwanzig Uhr. In dem Pflegeheim mit hundertsechsundzwanzig Bewohnern gab es sechs Nachtwachen, drei Frauen und drei Männer. Das Tagespersonal hatte bereits seit einer Stunde Feierabend, und in den Gängen der Stationen war Ruhe eingekehrt.

Die meisten der Heimbewohner waren bereits eingeschlafen, viele waren ohnehin bettlägerig und unfähig, sich selbst zu versorgen, geschweige denn aufzustehen, um irgendetwas zu unternehmen.

Dennoch hatten auch die Heimbewohner, ebenso wie das Pflegepersonal, den Auftrag erhalten.

Fünf der sechs Pfleger hatten sofort das Heim verlassen, lediglich Carole Guttner war geblieben, völlig aufgelöst und verstört.

Sie hatte bereits über zwanzig Jahre in dem Heim gearbeitet und liebte ihren Beruf. Nun drangen Schreie und nahezu unmenschliche Laute durch die Zimmertüren, und als Minuten später das elektrische Licht erlosch und die Notbeleuchtung ansprang, stand Carole kurz davor, selbst den Verstand zu verlieren.

Auch sie hatte den Auftrag erhalten, aber sie wusste absolut nicht, wie sie ihn erfüllen konnte. Sie hatte sich nie Gedanken darüber gemacht, ob es auf der Welt gerecht zuging oder nicht, und wer seiner Verantwortung nicht gerecht wurde. Sie lebte für ihren Beruf und sie war erfüllt von dem Gefühl, Gutes zu bewirken. Deswegen war sie Pflegerin geworden.

Und so blieb sie, während um sie und die hundertsechsundzwanzig Heiminsassen herum die Welt im Chaos versank.

Auch innerhalb der Pflegeeinrichtung stimmte nichts mehr. Die Bewohner, die noch mobil genug waren, um ihre Betten zu verlassen, humpelten auf die Flure, teilweise mit Rollatoren, einige in Rollstühlen. Andere krochen in ihren Nachthemden aus den Zimmern, nachdem sie sich die Infusionsnadeln aus den Armen gerissen hatten und versuchten nun, das Gebäude zu verlassen.

Schwester Carole versuchte, das Schlimmste zu verhindern, doch all jene, die sich aus ihren Zimmern geschleppt hatten, griffen sie an. Einige schlugen nach ihr, obwohl sie kaum die Kraft hatten, sich von der Stelle zu bewegen. Rote Alarmlampen über den Zimmertüren leuchteten und hüllten die Szene in unheimliches Licht.

Carole lief durch die Flure, und es bot sich ihr überall das gleiche Bild. Völlig überfordert betrat sie die Station für die Wachkoma–Patienten. Gutturale Laute drangen aus den Zimmern, und als sie eine der Türen öffnete, sah sie, wie einer der Bewohner, ein 89-jähriger Mann aus Little Hartley, trotz des Komas wild um sich schlagend in seinem Bett lag. Die Infusionsnadel und die Magensonde, die ihn mit Nahrung versorgte, waren herausgerissen und Blut war an die Wände gespritzt.

Carole versuchte immer wieder, mit dem schnurlosen Telefon Hilfe zu rufen, doch es gab keine Verbindung. Sie schrie, doch es war niemand da, der auf ihre Befindlichkeiten Rücksicht genommen hätte.

Und so flüchtete sie sich ins Schwesternzimmer, schloss die Tür von innen ab und kauerte sich, die Knie fest umschlungen, in eine Ecke.

Ihre Gedanken und Gefühle überschlugen sich. Sie hatte ihren Beruf immer auch als Berufung gesehen, ein Ausdruck gelebter Selbstlosigkeit. Ihr tief verankerter Glauben an Gott und das Gute waren seit über zwanzig Jahren ihr Motor in diesem harten Beruf. Gott sagte ihr, sie solle die Welt retten.

Was sonst könnte sie tun, als nun auf dem Posten zu bleiben und für die zu sorgen, die nun in ihrer alleinigen Obhut waren? Die Welt um sie herum hatte sich binnen Minuten in ein absolutes Tollhaus verwandelt, und sie alleine würde sich nun dieser Aufgabe stellen müssen, denn es gab nur noch sie hier im Altenheim von Blackheath, Australien.

Ungewohnte Geräusche drangen von draußen ins Schwesternzimmer. Viele Autos und ab und zu Schüsse waren zu hören. Im Keller des Gebäudes waren nach dem Stromausfall die Notstromaggregate angesprungen und versorgten die lebenswichtigen Geräte mit Strom. Die Deckenbeleuchtung war deutlich reduziert und das Licht im Raum sehr gedämpft. Carole konnte rot flackernden Schein durch die Fenster erkennen. Es sah aus, als würden die Kirche und das in der Nähe gelegene Verwaltungszentrum brennen, aber sie konnte keine Sirenen hören.

Das Heim lag etwas abgelegen, da die Bewohner der Einrichtung eher Ruhe benötigten, und trotzdem hörte sie aufheulende Motoren, lautes Reifenquietschen von stoppenden Autos und einige Male ein metallisches Krachen, das sie sofort mit schweren Autounfällen assoziierte.

Vor dem Schwesternzimmer konnte sie eilige Schritte hören und dann das Geräusch einer zuschlagenden Außentür.

Noch bevor sie an der Tür war, um denjenigen um Hilfe zu bitten, war dieser fort.

Es handelte sich um einen Pfleger, der die Nachtwache im dritten Stock hatte und nach Gottes Durchsage zwei Heimbewohner, die im zweiten Weltkrieg gedient hatten, mit bloßen Händen erwürgt hatte, weil er in ihnen den Dorn im Auge Gottes erkannt hatte. Er würde drei Tage später bei der Explosion einer Erdölraffinerie ums Leben kommen, an der er gerade vorbeilief, als der arbeitslose Mitchel Kruger diese in Brand setzte, weil er meinte, sie hätte Gottes Zorn erregt.

Carole blieb bis zum zehnten Tag. Sie versorgte die dreiundzwanzig überlebenden Heiminsassen und kochte jeden Mittag für sie, auch als am dritten Tag nach dem Wort Gottes die Energieversorgung ganz zusammenbrach. Carole hatte sich aus dem Ort einen Gaskocher und eine Propangasflasche besorgt.

Sie wusch die immer noch völlig verstörten Bewohner des Pflegeheims und versuchte sie zu beruhigen. Sie erkannte, dass diese Menschen gleichwohl denselben Auftrag erhalten hatten, obwohl einige von ihnen schon seit Jahren kein nennenswertes Lebenszeichen von sich gegeben hatten. In ihren Augen konnte sie es sehen.

Und sie betete mit ihnen jeden Tag, betete unaufhörlich, und fühlte mit großer innerer Sicherheit, dass dies der Weg war, der ihr bestimmt war. Die Toten setzte sie im Garten des Altenheimes bei, so gut sie konnte. Alle mobilen Bewohner hatten das

Heim ebenfalls verlassen und konnten ihr dabei nicht helfen. Von denen lebte am zweiten Tag niemand mehr.

Alle dreiundzwanzig Heiminsassen, die sich nicht fortbewegen konnten, erlebten den zehnten Tag.

Der Supertanker »Wallace«, der vor drei Tagen aus dem Seehafen in Anchorage, Alaska, USA, mit Ziel Hamburg ausgelaufen war, hatte alle Maschinen gestoppt.

Die fünfzehn-köpfige Besatzung hatte, jeder für sich und doch gemeinsam, die Brücke betreten, nachdem sie das Wort Gottes vernommen hatte.

Der Kapitän, Jean Beumont, war selber von den Ereignissen völlig überrollt worden und wusste nicht, was zu tun war.

Die Crew war seit über fünf Jahren gemeinsam auf dem hundertachttausend Bruttoregistertonnen Ölfrachter unterwegs, ständig auf dieser Linie, Anchorage–Hamburg, um das durstige Europa mit Rohöl aus den Ölfeldern Alaskas zu beliefern. Sie waren eine eingeschworene Truppe und jeder kannte den anderen oftmals besser als die eigene Familie. Nach drei Tagen auf See hatten sie alle das gleiche Erlebnis. Gott sprach zu ihnen und keiner zweifelte an dem, was er vernahm.

Und alle suchten den Weg zur Brücke, um dem ihnen erteilten Auftrag zu folgen. Wie die Welt retten? Auf hoher See und mindestens drei Tage vom amerikanischen Festland entfernt.

Dem Kapitän gelang es nur schwer, die sehr aufgebrachte Mannschaft zu beruhigen und zum Zuhören zu bringen.

»Wir wissen, was passiert ist. Der Funk ist tot, es melden sich keine anderen Schiffe oder die Leitstelle mehr. Was sollen wir tun?«, fragte er in die Runde.

Er hatte die Maschinen gestoppt und den Autopilot ausgeschaltet. Der Ozeanriese trieb antriebslos im Meer, aber hier gab es nichts, was ihn gefährden konnte.

Das Schiff kam nach siebzig Minuten zum Stillstand, nachdem es ohne Vortrieb von seiner trägen Masse noch über acht Seemeilen weit geschoben worden war.

Als die Crew auf die Brücke stürmte, verlangte jeder etwas anderes, manche kamen bewaffnet und andere weinten. Kapitän Beumont selbst hatte eine eigene Idee, wie er seinen göttlichen Auftrag erfüllen könnte. Die Crew gab es nicht mehr, nur fünfzehn Weltenretter.

Beumont sprach: »Leute, wir haben es alle gehört, wir haben nur dieses eine Schiff und wir brauchen mindestens drei Tage, um überhaupt irgendwohin zu kommen. Also. Wohin? Wo retten wir die Welt?«

Es brach eine laute, sehr intensive und aggressive Diskussion los, und zum Schluss war es der Kapitän, der zur Waffe griff und aus einem der geöffneten Seitenfenster der Brücke schoss. Der Knall ließ alle erstarren.

»Also noch einmal, was wollen wir tun?«

»Sofort zurück. Wir müssen an Land. New York«, sagte der Schiffskoch.

»Ist das okay? Ist das okay für euch?«, fragte der Kapitän. Zustimmendes Schweigen.

Der technische Offizier hatte noch immer den Plan, den Tanker zu vernichten, denn für ihn war die Ausbeutung der Ressourcen und das Geschäft damit ein Grund dafür, warum Gott die Menschheit vom Antlitz der Erde tilgen wollte.

Alle gingen wieder an ihre Arbeit. Aber völlig anders. Jeder für sich. Und jeder achtete auf jeden. Gesprochen wurde kaum.

Das Verrichten der notwendigen Tätigkeiten wurde zum Teil des Auftrages. Nur so konnten sie an Land gelangen und den Auftrag erfüllen. Washington, der Bankensektor in New York, die Gebäude der Vereinten Nationen. Die Freiheitsstatue, das Weiße Haus und alle anderen Symbole dessen, was Gottes Unwillen erregt hatte. Wenn es nun galt, gottgefällig zu handeln, mussten sie dorthin. Sie mussten diese gottlosen Orte vom Antlitz der Erde tilgen, um Gottes Willen zu erfüllen und die Menschheit vor dem Untergang zu bewahren.

Und die Mächtigen. All jene, die Verantwortung trugen dafür. Die den falschen Weg propagierten und nun zum Untergang der Menschheit wurden durch ihr Handeln. Sie alle mussten ihre gerechte Strafe erhalten dafür, was sie der Menschheit angetan hatten.

Es musste ein Signal sein. Nicht hier, auf hoher See. Nein, direkt in den Hafenanlagen New Yorks würde er den Tanker, der mit fast zweihundert Millionen Litern Rohöl beladen war, zum Brennen bringen. Die entstehenden Temperaturen würden ausreichen, um das gesamte Schiff zum Schmelzen zu bringen. Der Hafen und alle dortigen Einrichtungen würden zu einem Flammenmeer werden, in dem alles vertilgt würde, was verantwortlich war für die Situation.

Und selbst, wenn er selbst sterben müsste, er würde dieses gigantische Werk vollbringen. New York würde brennen. Dieses Schiff mit seiner Ladung wäre eine Bombe, die ein so lautes Signal geben würde, dass selbst Gott es nicht überhören könnte. Und er wäre es, der dieses Signal setzte. In vierundzwanzig Stunden würden sie New York Port erreichen. Der technische Offizier, Matt Walden, hatte alle Voraussetzungen geschaffen. Er hatte Mechanismen installiert, die alle Sicherheitssysteme außer Kraft setzten. Er hatte Schrauben gelöst, Ventile präpariert und Schleusen manipuliert. Er hatte die Szene schon am zweiten Tag zwanzig Mal durchgespielt. Zwölf Minuten, und der Tanker würde brennen wie eine Fackel.

Kapitän Beumont blickte nachdenklich auf das Radar. Die meisten der Punkte, die Schiffe anzeigten, hatten ihre Richtung geändert. Viele fuhren zurück zu ihrem Heimathafen, und sehr viele waren unterwegs zu den großen Schiffshäfen der USA. Der Kapitän sah, dass es etwa fünfundvierzig größere Schiffe waren, die den gleichen Kurs hatten wie sie. New York. Und er sah, dass viele deutlich vor ihnen ankommen würden. Und er musste am zweiten Tag sehen, dass sehr viele Schiffe noch vor New York wiederum die Richtung änderten und einen Weg entlang der Ostküste der USA einschlugen. Einige der leuchtend roten Punkte auf dem Radar verschwanden allerdings auch, als sie sich der Küste der USA näherten. Der Funk war eingeschaltet, aber es kam nur atmosphärisches Rauschen aus dem Lautsprecher. Einmal kam klar und deutlich ein klassisches Musikstück über den Äther des CB-Funksystems, aber niemand sprach oder versuchte Kontakt aufzunehmen. Der Kapitän hatte mehrfach versucht, über Funk andere Schiffe zu rufen, um zu erfahren, was in New York los war. Nur einmal hatte er eine kurze Antwort erhalten: »All dead«.

Zwölf Stunden vor dem Erreichen der ersten Hafenboje wusste er, warum.

Bei klarer Sicht konnte man New York schon mehrere Meilen vor dem Erreichen der Küste am Horizont ausmachen. Das Radar zeigte auch deutlich die Küstenlinie und markierte bereits den Hudson-River. Der Tanker konnte ohnehin nicht schnelle Fahrt machen, Tankschiffe dieser Größe fuhren langsam im Verhältnis zu den großen Containerschiffen.

Von der Brücke aus konnte man eine schwarze Wand erkennen, die fast senkrecht in die Höhe wuchs.

Sie nahm den gesamten Horizont ein und schien aus dem Meer selbst zu kommen. Es war früher Morgen und die Sonne war gerade aufgegangen. Der Kapitän sah den ersten Offizier an. »Wilson, was glaubst du, was das ist?«

Wilson schaute ebenso entgeistert in die Richtung und sagte nur: »Alle tot ... all dead.«

Bilder vom 11. September 2001, als die zwei Türme des World Trade Centers von Flugzeugen getroffen wurden und brennend zusammengestürzt waren, schossen allen, die diese gigantische Rauchwand sahen, durch den Kopf. Manhattan hatte damals stundenlang unter einer Glocke aus Rauch und Staub gelegen, aber DAS hier war eine Rauchglocke von apokalyptischen Ausmaßen. Kapitän Beumont ließ die Maschinen stoppen. Dann rief er über das bordeigene Kommunikationssystem die gesamte Crew auf die Brücke. Alle erschienen kurz darauf, nur der technische Offizier fehlte, was aber zunächst niemand bemerkte.

»Leute, hört jetzt bitte zu.« Beumont schaute jeden der dreizehn Männer nacheinander an.

»Wir wissen, dass jeder von uns einen Auftrag hat. Wir sind auf dem verdammten Kahn hier aber handlungsunfähig und haben beschlossen, in die Staaten zurückzukehren. Das war für alle okay.« Dabei sah er den Schiffskoch an, der den Vorschlag gemacht hatte.

»Big Apple ist im Arsch«, sagte Beumont mit ruhigem Ton und wies auf die immer größer werdende schwarze Wand vor ihnen.

»Und glaubt mir eines, ich habe gesehen, dass andere Schiffe vorher abgedreht und an der Küste entlanggefahren sind.

Bislang hat aber keines angelegt, was nur bedeuten kann, dass alle anderen Häfen auch hin sind. Ich weiß nicht, was da los ist, aber ich denke, dass andere auch schon seit zwei Tagen versuchen, die Welt zu retten ... wahrscheinlich mit denselben Ideen, wie wir sie haben.«

Kapitän Beumont hatte ihnen den Rücken zugedreht und sah nun auf das Inferno vor ihnen.

»Leute, was immer wir dachten, tun zu können. Es ist zu spät. Wir können nichts mehr ausrichten.«

Die Blicke, die er in seinem Rücken spürte, waren keine wohlwollenden.

»Auch wenn es keine Rolle mehr spielt, ich lege das Kommando über die »Wallace« nieder. Ich werde in meine Kabine gehen und abwarten. Weil ... tun kann niemand mehr was. All dead.«

Nun erhob sich zum ersten Mal seit zwei Tagen ein lautes Gespräch zwischen den Crew-Mitgliedern.

Jemand fasste Beumont an der rechten Schulter und er sah seinem ersten Offizier ins Gesicht.

»Wenn wir sowieso geliefert sind, Kapitän, dann unter deinem Kommando.«

»Aye«, stimmten alle Männer auf der Brücke zu.

Der Kommandant des Supertankers überlegte kurz und drehte sich dann zu seiner Mannschaft um.

Mit jedem von ihnen hatte er lange Jahre die Weltmeere befahren und auf jeden konnte er sich verlassen, so wie sie sich stets auf ihn verlassen hatten. Dieses Schiff und andere Schiffe, mit denen sie unterwegs gewesen waren, waren stets kleine Welten für sich gewesen, Welten, die sie sich selbst gestaltet hatten.

Auf hoher See galten eigene Regeln und Gesetze, und so geschah es, dass sie wieder zu einer Gemeinschaft wurden, miteinander verbunden durch die hoffnungslose Ausweglosigkeit ihrer Situation.

»Dann retten wir die Welt eben hier. Hier auf der »Wallace«. Denn das ist unsere einzige Möglichkeit«, sagte Kapitän Beumont.

»Wir nehmen Kurs auf die hohe See und hoffen einfach, dass es jemand schafft, den Allmächtigen davon abzubringen, uns zu vernichten.«

»Aye«, klang es wieder wie aus einem Munde.

Der technische Offizier hatte von diesem Gespräch nichts mitbekommen. Er hatte den Aufruf, zur Brücke zu kommen, ignoriert und sofort bemerkt, dass die Maschinen gestoppt wurden.

Er hatte die Rauchwand gesehen und verstanden, dass sie niemals in New York einlaufen würden. Da hatte er seinen Plan geändert und beschlossen, den Tanker gleich hier, vor Amerikas Küste, zu opfern. Und so öffnete er die entsprechenden Ventile und ließ Bunkersegmente leerpumpen, indem er die Rohölmassen in die verbleibenden Sicherheitsräume im Tanksystem umleitete. Die entleerten Stahlkammern beinhalteten nun nur noch zündfähige Gase. Insgesamt gab es zwölf solcher gasgefüllten Segmente, verteilt auf die gesamte Schiffslänge. Er schloss die Sicherheitseinrichtungen kurz und verhinderte so, dass irgendjemand auf der Brücke alarmiert wurde, wenn die Gaskonzentration in den einzelnen Tankzellen zu groß wurde.

Schon in den zwei Tagen vorher hatte er verschiedene Rohrsysteme so miteinander verbunden, dass er nun die einzelnen gefährlichen Bereiche miteinander verbinden konnte, indem er die Schieber zwischen den Rohrabschnitten öffnete.

Das musste mechanisch geschehen und ließ sich nicht von seinem zentralen Bedienpult aus regeln.

Gelang ihm das, musste er nur noch ein einzelnes Ventil öffnen und das austretende Gas entzünden. Da alle gasgefüllten Kammern miteinander verbunden waren, würde das Schiff innerhalb von Minuten, wenn nicht Sekunden, auf ganzer Länge explosionsartig in Brand geraten, und die Temperaturen würden ausreichen, um das Rohöl zu entzünden. Da das Schiff in einer einzigen Explosionskette vergehen würde, würde ein Großteil der Ladung brennend ins offene Meer gelangen. Selbst, wenn ein Teil des Öls mit dem Wrack der »Wallace« untergehen würde, wäre ein gigantisches Signal gesetzt, dass er den Dorn aus dem Auge Gottes gezogen hatte.

Und während der Rest der Mannschaft die Brücke verließ und sich dem Schicksal ergab, öffnete Matt Walden die Ventile.

Beumont ging durch sein Schiff. Dieser Tanker war wie eine schwimmende Stadt. Dreihundertdreißig Meter lang und fast fünfundvierzig Meter breit. Der Hauptteil des Schiffes bestand naturgemäß aus den Tanks und technischen Einrichtungen, aber alleine der Bereich der Mannschaftsunterkünfte und Gemeinschaftseinrichtungen, der Küche und des Speiseraums war imposant und weitläufig. Die Konstrukteure hatten sogar ein kleines Kino, eine Sauna und ein kleines Schwimmbad vorgesehen, um der Crew die langen Fahrten erträglicher zu machen. Jede Position in der Mannschaft war doppelt besetzt und sie teilten sich die Aufgaben in Wechselschichten.

Beumont war klar geworden, dass dies seine letzte Fahrt sein würde. Sein ganzes Leben war in weniger als einer Woche zu Ende. Diese Gewissheit machte ihm, wie jedem anderen an Bord, sehr zu schaffen. Er hatte sich angewöhnt, sein Schiff vom Heck bis zum Bug abzulaufen, wenn er grüblerisch oder melancholisch wurde. Etwas, das jedem passierte, der lange auf See war und kaum Kontakt zu der Welt »da draußen« hatte.

Ihm war aufgefallen, dass sein technischer Offizier nicht auf der Brücke erschienen war und hatte beschlossen, nach ihm zu suchen. Sein Handfunkgerät war offensichtlich ausgeschaltet, denn so oft der Kapitän auch versuchte, Matt Walden zu erreichen, er bekam keine Antwort von ihm.

Ihm begegneten auf seinem Gang über die »Wallace« mehrere Männer seiner Mannschaft und jeder sah ihn auf eine Weise an, die ihm schrecklich resigniert vorkam. Er nickte ihnen gequält lächelnd zu und ging dann weiter.

In der Nähe des Maschinenraums traf er dann Matt Walden, seinen technischen Offizier. Dieser war dabei, an einem etwa fünfzig Zentimeter breiten Rohr Verschraubungen zu lösen, die dieses Rohr mit einem Stutzen verbanden, der in den Tankraum des Schiffes führte.

»Walden, was machen Sie da?«, fragte Kapitän Beumont den irre dreinblickenden Walden mit lauter Stimme.

»Gott sagte mir das. Wir dürfen das nicht tun. Wir beuten die Welt aus. Wir haben uns zu Handlangern des Teufels gemacht und diese Welt in den Untergang geführt, Kapitän.«

Beumont begriff nicht sofort, was das bedeuten sollte, aber er sah, dass sein technischer Offizier dabei war, den Tank des Schiffes, der die gewaltigen Motoren mit Diesel versorgte, aufzuschrauben.

»Du wirst das lassen Matt!«, sagte Beumont mit einer Stimme, die ihm selber unbekannt vorkam.

Walden drehte sich zu ihm um und Beumont sah, dass Walden einen sehr großen Schraubenschlüssel in der Hand hielt und diesen nun gegen ihn erhob.

»Werde ich nicht, du verstehst nichts von all dem, KAPITÄN«, schrie Walden und stürmte auf den Kommandanten der »Wallace« zu.

Er traf Beumont am Kopf. Der Schraubenschlüssel rutschte über Beumonts rechtes Ohr und riss es zur Hälfte ab. Der Rest der Schlagenergie entlud sich in der rechten Schulter des Kapitäns und brach diese an drei Stellen.

Beumont sackte sofort zusammen, Blut schoss aus seiner Kopfverletzung und er verlor das Bewusstsein.

Als er kurz darauf wieder erwachte, sah er verschwommen den Rücken des Mannes, der ihn niedergeschlagen hatte. Walden hatte das Rohr völlig gelöst und war nun dabei, ein kleineres Rohr in den offenliegenden Stutzen einzulassen. In dem kleineren Rohr konnte Beumont ein Kabel verschwinden sehen, das nun wohl im Inneren des Dieseltanks endete. Der Schmerz in seiner Schulter wetteiferte mit dem in seinem Kopf um die Vorherrschaft. Als er versuchte, sich aufzurichten, konnte er mit der rechten Hand den Schraubenschlüssel auf dem Boden fühlen.

Sein rechter Arm war aber wie gelähmt und er konnte weder den Schlüssel umfassen, noch ihn bewegen. Um die andere Hand benutzen zu können, hätte er sich auf die rechte Schulter drehen müssen, was aber wegen der Verletzungen und der wahnsinnigen Schmerzen darin unmöglich war.

Walden drehte sich zu ihm um und bemerkte sofort, dass der Kapitän bei Bewusstsein war. »Tauchsieder«, sagte er lakonisch und steckte das Kabel in eine der Steckdosen, die links neben dem Schott zum Maschinenraum angebracht waren. Dann stieg er über den angeschlagenen Kapitän hinweg und verschwand.

Beumont versuchte aufzustehen, als der technische Offizier weg war, aber er konnte sich so gut wie nicht bewegen, und der Schmerz ließ ihn immer wieder fast bewusstlos werden.

Er versuchte, mit der linken Hand an seinen Gürtel zu gelangen, wo er sein Sprechfunkgerät trug. Erst nach endlosen Sekunden konnte er das etwa handygroße Gerät vom Gürtel ziehen und an sein linkes Ohr halten. Er drückte die Sprechtaste, in der Hoffnung, dass ihn jemand hörte und derjenige auch richtig reagierte.

Alle Funkgeräte auf dem Schiff hatten die gleiche Frequenz.

»Hier spricht Beumont. Kapitän Beumont. Sofort den Strom abschalten, sofort abschalten! Schaltet den verdammten Strom ab, oder wir fliegen alle in die Luft!«

Bevor er erneut ohnmächtig wurde, sah er noch, wie feiner, weißer Rauch aus dem Stutzen stieg, den Walden geöffnet hatte. Dann wurde es dunkel um ihn. Und nur wenige Sekunden später wurde es dunkel im Schiff. Auf der Brücke hatte man ihn gehört.

Matt Walden hatte das mitbekommen. Nun blieb ihm nicht mehr viel Zeit, denn er schätzte die Mannschaft richtig ein, wenn er vermutete, dass er sie von der Richtigkeit seines Handelns nicht überzeugen konnte.

Das Entzünden des Dieseltanks war misslungen. Er hätte den Kapitän totschlagen müssen. Das konnte er aber nicht. Das

Schiff sprengen war eine Sache ... aber den Kapitän erschlagen ... völlig unmöglich.

Und so wurde ihm klar, dass er nun eines der Ventile öffnen und das austretende Gas von Hand entzünden musste. Er würde dabei sterben und sein Werk nicht mehr selbst erleben können. Aber wenn das der Preis war, wollte er ihn bezahlen. Insbesondere jetzt, da er sowieso keine andere Wahl mehr hatte, denn wenn er es nicht täte, würden ihn die anderen suchen und finden und dann? Er wollte darüber nicht nachdenken.

Es musste vollbracht werden.

Er begab sich unter Deck etwa zur Schiffsmitte und kroch dann in das verschlungene Rohrsystem, das die Tanks, die Notsysteme und die technischen Leitungen, Sensorstränge und etliche andere Systeme miteinander verband und das komplexe Schiffskonstrukt erst funktionieren ließ.

An einer bestimmten Stelle hatte er bereits vor zwei Tagen eine Art Bypass verlegt, um die Sicherheitsventile der Tanks zu umgehen. An dieser Stelle begann er nun im Schein seiner Taschenlampe die verschraubten Rohrenden zu lösen. Sofort strömte Gas aus und Matt Walden tastete nach seinem Benzinfeuerzeug, das er immer bei sich trug.

Mit einem Seufzer der Erleichterung hielt er die Flamme des Feuerzeugs direkt in den austretenden Gasstrom.

Die empfindlichen Sensoren an den Schotts, die diesen Bereich des Schiffes im Falle eines Lecks von den anderen trennen sollten, hatten eine Stromversorgung, die sich von der Brücke aus nicht abschalten ließ. Walden hatte zwar die inneren Tanksensoren umgangen, jedoch die in den Gängen außer Acht gelassen. Beide Schotts bekamen nun ihre Signale und schlossen sich automatisch.

Das austretende Gas entzündete sich im selben Moment, und nur eine Sekunde lang konnte Walden bewusst erleben, wie er verbrannte.

Nach weiteren zehn Sekunden war der Sauerstoff im abgeriegelten Bereich verbraucht und die gewaltige Gasflamme, die jeden Kubikzentimeter des Raumes zwischen den beiden Schotts eingenommen hatte, verlosch innerhalb kurzer Zeit. Die Türdichtungen verhinderten, dass Gas austrat, und so war dieser Bereich des Schiffes mit ebenso viel Gas gefüllt, wie die von Walden zuvor leergepumpten Tanks.

Er hatte die Welt nicht gerettet.

Nach dreißig Minuten fand die Crew Kapitän Beumont und brachte ihn in den Sanitätsraum. Der Schiffsarzt versorgte ihn, so gut er konnte, und der erste Offizier übernahm das Kommando, nachdem er kurz mit Beumont gesprochen hatte. Der Computer des Schiffes gab Auskunft über die Vorgänge in der betroffenen Sektion, und auch, wenn sie nicht wussten, welcher Art die Manipulationen waren, die der technische Offizier vorgenommen hatte, so schien die Gefahr auf jeden Fall gebannt. Am zehnten Tag lag die »Wallace« vor der Insel Ponta Delgada mitten im Atlantischen Ozean vor Anker.

Alle Männer an Bord waren wohlauf und Kapitän Beumont hatte das Kommando wieder übernommen. Er und seine Mannschaft hatten beschlossen, die letzten Tage ihres Lebens so angenehm wie möglich zu gestalten, doch der einzige Landgang, den sie unternommen hatten, war ein Fiasko gewesen, denn auf der Insel schien es keine lebende Seele mehr zu geben. Die wenigen Ortschaften glichen Geisterstädten und waren teilweise niedergebrannt. Überall lagen tote Menschen, die sich in irgendeinem irrwitzigen Gefecht gegenseitig umgebracht hatten, wie es schien.

Es roch auf der ganzen Insel bestialisch nach Verwesung und die einzigen Menschen, die ihnen lebend begegneten, waren offensichtlich völlig verrückt, denn sie schrien sie an und begannen sofort, auf die Landgänger zu schießen.

Und so blieben sie an Bord der »Wallace« und lebten von den Schiffsvorräten. Und sie begannen zu feiern. Der Schiffskoch sorgte für Getränke und kreierte tolle Mahlzeiten. Der Bordvorrat an alkoholischen Getränken reichte wohl auch noch weit über das Ende der Menschheit hinaus.

Und sie sprachen. Sprachen miteinander. Über alles. Und als der zehnte Tag kam, war ihnen zwar bange, aber sie hatten keine Angst mehr, denn sie waren angekommen. Irgendwie. Nicht zu beschreiben.

*

Als wir mit dem Transporter das Tor zum Campingplatz passiert hatten, stellte Fred den Motor ab, noch während der Wagen rollte.

»Den Rest gehen wir zu Fuß«, sagte er in einem Ton, der keinen Widerspruch duldete.

Seine blinde Freundin »sah« in dabei an. Es war irgendwie gruselig anzuschauen, denn man konnte ihr die Blindheit wirklich nicht ansehen. Blinde Leute haben immer komische Augen, trübe Linsen oder so, aber bei Brigitta war das anders. Ihre Augen waren ausdrucksvoll und klar. Und wenn man mit ihr sprach, richtete sie ihre Augen auf einen, und das machte es so schwierig.

Linder stieg aus und öffnete die Beifahrertür. Brigitta hatte ihren Blindenstock zur Hand und ich schnappte mir Tomate, die selig an ihrer zurückeroberten Milchflasche nuckelte.

»Ich glaube, wir müssen da lang«, sagte ich, aber das hätte ich mir auch sparen können, denn die Musik wies uns den Weg. Es dämmerte bereits stark und wir konnten zwischen den Wohnwagen und Wohnmobilen Licht sehen.

Der Brandgeruch, den der Seewind hierher trieb, wurde, je näher wir dem Licht kamen, von einem wundervollen anderen Geruch überlagert. Grillwürstchen und Nackensteaks. Ein Duft aus einer Vergangenheit, die erst wenige Tage her war, und dennoch unerreichbar weit fort.

Der Campingplatz war klar strukturiert. Es gab asphaltierte Wege und rechts und links davon Stellflächen für Wohnwagen oder Zelte.

Jeder Stellplatz hatte einen eigenen Strom- und Wasseranschluss und sogar die Möglichkeit, eine Toilette an die Kanalisation anzuschließen. Jetzt, da Hochsaison war, war jeder Stellplatz belegt. Es fehlten jedoch, bis auf den einen Platz, die Menschen. Es standen genug Campingstühle herum, einige Türen von Wohnmobilen und Anhängern waren geöffnet, doch lediglich dieser eine Platz war mit Leben erfüllt.

»Smoke on the Water, a Fire in the Sky« tönte es uns entgegen, und mich überzog eine Gänsehaut, hatte ich doch dieses Lied noch in meinem Renault gehört, als der ganze Mist begonnen hatte.

Wir traten in den Schein der Lichterketten, die der Besitzer des Wohnwagens an die Traufe des Vorzeltes gebunden hatte. Da saßen das alte Paar und die junge Frau und schauten uns an, als seien wir die Inquisition persönlich, und sie wären gerade dabei, einige schwarze Katzen zu verbrennen oder den Besen startklar zu machen.

Ganz besonders geistreich sagte ich »Hi«.

Erst später wurde mir bewusst, was für ein Bild wir abgegeben haben mussten.

Nehmen wir zuerst den allseits beliebten Glatzkopf, der ziemlich abgerissen aussah, mit einem natürlichen Ausdruck von Wut im Gesicht, dann eine Frau, die einen Blindenstock in der Hand hielt und dabei Blicke aussandte, die jeden Hypnotiseur in den Wahnsinn treiben würden.

Und mich, völlig verkommen und seit fünf Tagen nicht geduscht, mit einem Baby im Arm, das mit der ganzen Sache nichts zu tun zu haben schien. Und das in einer Zeit, in der jeder wahnsinnig geworden war, und die Welt brannte. Nicht zwingend der Besuch, den man sich in solchen Phasen des Lebens wünschte. Aber wir waren nun mal da.

Der ältere Mann, ich schätzte ihn auf Mitte siebzig, musterte uns kurz und entgegnete dann, vom gleichen Wortwitz wie ich beseelt: »Hi.«

Fred ergriff das Wort.

»Ich bin Fred, das ist Brigitta, der dahinten heißt Adam und das Baby ist Tomate.«

»Das Baby ist EINE Tomate?«, fragte der Grauhaarige und schaute etwas entspannter.

»Nein, sie heißt so.«

»Verstehe.«

Die junge Frau, die sitzengeblieben war, während die beiden alten Leute aufstanden, schaute uns nach wie vor voller Angst an.

Ich sagte: »Ihr habt coole Musik hier und es roch so gut ... da dachten wir, wir leisten euch etwas Gesellschaft, weil ... naja ... wir nix anderes vorhaben.«

Fred sah mich an, als hätte ich irgendeinen bescheuerten Knittelvers aufgesagt.

»Wir haben Hunger«, sagte Brigitta und löste sich von Fred. Sie hatte in ihrer feinen Wahrnehmung sofort lokalisiert, woher die Stimme des alten Mannes kam und ging, den Blindenstock locker in der Hand haltend, langsam auf ihn zu.

Etwa einen Meter von ihm entfernt blieb sie stehen und streckte die Hand aus. »Ich bin Brigitta, und Sie haben keine Ahnung, wie sehr wir uns freuen, Sie zu sehen«, sagte sie, und ich dachte, wie bekloppt das ist, dass eine Blinde sagt, wie toll es sei, jemanden zu sehen. Aber was ist schon normal?

Der alte Mann trat einen Schritt vor und ergriff Brigittas Hand.

»Wollen Sie die Welt retten?«, fragte er.

»Nein. Ich ... ich kann das nicht«, antwortete Brigitta.

Fred trat nun ebenfalls vor und streckte die Hand aus. Ich dachte: »So ein alter Haudegen. Macht hier auf Knigge und hat vorher Gurus an den Marterpfahl gebunden.«

War aber okay für mich in dieser Situation.

Der Mann nahm Freds Hand, ließ sie aber nicht mehr los und kam mit ihm zusammen zu mir. »Adam, richtig?«, fragte er mich, und ich nickte.

»Und du bist Tomate? Darf ich?«, fragte er wieder und ich nickte erneut, obwohl ich das gar nicht wollte. Verdammter Alt-Männer-Scheiß. Schlag mal so einem Opi was aus! Auch wenn du ihn nicht kennst.

Er nahm Tomate und drückte sie fachgerecht an die Schulter. Ihre Nuckelflasche hatte er souverän an sich genommen und nun klopfte er ihr in der berühmten »Bäuerchen«-Stellung auf den Rücken, was ihm eine imposante Sputum-Brosche auf der Schulter einbrachte. Ich mochte den Alten auf Anhieb.

Dann gab er mir Tomate zurück und wies auf die freien Plätze am Tisch. »Ich bin Gregor und das ist meine Frau Agnes. Buchner ... aber das ist wohl egal.«

Er wies dann mit seiner Hand in Richtung der jungen Frau, die noch immer wie erstarrt am Tisch saß. »Und das ist Evelyn. Sie kam vor fünf Tagen und sie ist ... etwas verängstigt.«

Und dann die magischen fünf Worte, die unser Schicksal besiegelten.

»Setzt euch und seid willkommen.«

Dabei nahm er Brigittas Hand und führte sie zum Tisch, wo sie direkt neben der etwas sonderbar wirkenden Evelyn Platz nahm.

Agnes gab auch jedem die Hand und schaute mir und Fred ziemlich tief in die Augen, was ich weniger beunruhigend fand als Fred.

Ich stieß ihn sanft mit dem Ellenbogen an, und er warf mir einen giftigen Blick zu.

Ich begrüßte auch Evelyn, die mir zwar die Hand gab, dabei aber ihre Linke betrachtete, als sei ihr dort auf einmal ein sechster Finger gewachsen.

Und so saßen wir nun endlich an diesem Tisch aus Holz und schauten uns an.

»Erzählt einfach ...«, sagte Gregor, der alte Mann, und nach einer kurzen Pause begann ich. Ich berichtete über alles, und ließ sogar den Teebeutel nicht aus, der nun zusammen mit meiner Matratze einer in Kürze endenden Geschichte angehörte.

Ich berichtete von Tomate und unserem Weg hierher, ich erzählte von Fred und seinem Blindfisch und warum Tomate diese Blessuren hatte.

Dann begann Brigitta zu reden und ich hörte nun auch zum ersten Mal die ganze Geschichte. Die Sache mit dem Güterzug war wirklich unglaublich und der kahlköpfige Fred flößte mir mehr und mehr Respekt ein.

Als sich unsere Geschichten inhaltlich kreuzten, kamen wir auf die brennenden Pfähle zu sprechen, und allen wurde es mulmig bei dem Gedanken, dass diese ganze Sache nur wenige Kilometer von hier geendet haben sollte.

Fred selbst sagte nur: »Ich möchte nicht über die Zeit ›vorher‹ reden. Das ist vorbei.« Dabei hielt er Brigittas Hand fest in seiner und wir fragten nicht nach.

Gregor reichte uns Bier, und bevor ich fragen konnte, warum sie hier Strom und kalte Getränke hatten, sagte er: »Stromerzeugeraggregat, hinten bei der Rezeption. Die haben auch Solarstrom hier. Wird alles in Akkus gespeichert und ihr seht ja, es funktioniert.«

Dann stellte er sich an den Grill und legte wieder Kohlen nach. Agnes, seine Frau, begann zu berichten: »Wir sind seit über zehn Jahren pensioniert. Wir waren Lehrer in Kassel und sind früher schon immer hierher zum Campen gekommen. Die Seeluft tat uns immer gut.«

Agnes war ebenfalls Mitte siebzig und sehr rüstig. Ihr haftete etwas Edles an, etwas Akademisches. Ihr Haar trug sie offen, aber ungefärbt und ein wenig dachte ich, dass sie wohl in den 1968er Zeiten manche revolutionäre Idee mitgetragen haben mochte. »Make Love, not War« und dieser ganze Kram.

»Als wir hier Gottes Wort hörten, sind alle abgehauen, wie von der Tarantel gestochen. Keine Ahnung, wo die alle hinwollten. Sicher hatten sie alle großartige Ideen, um die Welt zu retten.«

»Und warum seid ihr geblieben?«, fragte Brigitta.

»Was sollen so alte Fürze wie wir ausrichten?«, kam es vom Grill.

»Wir wollten unseren Lebensabend genießen. Und nichts anderes tun wir. Außerdem sollte man nachdenken, bevor man etwas tut, selbst wenn Gott persönlich es einem aufgetragen hat«, sagte Gregor.

Agnes fuhr fort: »Jedenfalls sind wir geblieben und haben uns eingerichtet. Kurze Zeit später brannte hinten der Hafen und wir sahen mindestens zwei Flugzeuge sehr dicht über dem Wasser in Richtung Festland fliegen. Viel Rauch, und irgendwann wurde es ruhig. Wir hatten ziemliche Angst, aber dann überlegten wir, dass, egal was draußen passiert, sicher niemand mit seiner Boeing auf einem verlassenen Campingplatz landen würde.« Sie schaute zu der jungen Frau und etwas Zärtliches lag in ihrem Blick. »Dann tauchte Evelyn auf. Mein Gott Kind, was warst du durcheinander.«

Nun blickten wir alle auf die schweigsame Schönheit, die neben Brigitta und Fred saß. Evelyn trug einen engen Jogginganzug, unter dem sich ein sehr wohlgeformter Körper abzeichnete. Das sehr gedämpfte Licht verlieh ihr etwas Mystisches, aber sie sagte kein Wort, sondern starrte nur auf den leeren Teller vor ihr.

Gregor servierte frisch gegrillte Würstchen, und beim Essen wurde uns erst klar, wie sehr wir die sogenannte Zivilisation vermisst hatten. Das alles war zu unwirklich, um wahr sein zu können, und trotz der Camping-Idylle wussten wir doch, was geschehen war, und vor allem, was geschehen würde.

»Ihr seht aus, als könntet ihr eine Dusche vertragen. Ihr könnt bei uns duschen, und morgen machen wir euch eigene vier Wände klar. Die haben alles stehen und liegen gelassen, und ich schätze, dass das Meiste noch funktioniert, wenn wir es an den Strom klemmen«, sagte Gregor.

»Ladies first«, meinte Fred und begleitete Gregor und Brigitta ins Innere des Wohnwagens, in dem das Ehepaar lebte.

Agnes blickte mich an und sagte: »Die kleine Lady sieht aus, als könnte sie auch ein Bad gebrauchen, und du, Adam, stehst ihr in nichts nach. Entschuldigung, aber du müsstest dich mal sehen.«

Ich hatte lange nicht mehr in den Spiegel geschaut, allerdings schätzte ich, dass ich roch wie ein Opossum nach der Paarung. Fünf Tage nur Katzenwäsche, Tomates Auswürfe auf der Schulter und die Bartpflege mehr als vernachlässigt. Und mit Grausen dachte ich daran, wann ich zuletzt meine Unterwäsche gewechselt hatte. Unglaublich. Das Leben schien uns wiederzuhaben. Zumindest für die letzten fünf Tage unseres Daseins.

Keiner sei gleich dem andern,
doch gleich sei jeder dem Höchsten.
Wie das zu machen? Es sei jeder vollendet in sich.

Friedrich Schiller

Laurenz Beck fühlte noch immer den Schmerz in sich. Jenen Schmerz, den er empfand, als sich seine Jünger von ihm abwandten und fortgingen. Es fühlte sich für ihn so an, als habe jemand die Achse aus seinem Leben gezogen. Die Achse, um die sich alles drehte, seit er das Wort des Allmächtigen vernommen hatte.

Gott prüfte ihn schwer. Zum ersten Mal, seit Gott zu ihm gesprochen hatte, erinnerte er sich an die Zeit vor dem Auftrag, den der Allmächtige ihm, und nur ihm, erteilt hatte. Waren auf seinem Lebensweg nicht auch immer wieder Rückschläge eingetreten, und hatte er es nicht dennoch fast bis an die Spitze geschafft? Waren die Menschen im ausgeglühten Hamburg nicht zu IHM gekommen, um in ihm den neuen Heilsbringer zu finden?

Und hatte ihm Gott nicht das konkrete Zeichen geschickt, die Vision, wie er, er allein, die Menschheit retten und danach auch führen konnte? In dem Raum in der brennenden Bank, in der er als Einziger das Inferno überlebt hatte?

Und war nicht in ihm mit jedem brennenden Menschenopfer die Kraft gewachsen, sein Werk fortzusetzen?

Er hatte sich in die Nähe der Lichtquelle geschlichen, die die Stelle auf dem Campingplatz markierte, an der seine Widersacher, jene Handlanger des Teufels, sich eingefunden hatten. Da waren sie, die verhindern wollten, dass er sein Werk vollendete. Er wagte sich nicht so nahe an die Stelle heran, dass er verstehen konnte, was sie sprachen, aber einmal konnte er den haarlosen Satan erkennen.

Er hörte die leise Musik und roch den Duft vom Grill, doch dabei drehte sich ihm der Magen um. Der Duft von gegrillten Würstchen passte nicht zu dem Geruch, den er schon seit Tagen in der Nase und der Seele trug. Brennende Menschen riechen anders und doch ähnlich.

Er fühlte sich hilflos, denn er wusste, dass er alleine und dem haarlosen Hünen körperlich nicht gewachsen war. Und der Teufel hatte seine blinde Hexe dabei. Dann gab es noch den Mann mit dem Baby. Der stellte keine Gefahr dar, schätzte er. Beck hatte gesehen, dass mindestens zwei, wenn nicht drei, Leute die Gruppe nun vergrößert hatten.

Alle mussten brennen. Das war ihm klar.

Laurenz Beck begab sich an den Rand des Campingplatzes und suchte Zuflucht in einem der verlassenen Wohnwagen. Hier fand er einige Nahrungsmittel, die er hastig in der Dunkelheit verzehrte. Er entdeckte die rote Propangasflasche, die an dem kleinen Gasherd angeschlossen war und mutmaßte, dass jeder Wohnwagen so eine Flasche hatte. In ihm reifte ein Plan.

Laurenz Beck erwachte um drei Uhr morgens. Ein Gewitter war aufgezogen, und es donnerte und blitzte heftig. Schwerer Regen prasselte laut auf den Wohnwagen.

Er beschloss, die Situation auszunutzen und seinen gefassten Entschluss in die Tat umzusetzen.

Im Schutz des Unwetters schlich er von Wohnwagen zu Wohnwagen und entnahm die Gasflaschen.

Drei Stunden später hatte er fünfzehn Flaschen zusammengetragen, die er hinter einem großen Müllcontainer versteckte.

Außerdem hatte er mehrere Kanister mit Diesel und Benzin gefunden, die er ebenfalls dort deponierte.

Morgen. Morgen Nacht würden sie brennen, und es würde ein sehr großes Feuer sein, und dann, ja dann würde sich die Waagschale endlich senken, und er hätte Gottes Auftrag erfüllt. Und er wäre der Gründer einer neuen Weltgemeinschaft, der neue Religionsstifter. Er würde der wahre Stellvertreter Gottes auf Erden sein.

Beck war zufrieden und kroch, nachdem er seine durchnässte Kleidung ausgezogen hatte, in die Schlafkoje des Wohnmobils.

Trotz des ständigen Seewindes war die Luft am nächsten Morgen schwül und feucht. Es war deutlich abgekühlt, und Beck fühlte sich erfrischt vom reinigenden Regen der Nacht. Das Gewitter hatte die letzten Brandnester im Hafengebiet gelöscht und der ölige Brandgeruch, der von Zeit zu Zeit wahrnehmbar gewesen war, hatte sich verflüchtigt.

Er sah in die Richtung, in der er die Gruppe wusste. Von dort kam kein Geräusch.

Auf keinen Fall durften sie auf ihn aufmerksam werden. Seine klamme Kleidung hatte er wieder angelegt, und er empfand die feuchte Kälte als angenehm.

Mit größter Vorsicht schlich er, die Wohnwagen, Zelte und Mobilheime als Deckung nutzend, in die Nähe der Unterkünfte seiner Widersacher.

Dann sah er sie. Zwei alte Leute saßen an einem Campingtisch und tranken aus Tassen. Eine junge Frau konnte er nur von hinten erkennen. Das war nicht die blinde Hexe, wie er feststellte.

Dann tauchte der Mann mit dem Bart auf. Er hatte das Baby dabei und hielt es, als er die drei anderen sah, über seinen Kopf und rief irgendetwas, was Beck nicht verstand. Er konnte lautes Lachen hören.

Und dann sah er die beiden. Den Teufel und seine Hexe. Der Glatzkopf hielt mit freiem Oberkörper die blinde Frau im Arm.

Er winkte kurz den anderen zu und führte dann die Frau zu der Gruppe. Plötzlich blieben sie stehen, und die Frau sagte etwas zu dem Mann. Dieser drehte sich um und sah fast direkt in seine Richtung, schüttelte dann den Kopf, und beide gingen weiter.

Beck spürte das Adrenalin in seinen Adern. Sie schien ihn irgendwie wahrgenommen zu haben. Wahrlich eine Hexe, er musste noch vorsichtiger sein.

Er hatte genug gesehen. Er wusste nun, in welchen Wohnwagen die Gruppe lebte. Unmittelbare Nachbarschaft. Sehr günstig für sein Vorhaben.

Er begab sich zurück in sein Versteck und vollendete seine Planung. Vier Tage vor Gottes Urteil würde er genug Seelen in die Waagschale gegeben haben, um seinen Auftrag erfüllt zu haben.

Brigitta und Fred hatten die Nacht dazu genutzt, sich noch näher zu kommen. Die enge Liege war eigentlich schon für Linder alleine zu klein, aber irgendwie hatten sie es geschafft, zusammen einzuschlafen, nachdem sie sich unendlich zärtlich und leise geliebt hatten.

Morgens waren sie schweißnass und immer noch aneinander klebend erwacht.

»Fred, meinst du wirklich, dass es in vier Tagen zu Ende ist mit uns? Sterben wir wirklich? Geht die Welt unter?«, fragte Brigitta leise.

»Ist sie das nicht schon?«, entgegnete Linder. »Kleines, ich weiß es nicht. Ich habe die Stimme auch gehört, und mir hat sie dasselbe gesagt wie den anderen auch. Aber mir war das Wurst. Ich hatte nicht den Impuls, irgendwas zu verändern. Ich wollte nur raus aus der Klinik.«

Linder sprach nie über die Zeit in der Forensischen Einrichtung und über das, was ihn dorthin gebracht hatte.

Und auch nicht darüber, dass er den Stationsleiter Sekunden, nachdem er die Stimmen vernommen hatte, wie eine Ratte in maßlosem Zorn erwürgt hatte. Ein Zorn, der mit jedem Tag an Brigittas Seite weniger geworden war.

»Ich fühle mich lebendiger, mehr als Mensch, als jemals zuvor.

Ein Witz, dass ausgerechnet das Ende der Welt in dem Moment kommt, in dem ich jemanden gefunden habe, den ich ... naja ... den ich liebe«, fügte Linder hinzu.

»Ich habe Angst, Fred. Ich habe solche Angst. Ich will nicht sterben. Und jetzt erst recht nicht, weil ich dich auch liebe. Das ist nicht gerecht.«

»Seit wann ist irgendwas gerecht?«

»Ich weiß nicht, was meinst du?«

»Deine Blindheit. Ist das gerecht?«

»Ich bin nicht blind, Fred.«

»Hmm?«

»Ich kann nur nicht sehen, das ist was anderes.«

»Und diese ganze Scheiße hier? Die Feuer, die Zerstörung, diese Toten überall und diese Spinner, die andere Menschen verbrennen?« Linder hatte lauter gesprochen, als er wollte.

Brigitta ging nicht auf das Gesagte ein. »Lass uns sehen, ob die anderen schon wach sind. Ich habe Hunger. Und ich wette, Agnes hat Kaffee ...«

Sie kleideten sich an und verließen den Wohnwagen, um zu Agnes und Gregor zu gehen. Sie passierten das Wohnmobil, in dem Adam mit seiner Tomate Zuflucht gesucht hatte.

Kurz danach blieb Brigitta unvermittelt stehen. »Irgend etwas ist da hinter uns«, sagte sie nur.

»Hast du was gehört?« Linder drehte sich um und sah in die angedeutete Richtung, konnte aber nichts Auffälliges erkennen.

»Nicht gehört ... gespürt. Ich weiß auch nicht. Komm, alles gut.«

Linder sah, dass sich die Härchen auf Brigittas Armen aufgerichtet hatten.

Er beschloss, sehr aufmerksam zu sein. Diese Spinner mit ihren brennenden Pfählen und ihr völlig durchgeknallter, aber toter Boss waren noch zu frisch in seiner Erinnerung. Er würde die Augen offenhalten. Evelyn saß bereits wieder an dem großen Campingtisch, und auch der bärtige Adam hatte bereits einen Becher Kaffee bekommen. Gregor und Agnes wirtschafteten in ihrem großen Wohnwagen. Tomate krabbelte unter dem Tisch herum und brabbelte vor sich hin.

»Guten Morgen«, sagte Brigitta und lächelte dabei in die Runde. Ihr Gruß wurde allseits erwidert.

Fred und sie setzten sich zu Evelyn und Adam an den Tisch und Agnes brachte eine große Kanne Kaffee und Tassen.

»Ist das alles wirklich real hier? Das ist so schön, so NORMAL. Abgefahren irgendwie. Wie war eure Nacht?«, fragte Adam.

Er hatte offensichtlich geduscht und sein Bart wirkte gepflegt. Außerdem trug er frische Kleidung.

»Habe mich neu eingekleidet. Die Wohnwagen sind voller Klamotten, die die Leute hiergelassen haben. Und dahinten gibt es einen kleinen Supermarkt. Die haben zwar keine Unterhosen, aber wer braucht die schon im Paradies?«, sagte Adam schelmisch lächelnd.

»Nacht war okay«, lächelte Fred und sah dabei Brigitta verliebt an.

»Ist klar, Locke. Mehr braucht keiner zu wissen«, grunzte Adam.

Agnes brachte eine große Pfanne mit Rührei und gebratenem Speck, und Gregor schleppte einige Flaschen Orangensaft herbei.

Hin und wieder sah ich zu Evelyn. Die junge Frau musste noch Schlimmeres durchgemacht haben als wir. Offensichtlich war sie tief traumatisiert, denn sie wirkte apathisch und hatte bislang noch kein einziges Wort gesagt. Ich bot ihr Kaffee an, und sie hielt mir wortlos ihre Tasse entgegen.

»Mit Milch und Zucker?«, fragte ich freundlich. Sie hob den Kopf etwas und sah mich an.

»Schwarz«, sagte sie.

Offenbar konnte sie doch sprechen. Mir fielen die väterlichen Blicke auf, die Gregor der Frau zuwarf. Das alte Ehepaar hatte Evelyn bei sich aufgenommen und sich um sie gekümmert, als die Zivilisation den Bach runterging. Viel konnten sie allerdings auch nicht erzählen. Am Anfang wollte Evelyn immer zur Fähre, um nach Kopenhagen zu fahren. Schließlich schien sie zu begreifen, dass ihr Termin in der dänischen Hauptstadt gestrichen war. Mit Schaudern dachte ich an den Brandgeruch, der über die Meerenge aus Dänemark zu uns geweht war.

»Wie es wohl in den Großstädten aussieht?«, fragte ich in die Runde. »Ich meine, ich habe bislang fast nur kleine Dörfer gesehen. Von Kiel habe ich nur eine große Rauchwolke über dem Stadtzentrum in Erinnerung. Meint ihr, das ist überall passiert?«

Die anderen schwiegen. Dann sagte Gregor: »Keine Ahnung, aber ich nehme es an. Wenn alle die Stimme gehört haben, dann werden sie auch überall das Gleiche getan haben.«

»WAS getan haben?«, fragte Fred.

»Ich meine, die sind doch alle ausgeflippt. Haben sich gegenseitig angegriffen und alles Mögliche angezündet. Jede Kirche, die auf unserem Weg lag, hat gebrannt. Ich meine, Vieles hat gebrannt, aber vor allem die Kirchen. Ich glaube, die haben alles angegriffen, von dem sie glaubten, es sei Gott ein Dorn im Auge oder sowas«, sagte ich. »Da hat jemand auf mich geschossen und Tomates Mutter lag tot im Kinderzimmer. Schätze, dass der Herr des Hauses darin die Rettung der Welt sah.« Ich erschauerte, als ich mich an die Bilder erinnerte.

»Und wenn ich mir jetzt New York oder Hong Kong vorstelle, mit Abermillionen von Menschen, die allesamt wahnsinnig geworden sind, und sich gegenseitig die Schuld dafür geben, dass Gott sauer ist, dann wird mir ziemlich schwummerig. Ich meine, wenn sogar die kleinen Käffer hier alle abgefackelt sind, wie sieht es dann in Manhattan oder London aus?«

Gregor sagte: »Adam, der Witz ist, dass wir es nie erfahren werden. Und vielleicht ist das auch besser so. In vier Tagen, um Viertel nach zwei, läuft das Ultimatum aus, und dann werden wir alle wissen, was los ist, schätze ich.«

»Ich habe keine Stimmen gehört. Ich war auf dem Weg nach Kopenhagen und hatte einen Unfall, glaube ich. Ich bin Evelyn und ich will jetzt nach Hause. Ich wohne in Düsseldorf.«

Als Evelyn das sagte, blickten alle in ihre Richtung. Ich war ebenso verblüfft wie die anderen. Ihre Augen waren jetzt deutlich lebendiger als vorher, und sie schien ihre Umgebung bewusst wahrzunehmen.

»Ich weiß nicht, was passiert ist, aber ich weiß, dass mein Auto kaputt ist. Da war ein Mann, der mich aus dem Wagen zerren wollte. Und ein Bus, der umgekippt war. Und dieser Lastwagen.

Ich war einkaufen und bin hierhin gegangen. Gregor und Agnes waren da, und jetzt will ich nach Hause. Kann jemand ein Taxi rufen oder mich zum Bahnhof bringen?«

Betroffen blickten wir uns alle an. Ich bin weiß Gott kein Psychologe und war noch nie gut darin, Menschen zu trösten.

Von mir war hier kein Statement zu erwarten. Ich stocherte in meinem Rührei herum und fühlte mich mies. Wie sollte man der Frau erklären, was los war?

Fred in seiner unnachahmlichen Art löste das Problem auf dieselbe Art und Weise, in der einst Alexander der Große das

Problem mit dem gordischen Knoten gelöst hatte. Statt stundenlang an dem Knoten herumzufriemeln, hat er ihn einfach durchgehackt. Das war eben Fred Linder.

»Hör zu, Evelyn. Alles ist im Arsch. Alles kaputt, und da draußen sind Wahnsinnige, die sich gegenseitig umbringen oder Menschen opfern. Gott, oder wer auch immer, hat das Ende verkündet und in vier Tagen geht alles zum Teufel hier. Finde dich damit ab, dass die Party zu Ende ist und tue nicht länger so, als sei alles beim Alten. Kein Taxi, kein Bahnhof und kein Telefon mehr. Sei froh, dass du hier bist. Da draußen ist die Hölle.«

Evelyn sprang auf, stieß dabei ihren Kaffee um, lief weinend in den Wohnwagen und schlug die Tür hinter sich zu.

Fred blickte ihr nach. »Ist doch wahr, Mann.«

Brigitta stand auf, und als Linder ihr helfen wollte, wies sie ihn zurück. »Ich gehe alleine zu ihr. Du hast genug getan, Fred«, sagte sie mehrdeutig und tastete sich zum Wohnwagen. Ich fand es immer wieder erstaunlich, wie sicher sie sich bewegte, obwohl sie nicht das Geringste sehen konnte.

Und wie sehr sie Einfluss auf Linder hatte, der schon aufgrund seines Aussehens eher furchteinflößend als sympathisch wirkte, war noch beeindruckender. Linder war ganz sicher kein schlechter Mensch, jedenfalls schätzte ich den Kahlkopf so ein. Aber er hatte auch etwas Gefährliches an sich. Man wollte ihn nicht zum Feind haben. Es war ein gutes Gefühl, zusammen mit ihm auf einer Seite zu stehen.

Brigitta hatte die Tür erreicht, öffnete sie und verschwand im Wohnwagen. Ich hoffte, sie würde behutsamer mit Evelyn umgehen als Linder.

»Tja, so ist das«, sagte Gregor, um den peinlichen Moment zu überspielen, und begann den Tisch abzuräumen.

Ich stand ebenfalls auf und kroch unter den Tisch, um Tomate zu bergen, die begonnen hatte, Löwenzahn auszurupfen und zu essen.

»Komm Kleine, ich weiß was Besseres, als Blumen zu essen«, sagte ich und nahm sie auf den Arm. Aus dem kleinen Supermarkt, der sich am Eingang des Campingplatzes befand, hatte ich einige Gläser mit Babynahrung besorgt. Ich fütterte Tomate und brachte sie dann zu Agnes, die ganz vernarrt in die Kleine war. Außer dem blauen Fleck, der jetzt leicht gelblich wurde, hatte Tomate von dem erlebten Abenteuer nichts zurückbehalten. Gott sei Dank.

Gott sei Dank? Ohne den Allmächtigen würde Tomate nicht einen Kratzer haben und mit Mama und Papa im Wohnzimmer spielen. *Gott sei Dank!* Dass ich nicht lache!

Ich hatte beschlossen, mich auf dem Campingplatz umzusehen. Ich wollte wissen, wo ich mich befand und was es hier alles gab. Außerdem brauchte ich mal einige Minuten für mich.

Die Pfahlmänner hatte ich immer noch zu lebhaft in Erinnerung, als dass ich einfach so tun könnte, als hätte es sie nie gegeben. Ich hatte Sorge, nein, Angst, dass sie zurückkehren würden, um ihr Werk zu vollenden. Dass die einfach so abgehauen waren, als Fred ihren Führer angebunden hatte, kam mir seltsam vor. Naja, vor einer Woche waren das alles noch ganz normale Menschen gewesen, und vielleicht wurde ihnen klar, was sie getan hatten, als sie ihren Boss am Pfahl angebunden sahen.

Ich spazierte am Zaun entlang einmal um den ganzen Campingplatz. Hinter einem Müllcontainer entdeckte ich einige Gasflaschen und Benzinkanister. Ich dachte mir nichts dabei, mir waren die Gepflogenheiten beim Camping nicht geläufig, und ich dachte, dies sei vielleicht eine Sammelstelle. Auf die Idee, zu schauen, ob die Flaschen und Kanister leer waren, kam ich nicht.

Als ich wieder beim Eingangstor ankam, verließ ich das Areal und spazierte in Richtung der nächsten Ortschaft. Der Frühdunst hatte sich längst verzogen und es wurde stündlich wärmer. In den Wiesen zirpten die Grillen und von der See kam das Gekreische der Möwen. Jedes Zivilisationsgeräusch fehlte, und das verlieh der Szene etwas sehr Eigentümliches.

Man ist es gewohnt, permanent irgendwelche Geräusche zu hören. Autos, Flugzeuge, Maschinen. Eine derartige Stille gab es so gut wie nie. Vielleicht um zwei Uhr morgens auf dem Land, aber selbst dann hörte man meistens noch Geräusche, die von irgendwelchen technischen Geräten ausgingen.

»Und auf der Welt wurde es ruhig«, sagte ich, ohne zu wissen warum.

Ich erreichte den Rand des kleinen Ortes und sah, dass es hier keine Brände gegeben hatte. Zwar waren die Häuser verlassen, und es standen nur ganz wenige Autos am Straßenrand oder in den Einfahrten, aber es gab keine Zerstörungen.

Wahrscheinlich gab es hier einfach nichts, was man für Gottes Zorn hätte verantwortlich machen können. Abgesehen vielleicht vom Hafen, aber der hatte sein Fett ja weggekriegt.

Zum ersten Mal seit Beginn des Irrsinns hatte ich die innere Ruhe, um das alles zu reflektieren. In diesen Häusern hatten ganz normale Menschen gelebt. Waren ihren Jobs nachgegangen, hatten sich geliebt und gestritten. Hatten ihre Kinder großgezogen und sich mit kleinen und großen Sorgen geplagt. Alles normal eben. So wie mein Leben auch. Und dann: Zack, Bumm ... alles weg. Alles in Frage gestellt, und auf den eigenen Schultern lastete auf einmal die Verantwortung für die Rettung der Menschheit. Göttliche Verantwortung, der sich keine menschengemachte Regel überordnen konnte. Vernichten, was Gott missfällt. Oder Allah, oder Jahwe, Manitou und dem heiligen Bimbam. Mir wurde das alles klar, aber verstehen konnte ich es deswegen noch lange nicht. Musste ich aber auch nicht.

Ich hatte die Ortschaft fast durchquert, als ich an einem Discount-Laden ankam.

Ich betrat das Geschäft und mir schlug sofort ein widerlicher Geruch entgegen. Offensichtlich verweste im Inneren des Marktes etwas. Ich wollte nicht herausfinden, ob da nur die Wurst in der Kühltheke gammelte oder ob sich tote Menschen darin befanden.

So verließ ich den Supermarkt und wandte mich nach links. Auf einem Erdwall, der die Straße eingrenzte, lag eine aufgedunsene Leiche, und mehrere Krähen rissen an dem Toten herum, der sich dadurch zu bewegen schien. Eine Krähe hatte sich am Handgelenk des Toten festgebissen und durch die Bewegungen, die der Vogel verursachte, hätte man meinen können, der dicke tote Mann winkte einem zu. Mir wurde übel. Ich drehte mich um und eilte zurück zum Campingplatz.

Ich war etwa drei Stunden unterwegs gewesen, und unsere lustige Truppe saß wieder am großen Tisch beieinander. Mit freiem Oberkörper stand Linder am Grill und es roch wieder einmal angenehm nach gegrillten Köstlichkeiten. Auch Evelyn saß mit am Tisch und redete leise mit Brigitta. »Hallo Adam, nimm dir ein Bier. Hast du was Interessantes gesehen?«, fragte mich Gregor.

»Wo ist Tomate?«, fragte ich, ohne eine Antwort zu geben. Das Ganze hier war zu idyllisch, um mit Schilderungen über den Appetit von Krähen versaut zu werden.

»Die Kleine schläft im Wagen«, sagte Agnes und brachte mir ein kaltes Bier. Mehr und mehr kam mir das Ganze hier vor wie eine Insel der Normalität im Ozean des Untergangs und Wahnsinns.

Eine verdammt kleine, aber auch eine ebenso gute Insel. Das Schlumpfhausen der letzten Mohikaner sozusagen.

Wir verbrachten den Rest des Tages damit, uns näher kennenzulernen. Evelyn war nicht besonders gesprächig, aber dann und wann warf sie einige Sätze ein, und so langsam formte sich ein Bild von ihr. Wenn ich das alles richtig verstanden hatte, war sie im früheren Leben Fotomodell gewesen und kam aus Düsseldorf. Sie wollte wohl zu einem Fotoshooting nach Kopenhagen, als die Welt sich so rapide veränderte. Offensichtlich hatte sie in den ersten Stunden eine Menge durchgemacht, was dann zu ihrer Traumatisierung führte. Ich glaube, dass sie sich einfach erfolgreich einredete, sich in einem ziemlich abgefahrenen Traum zu befinden, denn so richtig begriff sie ihre Situation immer noch nicht. Hauptsache, es ging ihr gut.

Dann Agnes und Gregor. Die beiden waren pensionierte Lehrer und hatten sich hier ihren Lebensabend gestaltet. Im Sommer lebten sie auf diesem Campingplatz an der See und im Winter flogen sie auf die Balearen, weil sie, Original-Zitat Gregor: »Dieses kalte, nasse Zeug, genannt Schnee« nicht leiden mochten. Sie besaßen dort eine Finca und in Deutschland eine kleine Wohnung, die sie aber eher selten bewohnten. Meist waren sie unterwegs.

Beide waren sehr belesen und neigten dazu, über alle möglichen Dinge zu philosophieren, wobei Gregor etwas sehr dozentenhaftes ausstrahlte. Über unsere aktuelle Situation wurde an diesem Tag nicht mehr gesprochen. Wir mieden das Thema, aber ich ahnte, dass wir uns darüber noch genug unterhalten würden, bevor Gott den Stöpsel zog.

Brigitta. Die Frau war sehr hübsch und hatte trotz ihrer Blindheit

etwas äußerst Souveränes an sich. Sie sprach gebildet und gleichzeitig voller Wärme. Am Erstaunlichsten fand ich an ihr, dass sie einem Blicke zuwerfen konnte. Das tun Blinde normalerweise nicht, und ich weiß auch nicht, ob Brigitta überhaupt klar war, dass sie das tat. Und auch wenn sie ihren Gesprächspartner nicht ansah, so trafen ihre Blicke stets ins Schwarze, und in jedem lag irgendwie eine Aussage. Ich hatte sie eine Zeit lang beobachtet, aber dann traf mich ein anderer Blick, nämlich von meinem Lebensretter, dem kahlköpfigen Fred. Und der Blick sagte: *»Wenn hier einer bewundernd diese Frau ansieht, dann bin ich es«*, und ich beugte mich diesem zwingenden Wunsch.

Ich fragte ihn zu einem späteren Zeitpunkt, womit er seine Brötchen verdient hatte, und er blickte mich nur an. Brigitta hatte ihre rechte Hand in seiner und drückte diese nun. »Fred, sag es ihnen ruhig. Ich glaube, das ist völlig okay für unsere Freunde.«

Linder zögerte und sprach dann. Erst langsam und zögerlich, ganz ungewohnt zurückhaltend, fast beschämt und später dann flüssig und mit fester Stimme: »Als es passierte, war ich in einer Klinik. Das war eine Klinik für psychisch gestörte Straftäter. Forensik sagt man dazu. Wisst ihr, so eine Anstalt, wo man so Typen wie Hannibal Lecter eingesperrt hat.«

Hier stockte Fred. Ich war gespannt, welche Offenbarungen noch kamen.

»Ich hatte immer Stress. Vielleicht, weil ich so aussehe, was weiß ich. Ich habe zu oft zugeschlagen. Ließ mir nie was sagen. Meine Lehrer haben mich nie akzeptiert, da gab's nur Ärger. Immer nur ÄRGER. Ich flog von der Schule und wollte dann eine Lehre machen. Ging aber nicht. Keiner wollte einen

Psychopathen. Dann fing ich an mit Leuten rumzuhängen, die auch nur Ärger wollten. Gab eine Menge Probleme mit der Polizei.«

Mich beeindruckte, dass Fred nicht »Bullen« sagte. Überhaupt sprach er nicht wie jemand, der keinen Grips hatte. Er fuhr fort:

»Irgendwann gab es eine heftige Schlägerei mit einer anderen Gang und ich hatte jemandem ein Auge ausgeschlagen. Danach saß ich sechs Monate im Jugendknast. Die anderen in dem Gefängnis ließen mich in Ruhe, aber einer wollte mir immer Drogen andrehen und ich ... ich ... kann es nicht aushalten, wenn sich einer das Hirn benebelt.«

Hier schweifte Freds Blick in irgendeine Kiste in seinem Inneren, in der er wohl eine bestimmte Erinnerung aufbewahrte.

»Eines Tages habe ich dem dann eine reingehauen. Der fiel ziemlich bescheuert auf so einen Treppenabsatz und blutete wie ein Schwein. Da fragte keiner nach, was eigentlich los war. Die buchteten mich gleich für weitere sechs Monate ein. Als ich wieder draußen war, ging es genauso weiter. Jemand machte mich an, nervte mich oder versuchte mich zu verarschen, und ich schlug zu. Ich hatte einen Job bei einer Gerüstbaufirma, und da ging es auch nicht gerade zimperlich zu. Naja, eines Tages pöbelte mich so ein Typ an, weil ich auf seinen Rasen gespuckt hatte. Ob ich ein Tier sei und ob meine Eltern mir nichts beigebracht hätten und dass ich ein Schwein sei und eingesperrt gehöre. Ich bin dann ausgerastet, und als mich die Polizei Zuhause abholte, erfuhr ich, dass der Typ im Koma lag.

Ist wohl nie mehr aufgewacht. Die sagten dann, ich hätte eine paranoide Schizophrenie und narzisstische Persönlichkeitsstörung und was weiß ich nicht noch alles.

Wahr ist, dass ich Stimmen hörte, nein, eigentlich nur eine Stimme. Das war mein Zorn, meine Wut, das war der, der mir Kraft gab, wenn ich mich klein gefühlt habe. Mein Ratgeber, mein Motor.

Und ich kriege jeden Scheiß mit. Jedes Geräusch, jeden Lichtreflex. In meinem Kopf ist permanent Spannung. Ich kann lange nicht so gut hören wie Brigitta. Gar nicht besser als jeder von euch, aber meine Ohren lassen nichts aus. Ich höre das alles, kann nichts wegblenden. Meine Augen sehen alles, und nichts wird übersehen. Man hat mir erklärt, dass Menschen selektiv wahrnehmen. Was sie kennen oder was unwichtig ist, wird einfach nicht ans Hirn weitergeleitet, aber bei mir ist das anders.«

Ein kollektives Schnaufen zeigte an, dass jeder am Tisch sich vorzustellen versuchte, wie das sei, wirklich jedes Geräusch und jeden Lichtreflex bewusst wahrzunehmen.

»Jedenfalls wurde ich in diese Forensik eingewiesen und die versuchten mich zu therapieren. Ich glaube aber, dass ich dort letztlich wirklich verrückt geworden wäre. Sie gaben mir Psychopharmaka und versuchten, mein inneres Selbst zu ändern.

Ich war, als es passierte, kurz davor, wirklich abzudrehen. Das alles da ... es war für mich wie eine Hölle, von der sie mir sagten, ich habe sie verdient. Kein Ausweg, versteht ihr? Und alle waren gegen mich. Herr Linder, Sie sind krank. Sie müssen kooperieren, und ich sah die Blicke und wie sie sich gegenseitig anschauten, jede verdammte Gesichtsregung von jedem in meiner Umgebung, und das immer und ständig. Wenn sie einem permanent einflüstern, dass du der letzte kranke Dreck bist, glaubst du es irgendwann selbst.«

Mir war es furchtbar unangenehm, Linders Geschichte zu erfahren. Ich sah, wie sehr ihn diese Reise in die Vergangenheit quälte. Ich konnte nicht beurteilen, ob Brigitta das alles wusste, aber sie hörte ihm nur zu, ohne ihn zu unterbrechen. Dabei streichelte sie sanft und geistesabwesend seinen Unterarm.

Was sie wohl dachte? Immerhin liebte sie ihn, und er berichtete nicht gerade davon, dass er bei einer Wohltätigkeitsveranstaltung den größten Scheck eingereicht hatte.

»Als es passierte, habe ich rot gesehen. Ich habe dem Stationsleiter den Hals umgedreht und bin abgehauen. Alle Sicherheitstüren waren geöffnet, und kein Mensch interessierte sich für mich oder dafür, dass ich abhaute. Dann traf ich Becki.«

Er sah sie mit einem so liebevollen Blick an, dass sich bei mir auf der Stelle eine Gänsehaut einstellte.

»Das war`s. Mehr gibt es nicht zu sagen. Den Rest kennt ihr.«

Gregor räusperte sich und sagte: »Und du bist der Höllenhund, der als letzter Mensch auf Erden mit einem Zug gefahren ist.«

Damit löste er bei allen den Kloß im Hals und wir stießen auf die letzten normalen Menschen an, die es scheinbar noch gab ... auf uns alle hier in Schlumpfhausen.

Das war das erste Mal, dass ich Fred lächeln sah. Tomate begann im Wohnwagen zu wimmern, und als ich aufstand, um nach ihr zu sehen, löste sich unsere Runde auf und jeder kroch in sein Nest.

Erst gegen ein Uhr morgens war es dunkel genug. Kein Geräusch drang mehr zu ihm und er rechnete nicht damit, dass von der Gruppe noch jemand wach war. Er hatte sich nicht nahe genug an die Menschen herangetraut, um zu hören, was gesprochen wurde, aber er hörte Stimmen und hin und wieder auch ein Lachen.

Als es gegen zweiundzwanzig Uhr zu dämmern begann, gingen alle zu ihren Wohnwagen und nach einiger Zeit kehrte Ruhe ein. Nur ein Licht brannte noch und würde wohl auch nicht mehr ausgeschaltet werden.

Eine einzelne Glühbirne, die im Vorzelt der alten Leute leuchtete.

Er hatte eigentlich den Plan gehabt, die Stromerzeugeraggregate auszuschalten, bevor er sie verbrennen würde, hatte den Plan aber verworfen, weil er dachte, dass der Wegfall des Stroms sie aufmerksam machen würde.

So leise er konnte, begann er damit, die vorher eingesammelten Gasflaschen in die Wohnwagen und Mobilheime zu schaffen, die den Unterkünften der Gruppe am nächsten standen. Sobald er eine Flasche untergebracht hatte, drehte er die Ventile so weit auf, dass das Gas lautlos ausströmte.

Allenfalls ein leises Zischen war zu hören, das im lauten und allgegenwärtigen Gezirpe der Grillen unterging. Dann schloss er die Türen so leise er konnte und jeder umliegende Wohnwagen wurde zur Bombe.

Nun kam der heikelste Teil. Er musste möglichst viel Benzin verteilen, um ein Feuer zu erzeugen, das die Gruppe einschloss.

Er rechnete mit maximal drei Minuten, bevor der Erste das Feuer bemerken und die anderen warnen würde. Dann müsste es schon zu spät sein. Sie würden wie die Ratten aus ihren Löchern stürmen, um sich in Sicherheit zu bringen, und dann müsste sich das Gas entzünden, damit sie vom Feuerball der explodierenden Wohnwagen verzehrt würden.

Beck wusste, dass die Hexe ihn schon einmal bemerkt hatte, und er zog innerlich eine Minute für seinen Plan ab.

Wenige Minuten, um genug Benzin zu verschütten, damit sich ein Feuerring um die bewohnten Campinghäuser bildete, und nur zwei Minuten, damit der ganze Kreis explodierte. Es gab nur einen Weg, um herauszufinden, ob sein Plan funktionierte. Es zu tun. Sein Leben gegen das der Gruppe Satans. Würde sein Plan versagen, war es Gottes Wille, dann wollte er IHN in seiner Waagschale wissen. In jedem Fall würde er gewinnen.

Er war der Retter der Menschheit. Gott hatte es ihm gesagt.

Er nahm den ersten Kanister und begann, das Benzin zu verschütten. So leise wie möglich. Doch das Gluckern im Inneren der Kanister schien ihm unendlich laut und er verlangsamte den Vorgang, sodass keine Geräusche mehr entstanden.

Aus den Wohnwagen war nichts zu hören. Bis jetzt hatten sie also nichts bemerkt.

Als er den letzten Kanister geleert hatte, begann plötzlich das Baby zu schreien.

»Ach Mann«, dachte ich. Tomate war die ganze Zeit schon so unruhig und quengelte. Ich hatte sie zu mir in die Koje geholt und sie an mich gekuschelt, doch scheinbar hatte sie Koliken, jedenfalls streckte sie sich immer wieder und wand sich in meinem Arm, und von einer Sekunde auf die andere begann sie zu schreien. Ich brauchte kein Licht, um zu wissen, dass sie ihrem Namen alle Ehre machte.

Ich hatte drei, vielleicht vier Bier getrunken und musste austreten. Ich stand also auf und ging, die schreiende Tomate im Arm, nach draußen, um meinen Ballast abzuwerfen. Dabei schunkelte ich die Kleine leicht und hoffte auf ihre erlösende Blähung.

Als ich die kleine Treppe vor der Eingangstür des Wohnwagens herabgestiegen war ...

... zögerte der Mann und hob den Kopf. Beck sah, dass der Bärtige das Benzin roch. Er würde sofort Alarm schlagen und die anderen wecken. Eine Minute war zu wenig, um das Gas zu entzünden. Beck griff trotzdem sofort nach dem Feuerzeug und versuchte es anzumachen. In seiner Nervosität glitt es ihm aus der Hand und fiel ins Gras. Den Funken jedoch hatte der Mann gesehen und ...

... ich stürmte wie von Sinnen, noch immer Tomate im Arm, in die Richtung, wo ich den Funken gesehen hatte.

Als ich das Benzin roch, war mir klar, dass die Pfahlmänner zurückgekommen waren, und der Funke in der Nacht belegte meine These auf der Stelle. Ich rannte wie besessen los und stolperte in vollem Lauf über einen Menschen. Tomate entglitt mir und segelte davon in die Nacht, derweil ich einen gewaltigen Purzelbaum schlug. Ich rutschte über das taunasse Gras und blieb für eine Sekunde benommen liegen. Tomate schrie sich einige Meter von mir entfernt die Seele aus dem Leib und plötzlich spürte ich zwei Hände an meiner Kehle.

Beck hatte das Feuerzeug gefunden und sah nach dem Angreifer, der wenige Meter von ihm entfernt im Gras lag und sich gerade aufrappelte. Sofort lief er zu ihm, warf ihn nieder und drückte ihm die Kehle zu. Das Baby schrie irgendwo weiter vorne in der Dunkelheit.

»Brenne nun, du Satan, brennt ihr alle!«, stieß Beck hervor, als er sah, dass sein Gegner unter seinem Würgegriff langsam das Bewusstsein verlor.

Als der Mann unter ihm sich nicht mehr wehrte, ließ Beck von ihm ab und griff nach dem Feuerzeug.

Die Luft stank nach Benzin und Beck konnte das Klappen einer Tür hören. Die anderen waren offenbar durch den Tumult geweckt worden.

Das Baby schrie noch immer, meckernd und in infernalischer Lautstärke. Schnell stand er auf und versuchte, sich in die Dunkelheit zu flüchten. Er musste nur den Ring aus Benzin, den er angelegt hatte, entzünden, und sein Werk wäre getan.

So schnell wie sie gekommen war, so schnell wich die Schwärze aus meinem Kopf. Ich hatte wirklich gedacht, ich würde hier und jetzt mein Leben aushauchen, doch auf einmal ließ der Mann meinen Hals los und versuchte, wegzulaufen. Als bei mir die Lichter wieder angingen, stellte ich dem weglaufenden Mann ein Bein, nicht wissend, ob das eine gute Idee war. Immerhin könnte der auf die Idee kommen, sein Würgewerk zu vollenden.

Endlich hörte ich die anderen.

Der Angreifer rappelte sich auf und lief fort. Fast zeitgleich spürte ich, wie mich jemand berührte und ansprach. Es war Gregor und an seiner Seite sah ich den Glatzkopf und Agnes. »Weg hier, Benzin«, brachte ich grammatikalisch nicht ganz korrekt über die Lippen, und diesmal war es Fred, der sehr schnell reagierte. Er half mir auf, griff sich die laut tönende Tomate und drückte sie Agnes in die Hand. »Lauft weg«, schrie er und rannte zurück zu den Wohnwagen. Ich sah Brigitta in der Tür ihres Wohnwagens stehen, als Gregor mich in die Nacht hinein fortriss.

Dann war alles voller Flammen und die Nacht wurde zum Tag. Eine meterhohe Flammenwand hatte sich hinter uns aufgebaut und versengte uns die Haare. Brigitta und Fred waren hinter dieser Wand zurückgeblieben.

Wie entgeistert blieben wir stehen und blickten auf das Inferno hinter uns. Das Benzinfeuer hatte die umliegenden Wohnwagen erreicht und in der Sekunde, in der wir dachten, es würde weniger hoch brennen, explodierte mit einem gewaltigen Knall einer der Wohnwagen.

Die Druckwelle schleuderte uns zu Boden und zum zweiten Mal innerhalb von fünf Minuten war ich mir sicher, jetzt sterben zu müssen.

Als drei weitere Wohnwagen ähnlich spektakulär in die Luft flogen, waren wir uns sicher, dass Locke und die bewundernswerte Brigitta nicht mehr unter uns weilten.

Zorn und Trauer ... eine Mischung, die ich bis dahin nicht gekannt hatte, stiegen in mir hoch. Und ich rannte los. Rannte wie von Sinnen zum Haupttor. Wenn der oder die Typen, die gerade Schlumpfhausen in die Luft gejagt hatten, noch auf dem Campingplatz waren, mussten sie ihn durch dieses Tor verlassen. Und da würde ein höchst verärgerter Versicherungs-sachbearbeiter auf sie warten. Mir reichte es. Ich wollte meine Ruhe haben, bevor alles zu Ende ging. Irgendwelche Freaks versuchten stattdessen andauernd, mich umzubringen. Was für ein Irrsinn, wenn man bedachte, dass in drei Tagen sowieso Schluss war. Genug ist genug, heute würden die Fäuste fliegen, so mein durch Adrenalin inspirierter Gedanke, als ich am Tor ankam.

Linder und seine blinde Freundin tot, verbrannt und in die Luft gesprengt! Ich mochte Fred nicht nur, weil er meine Haut gerettet hatte, sondern weil der Kerl, so verschroben und hässlich er auch war, wenigstens authentisch war. Und ganz sicher nicht böse oder dumm. Und Brigitta. Warum sie? Wem konnte eine Blinde im Weltuntergang etwas so Arges angetan haben, dass es gerechtfertigt wäre, diese hübsche und lebensfrohe Frau zu töten?

Ich raste vor Wut.

»Schatz, bleib wo du bist, ich hole dich hier raus!« schrie Linder, um das Prasseln und Krachen des immer mehr um sich greifenden Feuers zu übertönen. Er war fast bei Brigitta angekommen, als der erste Wohnwagen ganz in seiner Nähe explodierte. Instinktiv warf sich Fred Linder auf den Boden, und die glutrote Flammenwelle fegte über ihn hinweg. Die enorme Druckwelle der Explosion erreichte nun Brigitta, die immer noch völlig aufgelöst im Türrahmen des Wohnwagens stand. Der Druck warf sie in den Wohnwagen zurück und sie spürte, wie der ganze Wagen abhob und auf die Seite kippte. Der Krach war infernalisch und es folgten drei weitere Explosionen, die ihren brennenden

Sarg erneut umkippen ließen, sodass dieser nun auf dem Dach lag. Sie hatte sich hart an einem der festgeschraubten Möbelstücke gestoßen und Schmerz schoss durch ihren Körper. Sie spürte die Hitze der Flammen. Das Krachen und Knistern in ihrer Nähe ließ keinen Zweifel daran, dass der Wohnwagen, in dem sie sich befand, lichterloh brannte. Die Luft war kaum mehr atembar, brennender Kunststoff tropfte hinter ihr auf die Sitzecke. Sie fand ihre Orientierung nicht wieder, denn alles war auf den Kopf gestellt. Hilflos folgte sie ihrem letzten Instinkt und begann zu schreien.

Das Rauchgas erreichte ihre Lungen und sie entspannte sich, wurde schlagartig müde. So tief hatte sie geschlafen, so herrlich entspannt nach dem Liebesakt mit Fred. So tief, so tief ... so ...

»Brigitta, komm!« Jemand schlug sie. »Brigitta, Schatz, wach auf!« Wieder ein Schlag ins Gesicht. Sie wollte doch nur schlafen, so tief schlafen, neben Fred. »Verdammt, komm jetzt!« Wieder ohrfeigte sie jemand und zerrte sie hoch. Ein Schmerz durchzuckte Brigitta, als ihre lädierte Schulter hart an den Türrahmen stieß.

Völlig benommen und in einen Kokon aus Schmerz gehüllt, ließ sie sich von Linder durch das Inferno bis zu dem grauen Van schleifen. Der stand zwar etwas abseits, aber noch innerhalb des brennenden Kreises.

Linder hatte die Heckklappe des Wagens geöffnet und warf Becki nun unsanft in den Laderaum. Erst jetzt kam ihre Orientierung wieder. Den Geruch des Autos kannte sie und konnte ihn sofort mit dem Van in Verbindung bringen. Fred hatte kein Wort gesagt, aber sie spürte die enorme Hitze um sie herum und erst im Van konnte sie wieder etwas besser atmen. Die Luft draußen war fast ohne Sauerstoff, brennend heiß und giftig.

Sie hörte noch, dass der Motor angelassen wurde, dann verlor sie das Bewusstsein. Die Rauchgasvergiftung hatte sie in ihrer Gewalt.

Linder hatte nur eine Jeanshose angezogen, als er vom Krach, den Tomate und Adam gemacht hatten, geweckt worden war.

Die Explosion des ersten Wohnwagens hatte ihm den Rücken verbrannt und seine Hosenbeine hatten Feuer gefangen. An den

Unterschenkeln hatte sich der Stoff in die Haut eingebrannt und sein haarloser Hinterkopf war feuerrot. Jede Stelle an seinem Körper schien zu brennen, aber der Schmerz hielt ihn lange genug wach, um den Van zu beschleunigen und ihn direkt auf die Flammenwand zuzusteuern, die immer noch vom verschütteten Benzin gespeist wurde.

Der Transporter raste durch die Flammen. Seine Reifen nahmen brennendes Benzin auf und alle vier Radkästen brannten, als Linder den Wagen mit letzter Kraft auf den Hauptweg des Campingplatzes lenkte und das Gaspedal ganz durchtrat. Dann war nur noch Schwärze in ihm und sein Kopf schlug auf das Lenkrad, als er ohnmächtig zusammensackte.

Laurenz Beck hatte einige Minuten zugesehen, wie sich sein Werk entfaltete. Sein Plan hatte funktioniert. Er war über sich selbst erstaunt, denn Brandstiftung und das Herbeiführen von Explosionen gehörten bis zu diesem Zeitpunkt nicht zu seinen Kernkompetenzen.

Und nun war Gottes Wille getan. Er hatte die Welt gerettet, indem er die Teufel in jene Hölle geschickt hatte, aus der sie gekommen waren. So musste es einfach sein. Und er würde dafür belohnt werden, er, der neue Messias. Er stand auf und ging ruhig zum Haupttor. Er würde sich einen Platz suchen und auf Gottes Urteil warten. Er war sich sicher, dass die Waagschale ausreichend gefüllt war und freute sich auf den zehnten Tag, den Tag, an dem er seinen Lohn für die Rettung der Welt erhalten würde.

Der orangefarbene Schein hinter ihm spendete genug Licht, dass er einige Meter vor sich das weit geöffnete Tor erkennen konnte. Die flachen Gebäude der Rezeption und des kleinen Supermarktes lagen als dunkle Schatten rechts und links daneben.

Er hörte das Geräusch hinter sich zu spät, um sich noch umdrehen zu können.

Ich warf mich auf den Kerl, als er einfach so an mir vorbeispazieren wollte.

Ich hatte mich im Eingang des Supermarktes versteckt und hoffte, dass der oder die Männer an mir vorbeikommen und ich sie dann meine Wut spüren lassen konnte. Aber es kam minutenlang niemand vorbei und ich verzweifelte fast an meiner Wut und Trauer und Hilflosigkeit. Gerade wollte ich meine maßlose Enttäuschung hinausschreien, als ich die Schritte hörte.

Der Mann schlug auf dem asphaltierten Weg auf wie ein nasser Sack. Hundertprozentige Gesichtslandung. Ich griff seine Haare und schlug seinen Kopf wie besessen wieder und wieder auf den Boden.

Endlich ließ ich von ihm ab und drehte ihn um. Ich hatte soviel Adrenalin in mir, dass mein Herz wie verrückt raste, mein Mund völlig trocken war und ich keuchte, als hätte ich den New Yorker Stadtmarathon gewonnen.

Das Gesicht des Mannes war voller Blut und ich sah, dass einige Zähne auf dem schwarzen Asphalt lagen.

»Du legst kein Feuer mehr, du Arsch! Du nicht mehr!«, schrie ich dem Brandstifter ins blutende Gesicht. Dann hörte ich das Motorengeräusch. Ich drehte mich um und sah ein gewaltiges brennendes Geschoss auf mich zujagen. Mir blieb fast das Herz stehen. Ich habe nie geglaubt, dass es so etwas wie apokalyptische Reiter gibt, aber hier hatte ich den Beweis. Offenbar hatte Gott beschlossen, die Frist zu verkürzen. Verdammt, ich hasse Planänderungen.

Das Flammengeschoss hatte mich fast erreicht und ich sah, dass der Teufel einen benzinbetriebenen Van fuhr.

Ich warf mich zur Seite und der brennende Van des Pfahlmanns rumpelte über die Beine des bewusstlos auf der Straße liegenden Mannes. Dann prallte der Transporter gegen die Schrankenanlage der Einfahrt, änderte die Richtung, walzte den Maschendrahtzaun rechts vom Eingangstor nieder und kam dann zum Stehen.

Alle vier Räder standen in Flammen. Ich rannte zu dem Auto und riss die Fahrertür auf. Fred fiel mir entgegen und ich konnte ihn nicht festhalten. Mit dem Kopf zuerst fiel Linder ins Gras. Ich packte den ohnmächtigen Glatzkopf an den Armen und zog ihn fort vom Van, der in Kürze wohl völlig ausbrennen würde, denn die Flammen griffen weiter um sich und zum Löschen war weder Zeit noch Material vorhanden.

»Brigitta«, schoss es mir durch den Kopf. Fred Linder würde niemals ohne Brigitta losgefahren sein. Vorne im Wagen war sie nicht, das hatte ich gesehen. Ich lief also zum Lieferwagen zurück und verbrannte mir die Hände, als ich die Heckklappe öffnete. Ganz hinten konnte ich Brigitta als leblosen Schatten erkennen. Der Laderaum hatte sich mit Rauch gefüllt und ich dachte nur daran, dass der Tank des Vans jeden Moment explodieren könnte. In dieser Sekunde aber war mir das egal. Adrenalin ist ein wunderbares Zeug. Man kann zum Helden werden.

Ich kletterte in den verrauchten Raum und zog Brigitta heraus.

Es dauerte bestimmt noch fünf Minuten, bis die Flammen den Tank des Transporters erreicht hatten und er erstaunlich unspektakulär explodierte. Es machte nur laut »Wuff«, ein kleiner Feuerball umhüllte den Van, und dann brannte das »Pfahlmann-Mobil« in voller Ausdehnung.

Es wurde merklich heller. Der achte Tag brach an und ich lag auf dem Asphalt neben Brigitta, die hechelnd atmete und Fred, der hin und wieder ein Seufzen ausstieß. Endlich trafen die anderen ein.

Dann wurde es auch mir zu viel und ich schloss die Augen. Mein Körper hatte das Adrenalin abgebaut. Ich schaltete einfach ab.

Bums. Weg.

Die Grausamkeit der Todesstrafe beschränkt sich nicht auf den tatsächlichen Moment der Hinrichtung. Schon die Erfahrung, in der Todeszelle auf die eigene Hinrichtung warten zu müssen, ist grausam und unmenschlich und kann nicht durch die Entwicklung *humanerer* **Exekutionsmethoden aufgewogen werden. Der Verurteilte wird lange vor der Hinrichtung gezwungen, mit der Vorstellung zu leben, an einem festgesetzten Tag exekutiert zu werden. Im Laufe des gesamten Berufungsverfahrens steht er vor der quälenden Zerreißprobe zwischen Lebenswillen und Hoffnung einerseits und der Notwendigkeit andererseits, sich auf den möglicherweise drohenden Tod vorzubereiten.**

Amnesty International

Adam wachte als erster wieder auf, nachdem er sechs Stunden fast komatös geschlafen hatte. Agnes saß bei ihm und legte sofort, als sie sein Erwachen bemerkte, ihre Hände an sein Gesicht.

»Tomate geht es gut, sie ist unversehrt. Nur ein paar Kratzer«, sagte sie, ohne dass Adam gefragt hätte.

»Fred?«

»Er hat schwere Verbrennungen und ist immer noch ohne Bewusstsein. Ich weiß nicht, was ... ich ... vielleicht stirbt er«, brachte sie hervor.

»Brigitta?«

»Dasselbe.« Tränen liefen über Agnes Wangen.

»Wo sind wir?«

»Auf dem Campingplatz. Das Feuer ist aus. Unsere Wagen sind hin, aber hier gibt es ja noch genug andere«, hörte Adam Gregor sagen.

»Der Typ?«

»So gut wie tot. Liegt dahinten. Beine zerquetscht und ohnmächtig. Der wird's ganz sicher nicht schaffen. Ist auch besser so für ihn. Soll er doch verrecken. Gut, dass du ihn geschnappt hast«, sagte Gregor mit vibrierender Stimme.

Adam setzte sich auf und blickte sich um. Er lag in einem Vorzelt auf einer Luftmatratze. Evelyn saß ihm gegenüber auf einem Campingstuhl und hatte sich wieder ganz in sich zurückgezogen. Im Inneren des Wohnmobils, an dessen Seite das Zelt aufgebaut worden war, brabbelte Tomate vor sich hin.

»Wo sind die beiden?«, fragte Adam leise.

Agnes antwortete: »Sie sind nebenan, ich habe die Brandwunden mit Salbe versorgt, aber ich glaube, die haben eine Rauchvergiftung. Beide atmen sehr schwer und zeigen keine Reaktion. Es sieht echt nicht gut aus.«

Adam stand auf und wankte etwas. Er fing sich und taumelte aus dem Zelt. Der Himmel war bedeckt und es war sehr schwül. Offenbar braute sich ein Gewitter zusammen. Gregor begleitete ihn zur Nachbarparzelle und öffnete die Tür eines Wohnwagens, der, seinen Ausmaßen nach zu urteilen, sicher eine Menge Geld gekostet haben musste.

Entsetzt blickte Adam auf Fred Linder. Hautfetzen hingen von seinem Gesicht herab und der Hinterkopf war in nasse Tücher gebettet.

Beide Beine waren bandagiert und es roch unangenehm nach verbrannten Haaren. Neben ihm auf der Pritsche lag Brigitta.

Auch sie atmete schwer und unregelmäßig. Sie hatte die Schulter bandagiert, und die Tatsache, dass Adam ihre Brüste sehen konnte, berührte ihn peinlich. Brigittas Haar hatte offensichtlich gebrannt. Einzelne Haarbüschel standen auf ihrem Kopf, umrahmt von roter Haut, die unter einer Schicht von Brandsalbe hervorschimmerte.

Adam verließ den Wohnwagen und kämpfte schwer gegen den Brechreiz an.

»Gregor, die brauchen reinen Sauerstoff. Das ist das Einzige, das gegen die Rauchvergiftung hilft«, sagte er schwer atmend.

»Witzbold, die Krankenhäuser sind geschlossen, wie du weißt.«

»Es gibt doch bestimmt in diesem Kaff eine Arztpraxis. Die haben ganz sicher Sauerstoff. Müssen die haben«, stieß Adam hervor.

Er hatte sich nun wieder gefangen und ging einfach los, Gregor folgte ihm. Als sie an der Rezeption ankamen, ging Adam hinein und durchsuchte den Schreibtisch des Rezeptionisten. Tatsächlich fand er, was er suchte. Die Adresse eines Allgemeinmediziners im nahegelegenen Dorf.

Auf der Rückseite der Visitenkarte war ein kleiner Plan aufgedruckt und ein Äskulap-Symbol bezeichnete das Haus, in dem sich die Praxis befand.

Als sie das noch immer schwelende Wrack des ausgebrannten Vans passierten, traf Adam die Erinnerung an die vergangene Nacht mit voller Wucht und die Wut kehrte zurück.

Als sie zwanzig Minuten später vor der verschlossenen Tür der Arztpraxis standen, verlieh ihm diese Wut die nötige Kraft, die Tür aufzutreten. Den stechenden Schmerz im Fuß, den ihm dieses Manöver einbrachte, ignorierte Adam.

Zu zweit durchsuchten sie die Praxis, und während Adam tatsächlich eine graue Gasflasche mit reinem Sauerstoff fand, die sogar mit einer Atemmaske verbunden war, packte Gregor aus dem Arzneimittelschrank sämtliche Medikamente in eine Plastiktüte, die er im Wartezimmer gefunden hatte. Mithilfe des Schlüsselbundes, den Gregor auf dem Schreibtisch des Arztes fand, öffnete er einen Stahlschrank, in dem die starken Medikamente, wie zum Beispiel Morphium, aufbewahrt wurden.

Auch diese wanderten in die Tüte.

Adam klemmte sich die Sauerstoffflasche unter den Arm und nahm einige durchsichtige Beutel mit Kochsalzlösung mit. Außerdem hatten sie steril verpackte Sets mit Nadeln und Schläuchen für intravenöse Zugänge eingepackt.

Schnell machten sie sich auf den Weg zurück zum Campingplatz.

Nachdem sie angekommen waren, ließ Adam sofort abwechselnd Brigitta, deren Blöße von Agnes mittlerweile bedeckt worden war, und Fred reinen Sauerstoff atmen. Gregor war noch einmal mit einem herrenlosen Wohnmobil zur Praxis zurückgefahren, um weitere Sauerstoffflaschen zu holen. Insgesamt gab es sechs davon und der alte Mann schaffte sie alle herbei.

In der Zwischenzeit setzten sich Adam und Agnes mit den Nadeln und Schläuchen auseinander, die den gemarterten Körpern die Kochsalzlösung aus den Beuteln zuführen sollten.

»Ich habe so etwas immer nur im Fernsehen gesehen, ich weiß nicht, ob ich das kann«, zweifelte Adam.

Tomate begann im Wagen nebenan zu wimmern. Evelyn befreite sich aus ihrer Lethargie und sah nach dem Baby.

»Du musst den Arm oben abbinden, glaube ich«, meinte Agnes. »Und dann die Nadel in die Ader stechen.«

Adam nahm Brigittas rechten Arm und schaute sich die Armbeuge an. Tatsächlich konnte er die blaue Vene unter der Haut erkennen. Dort hinein musste die Nadel.

»Gib mir was zum Abbinden«, sagte er und Agnes reichte ihm eine Krawatte, die sie in einem Schrank des Wohnwagens gefunden hatte.

Damit band er den rechten Arm ab. Dann holte er tief Luft und hielt den Atem an. Agnes hielt Brigittas Arm und Adam schob langsam die lange Nadel in die Vene.

»Ich weiß nicht, ob ich drin bin«, keuchte Adam.

»Du musst das Plastikteil festhalten und die Nadel wieder rausziehen. Das ist nur so ein kleiner Plastikschlauch, der drin bleibt«, sagte Agnes.

»Was weiß ich denn, bin ich Arzt?«, knurrte Adam.

»Ja, jetzt schon«, flüsterte Agnes.

Adam hielt das rosafarbene Plastikteil, das sich am Ende der langen Nadel befand, fest, und zog langsam die Nadel wieder aus der Vene. »Und jetzt?«, fragte er.

Agnes löste den Knoten der Krawatte um Brigittas Arm und sofort schoss dunkelrotes Blut aus der Kanüle. »Mach zu, mach sofort wieder zu!«, rief Adam. Agnes verschloss geistesgegenwärtig das Ventil an der Kanüle und der Blutstrahl verebbte.

Das Blut war ihm an den Hals gespritzt und dennoch lachte Adam.

»Super. Das Ding sitzt.«

Schnell verbanden sie den Zugang mit der Kochsalzlösung. Adam befestigte den Beutel über Brigittas Kopf und öffnete das

Ventil der Kanüle. Tatsächlich begann die Lösung in Brigittas Körper zu laufen. Sie wiederholten, diesmal etwas sicherer, den Vorgang bei Linder.

»Da sag mal einer, dass Fernsehen nicht bildet. Ich liebte es, »Emergency-Room« zu sehen. Hoffentlich hilft uns das.«

Adam blieb bei Brigitta und Fred und verabreichte beiden im Wechsel Sauerstoff. Agnes brachte ihm etwas zu essen und zu trinken und nach sechs Stunden geduldigen Wartens öffnete Brigitta auf einmal die Augen. Ihr Atem ging ruhiger. Sie stöhnte laut und vernehmlich und schloss dann die Augen wieder.

Die Ohnmacht war einem tiefen Schlaf gewichen.

Gregor war ebenfalls völlig erschöpft im Campingstuhl eingeschlafen, und als der letzte Beutel mit Kochsalzlösung durchgelaufen war, fuhr Agnes mit Evelyn noch einmal zur Praxis, um Nachschub zu holen.

Adam saß vor dem Wohnwagen und wippte Tomate auf den Knien, als Laurenz Beck anfing zu schreien. Er lag einige Meter entfernt in einem Hauszelt und niemand von ihnen hatte sich um ihn gekümmert.

Erst jetzt, als Beck infernalisch schrie, wurde Adam wieder bewusst, dass der Mann, der all dies hier angerichtet hatte, noch lebte.

Er stand auf, legte Tomate in das Nest aus Decken, das Agnes bereitet hatte, und ging zu dem Zelt, in dem Beck auf dem Boden lag.

Agnes oder Gregor hatten dem Mann die Beine abgebunden. Der Transporter war über beide Unterschenkel gefahren und hatte sie zerquetscht. Knochensplitter hatten sich durch die Hose des Mannes gebohrt. Das Blut war schwarz geronnen und hatte die Hose fest mit dem zerquetschten Fleisch verbunden.

Das Gesicht des Mannes war nach seinem Wutanfall völlig zerschlagen, und dennoch erkannte Adam jetzt, wen er da vor sich hatte.

»Das ist doch der Pfahlmann!«, schoss es mir durch den Kopf.

Das war der Typ, der die Gruppe angeführt hatte und der von Fred überwältigt und selbst an den Mast gebunden worden war.

Wir waren uns sicher, dass der Mann sich selbst gerichtet hatte, indem er Linders Option wahrgenommen hatte, sich selbst in die Waagschale zu werfen. Offenbar hatte er uns getäuscht. Wir hatten das nicht überprüft. Der Rauch an der Stelle, an dem sich der Pfahl auf diesem Güterbahnhof befand, war uns Beweis genug gewesen, dass der Typ tot ist.

Der Mann schrie wie am Spieß, was nachvollziehbar war angesichts der Verletzungen und der damit verbundenen Schmerzen.

In mir tobte ein Zwiespalt der Gefühle. Der Mann müsste tot sein und hatte aus meiner, aus unser aller Sicht, den Tod verdient. Und doch war es so, dass wir nur noch zwei Tage hatten, bis die Lichter für uns alle ausgingen, und ich empfand es als absolut frevelhaft, jetzt noch Leben zu nehmen. Auch nicht das dieses Monsters in Menschengestalt.

Vielleicht hätte ich anders gehandelt, wenn Fred oder Brigitta gestorben wären. Aber so war mir klar, dass von diesem jämmerlichen Menschen keine Gefahr mehr ausgehen konnte. Wenn er nicht an den Folgen der schweren Verletzungen sterben würde, so wäre auch für ihn in knapp drei Tagen der Ofen aus. Soll Gott sich drum kümmern. Der hat schließlich den Mist angefangen.

Ich ging in unser Vorzelt zurück und schüttete die Tüte mit den Medikamenten aus, die wir aus der Praxis mitgenommen hatten.

Tabletten würde der Mann in seinem Zustand kaum schlucken können und das Morphium in flüssiger Form war in kleinen Glasampullen abgefüllt. Ich fand auch Einwegspritzen, die Gregor mit in die Tüte gepackt hatte, war aber völlig unsicher, wieviel von dem Zeug ich verabreichen musste, damit der Mann aufhörte zu schreien, aber ohne daran zu sterben. Und wenn er starb, hatte ich es wenigstens versucht. Der gute Vorsatz war jedenfalls da.

Ich zog fünf Milliliter auf und spritzte sie dem Pfahlmann in die Hauptvene, die ich deutlich in der Armbeuge des Mannes erkennen konnte.

Die Wirkung trat augenblicklich ein. Der Mann hörte auf zu schreien und entspannte sich völlig. Sein Atem ging ruhig, fast flach, und damit war aus meiner Sicht genug getan für diesen Menschen.

Ich trat aus dem Zelt und holte tief Luft. Von Weitem hörte ich das Auto von Agnes und Evelyn, die auf dem Rückweg von der Arztpraxis waren.

Gregor saß noch immer laut schnarchend in seinem Campingstuhl und Tomate spielte versunken mit einem kleinen Ball, in dem sich eine Rassel befand und sie sehr zu faszinieren schien. Ich ging zu Fred und Brigitta und fand beide ruhig schlafend vor. Ich verabreichte jedem noch eine Dosis Sauerstoff und ging den Frauen entgegen. Ich dachte, dass ich in den letzten achtzehn Stunden genug mitgemacht hatte, um dem abscheulichen Gestank im Supermarkt des Ortes gewachsen zu sein. Sämtliche Babynahrung, alle Trinkfläschchen, kurz, Tomates und mein gesamter Besitz waren vernichtet und ich musste Nachschub beschaffen. Außerdem waren auch alle Zigaretten in Rauch aufgegangen, und ich hatte nicht die Absicht, so kurz vor dem Armageddon noch das Rauchen aufzugeben.

Ich übergab also den Frauen die Verantwortung für die drei Patienten und Tomate, setzte mich ans Steuer des Caravans, von einer seltsamen inneren Ruhe erfüllt, und fuhr zum kleinen Supermarkt im Dorf.

Im Dämmerlicht raffte ich schnell alle benötigten Dinge zusammen und verstaute sie in einem herumstehenden Einkaufswagen. Ich fand keinen Toten. Der Gestank kam von dem verfaulenden Fleisch aus der Kühltheke. Es raschelte hin und wieder, denn Katzen und vermutlich auch Ratten und anderes Getier labten sich an den Hinterlassenschaften der todgeweihten Menschheit.

Wir würden hierher zurückkehren müssen, um uns mit Wasser und anderen Sachen zu versorgen. Zumindest sollte unser Vorrat so groß sein, dass wir am zehnten Tag nicht auch noch Kohldampf schieben mussten. Langsam wuchs in mir die Trauer darüber, bald tot zu sein. Unabwendbar und ohne Alternative. So musste sich ein Delinquent fühlen, dessen Hinrichtungstermin feststand. Ziemlich beschissen.

Die Wolken hatten sich stark verdichtet und es begann zu donnern. Erst weit weg, über der See, aber minütlich kam das Grollen näher.

Wir hatten im großen Vorzelt einige Stühle zusammengestellt und Agnes hatte aus Konserven einen sehr improvisierten Eintopf gezaubert, den wir alle als das Leckerste bezeichneten, das wir je gegessen hatten.

Wir sahen abwechselnd nach Fred und Brigitta, und als das Gewitter losbrach und schwere Regentropfen auf das Zeltdach prasselten, blieb Gregor ganz bei ihnen. Der Luxus Stromversorgung war dahin, denn das Feuer gestern Nacht hatte wohl die Technik zerstört. Vielleicht ließ sich das wieder reparieren, aber eigentlich störte uns das Fehlen von Elektrizität nicht. Licht spendeten uns einige Gaslaternen, und kochen konnten wir mit den ebenfalls gasbetriebenen Campingkochern, die reichlich zur Verfügung standen, auch nachdem Schlumpfhausen abgebrannt war.

Wir unterhielten uns laut, um das Prasseln des Regens zu übertönen, als Gregor aufgeregt und durchnässt ins Zelt kam.

»Sie sind beide wach. Kommt.«

Tatsächlich saß Fred auf der Kante seiner Pritsche, den Infusionsschlauch noch im Arm. Sein hochroter Schädel schien zu leuchten. Agnes hatte ihm am späten Nachmittag mehrfach Salbe aufgetragen, und obwohl die Verbrennungen in seinem Gesicht und an seinem Schädel erheblich waren, sah er besser aus, als noch am Morgen. Brigitta lag noch auf dem Rücken und machte ein schmerzverzerrtes Gesicht, als sie versuchte, sich aufzurichten. Sie war an der Schulter verletzt, die vielleicht sogar gebrochen war.

Als ich den Wagen betrat, drehte Fred den Kopf zu mir und grinste wie Harry Potter, der den goldenen Schnatz gefangen hatte.

»Danke, Mann«, sagte er mit erstaunlich fester Stimme. »Gregor hat mir erzählt, was passiert ist.«

»Ist gut, Locke, war Ehrensache«, sagte ich und fühlte mich wie Chuck Norris. Mein Leben lang wollte ich mal so einen coolen

Spruch ablassen und jetzt, kurz vor dem Ende, war es endlich soweit.

Ich verließ den Wohnwagen und zog wieder fünf Milliliter Morphium in eine Spritze. Das Schmerzmittel gab ich in die Infusionsflasche, die mit Brigittas Arm verbunden war.

Sie entspannte sich sofort.

»Woher weißt du, wieviel du von dem Zeug nehmen musst?«, fragte mich Agnes.

»Habe ich ausprobiert.«

»An wem?«

»An unserem Freund hinten in dem Zelt. Der ging mir mit seinem Geschrei auf die Nerven.« Wow, Chuck Norris lebte in mir weiter.

Man wächst eben mit seinen Aufgaben. Alte Versicherer-Weisheit.

Brigitta schlief tief und fest und wir ließen die beiden alleine. Fred hatte es abgelehnt, ebenfalls Morphium zu erhalten

und setzte sich auf Brigittas Bettkante.

Er streichelte unablässig ihr Gesicht. Sein Grinsen war in der Sekunde verschwunden, in der er erfuhr, dass der Mann, der uns das alles angetan hatte, noch lebte und hinten in einem Zelt lag.

Er hatte dazu kein Wort gesagt, aber ich dachte mir, dass es ganz gut war, dass Fred zurzeit einfach nicht mobil genug war, um das persönliche Gespräch mit dem Pfahlmann zu suchen.

Das Gewitter war weitergezogen, nur ein fernes Grummeln zeugte noch davon. Der achte Tag hatte sich verabschiedet und wir beschlossen, zu Bett zu gehen. Allerdings teilten wir uns zu Nachtwachen ein, zum einen, um uns um die Patienten zu kümmern, zum anderen, um unser neues Camp zu bewachen. Immerhin gab es jede Menge Verrückte da draußen, und keiner von uns konnte wissen, ob der Mann im Zelt der einzige war, der gestern hier gezündelt hatte.

Ich hatte die erste Wache und Gregor setzte sich zu mir. Ich hatte mich etwas von den bewohnten Wagen entfernt auf einem Liegestuhl niedergelassen.

»Was glaubst du, passiert übermorgen?«, fragte er mich.

»Keine Ahnung. Mit etwas Glück gar nichts.«

»Weißt du, was ich denke?« Gregor sah auf seine Füße.

»Keine Ahnung, sag es mir.«

»Das ist hier die Sintflut.«

»Verstehe ich nicht.«

»Glaube ich dir. Ich erkläre es.« Gregor schwieg einige Sekunden und begann dann zu sprechen.

»Du weißt, dass ich Lehrer war. Ich habe unter anderem Geschichte und Religion unterrichtet. Daher weiß ich, dass es schon immer und in jeder Kultur den Mythos der Sintflut gegeben hat. Die Sumerer hatten ihre Version und auch die Chinesen und die Griechen. Die Menschheit wurde durch Gottes Zorn vernichtet. Das gab es bei den Ureinwohnern Australiens genauso wie bei den alten Syrern. Nicht immer waren es Fluten, die alles Lebende ertränkten. Es gab auch Feuersbrünste und Erdbeben. Und die meisten dieser Mythen sind viel, viel älter als die Bibel.

Immer wieder erregten die Menschen den Zorn ihrer jeweiligen Gottheiten. Und immer wieder haben diese Gottheiten den Untergang herbeigeführt.

Was wir jetzt erleben, ist doch nichts anderes. Gott hat die Schnauze voll von den Menschen und jagt sie zum Teufel, gewissermaßen. Dazu braucht es keinen Tsunami und kein Erdbeben. Es reicht, wenn er dafür sorgt, dass sich die Menschheit selbst ausrottet.«

Gregor schwieg.

»Aber warum tun die Menschen das? Die Stimme hat doch gesagt, dass sich die Menschheit retten kann. Sie hat jeden Einzelnen aufgefordert, das zu tun. Warum dieses Chaos? Ich verstehe das nicht«, stammelte ich.

Gregor wies auf meinen Campingstuhl.

»Sieh dir das Ding an, auf dem du sitzt.

Kein Mensch wäre in der Lage, so ein Teil zu bauen.

Die Stangen sind aus Aluminium gefertigt, der Stoff besteht aus Polymeren, hergestellt aus tausend Chemikalien und Erdöl. Der Stuhl ist das Ergebnis der Leistung eines gigantischen Kollektivs. So wie ein Ameisenhaufen. Jeder Mensch auf der Erde ist vernetzt und bringt sich, seine Fähigkeiten und sein Wissen, seine Neugier und seinen Forscherdrang in das Kollektiv ein. Der Typ, der die Chemikalien für die Farbe zusammengerührt hat, weiß nichts von dem armen Arbeiter in Argentinien, der das Aluminiumerz aus dem Berg gekratzt hat. Generationen von Ingenieuren waren nötig, bis man eine Maschine erschuf, die in der Lage war, die Schweißnähte im Akkord zusammenzuschweißen. Von der Erfindung der Elektrizität und des Schweißgeräts ganz zu schweigen. Verstehst du? Dieser alberne Klappsessel ist das Ergebnis von jahrhundertelanger Forschung, von der Leistung abertausender Menschen, die alle zu seiner Herstellung beigetragen haben.

Und deren Familien lebten auch von den Erzeugnissen des Kollektivs. Und waren Bestandteil davon. Jeder Mensch auf der Welt hatte zu jeder Zeit eine Aufgabe, und erst das komplette Netzwerk, mit jedem Menschen darin, machte die Menschheit aus. Jeder war mit jedem und allem vernetzt. Und das über die Grenzen der Zeit hinweg, denn die Erkenntnisse der längst Verstorbenen lebten im Bewusstsein des Kollektivs, des Netzwerkes, weiter.

Selbst der mächtigste Mann der Erde, jeder Großindustrielle, jeder schwerreiche Mensch, jeder, der meinte, wahnsinnig viel Macht zu haben, war nur ein gleichberechtigtes und gleichverpflichtetes Mitglied im Netzwerk. Denn niemand konnte ohne das Netzwerk leben. Die Menschheit in ihrer Struktur gibt es nur, weil sie ein unendlich vielschichtiges und mehrdimensionales Kollektiv bildet.«

Gregor hatte sich fast in Rage geredet. Seine Augen leuchteten, offenbar war er von dem, was er da sagte, überzeugt.

»Und was ist mit den Eingeborenen irgendwo im Dschungel?«, warf ich ein. »Die sind doch nicht Teil des Kollektivs.«

Gregor sah mich an. »Doch, das sind sie. Wo immer mehr als ein Mensch an einem Ort ist, bilden sich dieselben Strukturen heraus. Arbeitsteilung und Teilung von Verantwortung und Macht. Da gibt es dann Jäger und solche, die Fische fangen, von mir aus. Frauen, die die Kinder großziehen und die Nahrung zubereiten. Medizinmänner und Häuptlinge. Und Neid und Missgunst, Geltungsdrang, Eifersucht und Hass. Und sicher auch Liebe. Ist immer und überall so. Ohne Ausnahme, glaub mir.«

Ich glaubte ihm, war ich doch in meinem Leben zu ähnlichen Schlüssen gekommen.

»Und was soll mir das jetzt sagen? Ich meine, was hat das mit dem zu tun, was hier passiert?« Ich kam mir vor wie ein Schüler. Naja, wenn Gregor der Lehrer war, wer war dann wohl ich?

»Erinnerst du dich noch, was Gott gesagt hat?«

»Jedes Wort, verdammt.«

Du hast zehn Tage Zeit, die Welt zu retten, bevor ich sie zertrete mit allem Gewürm darauf. Zehn Tage und Nächte gebe ich dir, dir alleine, um die Welt zu retten. Nutze sie oder vergehe zusammen mit allen anderen deiner Art.

Den Widerspruch darin hatte ich längst erkannt. Er hatte jedem gesagt, dass er oder sie die Welt retten könne. NUR er oder sie. Das den acht Milliarden Menschen gleichzeitig zu sagen, ist eigentlich eine ziemliche Sauerei.

»Verstehst du nicht, Adam? Dadurch, dass JEDER der EINZIGE ist und den Auftrag von der allerhöchsten Instanz bekommen hatte, sind alle Formen von Hierarchie auf der Stelle zerfallen. Das Kollektiv hat sich zu einhundert Prozent aufgelöst.«

Das wurde mir langsam zu hoch. Was hatte das mit den Zerstörungen, den Bränden und dem Morden zu tun? Genau das fragte ich Gregor.

»Menschen haben immer und stets das bekämpft, was sie für falsch erachteten. Denk nur an die unzähligen religiös motivierten Kriege. Die Bürgerkriege. Massaker und Genozide. Immer haben Menschen mit Gewalt ihre Interessen und ihren Glauben durchsetzen wollen. Die Menschheitsgeschichte besteht regelrecht aus solchen Dingen. Und nun kommt Gott, zeigt auf die Menschheit und sagt: Alles Mist, was ihr verzapft habt. Ist doch nur logisch, dass alle nun das bekämpfen, was Gottes Zorn erregt, oder besser, von dem sie glauben – jeder für sich – dass es Gottes Zorn erregt. Und das ist so ziemlich alles, was uns umgibt. Alle sogenannten Mächtigen, alle Kirchenvertreter, egal von welcher Fraktion sie sind. Das Kollektiv ist aufgelöst, den Schwarm gibt es nicht mehr, nur noch acht Milliarden Einzelkämpfer. Das, Adam, ist die aktuelle Form der Sintflut. Rettung? Nein, die Sintflut begann vor acht Tagen.

Und was übermorgen passiert? Weiß nur Gott alleine.«

Gregor schlug sich mit beiden Händen auf die Knie. »So, Zeit zum Schlafen für einen alten Mann«, sagte er und ließ mich mit meinen Gedanken alleine. Ich sah, dass er noch einen Blick in den Wohnwagen warf, in dem Fred und Brigitta lagen, und dann zu Agnes in die Koje kroch.

»Wenn das hier die moderne Form der Sintflut ist, wo ist dann die verdammte Arche?«, war mein alles beherrschender Gedanke in diesem Moment.

Wenig später löste mich Evelyn ab und ich zog mich zu Tomate in den Wohnwagen zurück. Evelyn hatte neben dem Baby geschlafen und ich kuschelte mich in das angewärmte Bettzeug. Das war nicht die Zeit für Konventionen, und so schlimm war es wirklich nicht, in ein Bett zu kriechen, das von einer so hübschen Frau angewärmt worden war. Schade, dass sie so neben sich stand. Eine Beziehung mit ihr könnte ich, so mutmaßte ich, zwei Tage lang aushalten, mehr war ja sowieso nicht drin. Zynismus hilft bei Todesnähe enorm.

Übermorgen also würde mein Leben und das aller anderen Überlebenden enden. Ich überlegte, um welche Uhrzeit eigentlich Gottes Ansage stattgefunden hatte und erinnerte mich daran, in welcher Situation ich mich da gerade befunden hatte. Meine Küche. Mein Wohnzimmer. Die Vorstadtsiedlung, in der ich wohnte. Das alles war in meinen Erinnerungen so unglaublich vertraut und gleichzeitig war es unendlich weit weg. Aber was Unendlichkeit bedeutete, sollte ich später noch lernen.

Mit wenig erfreulichen Gedanken im Kopf schlief ich schließlich ein.

Am nächsten Morgen erwachte ich ziemlich zerknittert und mit schmerzenden Gliedern. Irgendeine gütige Seele hatte sich bereits um Tomate gekümmert, denn deren Platz war leer. Ich stolperte aus dem Wohnwagen, nur mit Boxershorts bekleidet, und sah unsere kleine Gemeinschaft im Vorzelt sitzen. Fred, der gute alte Freddi Conehead, saß zwischen Gregor und Evelyn und machte einen recht fidelen Eindruck.

»Moinsen,« sagte ich nur und setzte mich zu den anderen an den Tisch. »Wie geht es Brigitta?«

»Sie schläft immer noch, war aber vorhin wach. Es geht ihr einigermaßen. Vielleicht gibst du ihr nachher noch etwas von dem Wundermittel«, sagte Gregor.

Ich sah zu dem Hauszelt, in dem der verletzte Pfahlmann lag.

»Der Typ heißt Laurenz Beck«, knurrte Linder mit Blick auf Gregor und Agnes. »Hat es uns gesagt, als ich ihn auf dem Güterbahnhof in der Mangel hatte. Dachte, der wäre tot. Jetzt ist er es fast. Der glüht vor Fieber und sagt keinen Mucks mehr.«

Fred war also in dem Zelt gewesen. Und er hatte nicht, wie ich gewettet hätte, dem Kerl einfach den Hals umgedreht, sondern er hatte ihn verschont. Ich sah Fred fragend an.

»Der stirbt sowieso.« Mehr wollte Kojak dazu nicht sagen.

War okay für mich.

»Morgen um Viertel nach zwei?«, fragte ich in die Runde, und alle sahen mich an.

»Tja, so ist das wohl«, sagte Agnes lapidar und stellte mir eine Schüssel mit Cornflakes vor die Nase. »Brot ist Geschichte. Alles vergammelt da drüben im Supermarkt.

»Also Leute, was machen wir heute, am vorletzten Tag?« fragte ich in die Runde.

»Ich kümmere mich um die Kleine«, sagte Linder und stand auf, um zu Brigitta in den Wohnwagen zu gehen. Ich hegte den Verdacht, dass Linder dem lieben Gott noch ganz schön einheizen würde, bevor dieser seine Prophezeiung wahr machen konnte. Ganz sicher jedenfalls würde er es versuchen. Fred schien sich zu weigern, die göttliche Kompetenz anzuerkennen.

Sollte er das mit dem Allmächtigen ausmachen. Mich ging das nichts an.

Ich bemühte mich, die Müslischale zu leeren, obwohl ich keinen Appetit verspürte. Die gute Agnes hatte für Kaffee gesorgt und ich musste an Gregors Worte denken. Wir bildeten hier mit unseren sieben Leutchen schon wieder ein Kollektiv. Mit Aufgabenverteilung und Hierarchie. Also hatten wir Gottes Spiel nicht mitgemacht. Wenn er den Schwarm komplett aufgelöst hatte, war ihm das bei uns letztlich nicht gelungen, und ganz sicher gab es Gruppen wie die unsere überall auf dem Globus.

Nachdem ich aufgegessen hatte, begab ich mich zu Brigitta in den Wohnwagen. Sie saß bereits, in eine Decke eingewickelt, im Schneidersitz auf dem Bett und ich konnte sehen, dass ihre rechte Schulter etwas tiefer hing als die linke. Ich hoffte, dass sie wegen der Schmerzen nur eine Schonhaltung eingenommen hatte.

»Hallo Blindfisch, brauchst du was gegen die Schmerzen?«, fragte ich sie statt einer Begrüßung. »Nein, Adam, es ist gut. Ich möchte bei mir bleiben«, entgegnete sie.

»Deine Frisur ist im Eimer«, sagte ich wenig einfühlsam.

Sie fasste sich mit der linken Hand an den Kopf und tastete ihn ab. Die Flammen hatten nur wenige Haare verschont und sie sah aus wie ein gerupftes Huhn.

»Wie wäre es mit Partnerlook?«, fragte ich und sie schien mich anzusehen. »Wie meinst du das?«, fragte sie.

»Lass uns die Fransen auch noch wegmachen und ihr habt die gleiche Frisur. Sieht bestimmt besser aus als das, was jetzt dein Haupt ziert«, schlug ich vor.

»Okay«, sagte sie nach kurzem Zögern. Dabei lächelte sie.

Fred sah mich an, als wäre ich irre geworden. Dann sah er sie an und nickte. Offenbar wurde ihm ihr Anblick erst jetzt bewusst und er stimmte dem Vorschlag zu. »Aber du lässt die Finger von ihr. Das mache ich selbst«.

Er stand auf, um das Nötige zu besorgen und ich verließ nach einem kurzen Gruß den Wohnwagen. Diesem intimen Akt wollte ich nicht beiwohnen.

Einige Minuten später sah ich, wie Fred vor dem Wohnwagen einen Campingstuhl aufbaute. Dann schaffte er ein Tischchen herbei und platzierte einige Gegenstände darauf. Zuletzt führte er Brigitta, die nun T-Shirt und kurze Hosen trug, aus dem Wohnwagen und setzte sie auf den Stuhl.

Nun sah ich doch zu. Selber schuld, wenn er eine Open-Air-Veranstaltung daraus machte. Gregor und Agnes traten neben mich und auch Evelyn kam mit Tomate auf dem Arm, die sie mir wortlos reichte. Die Kleine wirkte aufgeräumt und satt. Ich hielt sie so an meinen Bauch gelehnt, dass sie das Schauspiel verfolgen konnte. Tomate hatte selber nicht gerade eine üppige Haarpracht und sie kam stilistisch deutlich näher an Freds oder Brigittas aktuelle Frisur als an meine oder Evelyns.

Geschickt band Fred nun ein Handtuch um Brigittas Hals. Ich konnte sehen, wie er vorsichtig darauf achtete, ihre verletzte rechte Schulter nicht zu berühren.

Dann blickte er in unsere Richtung und grinste, und auch Brigitta lachte trotz ihrer Schmerzen kurz auf.

Ich fand es mehr als erstaunlich, wie gut sich die beiden erholt hatten. Gestern noch wegen der Rauchvergiftung und der Verbrennungen beinahe hinüber und heute wieder einigermaßen auf dem Damm. Ich hätte vielleicht doch Arzt werden sollen, denn meine Maßnahmen schienen Wunder zu bewirken. Naja, vielleicht im nächsten Leben.

Fred Linder, der letzte Coiffeur der Welt, schritt zur Tat.

Wir traten näher, weil Fred und Brigitta klar signalisiert hatten, dass Publikum zugelassen war. Grinsend schäumte Linder Brigittas Kopf ein. Das sah so komisch aus, dass wir unwillkürlich lachen mussten und als selbst Brigitta von Lachattacken geschüttelt wurde, war klar, dass dieser vorletzte Tag ein guter werden würde.

Gar nicht ungeschickt rasierte Fred mit dem Rasierapparat die verhunzten Haarbüschel von Brigittas Kopf, und als sein Werk vollendet war, sah sie gar nicht mal übel aus. Wir applaudierten und umarmten Brigitta vorsichtig, die ja nie würde sehen können, ob ihr die Glatze gut stand.

Sie verlangte nach einer Zigarette, was ich als gutes Zeichen hinsichtlich ihrer Genesung wertete.

Gemeinsam zogen wir ins Vorzelt, und es war ein wirklich gutes Gefühl, unsere kleine Gemeinschaft, unser Mini-Kollektiv, wieder zusammen zu sehen.

Wir saßen etwa eine Stunde beieinander, als Agnes aufstand und zum Pfahlmann ins Zelt ging. Was der wohl gemacht hatte, bevor er die Stimme vernommen hatte? Ich tippte auf Beamter oder Banker. Irgend so was.

Agnes kam zurück und winkte mich zu ihr. Ich stand auf und sie flüsterte mir ins Ohr: »Der Mann ist tot.«

Mehr nicht. Ich war nicht gerade traurig oder erschüttert, aber ich war auch nicht so verroht, dass mich der Tod eines Menschen, und sei es einer wie Beck, gänzlich unberührt gelassen hätte. Zumal ich meinen Anteil daran hatte.

Ich bat Gregor, mir zu helfen, und zusammen schafften wir den Leichnam in ein zweites Wohnmobil, das ich zuvor noch besorgt hatte. Wir bedeckten den Körper mit einigen Decken. Ich fuhr mit dem Wohnmobil etwa drei Kilometer weit weg und hielt dann an einer Weggabelung an. Um mich herum gab es nur Ackerflächen.

Zum ersten und letzten Mal in meinem Leben wurde ich zum Brandstifter.

Ich legte im Inneren des Wohnmobils mehrere Feuer, die sich schnell ausbreiteten und schließlich das ganze Gefährt erfassten. Aus sicherer Entfernung sah ich zu, wie der Pfahlmann nun endgültig verging. Friede seiner Asche.

Nachdenklich ging ich zurück. Die anderen wussten mittlerweile auch Bescheid, und die Rauchwolke, die man bis hierhin sehen konnte, brauchte nicht erklärt zu werden.

Gregor hatte in der Zwischenzeit das Hauszelt, in dem Beck gestorben war, abgebaut und irgendwo entsorgt. So konnten wir die Existenz des Mannes und seine Taten besser verdrängen. War eine gute Idee von Gregor, fand ich.

Nun saßen wir wieder im Vorzelt und Agnes schlug vor, zum Strand zu gehen. Mit Decken, Luftmatratzen und einem Korb voll lauwarmer Getränke zogen wir also zum Strand, und die gute, alte Agnes war die erste, die sich nackt in die erfrischenden Fluten stürzte.

Klar, als lebenserfahrene Frau hatte sie offenbar kein Problem mit FKK. Außerdem war ich überrascht, dass sie trotz ihres Lebensalters noch eine recht ansehnliche Figur besaß.

Ich reflektierte kurz meine gegenwärtige Lebenssituation und sagte nur: »Scheiß drauf«, zog mich aus und sprang hinterher.

Selbst die scheue Evelyn ließ sich anstecken, und so planschten wir ausgelassen und übermütig herum. Nur Fred und Brigitta blieben draußen, weil sie wegen ihrer Brandverletzungen das Salzwasser scheuten. Die beiden passten auf Tomate auf, die in einem Nest aus Decken unter einem Sonnenschirm ihren eigenen Geschäften nachging.

Fred und Brigitta hatten sich an den Ufersaum gesetzt und unterhielten sich. Glatzköpfe unter sich.

Später saßen wir wieder im Kreis zusammen im Sand oder auf den mitgebrachten Decken. Plötzlich sagte Gregor mit ziemlich ernster Stimme: »Leute, wir kommen nicht drum herum, wir müssen reden.«

Jeder von uns wusste das, und jeder hatte Angst davor. Wir taten das, was wir am besten konnten. Verdrängen und Verleugnen. Wir flüchteten uns in Ausgelassenheit und bekämpften unsere tiefsitzende Angst vor dem Ende mit albernen Spielen.

Gregor sah auf seine Uhr und sagte: »Es ist jetzt Viertel nach zwei. Es sind jetzt noch genau vierundzwanzig Stunden, bis das letzte Korn durch die Sanduhr gerieselt ist.«

Machen wir uns nichts vor. Er hatte recht. Mein Magen klumpte sich zu einem Stein zusammen und ich hatte das dringende Bedürfnis, eine Toilette aufzusuchen. Den anderen ging es nicht anders. Gregor hatte durch zwei Sätze unser Pseudo-Leben auf den Boden der Realität zurückgeholt. Ich beneidete Evelyn, denn scheinbar konnte sie sich wirklich nicht an die göttliche Offenbarung erinnern. Amnesie ist die bessere Alternative zum Zynismus.

»Wir können nichts tun, nichts mehr verändern und nichts mehr bewirken. Wir haben nur noch diese vierundzwanzig Stunden, so wie es aussieht. Die Frage ist, was machen wir mit der Zeit? Was macht man, wenn einem nur noch ein einziger Tag bleibt?«

Gregor blickte in die Runde und sah jeden einzeln an.

»Ich würde noch einmal ins Kino gehen und dann beim Griechen essen. Tanzen würde ich und die Nacht durchfeiern ...«, sagte Evelyn und brach mitten im Satz ab. »Scheiße«, flüsterte sie und brach dann in Tränen aus. Ich saß neben ihr und nahm sie in den Arm.

»Ich habe alles, was ich brauche für den letzten Tag«, sagte Brigitta leise. Dabei hielt sie Linders Hand fest. Der nickte stumm.

Ich sagte: »Tanzen und feiern finde ich gut. Also, ich mache eine Strandparty. Mit Cocktails und so. Lasse es richtig krachen. Ich besorge mir Musik und mache es mir hübsch. Stelle Kerzen auf und mache ein Lagerfeuer. Vielleicht reiße ich auch noch eine Perle auf und liebe sie am Strand bis zum Sonnenaufgang. Tomate kommt auch zu meiner Party und ihr seid auch eingeladen. Ihr könnt gerne Freunde mitbringen.«

»Ich habe gar nichts richtiges Anzuziehen«, sagte Agnes trocken, und das Gelächter löste den Knoten, der sich um unsere Herzen gelegt hatte, etwas.

»Der schönste Tag war immer Weihnachten für mich«, sagte Evelyn mit belegter Stimme. Sie schniefte. »Mama und Papa hatten das immer so schön gemacht. Selbst als ich weggezogen war, trafen wir uns immer am Heiligen Abend und feierten zusammen. Das war für mich ein Ritual. Dass ich das nie wieder erleben kann, dass das alles vorbei sein soll, macht mich so fertig.«

Wieder begann sie zu weinen und ich sah den anderen an, dass wohl jeder den Momenten nachtrauerte, die es nun nie wieder geben würde. Wenn man in der Todeszelle sitzt, kann man irgendwie immer noch hoffen, dass man begnadigt wird. Wir alle ahnten, dass unsere Situation eine ganz andere war. Es wird geschehen, und nichts auf der Welt kann es verhindern. Das ist das ganz Spezielle, wenn Gott höchstselbst eine Ankündigung macht.

»Ich habe Hunger«, sagte Fred, stand auf, packte seine Decke zusammen und nahm Brigitta an die Hand. »Wann geht die Party los?«

»Um sechs. Und bring was zum Essen mit, ich kann nicht für alle kochen.«

»Geht klar, Adam.« Er humpelte mit Brigitta davon.

Die Gruppe löste sich auf, und auch ich ging mit Tomate auf dem Arm zurück zu meinem Wohnwagen.

Ich überließ die Kleine der Obhut des Rentnerpaares und spazierte mal wieder Richtung Dorf.

Aus dem Supermarkt entwendete ich einen Einkaufswagen, den ich nun durch die kleinen Straßen der Ortschaft schob. Und wo immer eine Haustür an einem Haus offen stand, ging ich hinein und vervollständigte meine »Einkäufe«. So eine Strandparty musste gut organisiert sein. Die absurde Normalität im Inneren der Häuser, dieses verbleichende Abbild der wahrscheinlich toten Bewohner, das ich in jedem der Häuser vorfand, trübte meine Stimmung, aber dennoch durchsuchte ich vor allem die Keller nach notwendigen Utensilien, die ich im Supermarkt nicht bekommen würde.

Ich ließ den mittlerweile gut gefüllten Einkaufswagen vor dem Supermarkt stehen und betrat ungeachtet des Verwesungsgestanks den Verkaufsraum des Marktes, bewaffnet mit einem weiteren Einkaufswagen. Mehrere Katzen flohen vor mir und es raschelte überall unüberhörbar. Auch die Ratten feierten offenbar ihre Party.

Dann hörte ich weiter hinten im Laden Schritte. Ich hielt inne und lauschte angestrengt. Da. Wieder Schritte. Das war kein Tier. Irgendwo zwischen den Regalen war ein Mensch.

Ich schlich auf Zehenspitzen in die Richtung, aus der ich die Geräusche gehört hatte. Aus einem der Regale nahm ich leise eine Konservendose – »Pichelsteiner Erbseneintopf« stand darauf – und hob sie über den Kopf. Ich schlich weiter und hörte ein Klirren, als ob zwei Glasflaschen aneinanderstießen.

Also am Getränkeregal. Mit einem Sprung hechtete ich in den Gang, in dem Wein, Schnaps und andere Getränke auf ihre Konsumenten warteten und sah ... Agnes, die mich völlig entgeistert anstarrte.

Sie ließ die Sektflasche fallen, die in tausend Scherben zerbarst und ihren Inhalt großflächig über den Boden verteilte.

Der Krach generierte ein lautes Rascheln und Huschen überall um uns herum, als die Nager und anderes Getier das Weite suchten.

»Mann, Adam«, sagte sie nur, und ich ließ erleichtert die Erbsensuppe fallen.

»Na? Auch beim Einkaufen?«, fragte ich sie dämlich und sie nickte.

Zusammen suchten wir von den unverdorbenen Lebensmitteln das Beste heraus, luden wieder Sekt und andere Getränke und auch Zigaretten in unsere Einkaufswagen und verließen, wohl zum letzten Mal, den Supermarkt.

Sie warf einen skeptischen Blick auf die Beute von meinem Streifzug durchs Dorf, kommentierte aber nichts.

Den einen Wagen schiebend, den anderen ziehend, erreichten wir den Campingplatz und begannen, die finale Feier vorzubereiten. Ich ließ die beiden Einkaufswagen am Tor stehen und ging erst einmal zum Platz, um zu sehen, wie weit die anderen waren.

Gregor war nicht zu sehen, auch er hatte sich wohl aufgemacht, um irgendeinen Plan zu realisieren. Evelyn stand im Vorzelt und packte dicke Kartoffeln in Alufolie und die beiden Glatzen saßen im Gras und unterhielten sich, während Fred an einem Holzpfahl herumschnitzte. Das Holz war etwa zwei Meter lang und Fred hobelte an jedes der beiden Enden des vielleicht zehn Zentimeter starken Pfahles eine Spitze.

»Würstchen und Fleisch waren ausverkauft«, rief ich den beiden zu und Fred grinste nur, bevor er sich wieder seinem Schnitzwerk widmete.

Dann schaffte ich meine Beute zum Strand und bemerkte, dass ein weiteres Wohnmobil in der Reihe der Parzellen fehlte. Gregor war offenbar damit losgefahren. Ich war gespannt, was er im Schilde führte. Alle konzentrierten sich auf die Vorbereitung unseres Endzeitfestes. Offenbar ein guter Weg, dem Grübeln zu entgehen.

Mit Feuereifer begann ich, unseren Strandabschnitt zu präparieren.

Ich stellte Klappstühle und Tische auf und schleppte dicke Steine heran, mit denen ich im Sand einen großen Kreis formte. Darin wollte ich in der Nacht ein Lagerfeuer entzünden. Ich war gerade fertig, als sich ein Fahrzeug näherte. Es war Gregor mit dem Wohnmobil und Fred saß auf dem Beifahrersitz.

Sie rangierten so nah es ging an den Festplatz heran und begannen, den Caravan zu entladen. Massenweise Brennholz. Offenbar konnte Gregor Gedanken lesen. Zuletzt schleppte der alte Mann einen Gegenstand herbei, der in eine Plastikfolie gewickelt war.

Fred humpelte mit seinem angespitzten Pfahl herbei, an dem er an einer Seite noch eine kurze Stange durch das Holz gesteckt hatte. Schließlich brachte er noch zwei Dreibeine, die er wohl auch selbst gebastelt hatte.

Langsam dämmerte mir, was die beiden vorhatten.

Zwar hatten wir gemeinsam den Van entladen und ein ansehnlicher Haufen Brennholz lag bereit, aber gesprochen wurde nur wenig.

Es blitzte nur der Schalk in den Augen der beiden und endlich fragte ich: »Darf ich erfahren, was ihr da in dem Plastiksack habt?«

»Du hast doch gesagt, wir sollen was zu essen mitbringen«, grinste mich Gregor an.

»Aha«, entgegnete ich geistreich.

»Lass dich überraschen«, sagte Linder und begann, das Brennholz ordentlich in meinem Steinkreis zu stapeln.

Ich zog mich hinter die Uferböschung zurück und ließ sie gewähren. Schließlich hatte auch ich eine Überraschung parat, die es noch vorzubereiten galt, bevor die Gäste kamen.

Ich war gerade mit meinem Werk fertig, als ich sah, dass von der Feuerstelle Rauch aufstieg. Ich fasste es nicht. Über dem Feuer drehte sich nun ein Spanferkel. Daneben saß Brigitta, die den Spieß gleichmäßig langsam drehte. Gregor und Fred grinsten sich wie kleine Kinder an, als sie meine Begeisterung bemerkten.

Die Party begann.

Getränke hatten wir zum Kühlen in Wassernähe vergraben, und auch wenn sie nicht richtig kalt wurden, trübte das die Stimmung nicht.

Gregor hatte das Wohnmobil nahe genug heranfahren können, um mit dem Autoradio die Szene zu beschallen. Es roch köstlich, und als ich Gregor fragte, woher er denn das Schwein hatte, sagte er nur: »Mein Großvater war Landwirt«, was mir als Antwort genügte.

Evelyn saß die ganze Zeit bei Agnes und wirkte sehr in sich gekehrt. Sie ließ sich von unserer Partystimmung nicht anstecken.

Als die Sonne unterging, verteilten Gregor und Fred das Fleisch und wir alle aßen, bis wir fast platzten. Agnes hatte noch Salate gezaubert, und somit war unsere Henkersmahlzeit perfekt.

Eigentlich hatte ich vorgehabt, mich sinnlos zu besaufen, aber irgendwie kam ich nicht dazu. Alkohol floss, aber nicht in Unmengen, und so hatten wir alle noch einen verhältnismäßig klaren Kopf, als ich ...

... über den Dünenkamm ging, um seine Überraschung zu holen. Adam blieb nicht lange weg und alle starrten auf die Stelle, an der er hinter der Düne verschwunden war. Dann kam er zurück und er trug einen Gegenstand vor sich, der zunächst ungläubiges Staunen und dann Beifall hervorrief.

Es war ein komplett geschmückter Weihnachtsbaum mit Kugeln, Strohsternen und Lametta.

Echte Kerzen waren an dem Tannenbaum angebracht, und nachdem Adam den Baum vor Evelyn in den Boden gerammt hatte, wobei zwei Kugeln herabfielen, zündete er nach und nach die Kerzen an.

»Frohe Weihnachten, Evelyn«, sagte er nur knapp und man sah ihm an, dass ihn seine eigene Geste völlig rührte.

Evelyn stand schluchzend auf und umarmte Adam von Weinkrämpfen geschüttelt fest und innig.

Alle waren aufgestanden und lagen sich in den Armen, in dieser Sommernacht, am Strand der Ostsee, unter dem Weihnachtsbaum, in den letzten Stunden ihres Lebens und wünschten sich ein frohes Fest.

Tomate sagte: »Dadadada«, und sie feierten weiter bis zum Sonnenaufgang.

Gregor und Agnes hatten sich in den Wohnwagen zurückgezogen. Die anderen blieben am Strand und schliefen auf Decken und Campingliegen.

Adam lag mit Evelyn eng zusammengekuschelt nahe am Wasser unter einigen Wolldecken und auch von Fred und Brigitta waren nur die blanken Schädel zu sehen, als die Sonne ihre ersten Strahlen schickte. In Tomates Schlafnest herrschte Ruhe und das Kreischen der Möwen verschmolz mit der sanften Brandung zur letzten Symphonie ihres Lebens.

Wenig später erwachten sie und auch Gregor kam mit seiner Frau zu ihnen. Die zwei hatten Kaffee in Thermoskannen mitgebracht und sie frühstückten die Reste der Feier.

Sie schwiegen, blickten sich an. Hin und wieder kullerte eine Träne. Sie umarmten sich wortlos und blickten auf die See hinaus.

Zwei Stunden noch.

Eine Stunde noch.

Nur noch zehn Minuten.

Eine Minute noch.

Drei Sekunden.

Das letzte Sandkorn fiel.

Sie saßen im Kreis – Tomate auf Adams Schoß – und hielten sich an den Händen. Alle weinten still, als ihre Seelen aus den Körpern gerissen wurden und die Zeit stillstand.

Gott hatte Wort gehalten.

Allah hatte Wort gehalten.

Jahwe hatte Wort gehalten.

Manitou hatte Wort gehalten.

Mami Wata hatte Wort gehalten.

Alle Götter hatten Wort gehalten.

Wer nicht will, wird nie zunichte,
kehrt beständig wieder heim.
Frisch herauf zum alten Lichte,
dringt der neue Lebenskeim.
Keiner fürchte zu versinken, der ins tiefe Dunkel fährt.
Tausend Möglichkeiten winken ihm, der gerne wieder-kehrt.
Dennoch seh ich dich erbeben, eh du in die Urne langst.
Weil dir bange vor dem Leben, hast du vor dem Tode Angst.

Wilhelm Busch

Körperlosigkeit.
Keine Reibung, keine Wärme, keine Kälte.
Kein Wind, keine Schwerkraft, kein Fallen.
Kein Körper, der satt oder hungrig ist.
Keine Geräusche, keine Gerüche, kein Geschmack.
Alle Farben und doch keine.
Keine Worte und keine Musik.
Keine Dunkelheit und kein Licht.
Keine Fragen, nur Antworten.
Keine Versuchung, kein Trieb, kein Schmerz.
Keine Hoffnung und keine Resignation.
Keine Aufgaben, keine Sorgen, keine Not, keine Verantwortung.
Zeitlos.

Keine Trauer, keine Sehnsüchte, keine Fehler.
Tiefstes, allertiefstes und allumfassendes Wohlbefinden.

Drei Optionen. Drei Möglichkeiten. Drei Geschenke.
Bleiben.
An den Anfang.
Zurück.

Bleiben wäre hier. Hier, wo alles gut war. Ist das der Tod? Gab es Angst vor diesem Zustand vollkommener Zufriedenheit? Keine Fragen. Das ist der Tod. Keine Angst. Nur vollkommene Zufriedenheit.

An den Anfang?

Keine Fragen, nur Antworten.

Ich stand in meiner Küche und hielt einen Teebeutel in der Hand. Ich war tot. Eben noch war ich im Nirwana. Und kurz davor saß ich mit den anderen im Kreis und hatte geheult, weil nun Schluss war mit meiner Existenz. Und jetzt stehe ich mit einem Teebeutel in der Hand in meiner Küche und verliere den Verstand.

An den Anfang.

Alles war genauso wie in der Sekunde, als Gottes Stimme in meinem Kopf explodierte. Die Digitalanzeige meiner Küchenuhr zeigte 14:15. Ich hörte Stimmen durch das Fenster und sah hinaus. Da standen meine Nachbarn und unterhielten sich auf plattdeutsch. Sie lachten. Ich betrat mein Wohnzimmer und hatte das Gefühl, im schlimmsten aller Albträume gefangen zu sein. Das Standby-Licht am Fernseher leuchtete rot und an meinem Anrufbeantworter blinkte die rote Lampe.

Ich drückte wie in Trance auf »Start« und die Stimme meines Chefs ertönte: »Hallo Adam. Bitte ruf mich im Büro zurück. Ich habe da was für dich. Also bis dann, tschüssi.«

Noch ein Blick aus dem Fenster. Da stand mein Renault. Kein Kratzer dran.

Zitternd nahm ich meinen Schlüssel vom Haken und bemerkte, dass ich noch immer den bescheuerten Teebeutel in der Hand hielt. Wie in Trance schlich ich die Treppe hinunter zum Hauseingang. Mein Handy in der Brusttasche vibrierte. Ich hatte es immer auf lautlos, weil ich die schäbigen Klingeltöne nicht mochte. Ich nahm es aus der Tasche und drückte die Taste mit dem grünen Telefonhörer. »Hallo?«, fragte ich. »Moin Adam, Klaus hier. Du vergisst doch nicht, dass heute Abend das Treffen ist? Und bring Lars mit, der hat doch im Moment kein Auto.«

»Nein, vergesse ich nicht, alles klar, alles gut. Tschüss«, sagte ich und legte auf. Das war alles real und doch war es das nicht. Die letzten zehn Tage waren geschehen, und ich erinnerte mich an jede Sekunde. An Tomate, Fred und Brigitta, an Gregor und Agnes. An Evelyn. An Laurenz Beck und die ganzen Toten, die ich gesehen hatte. Ich erinnerte mich an das Ende und an das, was danach kam. Und dennoch war ich hier, und alles war real, als sei es nie geschehen. Ich musste es wissen. Ich ging zu meinem Auto und meine Nachbarn grüßten mich mit »Moin«, und ich erwiderte geistesabwesend: »Moinmoin.« Ich schloss mein Auto auf und stieg ein. Da hing mein Navigationsgerät an der Scheibe, und als ich den Wagen startete, klang es aus dem Radio: »Smoke on the water, a fire in the sky«. Ich drückte einen Knopf, um die CD auszuwerfen, und sofort hörte ich die Stimme des Radiomoderators, der den Veranstaltungskalender für das kommende Wochenende durchgab. Das alles war falsch, das war nicht real. Es war falsch. Die Realität war ein Strand und ein Spanferkel und ein Weihnachtsbaum.

Ich wollte nicht hier sein. Ich fuhr nach meiner Erinnerung und brauchte keine Stunde, um an dem Hof anzukommen. Papa Tomate saß auf dem Trecker und Mama Tomate, erstaunlich lebendig im Gegensatz zu dem Bild in meiner Erinnerung, hatte die Kleine auf dem Arm. Papa Tomate rief irgendwas und Mama Tomate wies auf mich. Ich war ausgestiegen und betrachtete die Szene aus der Entfernung. Der Mann rief mir zu: »Kann ich Ihnen helfen?« Ich stieg wieder in mein Auto, legte den Rückwärtsgang ein und fuhr mit heulendem Motor rückwärts bis zum Anfang der Hofeinfahrt. Tot. Ich wollte tausendmal lieber tot sein, als in dieser Realität zu leben. Das war die Normalität vor der Sintflut. Dahin konnte ich nicht zurück. Es zerriss mich innerlich und ich beschloss, mich auf jeden Fall umzubringen, um diesem Horror, der einst mein Leben war, zu entkommen.

»Was ist denn los, Kleine?«, fragte Yvonne. Die Zwillinge spielten mit Brigittas Blindenstock.

»Ich kann dir das nicht sagen. Ich bin verrückt geworden. Bitte hilf mir.«

Brigitta war weinend hier angekommen und hatte in den zehn Minuten, die sie nun hier war, nicht aufgehört zu weinen.

Yvonne umarmte Brigitta, sah ihr in das Gesicht und strich ihr eine herabhängende Locke aus der Stirn. »Alles ist gut, Becki. Hast du schlecht geträumt? Mein Gott Kind, du bist ja völlig außer dir.« Brigitta hatte in sich ihr inneres Bild aus Gerüchen, Geräuschen und Empfindungen, ihren ganzen zehn Tage alten Fundus aus taktilen Wahrnehmungen, und nichts davon schien wahr zu sein.

Die zehn Tage existierten lediglich noch in ihrer Erinnerung. Sie war an den Anfang zurückgekehrt und die Welt war wieder die alte. Nur ihre Liebe zu Fred Linder war mit hierhergekommen, und der Schmerz, ihn nun verloren zu haben, ihn nur geträumt zu haben, ihn niemals wieder bei sich zu haben, war allumfassend und überwältigend. »Tot. Lieber tot sein, als in diesem Horror leben zu müssen«, dachte sie. Einem Horror, der einst ihre Normalität gewesen war.

Alois Furtner sah ungläubig auf den am Boden liegenden Linder herab. »Was ist los, Linder? Bist du jetzt ganz übergeschnappt?«, fragte er ihn in einem barschen Ton, dem jedes Mitgefühl fehlte. Linder hatte sich in Embryonalhaltung zusammengekrümmt und weinte wie ein kleines Kind. Der blaue Besen lehnte an der Wand und Linder schluchzte und zitterte am ganzen Körper. Furtner trat gegen Linders Gesäß und sagte: »Komm, steh auf, du Irrer, ich bringe dich zum Arzt«, was ein noch lauteres Schluchzen hervorrief. Fred Linder würde weinen, bis er endlich tot war.

Gott sei Dank nur ein Schwächeanfall. Zwar kam Evelyn ihr Traum sehr real vor, doch so ist das manchmal mit Träumen. Man braucht einige Minuten, manchmal sogar Stunden, um sie ganz abzuschütteln. »Was für ein irrer Traum«, dachte sie. Der Traum hatte scheinbar tagelang gedauert, aber als sie auf die Uhr sah, stellte sie fest, dass sie kaum eine Minute im Auto geschlafen hatte.

Sie schüttelte heftig den Kopf und stieg aus.

»Nur noch ein paar Kosmetika kaufen und ab geht's auf die Fähre.« Hinter ihr an der Kasse stand ein etwas dicklicher Mann, der ihr eigenartig bekannt vorkam, aber sie kam nicht drauf, wo sie ihn schon einmal gesehen hatte. Laut tönte das Signalhorn der Fähre nach Rodby. In wenigen Stunden würde sie ihr Foto-Shooting haben. Sie würde Mama und Papa einige Abzüge rahmen und zu Weihnachten schenken.

Gregor kannte seine Frau nicht wieder. Entweder war er übergeschnappt oder sie. Der Campingplatz war wie ein Rummelplatz. Überall tönten Radios und es liefen Kinder umher. Agnes benahm sich, als hätte es die letzten zehn Tage nicht gegeben, vielmehr schaute sie ihn so komisch an. »Was ist los mit dir, alter Mann?«, fragte sie. »Hast du ein Gespenst gesehen, oder was?«

»Ich habe etliche Gespenster gesehen«, sagte er nur und betrachtete das Geschehen um sich herum wie jemand, der gerade zum ersten Mal in seinem Leben andere Menschen sieht. »Willi und seine schräge Frau kommen heute Abend zum Grillen. Gehst du nachher bitte noch zum Shop und holst uns ein paar Flaschen Bier? Und Grillkohle.«

Er nickte nur. »Schatz, sag mal, ich habe ganz vergessen, was wir gestern gemacht haben. Waren nicht Fred und Adam da?«

Agnes sah ihn fragend an? »Wer ist Fred und wer ist Adam? Verheimlichst du mir was?«, schob sie grinsend hinterher.

»Schon gut, ich stelle sie dir vor, wenn ich meinen Verstand wiedergefunden habe«, sagte Gregor und spürte, wie sein Blutdruck stieg.

»Tu das, alter Mann«, sagte Agnes und sah ihn stirnrunzelnd an.

Wenn dies nun seine Realität ist, jene Realität vor Gottes Wort, er aber mit dem Fluch der Erinnerung an die zehn Tage gestraft wurde, so würde er den Tod vorziehen. So könnte er nicht leben, das war Gregor klar. Nicht in einer Realität, die noch vor zehn Tagen seine völlige Normalität war. Nicht in einer Realität, in der er der einzige Mensch war, der wusste, was geschehen war. Er würde zu völliger Einsamkeit inmitten der Menschheit verdammt sein.

Zurück. Zurück. Zurück.

Die dritte Option.

Die Zeit stand nicht mehr still.

Sie saßen wie noch vor einer Minute im Kreis, nur war dieser Kreis nun unterbrochen. Ihre Wangen waren tränennass wie noch vor einer Sekunde. Tomate saß auf Adams Schoß, in seiner rechten Hand lag die Hand von Gregor, seine linke, die noch vor einer Millisekunde Evelyns Hand gehalten hatte, war leer.

Gregor blinzelte ihn an. Agnes war ebenfalls verschwunden.

»Oh mein Gott«, schluchzte der alte Mann laut und hielt sich beide Hände vor das Gesicht.

»Ich ... ich dachte, sie würde hier sein, bei mir. Ich dachte, sie wolle hier in der echten Welt sein. Ich habe sie gesehen ... da drüben ... sie war sie, aber auch wieder nicht. Ich hätte niemals gedacht, dass ... sie DORT bleiben würde ...«, stieß der alte Mann erstickt hervor.

Trotz der Erleichterung, die ich verspürte, als ich hier am Strand wieder aufwachte, mit Tomate auf dem Schoss, ballte sich mein Magen zusammen. Jeder von uns wusste, dass Agnes und Evelyn eine Entscheidung getroffen hatten, die sie fortrissen von uns, fortrissen für alle Zeiten. Und Gregor begriff das auch. Er hatte noch immer die Hände vor sein Gesicht geschlagen und seine Schultern zuckten. Mein Gott, tat mir der Mann leid. Niemand sprach, und obwohl Fred und Brigitta sich wiederhatten und ihr Glück kaum fassen konnten, legte sich eine Trauerdecke über uns und verdarb uns den Start in das, was nun kommen mochte.

»Warum seid ihr zurückgekommen?«, fragte ich mit einer mir unbekannten Stimme.

»Das weißt du selber. Du bist ja auch hier«, flüsterte Gregor. »Die Arche ist gelandet.«

Tomate sagte »Dadada.«

- ENDE -

EPILOG

Der ewige Kreislauf beginnt an jedem Tag von Neuem.
Alles hat seine Zeit und auch eine Zeit, um zu vergehen.
Dann erwächst Neues, Anderes,
vielleicht Erhabeneres aus dem, was einst war.
Oder es vergeht und kommt nicht wieder,
wird zur Substanz einer völlig anderen Realität.

Anoue Vaskasi

Gregor hatte sich verändert. Aus dem lebensbejahenden Mann, der trotz seines Alters von vitaler Energie erfüllt war, war ein Greis geworden. In jenen ersten Tagen nach dem zehnten Tag sprach er kaum und sah stundenlang auf die See hinaus, tief in Gedanken versunken. Seine Bewegungen waren langsamer, bedächtiger geworden. Gregors Körperhaltung hatte sich erschreckend verändert. Die Schultern hingen und sein Gang hatte etwas von einem sehr alten Mann, der er trotz seiner dreiundsiebzig Jahre eigentlich noch nicht war.

Niemand vermochte ihn zu trösten, und wenn seine Tränen liefen, lautlos und stetig, dann empfanden auch die anderen die Trauer mit ihm. Die Trauer um Agnes. Die zwar noch lebte, doch für diese Welt verloren war und die sie niemals wiedersehen würden, zumindest nicht in diesem Leben.

Er hatte Adam gefragt, ob er Agnes im Tode wiedertreffen würde und Adam hatte nur mit den Schultern gezuckt. »Ich habe dort niemanden gesehen, es gab nur mich«, hatte Adam geantwortet. »Ja, ich weiß, ich war auch dort«, hatte Gregor das kurze Gespräch beendet und wieder in die Ferne gesehen.

Adam blickte ihn lange an und hatte Angst vor dem, was Gregor entscheiden würde, sollte ihn seine Trauer überwältigen.

Fred Linder und Adam hatten die Aufgabe übernommen, für die anderen zu sorgen. Sie hatten alle haltbaren Lebensmittel aus dem Supermarkt geholt und damit begonnen, das beschädigte

Stromnetz auf dem Campingplatz zu reparieren. Linder bewies hierbei mehr Sachverstand als Adam, und so assistierte Adam ihm bei den Arbeiten.

Fünf Tage nach dem zehnten Tag starteten sie die Dieselaggregate im flachen Rezeptionsgebäude, und tatsächlich verfügten sie danach wieder über Strom. Nun konnten sie wieder Lebensmittel kühlen und hatten nachts eine funktionierende Beleuchtung.

Brigittas Haare begannen wieder zu sprießen und ein dünner Flaum bedeckte ihren Kopf. Sie kümmerte sich in diesen Tagen viel um die kleine Tomate, deren blaue Flecken im Gesicht nahezu verschwunden waren und die keinerlei Probleme mit den Lebensumständen hatte, in die sie geraten war.

Es wurde sehr wenig gesprochen über all das. Sie tauschten sich aus über technische Probleme und darüber, wo sie die gehorteten Lebensmittel lagern sollten. Über den Speiseplan und über Werkzeug, das sie besorgen müssten.

Und endlich, am fünften Tag abends, als sie beisammen saßen und Wein tranken und Ruhe eingekehrt war auf dem Campingplatz, stellte Brigitta die Frage, die jeder versucht hatte, für sich zu beantworten.

»Und? Wie soll es jetzt weitergehen? Wir können nicht ewig hierbleiben und so tun, als wären wir im Urlaub.«

Gregor, Fred und Adam sahen sie an und nickten.

Adam sagte: »Vielleicht sollten wir erst mal darüber reden, was eigentlich passiert ist. Ich kriege das nämlich nicht richtig auf die Reihe.«

»Einzelfall«, erwiderte Fred und Gregor schnaubte nur kurz durch die Nase, dann flüsterte er: »Ich schätze, wir waren alle tot. Ich habe Beschreibungen gelesen von Leuten, die Nahtod-Erfahrungen hatten, und sie berichteten davon, wie sich das anfühlt. Das passt zu dem, was ich empfunden habe. Hätte ich geahnt, dass Agnes dort bleibt ... ich wäre nicht hier.«

»Ich glaube nicht, dass Agnes tot ist«, sagte Brigitta und Gregor zuckte zusammen.

»Sie ist zurück an den Anfang gegangen und ist dort geblieben, da bin ich mir sicher«, sagte Brigitta in sanftem Ton.

»Wie kannst du dir sicher sein, Brigitta, wie könnte sie dort leben, nachdem, was sie erlebt hatte?«, warf Adam ein.

»Weil sie auch körperlich fort ist. Würde sie tot sein, wäre ihr Körper hiergeblieben. Oder glaubt ihr wirklich, dass Evelyn tot ›*geblieben*‹ ist? Die modelt jetzt in Kopenhagen, sie hatte keine Erinnerung an das, was Gott gesagt hat.«

Fred fragte: »Gregor, hast du Agnes gesehen als du *dort* warst?«

»Ja, sie war da. Es war genauso wie es war, bevor ... ich die Stimme im Kopf hatte. Nur ... sie war Agnes und war es doch nicht. Sie wusste von all dem nichts. Sie ... sie war ...«

Gregor schwieg. Tränen rollten über seine Wangen und sein Körper zuckte bei dem Versuch, sein Weinen zu unterdrücken.

»Gregor, bitte, wie war sie?«, fragte Brigitta einfühlsam.

»Sie war die alte Agnes, nur ich war nicht mehr der Alte. Ich kam aus einer anderen Zeit und nichts passte mehr. Mein Gott, es waren doch nur zehn Tage, und trotzdem war sie mir fremd, als hätte ich sie zwanzig Jahre nicht gesehen. Deswegen konnte ich nicht dort bleiben. Aber ich hätte es getan, wenn ich geahnt hätte, dass sie dort bleiben will«, führte Gregor leise aus.

»Denk nach, Gregor. Wenn sie nichts wusste, dann war es auch nicht die Agnes, die wir alle kennen«, knurrte Fred. »Bei mir wusste auch niemand was vom Weltuntergang«, fügte er hinzu und verzog dabei schmerzlich das Gesicht.

Adam sagte: »Agnes hat ihre eigene Welt, denke ich. Und in dieser bist DU derjenige, der nichts von all dem weiß. Da, wo sie jetzt ist, ist sie mit DIR zusammen und schätzungsweise glücklich. Sie hat ihre Normalität wieder. Wir ... du hast nicht geahnt, wie sehr sie sich nach der Zeit vor der Sintflut zurücksehnte. Sie hat nie was gesagt. Aber denk mal nach. Sie wollte auch hier immer Normalität leben. Salate, Grillen und ein kaltes Bier. Duschen, Strom und Einkaufen. Ich habe sie im Supermarkt getroffen und sie hat mir einen Mords-Schrecken eingejagt. Sie stand da wie eine Hausfrau und las die Etiketten der Weinflaschen. Sie wollte DAS hier nicht. Sie wollte ihre Normalität wieder. Das ist das, was ich glaube.«

Adam schluckte und fügte hinzu: »In meiner Welt war es auch so. Alles normal und wie immer und es war die Hölle, obwohl es doch vorher mein Leben war. Zehn Tage nur. Da sag mal einer, Gott wäre einfallslos. Jeder, der wollte, hat seine eigene, beschissene Welt bekommen. Aber ich glaube, DAS hier ist das, wohin ich gehöre.«

»Der Tod ... ich meine, es war doch der Tod, was wir erlebten ... das war ... unglaublich. Ich kann es nicht beschreiben. Diese ... völlige Sorglosigkeit, dieser Frieden. Danach kam meine Realität zurück, ich meine, die Zeit von vor zehn Tagen davor, und ich wusste einfach, dass ich den Tod sowieso erleben würde, also in jedem Fall dorthin gelangen würde, eines Tages. Und hier war Fred und ihr alle und deswegen kam ich hierhin zurück«, sagte Brigitta leise und alle starrten ihre Schuhe an und nickten stumm.

»Wir müssen nach anderen Menschen suchen«, warf Fred ein, der sichtlich bewegt war von Brigittas Worten. »Wir müssen schauen, wie wir die erreichen, und ich hoffe, dass es überall Gruppen gibt, die dasselbe wollen.«

»Zeitungsannonce vielleicht?«, knurrte Adam ironisch.

»Doofmann«, konstatierte Brigitta.

»Ich glaube, ich brauche keine anderen Menschen mehr. Es ist gut, wie es ist. Soll der ganze Scheiß von vorne losgehen? So mit McDonalds und Arbeitslosenversicherung? Wenn wir jetzt wieder nach der sogenannten Normalität ringen, dann machen wir da weiter, wo Gott, oder wer auch immer das Sagen hat, aufgehört hat«, sagte Gregor verbittert.

»Du hast mir doch erklärt, dass wir Menschen ein Netzwerk bilden. Das sei unsere Natur. Und Gott hat nur alle Verbindungen im Netz gekappt und deswegen ist alles zum Teufel gegangen. Er kann nicht von uns verlangen, dass wir wider unsere Natur handeln«, sagte Adam mit erhobener Stimme.

»Gott? Ich höre immer nur ›Gott‹. Was ICH erlebt habe, hat nichts mit dem zu tun, was ich bislang über Gott dachte. Das ist eine ganz andere Liga, und ich glaube nicht an Gott. Jetzt WEISS ich, dass es ihn gibt, oder sie, oder es. Aber der oder das heißt weder Gott noch Allah, Jahwe oder Manitou. Das ist mir klar geworden. Und behüten tut der uns auch nicht. Der scheißt auf uns, wenn wir nicht spuren. Der lässt uns komplett alleine wursteln, und wenn es ihm nicht passt, was wir verzapfen, dann dreht er uns den Hahn ab. DAS ist mein Glaube«, schrie Brigitta fast. Tomate begann zu weinen.

Gregor seufzte laut.

»Dann machen wir es eben diesmal besser.«

Das erste Sandkorn fiel.

Weitere Angebote aus dem Begedia Verlag

Der junge Botaniker Ilja kommt wegen eines Forschungsauftrages seiner Universität in die abgelegene kastilische Bergstadt Sagredo, wo er die Studentin Marisol kennenlernt. Sie überredet ihn dazu, gemeinsam mit ihr ein seit Jahren leerstehendes Haus zu erkunden, wo die zwei auf ein altes Tagebuch stoßen. Schon bald kommen sie dadurch einem tödlichen Geheimnis aus der Zeit der Franco-Diktatur auf die Spur, das noch immer seine Schatten auf die gesamte Stadt wirft…

Sagredo - Alexander Drews
Taschenbuch, 408 Seiten, 14,95 €
ISBN: 978-3-943795-53-0

Die Wunderreise von Elisabeth Wega

Aus Geldnot übernimmt Pieter van Allen den Auftrag, einen Bildband über die sieben Weltwunder der Antike zu verfassen – mit Fotos der Originalschauplätze. Gleich zu Beginn seiner Recherchen in Olympia tritt eine exzentrische Schöne in sein Leben, die ihn vom ersten Moment an fasziniert. »Athene«, wie er sie spielerisch nennt, sucht einen Schatz: eine verschollene Statuette des Bildhauers Phidias. Und sie verwandelt Pieters Reise in ein magisch-mystisches Abenteuer, betörend und rätselhaft wie sie selbst ...

Wie hängt eine Statuette des Phidias mit den Weltwundern zusammen? Wer ist diese geheimnisvolle Frau, die so vieles zu wissen scheint, als ob sie es selbst erlebt hätte. Und wie macht Athene es, dass Pieter van Allen den Eindruck hat, beim Bau der Zeus-Statue dabei zu sein? Lassen Sie sich entführen zu den sieben antiken Weltwundern und folgen Sie den philosophischen Gedanken einiger großer Denker!

Gebunden, 490 Seiten, 22,95 €
ISBN: 978-3-943795-04-2

Pochette, die Suspense-Serie von Lucas Edel
Pilotband »Kreuzdame«:

Sandrine Ferrand, eine junge aufstrebende Wirtschaftsspionin, steht kurz vor der großen Beförderung. Über neun Jahre hat sie sich im Außendienst abgerackert, um endlich ins Management aufrücken zu können. Zu den Feierlichkeiten wird sie nach Nizza eingeladen, um die höheren Weihen zu erhalten. Doch alles scheint falsch zu laufen. Nach einer turbulenten Pokernacht steht Sandrine plötzlich vor dem Nichts.

Ihr Geld ist weg, ihr Leben rinnt ihr wie Sand durch die Finger und dahinter stehen lachend ihre Bosse.

Ausgenutzt, betrogen, weggeworfen. Sandrine schwört Rache und macht sich auf, ihr hart verdientes Geld mit einem Team von Trickbetrügern zurückzuholen.

Falls Sie noch nicht genug Weltuntergang hatten ...

Armageddon, die Suche nach Eden
Die erfolgreiche deutsche Horrorreihe
von D.J. Franzen

Die Apokalypse ist über die Menschheit hereingebrochen. Die Toten stehen wieder auf und machen Jagd auf die Lebenden.
In dieser Welt versucht Frank zu überleben. Bei seiner Suche nach dringend benötigter Nahrung und Ausrüstung im völlig zerstörten Köln trifft er auf Sandra. Sie ist eine weitere Überlebende des Untergangs, ebenso wie Pfarrer Patrick Stark, ein Mann Gottes, der sich scheinbar in sein Schicksal ergeben hat.
Die drei glauben die letzten lebenden Menschen in der toten Stadt zu sein und werden von einem Zombie verfolgt, der schneller, stärker und schlauer ist, als die anderen Untoten.
Doch es haben noch mehr Menschen Armageddon überlebt. Und gemeinsam machen sie sich auf die Suche nach ...
Gottes letzten Kindern

Band 1: **Gottes letzte Kinder** von D.J. Franzen
Band 2: **Die Vergessenen** von D.J. Franzen
Band 3: **Verlorene Hoffnung** von Ben B. Black
Band 4: **Babylon** von Dave Nocturn
Band 5: **Herbst** von Ben B. Black
Band 6: **Kaltes Land** von D.J. Franzen
Band 7: **Winter** von Dave Nocturn
Band 8: **Terror** von D.J. Franzen
Band 9: **Odyssee** von Ben B. Black
Band 10: **Eine neue Ordnung** von Dave Nocturn
Band 11: **Exodus** von Ben B. Black
Band 12: **Eden** von D.J. Franzen (Januar 2014)

120 Seiten Abenteuer für nur 5,95€ (Oder als ebook 2,99€)

... und noch eine Katastrophe:

Ein Sturm zieht auf ... ein Froststurm!

Eine junge Frau hetzt des Nachts durch Industriegebiete, die Polizei dicht hinter ihr. Ein Öko-Aktivist quetscht eine Wissenschaftlerin am Strand aus. Ein Reporter versteckt sich in einem Lagerhaus vor seinen Häschern, die Top-Story des Jahrtausends ganz nah bei sich. Ein Minister lässt Nahrungsvorräte für den Weltuntergang lagern. Ein ehemaliger SEK-Polizist schlägt sich mit seinem besten Freund durch ein gefrostetes Deutschland, genauso wie ein Trio Jugendlicher, auf der Suche nach dem letzten Boot, das sie noch retten kann.
Der Mensch hat Gott gespielt. Die Welt reagiert. Schritt für Schritt. Endhaltestelle Eiszeit.